Die Unvergänglichen

Kyle Mills

W0392041

amazon crossing

Das Buch

Dr. Richard Draman versucht verzweifelt, ein Heilmittel für eine seltene, genetische Krankheit zu finden, die Kinder extrem schnell altern lässt. Die Krankheit, an der auch seine Tochter sterben wird.

Als der Ehemann einer Kollegin, die kürzlich durch einen mysteriösen Selbstmord starb, ihm heimlich eine Kopie der Studie übergibt, an der seine Frau zuletzt gearbeitet hatte, sieht Draman schließlich einen Hoffnungsschimmer. Die Forschungsergebnisse sind atemberaubend und enthalten die Möglichkeit, nicht nur den Bereich der Biologie auf den Kopf zu stellen, sondern auch die Welt selbst zu verändern.

Bald jedoch befindet er sich auf der Flucht, unerbittlich von einer scheinbar allmächtigen Gruppe verfolgt, die alles tut, um ihn zum Schweigen zu bringen.

Der Autor

New York Times Bestsellerautor Kyle Mills, Jahrgang 1966, lebt in Jackson Hole, Wyoming, wo er neben dem Schreiben von Thrillern das Klettern mit seiner Frau genießt. An der Westküste der USA in einer FBI-Familie aufgewachsen, hat er viel über die Kriminalpolizei mitbekommen, was er jetzt beim Schreiben anwendet.

KYLE MILLS

DIE UNVERGÄNGLICHEN

Übersetzt von Kerstin Fricke

amazon crossing

Die Originalausgabe erschien 2011 unter dem Titel
»The Immortalists« bei Thomas & Mercer, Las Vegas.

Deutsche Erstveröffentlichung bei AmazonCrossing,
Luxembourg, Januar 2013

Umschlaggestaltung: bürosüd° München, www.buerosued.de
Titelabbildung: © bürosüd° München
Lektorat: Waltraud Ries
Satz: Monika Daimer, www.buch-macher.de

Printed in Germany
by Amazon Distribution GmbH, Leipzig

ISBN 978-1-611-09786-3

www.amazon.com/crossing

Prolog

Cleveland, Ohio
2. April

Annette Chevalier trat auf die Bremse und zuckte zusammen, als der Wagen nach vorn schoss und beinahe gegen das Garagentor prallte. Ihr Mann hatte angedroht, eine Matratze an der vorderen Stoßstange zu befestigen, wenn sie das Tor noch einmal rammte, und es hatte nicht nach einer leeren Drohung geklungen.

Ungeduldig trommelte sie auf dem Lenkrad herum und warf erst einen Blick auf die kaputte Uhr im Armaturenbrett und dann auf ihr Handgelenk, an dem sie schon seit Jahren keine Armbanduhr mehr trug. Sie empfand diese Dinger als lästig, da sie immer nur Druck auf einen ausübten und man sich eher auf Zukünftiges konzentrierte, anstatt sich an dem zu erfreuen, was gerade stattfand. Außerdem erinnerten sie sie nur daran, dass ihre Zeit langsam, aber stetig ablief.

Sie fuhr den Wagen rasch in die Garage, sprang heraus und eilte zur Tür. Ihr Sohn würde an diesem Abend ein Konzert geben, und sie hatte nicht nur versprochen hinzukommen, sondern war auch noch zickig geworden, als er sie skeptisch angesehen und die Augen verdreht hatte, wie es sein Vater auch immer tat.

Durch die Fenster drang genug Licht von außen ins Wohnzimmer, sodass sie auf ihrem hastigen Weg zur Treppe nicht gegen Möbelstücke prallte. Doch als sie an der Küche vorbeikam und die Digitaluhr am Backofen sehen konnte, blieb sie schließlich entmutigt stehen.

Es war schon fast vorbei. Bis sie ihre Laborkleidung gegen etwas Passendes ausgetauscht hätte und zur Schule gefahren wäre, würden alle bereits auf dem Heimweg sein.

Sie stand im Dämmerlicht da und versuchte, sich daran zu erinnern, wie oft so etwas schon geschehen war und wie sich Jonnys Enttäuschung im Laufe der Zeit und mit zunehmendem Alter in Zynismus verwandelt hatte.

Aber dies würde das letzte Mal sein. Morgen wollte sie sich eine Armbanduhr kaufen. Eine mit Alarmfunktion, die so laut war, dass sie sie nicht überhören konnte. Vielleicht gab es sogar eine mit blinkenden Lämpchen.

Sie tappte ohne Eile zum Kühlschrank hinüber und runzelte die Stirn, als sie den mit Frischhaltefolie abgedeckten Teller sah, den ihr Mann für sie bereitgestellt hatte. Auf diese nicht gerade feinfühlige Art machte er ihr klar, dass er sowieso nicht damit gerechnet hatte, sie bei dem Konzert zu sehen.

Sie beschloss, nicht bis zum nächsten Tag zu warten, nahm einen Hühnerflügel vom Teller und ging damit zu ihrem Arbeitszimmer hinüber. Sie wollte jetzt gleich eine Armbanduhr bei Amazon bestellen und sich diese per FedEx direkt ins Büro liefern lassen.

Je weiter sie sich vom Wohnzimmer entfernte, desto dunkler wurde es im Haus, und sie bewegte sich vorsichtig weiter, wollte mit ihren fettigen Fingern aber auch keinen Lichtschalter anfassen. Im Türrahmen blieb sie stehen und kniff die Augen zusammen, da sie nicht genau erkennen konnte, was da vor ihr von der Decke baumelte. Einen Augenblick später wurde die Schreibtischlampe eingeschaltet, woraufhin sie das Hühnchenstück fallen ließ und ihre Augen instinktiv mit einer Hand abschirmte.

»Ich möchte, dass Sie jetzt mucksmäuschenstill sind, Annette.«

Die unbekannte Stimme wirkte völlig ruhig, klang aber so bestimmt, dass der erschreckte Schrei, der ihr schon auf den Lippen lag, im Keim erstickt wurde. Als sich ihre Augen an die Lichtverhältnisse angepasst hatten, erkannte sie allmählich mehr als nur den Umriss des Mannes, der auf ihrem Stuhl saß.

»Wer … Wer sind Sie?«

Er reagierte nicht, sondern blieb reglos sitzen, sodass ihr Blick zur Decke und zu dem Ding, das von dort herunterbaumelte, wanderte.

Es war eine Schlinge.

»Nehmen Sie sich alles, was Sie wollen«, hörte sie sich sagen.

»Ich will nur Sie, Annette.«

Man hatte sie schon seit ihrem ersten Schultag als Genie bezeichnet, dennoch konnte sie nicht begreifen, was hier gerade vor sich ging. Aufgrund seines Akzents, seiner dunklen Hautfarbe und seiner europäischen Gesichtszüge vermutete sie, dass der Mann vor ihr indischer Herkunft sein musste. Sein Anzug war maßgeschneidert und seine Krawatte sah aus, als hätte sie mehr gekostet als ihre gesamte Garderobe. Er war kein Dieb. Vielleicht ein Vergewaltiger?

Bei diesem Gedanken musste sie beinahe lachen. Ein Mann, der besessen von übergewichtigen Frauen mittleren Alters war, die nicht einmal mit zwanzig viele Blicke auf sich gezogen hatten?

»Ich kann Ihnen nicht folgen.«

Er deutete auf die Schlinge.

»Sind Sie ein Psychopath?«

»Nein.«

»Was wollen Sie dann hier? Sie haben die falsche Frau. Ich bin Biologin, arbeite in der medizinischen Forschung …«

»Sie haben in Harvard promoviert«, setzte er ihren Satz fort. »Sie sind seit neunzehn Jahren verheiratet und haben einen vierzehnjährigen Sohn namens Jonathan, dessen Klavierkonzert Sie gerade verpassen.«

Ihr anfänglicher Schreck wich einer Panik, durch die ihr beinahe übel wurde. Das Zimmer begann, sich um sie zu drehen, und sie legte eine fettverschmierte Hand gegen den Türpfosten, um nicht umzufallen. »Warum wollen Sie mir wehtun? Ich habe doch *gar nichts* getan. Ich arbeite die ganze Woche lang und am Wochenende bleibe ich meist zu Hause.«

»Jeder hat Feinde, Annette. Und dummerweise sind Ihre reich und mächtig genug, um mich bezahlen zu können.«

Er stand auf und ihr Körper verspannte sich. Ihr Blick folgte ihm, als er den Stuhl um den Schreibtisch herumschob und unter dem Seil platzierte.

»Wenn Sie so freundlich wären?«, meinte er und bedeutete ihr, auf den Stuhl zu steigen.

»Nein.«

Er nickte, da ihn ihre Reaktion nicht zu überraschen schien. »Ich werde Ihnen die Sache jetzt erklären, und Sie müssen mir gut zuhören. Ich werde außerordentlich gut dafür bezahlt, dafür zu sorgen, dass Ihr Tod wie ein Selbstmord aussieht.«

»Das ist verrückt!«, sprudelte es aus ihr heraus. »*Sie* sind verrückt. Niemand ...«

Er legte den Finger auf die Lippen, und sie schwieg.

»Wenn ich mich nicht irre, ist das Konzert Ihres Sohnes inzwischen zu Ende. Sollte ich noch immer hier sein, wenn er und Ihr Mann nach Hause kommen, dann muss ich meinen Plan ändern.«

»Was soll das bedeuten?«

»Das bedeutet, dass Sie nicht nur Selbstmord begehen, sondern vorher auch noch durchdrehen. Sie werden die beiden umbringen, bevor Sie die Waffe gegen sich selbst richten.«

Sie machte den Mund auf, um etwas zu sagen, doch er ignorierte sie und sprach weiter.

»In Anbetracht Ihrer Vorgeschichte wird das niemanden besonders überraschen, nicht wahr, Annette? Keiner wird Fragen stellen.«

Sie überlegte, ob sie weglaufen sollte, aber ihr war klar, dass sie keine drei Meter weit kommen würde, bevor er sie eingeholt hätte. Und schreien würde ihr auch nicht helfen. Das Haus war gut isoliert und von einer gut einhundert Meter langen Hecke umzäunt, die sie Jonny zuliebe hatte anpflanzen lassen. Er war ebenso wie sie ein Stubenhocker, und sie hatte gehofft, er würde sich dadurch leichter bewegen lassen, nach draußen zu gehen.

Der Mann zog eine Waffe aus dem Hosenbund, die sie als die erkannte, die ihr Mann einige Jahre zuvor gegen ihren Willen gekauft hatte. Zum Schutz, hatte er gesagt.

Dennoch bewegte sie sich nicht. Das alles konnte nicht wahr sein. »Sagen Sie mir wenigstens, warum.«

»Das weiß ich nicht. Ich bin nur ein Mann, der die Drecksarbeit für Menschen erledigt, die zu feige sind, es selbst zu tun. Ich kann Ihnen nur sagen, dass die Menschen, die ich aufsuche, immer protestieren, aber im Grunde ihres Herzens wissen, worum es geht. Sie wissen, warum ich da bin.«

»Ich entwickle Arzneien, die Menschen helfen«, protestierte sie. »Ich bin im Elternausschuss, gehe jedoch nur selten zu den Treffen. Ich …« Ihr fehlten die Worte. Mehr gab es nicht zu sagen. Das war ihr ganzes Leben.

Er deutete mit der Waffe ihres Mannes auf die Schlinge. »Die Zeit wird knapp.«

Seine Augen waren dunkel, fast schon schwarz, wirkten aber weder wütend noch besonders bedrohlich. Alles, was sie darin sah, war Selbstsicherheit. Er würde tun, was er beschrieben hatte. Er würde sie zwingen, dabei zuzusehen, wie er ihren Sohn ermordete, mit dem sie viel zu wenig Zeit verbracht hatte, und ihren Ehemann, der ihr in guten wie in schlechten Zeiten zur Seite gestanden hatte. Und die Welt würde glauben, sie hätte es getan.

Mit zitternden Beinen ging Annette einen Schritt nach vorn, und der Mann streckte eine Hand aus, um ihr dabei zu helfen, auf den Stuhl zu klettern.

Die Schlinge hing jetzt direkt vor ihrem Gesicht, und sie war wie gelähmt. »Ich habe Angst.«

»Es wird nicht lange dauern«, versicherte er ihr.

»Woher weiß ich, dass Sie ihnen nicht wehtun werden?«

»Warum sollte ich das tun? Das wäre laut und unangenehm. Außerdem würde es die Presse auf den Plan rufen. Mich interessiert nur, dass ich bezahlt werde und dass niemand erfährt, dass ich je hier gewesen bin. Aber je länger wir warten …« Er beendete den Satz nicht, und das musste er auch gar nicht.

Sie legte sich die Schlinge um den Hals, und dann streckte er die Hand aus und zog sie zu, bis das Gefühl des Seils auf ihrer Haut bewirkte, dass ihr warme Tränen über die Wangen liefen.

Dann sah sie starr geradeaus, als er nach dem Stuhl unter ihren Füßen griff. Auf einmal war alles ganz klar – die unbeachteten Zufälle, die seltsamen Fragen, die gedankenlos beantwortet wurden, die unerwartet nachdrücklichen Forderungen ihrer Vorgesetzten.

Er hatte recht. Sie wusste genau, warum er hier war.

1

New York, New York
7. April

Richard Draman drückte eine Taste auf der Fernbedienung, woraufhin das Zimmer in ein tiefgrünes Leuchten getaucht wurde.

»Das ist ein normaler Zellkern«, sagte er und deutete auf den gut erkennbaren Kreis, der hinter ihm auf die Leinwand projiziert wurde. Ein weiterer Tastendruck tauchte den Raum kurzzeitig in Dunkelheit, bevor das nächste Dia erschien. Die darauf abgebildete Zelle war jedoch nicht rund, sondern verzerrt und deformiert – eine Form, bei der er trotz seiner langen Jahre im Dienst der Wissenschaft an das Böse denken musste. An den Flügel eines Dämons. Den zerfledderten Umhang eines Vampirs.

»Der hier stammt von einem Kind, das am Hutchinson-Gilford-Syndrom leidet – im Allgemeinen auch als Progerie bezeichnet.«

Die vier Gesichter, die ihm von der anderen Seite des Tisches entgegensahen, spiegelten außer dem Licht der toten Zelle kaum etwas wider und wirkten ebenso gleichgültig, wie sie es seit ihrer Ankunft getan hatten.

Vielleicht hatte er zu sehr auf das Treffen gedrängt. Aber er war sich verdammt noch mal fast sicher und konnte sich den Luxus einer subtileren Vorgehensweise schon seit Langem nicht mehr erlauben.

»Die Krankheit wird durch einen genetischen Defekt hervorgerufen, der sein Opfer auf drastisch beschleunigte Weise altern lässt.« Er rief ein Foto auf, das auf den ersten Blick einen gebrechlichen alten Mann inmitten einer Gruppe ihn überragender Grundschulkinder darzustellen schien. Sein kahler Kopf war mit einer Baseballkappe bedeckt, doch seine knochigen Arme, an denen die Venen deutlich hervortraten, ragten aus dem Green-Day-T-Shirt heraus und waren deutlich zu sehen. Er hatte eine Adlernase, die aus seinem runden, runzligen Gesicht hervorstand und die durch das breite Grinsen, bei dem schiefe Zähne zutage traten, nur noch auffälliger wirkte.

»Das ist Jack, er lebt in der Nähe von Atlanta. Der Junge ist sehr gut in Mathe und geht gern zelten und angeln. Er ist erst sieben Jahre alt.«

Kaum merklich veränderte sich der Gesichtsausdruck seiner Zuhörer, die jetzt etwas weniger leidenschaftslos wirkten, als sie das kranke Kind musterten und sich vorzustellen versuchten, wie es sein musste, mit einer derart grausamen Krankheit geboren worden zu sein. Sie fragten sich, was Jack dafür geben würde, all die Dinge zu haben, die sie als selbstverständlich erachteten: ein Leben, das noch Jahrzehnte andauern würde, und einen unglaublich langsamen körperlichen Verfall, der durch Weisheit, Familie und Freunde ausgeglichen werden würde.

»Kinder wie Jack weisen nur einige Aspekte der Alterung auf. Sie leiden beispielsweise nicht an Senilität. Auch das Krebsrisiko, das bei den meisten Menschen mit zunehmendem Alter steigt, bleibt bei ihnen stabil. Das Erste, was einem ins Auge fällt, ist, dass sie tatsächlich Kinder sind. Sie haben Angst, freuen sich und sind neugierig, genau so, wie wir es in ihrem Alter gewesen sind. Anders ist nur, dass sie eine sehr hohe Anfälligkeit für Arterienverkalkung haben, die wiederum zu Herz- und Schlaganfällen führen kann.«

»Wie lange können sie dank der aktuellen medizinischen Technologie überleben?«, wollte eine der Personen auf der anderen Tischseite wissen.

Richard holte tief Luft, da es ihm jedes Mal schwerer fiel, die Zahl auszusprechen. »Die meisten werden gerade mal dreizehn Jahre alt.«

Sie nickten ernst, sodass die Schatten auf eine Art über ihre Gesichter zuckten, die ihn nervös machte, daher verscheuchte er die Dunkelheit, indem er auf ein Bild seines Labors klickte. Es war im Gegensatz zu vielen anderen eher bescheiden und verlor immer mehr an Bedeutung. Viele der Menschen, die auf dem Foto zu sehen waren, arbeiteten inzwischen woanders für Regierungsbehörden, pharmazeutische Unternehmen oder Universitäten auf drei Kontinenten.

»Ich würde behaupten, dass wir die kosteneffizienteste Forschungsanlage des Landes sind. Wir bekommen sehr viel Unterstützung von den Eltern der Kinder, ebenso von anderen Menschen, die das Ausmaß dieser Krankheit verstehen. Jeder Dollar, den wir einnehmen, wird direkt in die Suche nach einem Heilmittel investiert.«

Er drückte erneut auf eine Taste, und das Bild einiger Kinder, die an Progerie litten, erschien auf der Leinwand. Trotz ihres Aussehens fiel es einem nicht schwer, die Krankheit kurz zu vergessen. Sie hielten Ballons in den Händen, alberten herum und grinsten breit – taten also genau das, was Kinder tun sollten.

»In vielerlei Hinsicht sind wir wie eine Familie. Wir versuchen, alle paar Jahre ein Treffen zu veranstalten, zu dem Menschen aus aller Welt kommen. Die Kinder haben die Gelegenheit, Zeit mit anderen Kindern, die unter dieser Krankheit leiden, zu verbringen, und die Eltern können sich über Dinge unterhalten, die niemand sonst verstehen würde. Viele der Kinder schließen dabei Freundschaften, die …« Einen Augenblick lang versagte seine Stimme. »Die ein Leben lang halten.«

Richard machte einen Schritt nach vorn, sodass er teilweise im Licht des Projektorstrahls und somit im Mittelpunkt stand. Das war ihm immer sehr unangenehm, auch wenn man ihm schon oft gesagt hatte, dass er eine gute Figur abgab. Seine breiten Schultern waren ein Andenken an seine Kindheit auf einer Farm und seine Größe sowie sein hellblondes Haar hatte er von den skandinavischen Ahnen seiner Mutter geerbt. Der Bart in seinem Gesicht war eher das Eingeständnis, dass er ständig vergaß, sich zu rasieren, als ein modisches Statement. Er hatte ihn vor Verlassen des Hauses jedoch gründlich getrimmt – schließlich wusste er, dass er aussah wie das Maskottchen der Minnesota Vikings, wenn er ihn zu lang werden ließ.

»Ich habe mein Leben dem Kampf gegen diese Krankheit gewidmet, und wie Sie den Informationen, die ich Ihnen zugeschickt habe, entnehmen konnten, hat mein Team in den letzten fünf Jahren größere Fortschritte gemacht, als es allen Forschern vor uns je gelungen ist. Daher stehe ich nun heute in der Hoffnung vor Ihnen, dass Ihre Stiftung mir die fünfundzwanzigtausend Dollar gewährt, die ich benötige, um weiterhin nach einem Heilmittel suchen zu können.«

Er ging aus dem Licht und ließ sein Publikum den Anblick der lächelnden Kinder in sich aufnehmen, die sich ihre Kindheit nicht kampflos nehmen ließen. Allerdings hatten zwei der Abgebildeten diesen Kampf inzwischen verloren.

Dann ging er zum nächsten Bild über und fuhr fort. »Die Krankheit war nicht sehr gut erforscht, bis …«

»Bitte setzen Sie sich, Dr. Draman.«

Er schwieg und merkte, dass sein Speichel auf einmal einzutrocknen schien. Er hatte gerade mal die Einleitung abgeschlossen und die komplette Präsentation sollte noch fast fünfundvierzig Minuten weitergehen – die Geschichte der Krankheit, ihre Biologie und die Einzelheiten der Durchbrüche seines Labors erläutern. »Aber ich habe noch gar nicht …«

»Bitte, Dr. Draman. Setzen Sie sich.«

So etwas war schon früher geschehen. Manchmal waren die Präsentationen nur eine Formalität und die Spender hatten bereits aufgrund seiner schriftlichen Bewerbung beschlossen, ihn zu unterstützen. Gelegentlich war es auch genau umgekehrt.

Ein leises Summen ertönte, als die Markisen vor den Fenstern hochgezogen wurden und eine Skyline aus gläsernen Türmen vor einem wolkenlosen Himmel enthüllten.

Wer hätte je gedacht, dass er einmal hier enden würde? In der zehnten Klasse der Highschool hatte ihm das niemand zugetraut – als seine Freunde eine Seite ins Jahrbuch geschmuggelt hatten, auf der er als derjenige bezeichnet wurde, der am wahrscheinlichsten irgendwann mal vor einem Bundesgericht stehen würde. Zum eintausendsten Mal hatten sich seine schwer arbeitenden, grundsoliden Eltern sehr aufgeregt. Aber jetzt machte er seine Vergangenheit wieder wett, und diese anstrengenden Meetings waren Teil seiner durchaus verdienten Buße.

»Können wir Ihnen etwas zu trinken anbieten? Ein Glas Wasser? Eine Limonade?«

Richard schüttelte den Kopf. Der in der Mitte sitzende Mann, ein dicker weißer leitender Angestellter von etwa sechzig Jahren in schickem Anzug und glänzenden Schuhen, hatte das Wort ergriffen.

»Richard … Ich darf Sie doch Richard nennen?«

»Natürlich«, erwiderte er und unterdrückte den Drang, den Mann an den Füßen zu packen und durchzuschütteln, bis ihm das Kleingeld aus den Taschen purzelte. Diesen Teil seines Jobs hasste er – er kam sich dabei vor wie eine besonders unangenehme Mischung aus einem Dieb und einem Bettler. Wie ein Dittler. Ein Bettieb. Ein …

»Doktor?«

Richard erkannte, dass er zu lange mit leerem Blick vor sich hingestarrt hatte, und zwang sich zu einem höflichen Lächeln, als der Mann weitersprach.

»Als Erstes muss ich Ihnen recht geben, dass das eine schreckliche Krankheit ist, die weitaus größere finanzielle Ressourcen verdient hätte, als sie erhält. Manchmal fällt es uns schwer zu glauben, wofür alles Geld ausgegeben wird – sowohl von normalen Menschen als auch von der Regierung. Ich bin der Ansicht, dass jede Kinderkrankheit auf der Welt innerhalb weniger Jahre geheilt werden könnte, wenn wir alle auf unsere Großbildfernseher verzichten würden.«

Es war leicht zu erkennen, dass diese kleine Rede klang, als hätte er sie auswendig gelernt.

»Ich weiß, dass ich für uns alle spreche, wenn ich sage, dass es für die Progeriespenden keine Grenzen geben sollte. Dass wir uns wünschen, uns wären keine Grenzen gesetzt.«

Richard lächelte weiter, auch wenn er vermutete, dass er langsam aussah wie ein Gebrauchtwagenhändler aus Südkalifornien.

»Zum Zweiten kann ich Ihnen versichern, dass wir Ihre Position verstehen und Mitgefühl mit Ihnen haben. Mehr, als Sie sich vorstellen können. Außerdem ist Ihnen Ihr Ruf als brillanter und verantwortungsbewusster Wissenschaftler vorausgeeilt. Wir würden sehr gern mit Ihnen arbeiten.«

Der Mann schwieg und schien unsicher zu sein, wie er fortfahren sollte, woraufhin die Frau zu seiner Rechten seinen Gedankengang fortsetzte.

»Ich möchte Ihnen eine Frage stellen, Doktor: Wie viele Kinder leiden in diesem Moment an Progerie?«

»Meiner Ansicht nach ist es unwichtig, wie viele es sind, Ma'am …«

»Da bin ich anderer Meinung. Sie wollten vermutlich sagen, dass es unwichtig sein *sollte*, wie viele es sind. Sind es weltweit etwa fünfzig Kinder?«

Er kannte die Richtung, die dieses Gespräch jetzt einschlagen würde, hatte aber bisher noch keinen Weg gefunden, sie zu umgehen. »Ungefähr.«

»Ungefähr«, wiederholte sie. »Eines von acht Millionen Kindern leidet an diesem Syndrom, ist das korrekt?«

»Ja, etwas in der Art.«

»Und es besteht auch nicht das Risiko einer Ausbreitung, da diese Kinder nicht alt genug werden, um selbst Nachwuchs zu haben, was mir überaus leidtut.«

Er nickte und spürte, wie sich der Schweiß an seinem Haaransatz sammelte. Das konnte daran liegen, dass die Klimaanlage noch nicht auf die Sonne, die durch die Fenster hereinschien, reagiert hatte. Oder es lag an dem Mann ganz rechts, der bisher noch nicht einen Ton von sich gegeben hatte. Er saß einfach nur da und starrte ihn an.

»Sie dürfen nicht denken, dass ich das Leid dieser Kinder verharmlosen möchte«, fuhr sie fort. »Denn dem ist nicht so. Doch während Ihrer Präsentation sind mehr Kinder an Malaria gestorben, als es im Verlauf der Geschichte der modernen Medizin Progerieopfer gegeben hat.«

Endlich erwachte der Mann auf der rechten Seite zum Leben und beugte sich vor. »Und wir reden über eine genetische Erkrankung, die außerordentlich schwer zu heilen oder auch nur einzudämmen ist. Ist das korrekt?«

»Das ist richtig«, bestätigte Richard und beschloss, dass die Zeit für eine fragwürdige und nicht ganz ehrliche Taktikänderung gekommen war. In verzweifelten Zeiten musste man verzweifelte Maßnahmen ergreifen. »Doch ein Heilmittel gegen Progerie könnte weitreichend eingesetzt werden. Damit ließen sich allgemeine Alterungsprobleme behandeln, die …«

Der Mann in der Mitte hob die Hand und brachte ihn zum Schweigen. »Bei diesem Kampf sind noch andere Kräfte im Spiel, Richard. Unsere Stiftung beschäftigt sich nur mit Kinderkrankheiten, von denen jede einzelne unsere Aufmerksamkeit und Unterstützung verdient hat. Dummerweise sind diese beiden Ressourcen jedoch nur begrenzt verfügbar.«

2

Außerhalb von Baltimore, Maryland
8. April

Richard umklammerte seinen Teller, während seine Frau Würstchen von dem rostigen Grill, der im Garten hinter dem Haus stand, darauf häufte. Bis vor wenigen Monaten hatte er an der Hauswand gestanden, doch dann war ihnen aufgefallen, dass die glänzende mauve Farbe abblätterte und in ihr Essen fiel. Vermutlich hatte er nicht gründlich nachgedacht, als er seiner Tochter in einem unbedachten Moment erlaubt hatte, die Seitenwand in »irgendeiner« Farbe anzustreichen.

Die Sonne ging hinter dem Horizont unter und ließ die Pfosten des schiefen Zauns, das zersprungene Küchenfenster und den Müll, der zwischen den Limousinen aus den 80er-Jahren auf der Straße herumwehte, in einem sanfteren Licht erscheinen. Das war nicht gerade das, was er sich bei seinem Abschluss in Stanford mit zwei Doktortiteln in der Tasche und einer wunderschönen jungen Frau auf dem Beifahrersitz erträumt hatte.

Aber es hätte schlimmer kommen können. Sie zahlten keine Miete – das großzügige Geschenk eines mitfühlenden Mannes, dessen Sohn an einer Erbkrankheit gestorben war, die nicht mit

Progerie in Verbindung stand. Tatsächlich unterschied sich eine tödliche Krankheit jedoch nicht sehr von der anderen. Das Ergebnis war dasselbe, und die Menschen waren gezwungen, das Dahinscheiden ihrer Liebe mit anzusehen.

Sein Blick wanderte zu einem Hundehaufen auf seinem überwucherten Rasen. Das war ein weniger großzügiges, aber ebenso immerwährendes Geschenk, allerdings vom ponygroßen Hund seines ständig arbeitslosen Nachbarn.

»Richard?«, meinte Carly und legte ihm noch ein Würstchen auf den Teller. »Hör auf damit.«

»Womit denn?«, erwiderte er und blickte sie an.

»Den Hundehaufen anzustarren.«

»Ich hab ihn nicht angestarrt. Ich hab nur nachgedacht.«

»Worüber?«

»Darüber, dass Susie hier draußen spielt. Und dass Harvey einen altmodischen Tritt in den Allerwertesten vielleicht verstehen würde.«

Sie lachte. »Ich befürchte, dass Sie für ein derartiges Verhalten ein bisschen zu alt sind, Dr. Draman.«

»Hey, ich bin noch nicht mal vierzig. Und er ist …«

»Ein schmieriger, übergewichtiger Mann mit Herz- und Alkoholproblemen.«

»Das erleichtert mir die Sache …«

Der Rauch wirbelte um ihren athletischen Körper herum und blieb kurz in ihren roten Haaren hängen, bis er vom Wind zerstreut wurde. Sie trug die Schürze mit den Sonnenblumen, die er ihr zum Abschluss der Kochschule geschenkt hatte und die inzwischen ganz ausgeblichen und abgenutzt war. Sie sagte immer, dass sie sie aus sentimentalen Gründen behielt, aber das war nicht die ganze Wahrheit. Irgendwo in ihrem unglaublich komplexen Unterbewusstsein spielte auch Geld eine Rolle. Und das hasste er. Sie hatte mehr verdient. Sie verdiente es, alles zu haben.

Carly klopfte auf den Teller in seinen Händen. »Die isst du am liebsten.«

»Was?«

»Erde an Richard. Die Würstchen. Das sind die Chiliwürstchen, die dir so gut geschmeckt haben.«

»Ach ja«, entgegnete er und tat so, als würde er sich daran erinnern. »Die waren wirklich lecker.«

Er war sich nicht sicher, ob er sie überzeugt hatte, aber sie legte ihm das letzte auf den Teller und ging mit ihm im Schlepptau zurück ins Haus.

»Chris!«, brüllte sie, als sie das Haus betraten. »Das Essen ist fertig! Kommt ihr?«

Einen Augenblick später erschien Chris Graden mit der zweifellos einzigen Fünfhundertdollarflasche Wein, die jemals in diesem Viertel existiert hatte. Vor seiner Pensionierung war er ein hohes Tier gewesen und hatte eines der größten und profitabelsten Pharmaunternehmen der Welt geleitet. Inzwischen verbrachte er seine Tage damit, Golf zu spielen, zu segeln und eine kleine Stiftung zu leiten, die medizinische Forschungen förderte, wodurch sein siebzigjähriger Bauch flach blieb und seine Überschwänglichkeit stets zwischen der eines Duracell-Häschens und eines Welpen mit einem neuen Spielball rangierte.

»Das riecht ja köstlich, Carly.«

»Es ist nichts Besonderes, aber ich hoffe, es schmeckt euch.«

»Ich würde auch einen Schuh essen, wenn du ihn gekocht hast«, erwiderte er, goss ihnen Wein ein und ließ sich erwartungsvoll auf einen der bunt zusammengewürfelten Stühle fallen, die rings um den Küchentisch standen.

»Aber ich fühle mich richtig schlecht. Ich weiß, dass du dir den Arsch …« Er sah sich ertappt um, als er dieses Wort ausgesprochen hatte, bevor er fortfuhr. »Ich weiß, dass du den ganzen Tag im Restaurant hart arbeitest, und daher ist es eigentlich nicht richtig, dass du abends zu Hause auch noch für mich kochst. Ich hätte euch zum Essen einladen sollen.«

»Mir macht es Spaß«, sagte sie. »Du weißt schon, wenn ich alleine in meiner eigenen Küche herumwirbeln kann. Das ist wie Meditation.« Bei diesen Worten ging sie durch einen Bogen ins Wohnzimmer hinüber. »Susie! Hast du mich nicht gehört, junge Dame? Es gibt Essen!«

»Wie läuft das Restaurant?«, erkundigte sich Graden.

»Super. Wir hatten ein tolles Jahr.«

Graden schnappte sich ein Würstchen und legte es auf seinen Teller, da er wusste, dass Carly keinen großen Wert auf Tischetikette legte. Sie wollte, dass sich die Menschen an dem erfreuten, was sie kochte.

»Ich habe euch beide gar nicht bei Annette Chevaliers Beerdigung gesehen«, meinte er dann.

Richard griff nach seinem Weinglas. »Wir wollten ja hingehen, aber wenn man auf den letzten Drücker buchen will, sind die Flugtickets unbezahlbar, und wir konnten Susie die lange Fahrt mit dem Auto nicht zumuten. Ehrlich gesagt hatte ich auch seit über einem Jahr nicht mehr mit ihr gesprochen und wir haben ihre Familie nie kennengelernt. Wie geht es ihnen?«

»Scheiße. Es geht ihnen richtig scheiße. Kannst du dir vorstellen, wie es gewesen sein muss, sie so zu finden?«

»Sie hatte ihre Dämonen«, sagte Richard.

»Die haben viele andere brillante Geister auch. Zum Glück bist du eine Ausnahme.«

»Vielleicht, oder meine sind einfach real.«

»Susie!«, brüllte Carly erneut, der die Richtung, die das Gespräch eingeschlagen hatte, offenbar nicht gefiel. »Ich zähle bis zehn!«

Kurz darauf erschien ihre Tochter in einem rosa Jogginganzug, den sie eine Woche zuvor im Sonderangebot gekauft hatten. Das Oberteil hing sackartig von ihren knochigen Schultern herunter und ging ihr fast bis zu den Knien, und die viel zu weite Hose warf über ihren Tennisschuhen viele Falten.

Schon bald nach ihrer Geburt hatte Richard bemerkt, dass ihr Babyspeck auf geheimnisvolle Weise verschwand und die Venen durch ihre Haut hindurch sichtbar wurden. Damals war er noch in der Krebsforschung beschäftigt und hatte abgesehen von den wenigen beiläufig aufgeschnappten Informationen während des Studiums kaum etwas über Progerie gewusst.

»Umarm deinen Onkel Chris«, sagte Carly.

Graden erwiderte die Umarmung und sah mit einem liebevollen Lächeln, in dem ein leiser Hauch des Unbehagens mitschwang, auf ihren kahlen Kopf herab. Weder Carly noch Susie bemerkten es, aber Richard hatte in den sechs Jahren, in denen er jetzt mit den Opfern dieser Krankheit arbeitete, einen sehr guten Instinkt dafür entwickelt. Zu sehen, wie diese Kinder alt wurden, traf einen ganz entscheidenden Nerv bei den Menschen, und jeder, der ihre auf diese schreckliche Art intensivierte Sterblichkeit sah, wollte sich am liebsten abwenden.

»Wo hast du den ganzen Abend gesteckt?«, erkundigte sich Graden. »Ich habe ja nicht einen Piep von dir gehört.«

»Sie hat Richard endlich breitgeschlagen, dass er ihr einen dieser Nintendos kauft«, erklärte Carly und gab sich dabei keine Mühe, ihre Missbilligung zu verhehlen.

»Es ist eine Xbox, Mom!«

»Wohl eher eine Mistbox.«

»Du übertreibst«, protestierte Susie. »Du hast es ja noch nicht mal probiert!«

»Und das habe ich auch nicht vor!«

»Kann ich im Wohnzimmer essen und weiterspielen?«

»Susie, du wirst dir mit dem Ding nicht die Augen verderben. Und erst recht nicht dein Gehirn. Du bleibst schön am Tisch sitzen.«

»Bitte, Mom? Ich bin schon fast in Level zehn. Ich weiß, dass ich's vor dem Schlafengehen noch schaffen kann.«

»Frag deinen Vater.«

Susie sah ihn erwartungsvoll an, und wie immer gab er auch dieses Mal nach.

»Level zehn? Wow. Ich hänge noch immer in Level sechs auf der Brücke fest.«

Sie nahm das als ja, häufte in weniger als fünf Sekunden Essen auf ihren Teller und nahm als Friedensangebot an ihre Mutter eine extragroße Portion Gemüse.

»Denk an deine Medikamente!«, rief Richard ihr nach, als sie losrannte, aber sie war schon wieder verschwunden.

»So nicht, junge Dame«, knurrte Carly und eilte ihr mit der verzierten Pillenschachtel hinterher, in der sich die zahlreichen Medikamente ihrer Tochter befanden.

Als sie das Zimmer verlassen hatte, nahm Richard einen großen Schluck Wein und beobachtete, wie sein Freund genussvoll den Birnensalat probierte, bevor er sich den Würstchen zuwandte.

»Bei mir häufen sich die Rechnungen, Chris.«

Graden legte seine Gabel beiseite und lehnte sich zurück. »Ich habe mich schon gefragt, wie ich zu der Ehre gekommen bin, heute zum Essen eingeladen zu werden.«

»Das ist nicht fair. Wir …«

»Das war ein Witz, Richard. Großer Gott. Entspann dich doch mal, okay?«

»Es tut mir leid. Aber es ist nicht einfach, verstehst du? Wir haben alles in das Labor gesteckt … In meine Forschung. Wenn wir nicht die Essensreste aus dem Restaurant hätten, würden wir verhungern.«

Graden nahm sich mit den Fingern eine Spargelstange und begann, nachdenklich darauf herumzukauen.

»Ich musste gestern jemanden entlassen, Chris. Er war ein guter Wissenschaftler, aber mir fehlte das Geld, um ihn weiterhin zu bezahlen.«

»Ich weiß, dass du von mir hören willst, dass ich das in Ordnung bringe, aber das kann ich nicht. Es tut mir sehr leid, aber es geht nicht.«

»Deine Stiftung vergibt jedes Jahr Millionen. Hältst du das nicht für eine gute Sache?«

»Ach, komm schon, Richard. Du weißt verdammt gut, dass ich es für eine gute Sache halte. Genauso, wie du weißt, dass es nicht *meine* Stiftung ist.«

»Du leitest sie.«

»Versuch nicht, mir hier irgendwelche Schuldgefühle einzureden. Wir haben dir mehrere Hunderttausend Dollar gegeben, und immer, wenn ich mich beim Vorstand für dich ausspreche, bekomme ich was auf die Mütze.«

Richard wollte schon etwas erwidern, aber Graden zielte mit dem Rest der Spargelstange in seine Richtung. »Jeder ist voller Bewunderung für das, was du mit dem Progerie-Projekt aufgebaut hast. Aber die Stiftung, für die ich arbeite, konzentriert sich nicht nur auf eine Krankheit. Ich verstehe deine Position, aber wie viele Kinder …«

»Fang nicht wieder damit an, Chris. Ich habe mir den ›Bedürfnisse von Vielen und Großbildfernseher‹-Scheiß erst gestern von der Pearner-Stiftung anhören müssen. Ich *hasse* diese Aussagen.«

»Du hasst sie, weil du genau weißt, dass sie damit nicht ganz unrecht haben.«

»Hör mal, ich bin kein Kommunist. Wenn jemand eine Milliarde Dollar verdient und sie für eine Flotte aus Privatjets voller Supermodels ausgibt, dann kann ich ihm das nicht verdenken. Aber es ist schwer, den Gedanken zu ignorieren, dass es auf dem ganzen Planeten kein krankes Kind mehr geben würde, wenn sich jeder nur auf fünf Jets und ganz normale Models beschränken würde.«

»Lass uns doch mal realistisch sein, Richard. Wenn Susie keine Progerie hätte, dann wärst du zufrieden damit, ein großes Krebsprogramm zu leiten und hättest nie weiter über diese Kinder nachgedacht. Und das liegt nicht daran, dass du ein böser oder hartherziger Mann bist, sondern daran, dass jedes Jahr Millionen Menschen an Krebs sterben.«

»Was soll ich deiner Meinung nach tun, Chris? Aufhören? In meinen alten Job zurückgehen und mir eine Villa kaufen, während Susie …« Seine Stimme versagte für einen Augenblick, und er beugte sich über den Tisch zu seinem Gast hinüber. »Sie wird schwächer, Chris. Ich sehe es genau. Hast du eine Ahnung, wie es ist, jeden Morgen in ihr Zimmer zu gehen, um sie zu wecken, und sich zu fragen, ob der Tag gekommen ist? Der Tag, an dem sie nicht mehr aufwacht?«

»Nein, ich weiß nicht, wie das ist. Ich werde es nie wissen.«

Die Stille zwischen ihnen blieb beinahe eine Minute lang bestehen, bis sie schließlich von Graden gebrochen wurde. »Ich mache mir Sorgen um dich. Manchmal habe ich das Gefühl, dass das zu einem persönlichen Kampf zwischen dir und Gott geworden ist. Es fällt mir schwer, das zu sagen, aber was ist, wenn Gott gewinnt? Hast du schon mal darüber nachgedacht?«

»Gott wird nicht gewinnen.«

Graden sackte nach hinten. »Ach, vergiss es. Ich gebe auf.«

Richard entfaltete ein Foto aus einer Zeitschrift und legte es auf den Tisch. Darauf war ein klappriger alter Mann im Rollstuhl abgebildet, der zu einer Limousine geschoben wurde.

»Was ist mit ihm?«, meinte Richard, als er merkte, dass sich das Gesicht seines Freundes verfinsterte.

»Andreas Xander? Das kann nicht dein Ernst sein.«

»Er hat gerade weitere zweihundertfünfzig Millionen Dollar in den Ausbau seines Alterungsforschungszentrums gesteckt. Das ist eine Viertelmilliarde …«

»Ich weiß, wie viel zweihundertfünfzig Millionen sind, Richard.«

»Ich sollte einen Teil des Geldes abbekommen.«

Graden stellte sein Weinglas auf den Tisch und klopfte abwesend gegen das billige Glas. »Ich habe gehört, dass man ihm immer eine Jungfrau opfern muss, wenn er einem eine Spende gewährt.«

»Das ist mein Ernst, Chris.«

»Meiner auch. Weißt du, warum Xander einer der reichsten Männer der Welt ist?«

»Weil er ein guter Geschäftsmann ist?«

»Nein, weil er der widerlichste und rücksichtsloseste Wichser auf dem Planeten ist. Wäre es eine olympische Disziplin, eine gemeine Schlange zu sein, dann wäre dieser Kerl Mark Spitz. Wusstest du, dass seine Mutter in einem heruntergekommenen staatlichen Altersheim in Alabama gestorben ist? Und als sie nach ihrem Tod ihre Habseligkeiten durchgesehen haben, fand man heraus, dass ihr Xander noch immer die fünfzehn Riesen schuldete, die sie ihm fürs College geliehen hatte. Diesem Mann ist in seinem ganzen Leben alles außer Geld und Macht scheißegal gewesen. Vor einigen Jahren ist ihm dann klar geworden, dass er sterben muss, genauso wie all diese dreckigen kleinen Leute, die er immer gehasst hat. Daher wirft er jetzt jedem Forscher, der ihm erklärt, er könnte dem Tod eins auswischen, Unmengen an Geld in den Rachen.«

»Dann sag ihm, dass ich auch in diesem Geschäft bin.«

»Ich? Warum ich? Ich kenne dieses Arschloch nicht. Und man kommt nicht an ihn ran. Ich will damit sagen, dass es mir im Leben recht gut ergangen ist, aber Xander spielt in einer ganz anderen Liga.«

»Du musst doch Leute kennen, die Zugang zu ihm haben.«

»Pass mal auf, Richard. Das ist jetzt mein voller Ernst. Er finanziert streng kontrollierte Forschungen, von denen er direkt profitiert. Er würde sogar Susies Blut trinken, wenn ihm jemand erzählt, dass er sein Leben dadurch um zehn Minuten verlängern kann.«

»Ich brauche das Geld.«

»Deals mit dem Teufel gehen immer in die Hose, Richard. Das ist sozusagen Naturgesetz.«

»Momentan habe ich nicht mehr viele Alternativen.«

Graden seufzte leise und holte ein Scheckbuch aus der Tasche. »Fünfundzwanzigtausend, nicht wahr? Ist das die Summe, die dir die Pearners verweigert haben?«

Richard nickte und konnte den Blick einfach nicht von dem Scheckbuch abwenden. Es war schwer zu glauben, dass so ein kleines gewöhnliches Ding so viel ausmachen konnte … für Susie und für all die anderen Kinder.

Graden füllte einen Scheck aus und reichte ihn Richard über den Tisch.

»Ich kann dir nicht sagen, wie viel mir das bedeutet, Chris. Bitte danke den Leuten in der …« Er sah nach unten und schwieg betreten. »Das ist ein Privatscheck.«

»Ich kann deswegen nicht noch einmal zur Stiftung gehen.«

»Ich will dein Geld nicht.«

»Wir beide wissen, dass das Blödsinn ist.«

Richard saß einige Sekunden lang nur da und befühlte das Papier zwischen seinen Fingern. Als er wieder den Mund aufmachte, klang es, als würde ein anderer Mensch sprechen. »Vielen Dank, Chris. Aber das ist keine Dauerlösung. Hilf mir, an Xander ranzukommen. Du kennst viele Leute und kannst das schaffen.«

3

Außerhalb von Baltimore, Maryland
10. April

Die Stille wurde übermächtig und Richard setzte sich am Mikroskop auf und sah sich in dem unordentlichen Labor um.

Man hatte ihm einen guten Preis gemacht, weil er die ganze Etage gemietet hatte, doch jetzt schien ihn die Größe zu verspotten, indem jedes Geräusch, das er machte, ein leises Echo provozierte. Es war schwer, nicht an die Zeiten zurückzudenken, in denen es hier von Absolventen gewimmelt hatte, die gern für ihn und die Kinder arbeiteten, von talentierten Wissenschaftlern, die ihren Idealismus noch nicht verloren hatten und bereit waren, für wenig Geld zu arbeiten. Aber selbst die konnte er jetzt nicht mehr bezahlen.

Er musterte die Stühle, die an den vollgestellten Tischen standen, und überlegte wieder einmal, ob er einen Teil des Raums untervermieten sollte. Finanziell wäre es zweifellos eine kluge Entscheidung, aber er sah es auch als ersten Schritt, seine eigene Niederlage einzugestehen. Außerdem befürchtete er, dass er diesen Weg nie wieder verlassen würde, sobald er ihn einmal eingeschlagen hatte.

Das Telefon neben ihm klingelte und erinnerte ihn daran, dass es im Gebäude tatsächlich noch Leben gab. Es war fast Mittag, und er ging davon aus, dass jemand mit ihm zusammen essen gehen wollte. Eine Pizza und eine anspruchslose Unterhaltung in der Sonne waren genau das, was er brauchte. Vielleicht würde er sich sogar ein kleines Bier gönnen.

»Hallo?«

»Dr. Draman?«, fragte die Rezeptionistin. »Hier ist ein Troy Chevalier für Sie.«

Er brauchte einen Moment, bis er den Namen eingeordnet hatte. »Entschuldigung, haben Sie Troy Chevalier gesagt? Annettes Mann?«

»Ich weiß nicht, mit wem er verheiratet ist. Soll ich ihn fra...«

»Nein!«, warf Richard sofort ein. »Erwähnen Sie bitte nicht seine Frau. Lassen Sie ihn bitte in meinem Büro warten. Ich komme sofort.«

Richard rannte aus dem Labor und versuchte, sich an seine letzte Unterhaltung mit Annette und den Namen ihres Sohnes zu erinnern. Außerdem überlegte er, welchen Grund ihr Mann haben konnte, ihn hier aufzusuchen.

»Troy«, sagte Richard und streckte eine Hand aus, als er keuchend durch die Tür stürmte. »Wie geht es Ihnen? Was macht Jonny?«

»Uns geht es gut«, erwiderte dieser. »Alles in Ordnung.«

Das war offensichtlich eine Lüge. Seine Haut war unnatürlich blass und sein Gesicht wirkte eingefallen und so, als hätte er jegliche Hoffnung verloren.

»Entschuldigen Sie die Unordnung«, meinte Richard und räumte einige Bücher von dem Stuhl, der vor seinem Schreibtisch stand. »Bitte setzen Sie sich.«

Das tat Chevalier, auch wenn es so aussah, als ob ihm diese einfache Bewegung Schmerzen bereitete.

»Es tut mir so leid, dass Carly und ich nicht zu Annettes Beerdigung kommen konnten. Wir ...«

»Das verstehe ich. Sie haben Ihre eigenen Probleme. Die Blumen, die Sie geschickt haben, waren wirklich sehr schön. Wir haben uns sehr darüber gefreut.«

Richard sackte auf seinem Stuhl zusammen, als Chevaliers Blick in die Ferne schweifte. Als würde er sich daran erinnern, wie der Sarg seiner Frau in die Tiefe sank. Oder, schlimmer noch, wie sie von der Decke baumelte.

»Troy? Sind wir uns schon einmal begegnet und ich kann mich nur nicht mehr daran erinnern? Ich möchte nicht unhöflich erscheinen, aber ich würde wirklich gern wissen, warum Sie hier sind.«

»Annette wurde ermordet.«

Einen Augenblick lang erstarrte Richard und beobachtete, wie sich Zorn auf Chevaliers Gesicht abzeichnete.

»Aber soweit ich gehört habe, geht die Polizei davon aus …«

»Dass es Selbstmord war? Die haben doch überhaupt keine Ahnung.«

Richard wusste nicht, was er darauf erwidern sollte. Er hatte den Großteil seiner Karriere mit trauernden Familien zu tun gehabt, doch die Todesursache war in diesen Fällen immer eindeutig gewesen. Dieser Fall stellte für ihn etwas völlig Neues dar.

»Troy, Annette war eine wunderbare Frau und ich weiß, dass sie Sie und Jonny geliebt hat, aber wir wissen beide, dass sie Probleme hatte …«

»Ich bin kein Idiot, Richard.«

»Das habe ich auch nicht behauptet …«

»Annette hätte so etwas nie an einem Ort getan, an dem Jonny sie finden konnte. Verstehen Sie, was ich meine? *Niemals*!«

Die Inbrunst, mit der er diese Worte aussprach, verlieh ihnen mehr Gewicht, als sie vermutlich verdient hatten. Der Verlust eines geliebten Menschen konnte Schlimmes mit einem bewirken.

»Ich kann mir ansatzweise vorstellen, wie schwer das für Sie sein muss, Troy. Haben Sie schon mal das Gespräch mit …«

»Ich rede mit Ihnen«, erwiderte er, zog einen USB-Stick aus der Tasche und schob ihn über den Schreibtisch.

Richard sah auf ihn herab, blieb aber reglos sitzen. »Was ist das?«

»Das sind die Daten eines Tierprojekts, an dem Annette gearbeitet hat. Ich glaube, sie sind der Grund dafür, dass sie ermordet wurde.«

Erneut wusste Richard nicht, wie er reagieren sollte. Sollte er den Mann bei Laune halten oder versuchen, ihn in die Realität zurückzuholen? Letzten Endes entschied er sich gegen die Konfrontation. Chevalier hatte genug gelitten und brauchte einfach nur Zeit, um alles zu verarbeiten.

»Was für ein Tierprojekt?«

»Ich habe keine Ahnung … Ich bin kein Wissenschaftler. Sie war deswegen sehr aufgeregt und hat mir manchmal davon erzählt. Ich habe jedoch nie verstanden, wovon sie geredet hat. Wissen Sie, wie das ist, Richard? Wenn jemand, den Sie lieben, voller Leidenschaft an etwas arbeitet? Dann sitzt man einfach nur da und hört zu.«

»Ja, aber …«

»Zuerst hat das Pharmaunternehmen, für das sie gearbeitet hat, die Sache einfach ignoriert, doch vor etwa einem Jahr begann man, Druck auf sie auszuüben, damit sie keine Zeit mehr dafür vergeudet. Ich schätze, es ist alles sehr theoretisch und hat wenig Potenzial, Geld einzubringen. Sie hat ihnen gesagt, dass sie es gern aufgibt, wenn sie der Ansicht sind, dass sie ihr Geld nicht mehr wert sei. Daraufhin haben sie nachgegeben, doch dann sind seltsame Dinge geschehen.«

»Was für Dinge?«

»Hören Sie, ich will das gar nicht so detailliert aufführen, okay? Und ich will Sie auch nicht weiter reinziehen, als ich muss. Ich bitte Sie nur darum, sich das anzusehen, was auf dem Stick gespeichert ist, und mir zu sagen, was Sie davon halten. Sagen Sie mir, ob sie sie deswegen ermordet haben.«

Bei seiner merkwürdigen Betonung des Wortes »sie« wurde Richard noch unbehaglicher zumute, was er gar nicht für möglich gehalten hatte.

»Ich weiß nicht, Troy. Wenn schlimme Dinge geschehen, suchen wir oft nach einem Grund dafür. Nach jemandem, dem wir die Schuld geben können. Manchmal jedoch …«

»Richard, bitte. Muss ich Sie erst anflehen? Soll ich vor Ihnen auf die Knie gehen?«

»Nein, ich möchte nicht, dass Sie auf die Knie gehen. Hören Sie … Warum ich? Sie müssen doch verdammt viele Biologen kennen.«

»Genau aus dem Grund, weil ich Sie nicht wirklich kenne. Ich glaube, einige der Leute, mit denen Annette zusammengearbeitet hat, werden genau wie ich überwacht. Und weil Annette der Ansicht war, dass Sie einer der fähigsten Köpfe sind. Sie gehören zu den wenigen Menschen, die mich meiner Ansicht nach verstehen werden.«

»Wieso glauben Sie, dass Sie überwacht werden, Troy?«

»Sie halten mich für völlig verrückt, was?«

»Nein, ich glaube …«

Chevalier holte eine kleine schwarze Schachtel aus seiner Jacke und knallte sie auf den Schreibtisch. »Wissen Sie, was das ist?«

»Nein.«

»Das ist ein Peilsender. Den habe ich an meinem Wagen gefunden.«

Nervös strich sich Richard mit der Hand durch sein blondes Haar, und Chevalier verstand seine Reaktion völlig falsch.

»Sie müssen keine Angst haben. Ich habe ihn deaktiviert.«

»Das ist es nicht, was mir Angst macht, Troy. Ich …«

»Sie halten mich immer noch für verrückt.«

»Lassen Sie mich ausreden, ja? Sie haben einen unfassbaren Verlust erlitten und diese Art von Stress kann sehr negative Auswirkungen haben. Ich weiß, wovon ich rede, verstehen Sie? Mit so etwas kenne ich mich aus.«

Chevalier stiegen Tränen in die Augen, aber er bekam sich wieder unter Kontrolle, bevor sie ihm die Wangen herunterlaufen konnten. »Sehen Sie sich einfach den USB-Stick an, ja? Wenn nicht für mich, dann für Annette.«

4

Außerhalb von Baltimore, Maryland
10. April

Richard Draman konzentrierte sich auf den Computerbildschirm, während er die Hand ausstreckte und einen Spielstein auf dem Damebrett, das auf seinem Schreibtisch stand, bewegte.

»Willst du das wirklich tun, Dad?«

Er ignorierte das leise Klicken, als Susie mit ihrer Figur über seine sprang, und öffnete eine weitere Datei auf dem USB-Stick, den ihm Troy Chevalier gegeben hatte. Unglaublicherweise war sie noch faszinierender als die vorherige.

Zwar sahen die Forschungsergebnisse nicht so aus, als würde man dafür über Leichen gehen, aber es waren bahnbrechende Erkenntnisse, die Annettes Genialität nur weiter untermauerten. Die Genetik steckte noch in den Kinderschuhen, und die Ausrüstung, die dafür zur Verfügung stand, kam einem zuweilen ebenso ungenau vor wie die steinernen Werkzeuge der frühzeitlichen Menschen. Wenn man wissen wollte, welche Gene für eine bestimmte Krankheit verantwortlich waren, war man noch immer gezwungen, die genetische Struktur gesunder Menschen mit der von Erkrankten zu vergleichen, um die Unterschiede herauszufinden, und Statistiken zurate zu ziehen, bis man einen möglichen Kandidaten entdeckt hatte.

Annette hatte versucht, einen Stein von Rosette zu erschaffen, mit dessen Hilfe sie den momentan unerklärlichen Code des Lebens entschlüsseln konnte. Ihre Ideen befanden sich noch im Anfangsstadium, aber wenn sie korrekt waren und weiterentwickelt werden konnten, dann hatten sie das Potenzial, die Biologie zu revolutionieren und nicht nur Progerie, sondern im Grunde genommen jede je identifizierte Erbkrankheit zu heilen.

»Daddy?«

Susie, die auf dem Stuhl auf der anderen Seite des Schreibtischs saß, sah ihn fragend an und versuchte, ein Grinsen auf ihren papierdünnen Lippen zu unterdrücken.

»Was ist, mein Schatz?«

»Ich hab gewonnen.«

Er sah auf das Spielbrett und runzelte die Stirn. »Du hast bestimmt gemogelt.«

»Das ist Dame! Wie kann man dabei mogeln? Ich habe regelgerecht gewonnen und jetzt musst du mitkommen und mir was vorlesen, damit ich einschlafen kann.«

»Das würde ich gern, aber ich muss noch arbeiten.«

»Aber es ist schon Abend. Du musst abends nicht mehr arbeiten. Außerdem wird es nicht lange dauern. Wir lesen *Matilda*. Die Kapitel sind ganz kurz.«

Er stieß die Luft aus. »Ich weiß. Du hast recht. Aber das hier ist wirklich wichtig. Lass uns das auf morgen verschieben, ja? Du hast auch versprochen, mir zu zeigen, wie man dieses Kinect-Ding bei deinem Videospiel benutzt, weißt du noch?«

»Wirklich?«

»Natürlich. Aber beim nächsten Mal werde ich dich haushoch besiegen.«

Sie glitt vom Stuhl und ging in den Flur, wobei ihre nackten Füße auf dem rissigen Holzboden klatschende Geräusche machten. »Ich werde es Mom erzählen. Vielleicht will sie ja mitspielen!«

Richard wandte sich erneut dem Computerbildschirm und Annette Chevaliers Geist zu. »Ha! Darauf kannst du lange warten.«

* * *

Als es leise klopfte, richtete sich Richard abrupt auf und wusste erst nicht, wo er war, bis er Carly im Türrahmen stehen sah. Sie trug eines seiner alten College-T-Shirts, das ihr bis auf die langen Beine reichte, wo unter dem Saum ein rosa Höschen hervorlugte.

»Es ist fast Mitternacht«, sagte sie, ging um den Schreibtisch herum und setzte sich auf seinen Schoß. »Wann kommst du endlich ins Bett?«

»Tut mir leid. Ich muss eingeschlafen sein. Ich bin die Daten durchgegangen, die mir Troy gegeben hat.«

Sie drückte sich enger an ihn, legte ihren Kopf auf seine Schulter und ließ ihr langes Haar seinen Rücken hinabfallen. »Ich habe viel über Annette nachgedacht. Ich habe sie zwar nicht gerade gut gekannt, aber man fragt sich doch, was ihr durch den Kopf gegangen sein muss. Sie hatte so viel: einen gesunden Sohn, ein wunderschönes Haus, einen großartigen Ehemann.«

Der Vergleich war offensichtlich und ein wenig deprimierend. »Du hast wenigstens das Letzte, nicht wahr?«

Sie lächelte ihn an. »Einen wunderbaren Ehemann? Ich weiß nicht … Ich schätze, ich hätte es schlimmer treffen können.«

»Hast du Susie gut ins Bett bekommen?«

»Ja, aber sie war enttäuscht, dass du ihr nicht noch etwas vorgelesen hast. Dafür musst du morgen mit ihr dieses Videospiel spielen.«

»Das habe ich ihr schon versprochen.«

»Ja, aber du hast auch gesagt, dass du ein wenig Zeit mit ihr und *Matilda* verbringst.«

»Du musst ein wenig nachsichtiger mit mir sein«, erwiderte er und deutete auf den Bildschirm. »Das ist etwas, das ich vielleicht verwenden kann, um ihr zu helfen. Aber wenn ich das durchgehen und all die anderen tausend Dinge machen will, die jeden Tag anstehen, dann schaffe ich das nicht in meinen normalen Bürozeiten. Das ist gerade alles ein wenig kompliziert.«

Darauf reagierte sie nicht und er wusste, worauf sie hinauswollte. Er war schon immer ein wenig neidisch auf ihre Fähigkeit gewesen, in eine philosophische Ruhe zu versinken, während er den Wind anbrüllte oder sich hinter winzigkleinen zellularen Details versteckte.

Doch es bereitete ihm auch leise Sorgen. War es wirklich ein angeborenes Talent für einen mönchsartigen Fatalismus oder doch nur die clever verschleierte Version des Leugnens, das er bei so vielen anderen Eltern erlebt hatte?

»Ich weiß, dass du viel zu tun hast«, meinte sie schließlich. »Aber du darfst etwas sehr Wichtiges nicht vergessen.«

»Und das wäre?«

»Sie ist jetzt hier.«

Er schloss die Augen und lehnte seinen Kopf an die Stuhllehne, während er erfolglos versuchte, seinen Geist zu leeren und daran zu hindern, die Bedeutung der Worte seiner Frau genauer zu erfassen.

Sie hatten sich während des Studiums kennengelernt. Sie war an der Kochschule, die in derselben Straße lag wie seine Wohnung, und hielt sich häufig in dem Lebensmittelgeschäft auf, in dem er auch einkaufen ging. Als das Semester endete, hatte er ein Computerprogramm geschrieben, das die Wahrscheinlichkeit dafür berechnete, zu welcher Zeit man sie im Laden antreffen konnte, und er baute sein Leben rings um diese sorgsam ausgedruckten Zeitpläne auf und schrieb endlos erfundene Einkaufszettel.

Obwohl er auf Frauen schon immer anziehend gewirkt hatte – auch wenn seine Beziehungen nie lange hielten –, fand er nie den Mut, sie anzusprechen. Ihr bereitete das jedoch keine Probleme. Eines Tages stellte sie sich ihm in der Nähe der Artischocken in den Weg und versperrte ihm den Zugang zu einem Regal mit Zucchini. Er wusste noch genau, was sie als Erstes zu ihm gesagt hatte: »Du gehst ziemlich oft einkaufen, was?«

Richard ließ den Kopf sinken und legte sein Kinn auf ihren Kopf. »Sie wird morgen auch noch da sein, Carly.«

»Aber was ist, wenn du nicht mehr hier bist?«

»Ich verstehe dich nicht.«

»Du könntest in ein paar Tagen vom Labor nach Hause fahren und ein Betrunkener nimmt dir die Vorfahrt. Ich bezweifle, dass sich dein letzter Gedanke darum drehen wird, dass du zu viel Zeit mit deiner Tochter verbracht hast.«

»Danke für die bildliche Vorschau auf meinen Tod. Normalerweise stelle ich ihn mir nicht derart detailreich vor.«

»Gern geschehen.«

Er zog eine Schublade auf und holte zwei Gläser heraus, in die er etwas Scotch goss, bevor er ihr eines davon reichte. Sie drehte sich um, drückte die Füße gegen den Schreibtisch und presste ihren Rücken gegen seinen Bauch.

Sie saßen nicht mehr sehr oft zusammen und tranken etwas. Das wilde, leidenschaftliche Abenteuer, das sie gemeinsam begonnen hatten, entwickelte sich langsam zu etwas, das sie zwischen Susie, dem Restaurant, dem Labor und den Rechnungen einschieben mussten.

»Manchmal, wenn ich an unsere Vergangenheit denke, dann kommt sie mir eher vor wie ein Film, den ich mal gesehen habe, als wie etwas, das mir tatsächlich passiert ist«, sagte er. »Ich sehe uns, wie wir uns in Bars betrinken und in runtergekommenen Mietwagen durch Dritte-Welt-Länder fahren. Ich erinnere mich daran, wie wir versucht haben, in dem kleinen Bett mit dem Moskitonetz in Namibia Sex zu haben. Es war unglaublich heiß und immer, wenn einer von uns an das Netz gekommen ist, wurden wir sofort gestochen.«

»Ich weiß, dass es wirklich passiert ist, weil ich am Hintern eine Narbe habe, wo mich die Viecher angenagt haben«, entgegnete sie.

Er grinste und sie saßen einige Minuten lang schweigend da und nippten an ihren Drinks. »Ich muss sie retten, Carly.«

Sie nickte langsam, drehte sich aber nicht um, um ihn anzusehen. »Ich weiß.«

5

Im Norden von Pennsylvania
12. April

Richard überprüfte noch einmal die Karte, die er ausgedruckt hatte, und hielt vor einem Eisentor an, das etwas imposanter aussah, als er erwartet hatte. An einer Steinsäule befand sich eine Gegensprechanlage und er lehnte sich aus dem Fenster, um sie zu aktivieren.

Der mit einem Maschinengewehr bewaffnete Wachmann, mit dem er beinahe gerechnet hatte, tauchte allerdings nicht auf – stattdessen begrüßte ihn eine weibliche Stimme mit leichtem Akzent, die aus dem Lautsprecher hallte.

»Ja? Kann ich Ihnen helfen?«

»Hi, ich bin Richard Draman. Ich habe gestern mit Dr. Mason gesprochen. Wir haben einen Termin.«

»Natürlich, Dr. Draman. Herzlich willkommen.«

Das Tor schwang auf, und er fuhr hindurch und eine gewundene Privatstraße entlang, die durch die Bäume führte.

Die Nervosität, die seit Verlassen seines Hauses stetig in ihm gewachsen war, hatte sich inzwischen in einem flauen Gefühl in seinem Magen manifestiert. Warum auch nicht? August Mason war der wohl begabteste und rätselhafteste Biologe des letzten Jahrhunderts. Seine Forschungsergebnisse bewirkten noch heute, dass die Menschen den Kopf schüttelten, ebenso wie sein Verschwinden, kurz nachdem er den nach Ansicht der Welt ersten von vielen weiteren Nobelpreisen angenommen hatte. Er war über fünfundzwanzig Jahre verschwunden gewesen, bis er vor wenigen Jahren auf einmal wieder aufgetaucht war und dieses Anwesen gekauft hatte.

Das Haus kam in Sicht, als Richard einen kleinen Hügel hinaufgefahren war. Es war zehnmal so groß wie sein eigenes und stand auf einem Grundstück, das deutlich größer war als die Farm, auf der er aufgewachsen war. Die steinerne Fassade und das dramatisch geschwungene Dach ließen es ein wenig wie ein fehlgeschlagenes Schloss aussehen – eine romantische Illusion, die durch die wunderschöne, dunkelhaarige Frau, die ihm vom Portikus aus zuwinkte, nur noch verstärkt wurde.

»Hallo«, sagte sie und reichte ihm ihre weiche Hand, als er aus dem Auto stieg. »Ich bin Alexandra Covas, Dr. Masons Assistentin.«

Sie musste etwa in Carlys Alter sein, hatte undurchdringliche Augen und einen exotischen Akzent, durch den sie recht geheimnisvoll wirkte. Auch wenn sie nicht sein Typ war, konnte er sich doch vorstellen, warum Mason sein Anwesen so gut wie nie verließ.

Richard folgte ihr in die Bibliothek, wo sie ihn zwischen hohen Bücherregalen stehen ließ. Er wartete etwa eine Minute lang reglos und schweigend, bis das Kribbeln in seinem Magen erneut einsetzte, dann beschloss er, sich abzulenken, indem er sich ein wenig umsah.

An den Wänden hingen Original-Bleistiftzeichnungen von verschiedenen Pflanzen und Tieren wie Erinnerungen an eine elegante Zeit der Entdeckungen, in der es noch keine modernen Geräte wie Kameras gegeben hatte. Er ging bedächtig umher und blieb gelegentlich stehen, um eine besonders eindrucksvolle Insektensammlung oder einen gut erhaltenen Schädel in Augenschein zu nehmen, bis er schließlich vor der Erstausgabe von *Über die Entstehung der Arten* stehen blieb, die unter Glas ausgestellt war. In

August Masons Studierzimmer zu stehen und sich ein Buch anzusehen, das Charles Darwin persönlich durchgeblättert haben könnte, wirkte nicht gerade beruhigend auf ihn. Zum Teufel, er war sich noch nicht einmal sicher, was er hier suchte. Es war eine lächerliche Verzweiflungstat gewesen, Mason überhaupt anzurufen. Er hätte nie damit gerechnet, dass der Mann einem Treffen überhaupt zustimmen würde.

»Dr. Draman. Entschuldigen Sie, dass ich Sie habe warten lassen.«

Richard wirbelte herum und stand einer weiteren Überraschung gegenüber. Mason war nicht länger der aufgeblähte, eine Brille tragende Mann wie auf den Bildern, die er kannte, aber auch nicht der verwirrt dreinblickende Einsiedler, für den ihn viele hielten.

Man sah ihm seine fünfundsechzig Jahre zwar durchaus an, aber sie hatten ihm nicht übel mitgespielt. Seit seinem Verschwinden musste er wenigstens vierzig Pfund verloren haben, sodass er jetzt einen kräftigen Körperbau hatte sowie Schultern, die in der nicht gerade athletischen akademischen Welt durchaus als breit bezeichnet werden konnten. Seine Haut war am Mund und den Augen von tiefen Falten durchzogen, aber sein Gesicht unter dem langen grauen Haar sah gebräunt und gesund aus.

»Dr. Mason?«

Sein Gegenüber reagierte mit einem höflichen Lächeln.

»Es ist mir eine große Ehre, Sie kennenzulernen, Sir«, sagte Richard und schüttelte die Hand des Mannes so energisch, dass es fast schon peinlich war. Er hatte an der Wand seines Zimmers im Studentenwohnheim tatsächlich ein Bild von Mason aufgehängt. Seiner Erinnerung nach hatte es einen Ehrenplatz gleich rechts neben dem sehr geschätzten Poster von Raquel Welch im Fell-Bikini und direkt über seiner selten genutzten Wasserpfeife eingenommen.

»Ich bin Ihnen sehr dankbar, dass Sie mich empfangen, Sir. Ich weiß, dass Sie das nur selten tun, und fühle mich geehrt, hier sein zu dürfen.«

Mason schien sich über den atemlos vorgetragenen Wortschwall seines Gastes zu amüsieren.

»Entschuldigen Sie«, fuhr Richard fort, »ich plappere. Aber daran sind Sie vermutlich gewöhnt.«

»Eigentlich nicht mehr.« Mason deutete auf zwei Sessel und sie setzen sich.

»Das Letzte, was ich hörte, war, dass Sie in der Krebsforschung arbeiten, Richard. Ich meine mich zu erinnern, dass viele Leute über Sie gesprochen haben. Der Wunderknabe aus … Oklahoma, nicht wahr?«

»Eigentlich stamme ich aus einer kleinen Stadt in Kansas, von der Sie vermutlich noch nie gehört haben.«

»Und wie konnte sich jemand aus einer Kleinstadt, von der ich noch nie gehört habe, in einem derart komplizierten Feld wie der Biologie einen derartigen Ruf machen, Richard?«

Peinlich berührt stellte Richard fest, dass ihm bei diesem Kompliment und der Tatsache, dass sich August Mason tatsächlich für ihn interessierte, das Adrenalin durch die Adern rauschte.

»Tja, an meiner Highschool gab es keine Klassen, die für mich eine Herausforderung gewesen wären, und ich hatte das Glück, dass man mir die Gelegenheit gab, an einer Privatschule in einem anderen Bundesstaat lernen zu dürfen.«

Das war zwar korrekt, aber noch lange nicht die ganze Geschichte. Tatsächlich war er als Kind völlig isoliert gewesen und hatte sich von seiner Familie, seiner Schule und seiner Stadt nicht verstanden gefühlt. Aus diesem Grund hatte er die intellektuellen Gaben, die er zu diesem Zeitpunkt noch nicht zu schätzen gelernt hatte, für nicht gerade produktive Zwecke genutzt. Alles begann damit, dass er einen Trank entwickelte, der Kühe blau werden ließ, wenn man ihn dem Futter beimischte – was seiner Meinung nach eine gewaltige Verbesserung gegenüber der normalen Kansas-Monotonie war –, doch dieses künstlerische Statement kam bei der Gemeinde nicht gerade gut an. Was als harmloses Katz-und-Maus-Spiel begonnen hatte, führte letzten Endes zu einem unglücklichen Zwischenfall, in den ein Wasserturm, der neue Wagen seines Vertrauenslehrers sowie der Großteil der ansässigen Feuerwehr verwickelt waren.

»Und an dieser Schule haben Sie Ihre Inspiration gefunden?«

Unruhig rutschte Richard auf dem Sessel hin und her, da es ihm schwerfiel, vor einem so großen Geist wie August Mason über sich selbst zu sprechen, und da ihm unter seinem intensiven Blick die Worte zu fehlen schienen.

»Ehrlich gesagt war es eine Militärschule, Dr. Mason. Als ich dort ankam, hatte ich solche Angst, dass ich mir bei dem Aufnahmetest, den ich machen musste, wirklich Mühe gegeben habe. Zuerst glaubten sie, ich hätte geschummelt, aber als sie herausfanden, dass ich das nicht getan hatte, nahm mich einer der Naturkundelehrer unter seine Fittiche. Ihm habe ich im Grunde genommen alles zu verdanken.«

»Es ist schon interessant, wie ein zufälliges Ereignis unser Leben auf unvorstellbare Weise verändern kann, finden Sie nicht?« Er hatte eine Art zu reden, die den Eindruck erweckte, er wisse mehr, als er wissen konnte – als würde er sich in diesem Moment auf den verdammten Wasserturm beziehen. »Aber ich habe auch gehört, dass Sie der Krebsforschung den Rücken gekehrt haben. Ist das richtig?«

Richard nickte. »Progerie. Meine Tochter hat sie.«

»Das tut mir leid.«

»Dann sind Sie mit der Krankheit vertraut?«

»Oh, ich habe mich nur oberflächlich damit beschäftigt.«

Es wäre eine Untertreibung zu behaupten, Mason wäre im Verlauf seiner Karriere nicht ebenso verhasst wie verehrt gewesen. Er hatte den Ruf, ein kaltherziger Bastard zu sein, der dazu neigte, die ihm intellektuell Unterlegenen, also so gut wie jeden, völlig auszublenden.

Schlimmer jedoch war, dass er ein starker Befürworter der Eugenik gewesen war. Seine Vorschläge zur Entwicklung eines Abtreibungsprogramms basierend auf den zunehmend verbesserten Fruchtwasseruntersuchungen hatten ihn die wenigen Verteidiger gekostet, die er in der liberalen akademischen Gesellschaft noch gehabt hatte, Richard eingeschlossen. Wenn es nach Mason gegangen wäre, wäre Susie nie geboren worden.

Doch jetzt fiel es ihm schwer, all das in diesem Mann wiederzuerkennen. Gut, er war nicht überschwänglich und hatte eine beunruhigende Art, durch einen hindurchzusehen, aber er machte auch nicht gerade den Eindruck, regelmäßig mit Hitler Tennis zu spielen.

»Dann verraten Sie mir mal, was ich für Sie tun kann, Richard.«

»Ich möchte mit Ihnen über Ihre Forschung sprechen.«

»Welchen Aspekt davon?«

»Die fundamentalen Strukturen des Lebens.«

»Ah, die großen Wahrheiten. Nicht gerade eines meiner Lieblingsthemen.«

»Aber darauf hat sich Ihre Karriere doch eigentlich konzentriert, oder? Einige Menschen würden sogar von Ihrer Besessenheit sprechen.«

»Illusion wäre wohl eine treffendere Bezeichnung.«

Richard wollte schon protestieren, aber Mason brachte ihn mit einer Handbewegung zum Schweigen.

»Ich habe jahrelang geglaubt, ich wäre auf dem Weg zu einem Durchbruch, der die Art, wie wir das Leben verstehen, verändern würde. Dass ich der erste Mensch wäre, der direkt in Gottes Kopf blicken könnte. Stattdessen hat sich alles als Irrtum herausgestellt.«

»Und aus diesem Grund haben Sie sich in Luft aufgelöst«, stellte Richard fest, der gar nicht erst versuchte, seine Neugier zu verhehlen.

Mason lächelte. »Ist das die allgemeine Theorie? Dass ich in den U-Bahn-Tunneln von New York hauste? Oder hat die Hypothese, ich wäre in ein syrisches Kloster gegangen, wieder Aufwind bekommen?«

»Entschuldigen Sie, ich wollte Sie nicht aushorchen. Das alles ist einfach ein Rätsel für uns. Sie würden nicht glauben, wie oft dieses Thema immer noch aufkommt, wenn Biologen zusammenkommen und ein bisschen zu viel getrunken haben.«

Nachdem Mason seine Position ein wenig verändert hatte, schien er darüber nachzudenken, wie viel er preisgeben wollte. »Sagen wir einfach, Gott war schwerer zu fassen, als ich gedacht hatte, sodass ich beschloss, woanders weiterzusuchen.«

»Haben Sie ihn gefunden?«

»Leider nicht. Das muss die nächste Generation übernehmen. Menschen wie Sie.«

»Und Annette Chevalier.«

Mason runzelte die Stirn. »Ich habe gehört, was passiert ist. Schlimme Geschichte.«

»Wussten Sie, dass sie in die gleiche Richtung wie Sie geforscht hat?«

»Ja, sie hat mich ein paarmal angerufen. Ich habe ihr gesagt, dass es eine Sackgasse ist, aber sie wollte nicht auf mich hören. Haben Sie sie gekannt?«

Richard nickte.

»Dann wissen Sie, warum ich sie entmutigen wollte. Ich hatte von ihrer Depression gehört und dass sie einige Jahre zuvor schon einmal versucht hatte, sich umzubringen. Als mir klar geworden war, dass meine Forschung nirgendwohin führt, war ich so verzweifelt, dass ich allem, was ich je gekannt hatte, den Rücken kehrte. Ich war besorgt, dass sie …« Er hielt kurz inne. »Dass sie damit nicht fertig werden würde.«

»Wo sind Ihre Forschungsunterlagen heute?«

»Ich habe sie weggeworfen.«

»Wie bitte? Was haben Sie gerade gesagt?«

»Ich war so aufgewühlt, dass ich alles in den Müll geworfen habe.«

»Sie haben keine Kopien?«, erkundigte sich Richard verstört.

»Es ist nicht so läuternd, wenn man Kopien aufbewahrt. Und jetzt frage ich Sie noch einmal: Was kann ich für Sie tun, Richard?«

Richard zögerte, da er wusste, dass er sich in legaler Hinsicht auf dünnem Eis bewegte.

»Annettes Mann hat mir einen USB-Stick mit einigen ihrer Theorien und Daten gegeben. Ich habe alles durchgesehen, vieles ist unvollständig und spekulativ. Aber es ist auch sehr aufregend. Ich weiß, dass Sie gesagt haben, es würde nirgendwohin führen, aber ich kann die Sackgasse, die Sie gefunden haben, einfach nicht erkennen.«

Masons Gesichtsausdruck veränderte sich nicht ein bisschen. »Glauben Sie mir. Sie ist da.«

Richard griff in seine Jackentasche und zog eine Kopie von Annettes Daten hervor. »So unwahrscheinlich es auch sein mag, vielleicht hat sie ja doch eine Herangehensweise gefunden, die Ihnen entgangen ist. Ich weiß, dass ich sehr viel verlange, aber könnten Sie sich das vielleicht kurz ansehen und mir sagen, was Sie davon halten? Aus Gründen, die Sie gewiss verstehen werden, fehlt mir die Zeit, Sackgassen zu nehmen.«

Mason nahm den USB-Stick und starrte ihn einige Sekunden lang an. »Ich kann Ihnen nichts versprechen, aber ich werde sehen, was ich tun kann.«

6

Außerhalb von Baltimore, Maryland
12. April

Susie legte ein Puzzleteil, das eindeutig nicht an diese Stelle passte, in Bibos Bauch und drückte mit einem knochigen Finger darauf.

»Soll ich dir einen Hammer holen?«, fragte Richard, was seiner Tochter ein lautes Kichern entlockte und ihn grinsen ließ. Trotz ihrer Krankheit war sie schon immer ein ungewöhnlich fröhliches Kind gewesen, das in allem stets das Positive sah. Seiner Meinung nach war das ein seltenes und bewundernswertes Talent.

»Weißt du, was Amy heute in der Schule gemacht hat?«

»Nein, was denn?«

»Einen Salto. Einen richtigen. Sie ist sogar wieder auf den Füßen gelandet.«

»Vorwärts oder rückwärts?«

Ihr Gesichtsausdruck ließ ihn erkennen, dass er eine selten dämliche Frage gestellt hatte. »Vorwärts natürlich! Wie auch sonst? Niemand kann einen Rückwärtssalto machen, ohne hinzufallen. Das würde ich auch gern mal können. Eines Tages mache ich auch einen Vorwärtssalto.«

Wenn sie solche Sachen sagte, wurde sein Herz immer ganz schwer, aber er hatte nicht vor, sie zu entmutigen.

»Eines Tages kannst du alles machen, was du willst.«

Sie suchte sich ein weiteres Puzzleteil heraus, das sie mit ähnlichem Ergebnis anlegte.

Er war ihrer Freundin Amy und all den anderen in der Schule sehr dankbar. Kinder konnten so grausam sein, wenn jemand anders war als sie, aber Susie hatte eine derartige Grausamkeit niemals zu spüren bekommen. Das konnte zum Teil an ihrer Persönlichkeit liegen, doch ihre jungen Klassenkameraden schienen auch zu verstehen, was sie durchmachen musste, und sie wollten ihr helfen.

Er blickte auf und bemerkte, dass seine Frau im Türrahmen stand und sie beobachtete. »Wir könnten Hilfe gebrauchen, Carly. Das Krümelmonster ist eine ziemliche Herausforderung.«

»Ja, Mom. Dad war nach der langen Fahrt nach Pennsylvania zu müde, um Kinect zu spielen. Komm her und hilf uns.«

Sie schien kurz über die Einladung nachzudenken und ließ sich dann auf dem Boden nieder. Richard lehnte sich auf dem Teppich zurück und legte den Kopf gegen ihren Oberschenkel, sodass er seinen schmerzenden Rücken ausstrecken konnte. Ihre Wärme breitete sich in seinem Körper aus und er schloss die Augen und genoss dieses Gefühl, während Susie in den Puzzleteilen herumwühlte und darüber philosophierte, warum vernünftige Menschen nichts mit Mathematik zu tun haben sollten.

Sie hatte sich gerade erst mit diesem Thema angefreundet, als sie durch ein Klopfen an der Tür unterbrochen wurde. Richard stand mit steifen Knien auf und ging durch das Zimmer, um dann vor der Tür stehen zu bleiben und auf seine Armbanduhr zu sehen. Es war kurz vor einundzwanzig Uhr.

»Wer ist da?«

»Detective Timothy Sands von der Polizei. Machen Sie bitte die Tür auf.«

Er runzelte die Stirn und öffnete die Tür. Von Zeit zu Zeit passierte etwas Derartiges, meist wenn das Paar zwei Häuser weiter zu viel Gin getrunken hatte und einander wieder mit Golfschlägern durch die Gegend jagte. Ihn ärgerte es sehr, dass er gezwungen war, seine Tochter in dieser Umgebung aufwachsen zu lassen, aber Carly hatte angemerkt, dass die Tendenz, sich mit Gleichartigen zu umgeben, ebenfalls ungesund wäre. Er war nicht ganz ihrer Meinung.

»Sind Sie Richard Draman?«

Der Polizist wirkte ernster als die, die früher da gewesen waren. Der Mann, der neben ihm stand, trug eine Uniform, doch Sands war mit einem grauen Anzug bekleidet, der für seinen massigen Körper eine Nummer zu klein zu sein schien. Zusammen mit den zusammengepressten Lippen und dem militärisch wirkenden Haarschnitt wirkte er wie ein Mann, mit dem man sich lieber nicht anlegte.

»Ja, der bin ich. Aber wir haben gar nichts gehört. Wir sind den ganzen Abend im Haus …«

»Würden Sie sich bitte umdrehen?«

»Wie bitte?«

Der Mann machte sich nicht die Mühe, seine Worte zu wiederholen, sondern machte eine Geste in Richtung des uniformierten Polizisten, der Richard daraufhin an der Schulter packte.

»Was zum Teufel machen Sie denn? Nehmen Sie die Hände weg …«

Sein Protest erstarb, als er gegen die Wand gedrückt wurde und man ihm hinter dem Rücken den Arm verdrehte. Er hörte seine Frau und seine Tochter schreien, konnte ihre Worte aber merkwürdigerweise nicht verstehen, als er das ihm auf deprimierende Weise vertraute Geräusch von Handschellen, die um seine Handgelenke befestigt wurden, hörte.

»Richard Draman, Sie sind festgenommen.«

»Warum denn das?«, wollte er wissen, als weitere uniformierte Polizisten an ihm vorbeiströmten. Einer überreichte Carly, die gerade versuchte, ihre verwirrte Tochter zu beruhigen, ein Blatt Papier.

»Durchsuchungsbefehl«, sagte er und ging schnurstracks auf das kleine Büro im hinteren Teil des Hauses zu.

»Es ist alles in Ordnung«, meinte Richard, als Susie zu weinen begann. »Das muss ein Fehler sein. Jeder macht mal einen Fehler. Sie haben mich mit einem der Nachbarn verwechselt.«

Daraufhin sah sie nicht mehr ganz so verängstigt aus, ließ ihn jedoch nicht aus den Augen, während die Polizisten an ihnen vorbeiströmten.

»Worum geht es hier eigentlich?«, wollte Carly wissen und stellte sich Sands in den Weg, der sie ignorierte und auf einen Mann deutete, der Richards Laptop in den Händen hielt.

»Ist das der einzige Computer?«

»Ja, Sir. Zumindest der einzige, den wir bisher gefunden haben.«

»Durchsuchen Sie das ganze Haus. Ich will jeden Computer, jeden Datenträger und jedes Stück Papier bis zur letzten Serviette. Und das schließt auch CDs und CD-Player ein.«

»Hey!«, rief Carly, dieses Mal etwas lauter. »Ich rede mit Ihnen. Was haben Sie hier zu suchen? Warum haben Sie meinem Mann Handschellen angelegt?«

»Ich denke, das habe ich bereits klargestellt, oder nicht?«, erwiderte dieser und betrachtete Carly mit seinem zweifellos einschüchterndsten Blick. Sie schien es nicht mal zu bemerken.

»In dem Fall müsste ich ja nicht danach fragen, oder? Warum verhaften Sie meinen Mann?«

Richard hatte das ungute Gefühl, dass er die Antwort auf diese Frage bereits kannte.

»Und Sie sind?«, wollte Sands wissen.

»Ich bin mir ziemlich sicher, dass wir das bereits geklärt haben. Warum sollte ich ihn sonst meinen Mann nennen?«

Sands schien zu begreifen, dass sie keine Ruhe geben würde, und machte eine Handbewegung in Richtung Tür. Einen Augenblick später wurde Richard nach draußen gezerrt, wo sich einige seiner Nachbarn bereits versammelt hatten, um sich das Spektakel anzusehen.

Er ignorierte sie und verdrehte den Hals, sodass er Sands und Carly sehen konnte, die sich im Flur gegenüberstanden. Als der Detective endlich antwortete, war Richard noch in Hörweite.

»Wegen Industriespionage.«

7

Baltimore, Maryland
12. April

»Ich muss zugeben, dass Sie nicht so sind, wie ich erwartet hatte«, sagte Sands, verschränkte die Arme vor der Brust und klopfte mit den Fingern rhythmisch gegen das Schulterholster.

Der Raum war nicht ganz so schlicht, entsprach aber im Grunde genommen dem, an den sich Richard aus seiner Jugend erinnerte – eine klaustrophobische Schachtel mit einem Holztisch, unbequemen Stühlen und einem riesigen Spiegel, in dem er sich mit hinter dem Rücken gefesselten Händen sehen konnte.

»Ich hatte nicht erwartet, etwas über Sie im Computer zu finden, und war außerordentlich überrascht, eines der interessantesten Vorstrafenregister zu finden, das mir je unter die Augen gekommen ist. Welcher kranke kleine Bastard bringt die Tiere seiner Nachbarn um?«

»Augenblick mal«, protestierte Richard. »Das, was ich den Tieren gegeben habe, war völlig harmlos. Irgendein idiotischer Tierarzt meinte, sie müssten sp…«

»Und dann haben Sie versucht, einen Polizisten umzubringen.«

»Das ist doch Blödsinn! Als wir den Wagen auf dem Turm wieder zusammengesetzt haben, haben wir vergessen, die Handbremse anzuziehen. Es war reiner Zufall, dass der Polizeiwagen in dem Moment vorbeikam, als er losgerollt ist. Er hatte nicht mal einen Kratzer, als ihn die Feuerwehr endlich rausgeholt hatte.«

»Und dann wird der Richter weich und gestattet Ihren Eltern, Sie zur Militärschule zu schicken. Einige Monate später kommen sie bei einem Feuer um. Da fragt man sich doch, ob Sie nicht sauer waren, dass Sie weggeschickt wurden. Wenn Sie …«

Richard sprang auf und wollte sich auf den Polizisten stürzen, doch seine Hände waren noch immer gefesselt. Einige Sekunden später fand er sich mit dem Gesicht auf dem Boden liegend wieder, während ihm der Detective den Fuß in den Nacken drückte.

»Vorsicht, Doc. Ich bin kein hinterwäldlerischer Sheriff, den man mit Geschichten erweichen kann.«

Er drückte ein letztes Mal mit der Fußspitze zu, verließ dann das Zimmer, verschloss die Tür und ließ Richard alleine zurück. Er lag einfach nur da, verfluchte seine Dummheit und erinnerte sich an Susies Gesichtsausdruck, als ihn die Polizei abgeführt hatte. Was musste sie jetzt durchmachen? Was bewirkte der Stress bei ihrem schwachen Herzen?

Er wollte sie anrufen und ihr sagen, dass alles in Ordnung sei, aber bisher hatte noch niemand gesagt, dass er telefonieren dürfe. Auch wenn er vermutete, dass man ihn durch den Spiegel beobachtete und er am liebsten seine Rechte eingefordert hätte, fand er nicht die Kraft dazu. Stattdessen rappelte er sich mühsam wieder auf und ließ sich erneut auf den Stuhl fallen, wo er sich so weit vorbeugte, bis seine Stirn auf der Tischplatte lag. Dieses Mal hatte er es wirklich geschafft. Er hatte schon so oft Bockmist gebaut, aber dieses Mal würde es sein Untergang sein. Und er würde alle um sich herum mitreißen.

Die Tür wurde erneut geöffnet und er richtete sich auf. »Hören Sie, ich wollte nicht …«

»Was wolltest du nicht?«, erwiderte Chris Graden und knallte die Tür hinter sich so heftig zu, dass die Wände wackelten. »Du wolltest keinen USB-Stick voller Forschungsergebnisse einer ehemaligen Angestellten des PharmaTan-Labors klauen? Oder du wolltest damit nicht zu August Mason gehen – ich wiederhole: dem *verdammten August Mason* – und ihn als Spielball benutzen?«

»Was machst du denn hier?«

»Ich versuche, dir den Arsch zu retten.«

Er drehte den freien Stuhl herum, setzte sich und starrte Richard an, sagte aber nichts weiter.

»Ich habe die Forschungsergebnisse nicht gestohlen«, rechtfertigte sich Richard. »Troy Chevalier hat sie mir gebracht. Er glaubte, sie hätten etwas mit Annettes Tod zu tun, und wollte, dass ich sie durchsehe und versuche, etwas herauszufinden. Frag ihn. Er wird es dir bestätigen.«

Gradens Gesichtsausdruck wurde weicher. »Hast du es noch nicht gehört?«

»Was?«

»Troy ist gestern bei einem Verkehrsunfall ums Leben gekommen. Angeblich war er betrunken. Stark betrunken.« Graden schüttelte betroffen den Kopf. »Er hat eine Kurve verfehlt, ist einen Abhang hinuntergestürzt und verblutet, bevor ihm jemand helfen konnte.«

Richard blieben die Worte im Hals stecken. Er saß einfach nur da und dachte an den jungen Sohn der Chevaliers, der innerhalb einer Woche beide Elternteile verloren hatte. Mit zwölf Jahren war er auf einmal ganz alleine auf der Welt.

Aber hier ging es nicht nur um Jonny. Richard wusste, dass er jetzt ebenfalls alleine war. Ohne Troy, der der Polizei sagen konnte, was wirklich passiert war, würde man ihn wie einen stinknormalen Dieb behandeln.

»Ich wollte nicht …«, setzte er erneut an, nur um dann zu schweigen. Seine Absichten würden niemanden interessieren. Es interessierte auch keinen, dass er die einzige Hoffnung war, die Susie und die anderen Kinder hatten. Sie würden ihn einfach im Gefängnis verrotten lassen.

»War es Mason, Chris? Hat er die Polizei gerufen?«

»Was blieb ihm denn anderes übrig? Ist dir überhaupt klar, in was für eine Lage du ihn gebracht hast?«

»Ich habe anscheinend nicht gründlich darüber nachgedacht.«

»Und genau das ist das Problem, nicht wahr? Du bist derart besessen von dem, was du tust, dass du alles andere aus den Augen verlierst.«

Richard sackte auf seinem Stuhl zusammen und spürte, wie ihm die Handschellen in die Haut schnitten. »Ist Carly hier?«

»Sie ist draußen. Aber ich bin nicht mit ihr zusammen hergekommen. Sie war es nicht, die mich angerufen hat.«

»Wer war es dann?«

»Mason. Er wusste, dass wir beide Freunde sind, und er war nicht glücklich darüber, dass er dich in diese Lage bringen musste. Oh, und habe ich erwähnt, dass ich den ganzen Weg hierher den Geschäftsführer von PharmaTan am Telefon hatte, um ihn davon zu überzeugen, dass er dich nicht ans Kreuz nagelt?«

»Was hätte ich denn tun sollen?«, entgegnete Richard. »Den Stick in den Müll werfen? Troy nur wenige Tage, nachdem er seine Frau von der Decke baumelnd gefunden hatte, sagen, dass ich ihm nicht helfen würde?«

»Wenn ich mir deine jetzige Situation so ansehe, dann wäre das keine schlechte Entscheidung gewesen, oder?«

Richard nickte, aber dann beugte er sich so weit vor, wie er nur konnte, und sprach so leise, dass er kaum noch zu verstehen war. »Du hättest sehen sollen, woran sie gearbeitet hat, Chris. Das hat unglaubliches Potenzial. Ich meine damit, dass man sich tatsächlich vorstellen kann, eines Tages das Genom eines Menschen in den Computer einzugeben, woraufhin dieser ein Bild davon ausgibt und anzeigt, für welche Krankheiten man anfällig ist, vielleicht sogar noch den IQ und die Persönlichkeit. Kannst du dir vorstellen, was das bedeuten würde? Wenn wir tatsächlich verstehen würden, was jedes Gen tut? Wie sie miteinander interagieren? Ist dir klar, was das für Kinder wie Susie bedeuten würde?«

»Großer Gott, Richard. Hörst du deine eigenen Worte überhaupt noch? Weißt du eigentlich, wo du bist?«

»Es ist nur so, dass …«

»Wie klug ist August Mason?«

»Was?«, erwiderte Richard.

»Das ist eine einfache Frage.«

»Ich verstehe nicht, worauf du …«

»Dann lass es mich klarer ausdrücken: Du bist einer der brillantesten Biologen dieser Zeit. Und dasselbe galt für Annette. Aber wäre es nicht fair zu behaupten, dass Mason doppelt so klug ist wie ihr beide zusammen?«

»Ja, kann schon sein.«

»Und er sagte, es wäre eine Sackgasse.«

»Das ist nicht sicher. Er könnte …«

»Sei still, Richard. Sei einfach still, okay? Wenn du so weitermachst …« Ihm blieb kurz die Stimme weg. »Ich habe getan, worum du mich gebeten hast. Ich habe einen Weg gefunden, an Andreas Xanders Leute ranzukommen. Hast du eine Ahnung, wie schwer das im Moment ist? Ich habe gehört, dass sie ihn letzte Woche mit Elektroschocks behandeln mussten, damit das, was man großzügigerweise als sein Herz bezeichnen könnte, weiterschlägt. Was soll ich denn jetzt machen? Wie stehe ich denn jetzt da?«

Richard wusste, dass er recht hatte. Diese Sache würde sich rumsprechen. Selbst wenn er nicht ins Gefängnis musste, wäre er ein Geächteter. Er würde für den Rest seines Lebens keinen einzigen Penny mehr erhalten.

»Du musst mir helfen, das wieder in Ordnung zu bringen, Chris. Es ist mir einfach über den Kopf gewachsen. Ich habe nicht versucht, damit Geld zu verdienen.«

»Das ist auch der einzige Grund, warum *ich* hier bin und nicht eine Armee aus Anwälten von PharmaTan. Aber Susies Krankheit gibt dir keinen Freifahrtschein, Richard. Du kannst nicht tun, was immer du willst, und dich dann auf die kranken Kinder berufen, wenn irgendwas schiefläuft.«

»Ich weiß. Ich …«

»Hast du Kopien davon gemacht?«

»Ich habe nur eine auf der Festplatte. Aber die Polizei hat meinen Computer konfisziert.«

»Sagst du mir auch die Wahrheit?«

»Ich schwöre es.«

Graden ging zur Tür und wollte schon dagegen klopfen, als er sich noch einmal umdrehte und auf Richard herabblickte. »Ich bin als Bittsteller zu PharmaTan gegangen und sie waren einverstanden, mir zuliebe keine Anzeige zu erstatten.«

»Heißt das, du kannst mich hier rausholen?«

»Das weiß ich nicht. Ich weiß es wirklich nicht. Hast du überhaupt eine Ahnung, wie weit ich mich hier gerade aus dem Fenster lehne?«

Richard starrte betreten auf seine Füße.

»Du musst dich zusammenreißen, mein Junge. Ich liebe dich und Carly, als wären wir eine Familie, aber wenn du es darauf anlegst, dir dein eigenes Grab zu schaufeln, dann bist du auf dich allein gestellt.«

8

Außerhalb von Baltimore, Maryland
13. April

Richard Draman stieß mit einer zittrigen Hand die schwere Tür zu seinem Labor auf. Einen Augenblick stand er auf der Schwelle und wusste nicht, ob er hineingehen oder einfach wieder in den Wagen steigen und wegfahren sollte. Carly stieß ihn von hinten sanft in den Rücken und er ging mit steifen Beinen weiter.

»Richard!«, rief Eric Manning. Der offizielle zweite Vorsitzende des Progerie-Projekts sprang so heftig auf, dass sein Stuhl umfiel, und sah sich nervös um. »Die Polizei war hier.«

Richard spürte die Hand seiner Frau auf dem Rücken, die ihn nun jedoch nicht vorwärtsdrückte, sondern nur bestärkte.

Das Labor sah aus, als hätte man ein Rudel wilder Tiere darin freigelassen. Die Computer waren weg, nur noch nutzlose Kabel hingen aus den Wänden. Die Aktenschränke waren durchsucht und die Kühlschränke geleert worden, und man hatte wichtige Teile der schweren Ausrüstung entfernt, von denen nur noch die verräterischen Abdrücke auf dem Boden zeugten.

»Ich war mir nicht sicher, wie viel du weißt«, fuhr Eric fort und sah auf die Uhr, die drei Uhr anzeigte. »Ich wollte hier sein, wenn du …« Seine Stimme brach ab.

»Was ist passiert?«, fragte Carly, als Richard keinen Ton von sich gab.

»Ein Mann namens Sands hat mich angerufen und aufgefordert, herzukommen und ihn und seine Männer reinzulassen.« Er schwenkte die Hand hin und her. »Die haben all das hier getan. Sie sind für dieses Chaos verantwortlich.«

Richard entzog sich seiner Frau und ging mit unsicheren Schritten auf einen Stuhl zu, der mitten im Raum stand. Er setzte sich hin, stützte die Ellenbogen auf die Knie und atmete mehrmals tief ein.

»Was ist los?«, wollte Eric wissen. »Die Bullen hatten viele Fragen. Und ich bin nicht der Einzige, mit dem sie geredet haben. Ich glaube, sie haben so gut wie jeden angerufen oder besucht.«

Und sie würden sich nicht auf seine Angestellten beschränken, das war Richard klar. Bis zum kommenden Tag würden sie mit jedem gesprochen haben, der mit dem Progerie-Projekt zu tun hatte, den Eltern, den Spendern und der Presse.

»Es ist nichts«, brachte Richard mit Müh und Not heraus. »Ein Missverständnis.«

»Sie stellen nicht nur Fragen«, berichtete Eric. »Sie drohen auch und bezichtigen uns, geistiges Eigentum anderer gestohlen zu haben. Wir sind alle ziemlich durch den Wind.«

Richard hob den Kopf und sah Eric an, der sich gegen eine leere Arbeitsplatte lehnte und zu versuchen schien, einen möglichst großen Abstand zwischen sich und Richard zu bringen. »Ich werde das in Ordnung bringen. Ich schwöre dir, dass ich das wieder in Ordnung bringe.«

»Richard, die Leute, die hier arbeiten, haben einen Ruf und eine Karriere, um die sie sich Sorgen machen. Viele von uns stehen noch am Anfang der Karriereleiter. Einige von uns haben Familie.« Er schwieg kurz und schien seine nächsten Worte mit Bedacht zu wählen. »Hör mal, uns allen liegt dieses Projekt sehr am Herzen. Wir mögen die Kinder. Wir mögen dich. Du bist der talentierteste und aufopferungsfähigste Mann, den ich je getroffen habe, und du hast uns alle hier immer wie deine Familie behandelt, aber …«

Als Richard weiterhin auf den Boden starrte, ergriff Carly an seiner Stelle das Wort. »Aber was?«

Stille.

»Wenn du etwas zu sagen hast, dann raus damit, Eric.«

»Okay. Du hast Leute entlassen und viele von uns arbeiten schon jetzt für deutlich weniger Geld, als wir woanders verdienen würden, bei Projekten, die ebenso wichtig sind. Und jetzt das.«

Richard richtete sich auf dem Stuhl wieder auf. »Ich habe doch gesagt, dass ich es in Ordnung bringe.«

Eric nickte und machte ein trauriges Gesicht. »Ich habe ein anderes Angebot, Richard. Ich habe mich nicht woanders beworben. Es ist mir vor einer Woche einfach in den Schoß gefallen. Es tut mir sehr leid, aber ich muss es annehmen.«

Auf einmal hatte Richard das Gefühl, als hätte ihm jemand ein Messer in die Brust gerammt, und er fragte sich, ob er gerade einen Herzanfall hatte. Doch sein Blick war nicht getrübt und er blieb weiterhin auf seinem Stuhl sitzen. Die leichte Enttäuschung, die er verspürte, bereitete ihm fast größere Sorgen als der Schmerz.

»Verstehe«, hörte er sich sagen. »Ich bin dir dankbar für alles, was du getan hast. Viel Glück.«

Die Sorge, die sich auf Erics Gesicht abzeichnete, wurde noch intensiver. »Es tut mir leid, Richard. Es tut mir wirklich leid.«

»Ich weiß.«

Carly umarmte ihn, als er an ihr vorbeiging, und Richard konnte im grellen, fluoreszierenden Licht die Tränen in ihren Augen sehen.

Als sie alleine waren, kam sie zu ihm und kniete sich vor ihm hin. »Ist alles in Ordnung?«

Er wusste nicht, was er darauf antworten sollte. Die unerschütterliche Zielstrebigkeit und die Hoffnung, die ihn immer weitergetrieben hatte, lösten sich in Rauch auf. Und jetzt fragte er sich, ob seine ganze Arbeit umsonst gewesen war.

»Ich habe sie umgebracht. Susie. Die anderen. Sie sind diejenigen, die für meine Dummheit bezahlen müssen.«

»Es ist noch nicht vorbei, Richard. Susie ist noch immer bei uns und die anderen Kinder auch.«

»Machst du Witze? Sieh dich doch einfach um. Es ist nichts mehr da.«

»Dann war es das also? Du hast kein Problem damit, gegen Gott, die Natur und die Gesetze der Physik anzukämpfen, aber irgendein Polizist aus Baltimore in einem schlecht sitzenden Anzug ist unüberwindbar?«

Er lachte verbittert. »Ich habe keine Ausrüstung, so gut wie kein Geld, keine Angestellten ... Und nächste Woche um diese Zeit sitze ich vermutlich im Gefängnis. Bei dir klingt es so, als hätte ich einen Strafzettel unter dem Scheibenwischer gefunden.«

»Um Gottes willen, Richard. Wenn dich einer deiner Lehrer eine halbe Stunde hat nachsitzen lassen, dann hast du die Telefone der ganzen Stadt so umprogrammiert, dass sie zu einer Sexhotline umgeleitet wurden. Hier geht es nicht darum, ein paar Tafeln abzuwischen. Diese Kinder verlassen sich auf dich. Deine Tochter verlässt sich auf dich. Jetzt hol tief Luft und nutze dein großartiges Gehirn, um einen Weg zu finden, aus diesem Schlamassel wieder rauszukommen.«

Er stand auf und ging in dem durchsuchten Labor auf und ab, wobei er immer schneller wurde, als seine Niedergeschlagenheit in Zorn umschlug. Sie hatte recht. Er hatte sich im Alter von vierzehn nicht von der Polizei unterkriegen lassen und würde es auch jetzt nicht tun. Scheiß auf Sands. Und Scheiß auf PharmaTan.

»Du hast mir erzählt, dass die Forschungsergebnisse, die dir Troy gegeben hat, vor allem theoretisch waren«, fuhr Carly fort. »Warum interessieren sie sich überhaupt noch dafür?«

»Weil sie ihnen gehören. Allerdings werden sie inzwischen vermutlich schon Staub in ihrem Keller ansetzen.«

»Wie schrecklich, dass sie jemand verwenden wollte, um einem Mann dabei zu helfen, den Selbstmord seiner Frau zu verarbeiten. Oder um kranken Kindern zu helfen.«

Richard blieb direkt neben einem umgeworfenen Tisch stehen.

»Was ist?«, wollte sie wissen.

»Du hast recht. Das ist alles, was ich mit Annettes Arbeit anstellen könnte. Sie wussten verdammt gut, dass ich auf legale Weise nie davon profitieren kann. Jeder würde sofort wissen, woher ich diese Daten habe.«

»Warum machen sie sich dann überhaupt diese Mühe? Warum rufen sie dich nicht einfach an und halten die Polizei aus der Sache raus?«

»Das ist das Problem. Sie machen sich keine Mühe. Sie können ihren Anspruch auf geistige Eigentumsrechte mit einigen Anwälten, die ohnehin schon auf ihrer Gehaltsliste stehen, und einigen Polizisten, die vom Staat bezahlt werden, anmelden. Wenn es so einfach ist, warum sollten sie mich dann *nicht* aufhalten, und sei es auch nur als Warnung an andere?«

»Ich kann dir nicht folgen.«

»Was wäre, wenn es nicht so einfach wäre? Wenn wir sie dazu bringen könnten, dass es wehtut?«

»Das wäre natürlich super. Aber wie willst du einem riesigen internationalen Unternehmen wehtun?«

»Das ist ganz einfach: Große Unternehmen hassen schlechte Publicity. Warum sollten wir nicht zur Zeitung gehen? Das ist doch eine tolle Geschichte: Annette begeht auf tragische Weise Selbstmord, nachdem sie ihr Leben einer Theorie gewidmet hat, die einigen Kindern dabei helfen könnte, eine schreckliche Erbkrankheit zu besiegen.«

»Aber wenn es nichts weiter als Theorien sind, kannst du sie dann wirklich benutzen?«

»Ich habe mir gerade mal ein Viertel der Daten angesehen, bevor sie mir von Sands weggenommen wurden, daher ist die Antwort: vielleicht. Und vielleicht reicht völlig für eine gute Schlagzeile.«

»Stimmt …«, meinte Carly. »Was, wenn Troy sie dir nicht gegeben hat, weil er an eine Verschwörungstheorie glaubte? Wer könnte das Gegenteil beweisen, wenn du behauptest, Annette hätte gedacht, du könntest die Daten nutzen, um den Kindern zu helfen?«

»Vielleicht war das ja sogar ihr letzter Wunsch.«

»Ja! Genau das war es. Sieh dich nur an. Du lebst in einem winzigen Haus, opferst alles, was du hast, dafür, ein Heilmittel für deine Tochter und andere Kinder wie sie zu finden. Und was ist deine Belohnung? Nicht nur, dass PharmaTan wichtige Forschungsergebnisse zurückhält, die Firma bringt die Polizei auch noch dazu, dein Labor zu verwüsten und deine Leute zu verscheuchen. Dann könnte sie den Kindern auch gleich die Pistole an den Kopf halten. Und aus welchem Grund? Wegen eines USB-Sticks voller Mist, für den sie sich noch nicht mal interessiert.«

»PharmaTan verdammt kranke Kinder zum sicheren Tod«, sagte er und stellte sich die Schlagzeile bildlich vor.

Sie nickte zustimmend, und auf ihren Lippen machte sich ein boshaftes Grinsen breit. »Sag ihnen, sie sollen dir all deine Sachen wiedergeben und auch den USB-Stick mit Annettes Forschungsergebnissen. Und wenn du schon mal dabei bist, kannst du auch gleich anmerken, dass du nichts gegen eine Forschungsprämie von einer Million Dollar hättest.«

»Wir sollten es nicht übertreiben, Carly …«

»Ich finde, du verkaufst dich viel zu billig. Das hast du schon immer. Du bist einer der Besten auf deinem Fachgebiet. Verdammt, jetzt, wo Annette nicht mehr da ist, bist du vielleicht sogar der *Allerbeste*. Sag ihnen einfach, dass sie die Patente für alles bekommen, was du erfindest. Warum sollten sie da nicht zustimmen?«

Er steckte die Hände in die Hosentaschen und sah sich ein letztes Mal in seinem zerstörten Labor um, während sich sein Ärger langsam in Hoffnung verwandelte. Sie hatte recht. Die Entscheidungen von Pharmaunternehmen drehten sich nur ums Geld. Und wenn man es so betrachtete, dann konnte PharmaTan nur gewinnen, wenn sie einen Deal mit ihm machten, und nicht verlieren.

9

Außerhalb von Baltimore, Maryland
18. April

Es war zwei Uhr früh, und außer dem Klappern einer maroden Regenrinne war nichts zu hören. Dank des Vollmonds und einiger Straßenlampen, die noch nicht dem Vandalismus zum Opfer gefallen waren, konnte man draußen sogar halbwegs etwas erkennen.

Es war das zweite Mal in dieser Woche, dass Richard zu Fuß nach Hause gegangen war. Er arbeitete lange im Büro und versuchte, seine Arbeit wieder aufzunehmen, und dummerweise hatten sie nur einen Wagen. Vielleicht war das aber auch gar nicht so dumm. Im College war er recht sportlich gewesen, und die sechs Meilen, über die sich diese besonders für die Lungen anstrengende Tortur erstreckte, machten ihm bewusst, dass er sich mehr um seinen Körper kümmern musste.

Bisher zahlten sich die langen Tage und Nächte mehr aus, als er es für möglich gehalten hatte. Es war ihm gelungen, den Großteil seiner Daten dank außerhalb des Büros aufbewahrter Back-ups wiederherzustellen, und nachdem er ihnen auf peinlichste Weise in den Hintern gekrochen war, hatte er die Hälfte seiner Angestellten von der Kündigung abhalten können. Es waren zwar fast nur die

Jüngsten und Unerfahrensten – diejenigen, die ohnehin nicht viel für die Obrigkeit übrig hatten und sich noch den Luxus erlauben konnten, sich ihr zuwidersetzen – aber es waren alles fähige und aufopferungsbereite Menschen.

Er zog die Ärmel seines Sweatshirts herunter, da seine Arme langsam kalt wurden, und lief eine mit Müll übersäte Straße einige Blocks von seinem Haus entfernt entlang. Er hatte Carly versprochen, bis ein Uhr dreißig zu Hause zu sein, und sie machte sich immer Sorgen, wenn er seine selbst auferlegte Heimkehrzeit nicht einhielt.

Einige Tage zuvor hatte er PharmaTan über Chris Graden sein Angebot unterbreitet – alles, worüber Carly und er gesprochen hatten, sowie einen Bonus, von dem sie bisher noch nichts wusste: das Angebot, einen Zehnjahresvertrag mit sehr wenigen Bedingungen zu unterzeichnen. Graden war zwar der Ansicht, dass dies einer Vertragsknechtschaft gleichkam, aber er hatte keine Zeit für langwierige Verhandlungen.

Obwohl das ein Angebot war, das kein vernünftig geführtes Unternehmen ablehnen konnte, hatten sie noch keine Antwort erhalten. Worauf in aller Welt warteten die noch?

Als das Licht auf der Veranda seines Hauses ins Blickfeld kam, wurde Richard schneller, so schnell, wie es seine verkrampften Oberschenkel gestatteten. Carly würde auch so schon sauer genug auf ihn sein.

Doch er wurde langsamer, als er einen Schatten entdeckte, der durch das große Loch im Zaun, das er schon seit Monaten reparieren wollte, aus dem Nachbargarten in seinen stieg. Richard beugte sich vor und legte die Hände auf die Knie, während er durch die Anstrengung und den plötzlich in ihm aufwallenden Zorn heftig atmete.

Das war's. Das war das gottverdammt letzte Mal, dass dieser Hund einen riesigen Haufen in das Gras legte, auf dem seine Tochter spielte. Es würde keine freundlichen Ermahnungen mehr geben, keine vernünftigen Argumentationen, keine Bitten. Diese Töle musste verschwinden.

Er kroch über das Gras, versuchte, seine Atmung zu beruhigen und im Schatten zu bleiben. Der Hund war fast genauso alt und fett wie sein Besitzer, aber er selbst war auch kein Speedy Gonzales mehr.

Die Lücke war eng, aber er konnte sich hindurchzwängen und den Garten hinter dem Haus betreten. Er war leer.

Endlose Jahre in der Schule, zahllose akademische Auszeichnungen, zwei Doktortitel … Und er hatte sich von einem Hund überlisten lassen. Mal wieder.

Richard wollte schon ums Haus herum zur Vordertür gehen, als er bemerkte, dass das Fliegengitter vor Susies offenem Fenster auf dem Boden darunter lag. Das musste er wohl auch reparieren.

Er ging hinüber und wollte es schon aufheben, als er eine Bewegung im Zimmer seiner Tochter bemerkte. Zuerst glaubte er, er hätte sie geweckt, doch der Schatten, der sich in Richtung Bett bewegte, war viel zu groß, um von ihr oder Carly zu stammen.

Das Fensterbrett befand sich etwa eineinhalb Meter über dem Boden und Richard war beinahe erstaunt, als sein Versuch, einfach hineinzuspringen, gelang und er schmerzhaft auf Susies offen stehender Spielzeugkiste landete. Der laute Knall bewirkte, dass sich der vor dem Bett stehende Mann umdrehte. In seiner Hand blitzte kurz etwas im schwachen Licht auf, bevor er die Hand senkte und nach etwas an seiner Seite griff.

Richard rollte sich ungelenk von der Kiste herunter, schaffte es, auf den Füßen zu landen, und warf sich auf die Gestalt. Susie kreischte auf, als er gegen den Mann prallte, und Richard spürte, wie etwas gegen seinen Schädel knallte. Der Lauf einer Pistole. Der Mann war bewaffnet!

Der Schlag war heftig genug, um ihn auf die Knie zu zwingen, aber er konnte ihn nicht davon abhalten, seine Faust nach oben in den Bauch des Mannes zu rammen. Doch im letzten Moment sah er ein noch erfolgversprechenderes Ziel und trieb seine Fingerknöchel mit derselben durch das Adrenalin hervorgerufenen Kraft in die Leistengegend des Mannes, die ihm schon durch das Fenster geholfen hatte.

Zufrieden nahm Richard das schmerzerfüllte Grunzen des Mannes zur Kenntnis, doch der Lauf der Waffe richtete sich trotzdem auf sein Gesicht.

Dann konnte er nichts mehr sehen. Kurz glaubte er schon, die Waffe wäre losgegangen, doch er hatte gar nichts gehört. Es dauerte den Bruchteil einer Sekunde, bis er begriff, dass Carly das Licht eingeschaltet hatte und die Waffe weiterhin in seine Richtung bewegt wurde. Er packte den Arm des Mannes, bekam daraufhin allerdings einen Schlag gegen die Schläfe, bei dem er ganz zu Boden ging.

Der Mann beschattete seine Augen mit einer Hand, die in einem Handschuh steckte, sodass man seine Gesichtszüge nicht erkennen konnte, sondern nur sein kurzes schwarzes Haar und den drahtigen Körper in einer Windjacke und Jeans. Jetzt war jedoch auch klar, dass Richard nichts mehr wegen der Pistole unternehmen konnte, die auf ihn gerichtet war.

Er hob reflexartig die Hände und wartete auf den Einschlag der Kugel, doch der kam nicht. Carly sprang über das Bett ihrer schreienden Tochter und prallte so heftig gegen den Mann, dass er nicht mehr richtig zielen konnte, stieß ihn dabei jedoch nicht um. Er packte sie an der Kehle und hielt sie fest, während sich Richard langsam wieder aufrappelte.

Es war ein guter Versuch gewesen, aber er erkannte, dass sie das Unausweichliche nur hinausgezögert und sich dadurch selbst dem Untergang geweiht hatte.

Dann entdeckte Richard das Objekt, das der Mann auf den Teppich hatte fallen lassen. Eine Spritze.

Er packte sie und stieß sie in den mit Stoff bedeckten Oberschenkel des Mannes, um dann mit letzter Kraft den Inhalt zu injizieren.

Ein überraschter Schrei ertönte, lauter als die Schreie seiner Tochter, bevor Carly mit ihrem gesamten Gewicht auf Richard landete.

Erneut blieb der Schuss aus. Der Mann taumelte zum offenen Fenster und stürzte hindurch, um mit einem gedämpften Ton auf dem Boden darunter zu landen.

Richard schob seine benommene Frau zur Seite und richtete sich so weit auf, dass er über das Fensterbrett sehen konnte. Der Mann rannte mit unsicheren Schritten über den Hof, und die Spritze schien noch immer in seinem Oberschenkel zu stecken. Sie fiel zu Boden. Dann zwängte er sich durch das Loch im Zaun und verschwand in der Dunkelheit.

Nachdem Richard das Fenster geschlossen und die Vorhänge zugezogen hatte, drehte er sich zu Carly um, die gerade ihre zitternde Tochter aus ihrer Bettdecke befreite.

»Polizei!«, brüllte er. »Ruf die Polizei!«

Seine Frau sah ihn mit vor Panik geweiteten Augen an und rannte aus dem Zimmer.

»Susie!«, sagte er und fasste seine Tochter an den knochigen Schultern. »Hör mir gut zu. Beruhige dich. Bist du verletzt? Hat er dich mit irgendwas gestochen?«

10

Außerhalb von Baltimore, Maryland
18. April

»Muss das sein?«, fragte Richard, der aus der Schlafzimmertür seiner Tochter zu einem Polizisten hinübersah, der soeben den Schrank im Flur durchwühlte. »Er ist nicht hinter unseren Kopfkissenbezügen her gewesen.«

»Wir sind nur gründlich«, erwiderte eine Stimme in seinem Rücken. »Haben Sie aus irgendeinem Grund ein Problem damit? Haben Sie vielleicht Angst davor, dass wir etwas finden könnten?«

Richard drehte sich um und sah Detective Timothy Sands, der den Kopf aus Susies Fenster streckte, und dessen Gesicht vom roten und blauen Licht des Polizeiwagens, der in der Auffahrt parkte, angestrahlt wurde. Er sah noch wütender aus als eine Woche zuvor, als er mit dem Haftbefehl vor ihm gestanden hatte. Sein kurzes Haar war zerzaust und auch seine Kleidung sah so unordentlich aus, dass man ihn vermutlich aus dem Bett geholt und hierher beordert hatte.

»Hören Sie, jemand ist durch das Fenster meiner Tochter geklettert und hat versucht, sie in ihrem Bett zu ermorden. Ich habe keine Polizeiausbildung genossen, aber ich bezweifle, dass sie zwischen meinen Handtüchern viele Hinweise finden werden.«

»Wieso glauben Sie, dass er sie umbringen wollte?«

»Weil er mit einer Pistole und einer Spritze vor ihrem Bett gestanden hat?«

»Genau«, entgegnete Sands. »Aber Sie haben mir erzählt, dass Sie ihm den Inhalt der Spritze verpasst haben und er trotzdem weglaufen konnte. Wenn das eine Waffe war, dann war es keine sehr gute.«

»Ach, kommen Sie«, erwiderte Richard wütend. »Die Dosis, um einen ausgewachsenen Mann umzubringen, ist deutlich höher als bei einem kranken achtjährigen Mädchen. Es könnte auch ein langsam wirkendes Biologikum gewesen sein. Das wissen Sie genauso gut wie ich.«

»Ich will damit nur sagen«, fuhr Sands fort und wandte sich vom Fenster ab, »dass ich in letzter Zeit sehr häufig herkommen muss. Ich möchte auch anmerken, dass Sie Zugang zu Spritzen haben. Und ich frage mich, warum weder Sie noch Ihre Frau oder Ihre Tochter mir eine genaue Beschreibung des Mannes geben können, mit dem Sie Gott weiß wie lange in einem drei mal drei Meter großen Zimmer gerungen haben.«

Carly kam herein und reichte ihrem Mann einen Eisbeutel, damit er ihn auf die langsam größer werdende Beule an seinem Kopf pressen konnte. Er versuchte, ihr dankbar zuzulächeln, zuckte jedoch zusammen, als das Eis seine Haut berührte. Seltsamerweise war das die schwerste Verletzung, die sich einer von ihnen in dieser Nacht zugezogen hatte. Susie war völlig verängstigt, aber unverletzt, und abgesehen von den blauen Flecken an ihrem Hals schien Carly auch nicht schlimmer dran zu sein.

»Sie haben doch Zugang zu Spritzen, oder nicht, Doktor?«

»Sie wollen uns wohl verarschen«, meinte Carly, schwieg dann jedoch, als ihr Richard bedeutete, sie solle sich beruhigen. Sie starrte Sands so lange an, bis er den Blick abwandte, und dann ging sie zurück ins Wohnzimmer, wo ihre Tochter wieder zu weinen begonnen hatte.

»Glauben Sie wirklich, dass ich etwas damit zu tun hatte?«, wollte Richard wissen. »Was soll mich denn dazu bewogen haben?«

»Wie wäre es damit: Ich hörte, Sie versuchen, einen Deal mit PharmaTan zu machen, um ungeschoren aus der Sache rauszukommen. Da würde ein wenig Mitgefühl bestimmt nicht schaden.«

Sands lehnte sich gegen die Wand, und sein finsterer Gesichtsausdruck stellte klar, dass er es nicht mochte, durch im Hinterzimmer geführte Verhandlungen um eine Verurteilung gebracht zu werden.

»Himmel«, murmelte Richard. »Vergeuden wir hier nur unsere Zeit, Detective? Wollen Sie der Sache überhaupt auf den Grund gehen?«

»Das ist doch genau das, was ich tue«, erwiderte dieser und stocherte mit einem Finger in der Luft herum. »Haben Sie für Ihre Tochter eine Lebensversicherung abgeschlossen?«

»Was?«

»Das muss hart sein, was, Doc? Ganz alleine zu versuchen, eine solche Krankheit zu heilen? Aber nach dem Tod Ihrer Tochter wäre alles vorbei, nicht wahr? Sie könnten Schönheitschirurg in Hollywood werden und auf großem Fuß leben.«

Richard stand da, starrte ihn blinzelnd an und versuchte, den Zorn zu unterdrücken, der in ihm aufwallte. Es war offensichtlich, dass Sands versuchte, ihn aus dem Gleichgewicht zu bringen, aber so leicht wollte er ihm das nicht machen.

»Das ist wohl das Dämlichste, was ich jemals gehört habe, Detective. Wenn ich das selbst gewesen wäre, dann wäre es mir auch gelungen und niemand hätte je davon erfahren.«

»Vielleicht ist ja Ihre Frau reingeplatzt und hat Sie dabei gestört. Aber da Sie den Stress versteht, dem Sie ausgesetzt sind, versucht sie, Sie zu beschützen. Sie sollten es mir einfach sagen. Reden Sie es sich von der Seele. Sie brauchen doch nicht noch mehr Stress, als Sie ohnehin schon haben, oder? Dieser Mist wird Sie bei lebendigem Leib auffressen.«

Mit Mühe gelang es Richard, seine Gesichtszüge nicht entgleisen zu lassen, aber das Sprechen fiel ihm schwer. »Ich denke, wenn

Sie diese Theorie mal gründlich durchdenken, dann werden Sie herausfinden, dass sie nicht plausibel ist.«

»Oh, ich habe vor, darüber nachzudenken. Sogar sehr gründlich.«

Ein weiterer uniformierter Polizist betrat das Zimmer und flüsterte Sands etwas ins Ohr, um dann wieder hinauszugehen und die Tür hinter sich zu schließen. Ein arrogantes Grinsen breitete sich auf dem Gesicht des Detectives aus. »Keine Spritze, Doc.«

»Wie meinen Sie das?«

»Meine Männer haben an der Stelle nachgesehen, die Sie uns beschrieben haben, und da war keine Spritze. Möchten Sie Ihre Geschichte vielleicht noch mal abändern?«

»Blödsinn! Ich habe gesehen, dass sie da hingefallen ist.«

»Tja, dann hat sie vielleicht Flügel bekommen und ist weggeflogen?«

Es fiel Richard immer schwerer, überhaupt zu begreifen, was in dieser Nacht geschehen war. Die Ereignisse dieser Nacht gehörten zu den einhundert weiteren Dingen, die keinen Sinn ergaben. Er hatte eigentlich ununterbrochen durch den Vorhang nach draußen gesehen, um sicherzugehen, dass der Mann nicht wieder zurückkehrte. Als die Polizei eingetroffen war, hatte die Spritze noch da gelegen, da war er sich ganz sicher.

»Sagen Sie ihnen, sie sollen gründlicher suchen.«

Sands Grinsen wurde breiter und er wirkte beinahe so, als würde er triumphieren. Die Wahrheit schien ihn nicht zu interessieren, und er sah auch keinen Grund dafür, das zu verheimlichen. Offenbar war er einzig und allein daran interessiert, einen gewissen heruntergekommenen Biologen zur Strecke zu bringen.

»Kein Problem«, meinte Richard. »ich werde an der Stelle, an der die Spritze zu Boden gefallen ist, einige Erdproben nehmen, dann kann ich Ihnen genau sagen, was darin gewesen ist. Mit etwas Glück finde ich sogar noch die genetische Struktur des Mannes heraus, in dessen Haut sie gesteckt hat.«

Das war natürlich ein Bluff. Er war stinksauer, und das war alles, was ihm einfiel, um das widerliche Grinsen im Gesicht des

Polizisten verschwinden zu lassen. Und es funktionierte. Vielleicht sogar etwas zu gut.

Sands stürzte vor, rammte seinen dicken Unterarm gegen Richards Kehle und drückte ihn an die Wand. »Es *gab keine Spritze*«, sagte er mit einer Betonung, als ob er mit einem kleinen Kind reden würde. »Haben Sie mich verstanden, Sie Schweinehund?«

Jetzt konnte es Richard nicht länger ertragen. Auf einmal überwältigten ihn die Verwirrung, die Angst und die Frustration, die sich in der vergangenen Woche angestaut hatten, und er setzte sich zur Wehr. Mit aller Kraft. Sands wurde von den Beinen gerissen und prallte gegen eine Kommode, bevor er mitten auf Susies Sesamstraßenteppich auf dem Hintern landete. Da er so aussah, als ob er sofort aufspringen und nach seiner Waffe greifen wollte, streckte Richard beschwichtigend die Hände aus. »Hey! Es tut mir leid, okay? Ich habe einen langen Tag hinter mir.«

Natürlich war das eine unkluge Entscheidung gewesen. Wenn man einen Polizisten schubste, konnte man damit nur eines bewirken: Er würde erneut verhaftet werden und die lange Liste seiner Sünden würde um den tätlichen Angriff auf einen Polizisten verlängert.

Doch Sands schien wie erstarrt zu sein, als er auf dem Teppich hockte und die Hand nicht weiter zum Holster bewegte. Er hatte gewonnen, aber aus irgendeinem Grund schien er nicht bereit zu sein, seinen Gewinn einzustreichen. Stattdessen ging er einfach zur Tür und hielt gerade mal eine Sekunde inne, bevor er sie öffnete.

»*Es hat keine verdammte Spritze gegeben.*«

11

Außerhalb von Baltimore, Maryland
18. April

Carly nahm die Decke vom Sofa und legte sie über ihre Tochter, um sie dann zärtlich rings um ihren empfindlichen Hals festzudrücken. Susie hatte vor nicht einmal einer Minute endlich aufgehört zu weinen, als die Erschöpfung den Schrecken schließlich überwältigt hatte und sie in einen komaartigen Schlaf gefallen war.

Im Gegensatz dazu fragte sich Carly, ob sie jemals wieder schlafen würde. Ihr Herz klopfte noch immer unnatürlich schnell in ihrer Brust und das Adrenalin rauschte durch ihre Adern, sodass sie weiterhin kurz vor einer Panik stand.

Der letzte Polizist hatte das Haus fünfzehn Minuten zuvor verlassen und sie konnte Richard im hinteren Teil des Hauses herumpoltern hören, hatte aber keine Ahnung, was er da tat. Einige Augenblicke später tauchte er mit einer großen Reisetasche in der Hand auf und hob Susie vom Sofa. Seine Augen wirkten wild, als er sich im Zimmer umsah. Carly hatte geglaubt, im Laufe der Jahre jede nur mögliche Emotion im Gesicht ihres Mannes gesehen zu haben, aber diese hier war neu und erschreckend.

»Was machst du denn, Richard? Sie ist gerade eingeschlafen ...«

Er legte einen Finger auf die Lippen und wedelte dann mit einem Arm herum, als wollte er andeuten, dass sie jemand hören konnte.

»Wir verschwinden«, flüsterte er.

»Verschwinden? Wohin denn?«

Aber er war schon auf dem Weg in die Küche. Carly eilte ihm hinterher und stellte fest, dass er durch das Fenster in die Dunkelheit hinausstarrte. Überzeugt davon, dass die Luft rein war, ging er durch die Tür und durch den Garten.

Als sie ihn eingeholt hatte, stand er neben dem Rasen und starrte auf ein großes, tiefes Loch hinab, das sich genau an der Stelle befand, an der die Spritze zu Boden gefallen war, und neben dem ihre alte Schaufel lag.

»Richard. Bitte. Sag mir, was …«

Er war jedoch schon weitergegangen, quetschte sich durch das Loch in ihrem Zaun und überquerte den Garten des Nachbarn, wobei er darauf achtete, jedem Lichtschein aus den Fenstern oder von einer Veranda aus dem Weg zu gehen.

Carly folgte ihm, da sie nicht wusste, was sie sonst tun sollte. Ihr Mann schien in eine Art paranoide andere Realität versunken zu sein, während er den Besitz der wenigen Nachbarn, die sie tatsächlich kannten, überquerte. Susie regte sich nicht und lag mit der Wange an seiner Schulter, als er stehen blieb und sich mit ruckartigen Kopfbewegungen umsah. Offenbar zufrieden darüber, dass keine Armee in den Schatten lauerte, ging er zu einem Pick-up, den Carly als den Wagen erkannte, den er sich gelegentlich auslieh, um Laborausstattung zu transportieren.

Richard öffnete mit der freien Hand die Fahrertür, zog den Sitz nach vorn und legte Susie auf den winzigen Rücksitz. Carly ging um das Heck herum, als er sich hinter das Steuer setzte, und nach einem nervösen Blick zum Haus des Besitzers ließ sie sich auf dem Beifahrersitz nieder.

»Wo zum Teufel wollen wir hin?«, erkundigte sie sich, als er den Schlüssel hinter der Sonnenblende hervorholte und ins Schloss steckte.

»Wir verschwinden von hier.«

»Wir können nicht einfach abhauen. Detective Sands …«

»Sands?«, wiederholte er, ließ den Motor an und fuhr den schmalen Weg zur Straße hinunter. »Der steckt doch mit drin.«

Carly schwieg und betrachtete im Dämmerlicht sein Gesicht.

An ihrem Hochzeitstag war er gebräunt und athletisch gewesen und hatte ein hübsches, glatt rasiertes Gesicht und blaue Augen gehabt, in denen sich stets seine Freude über die Welt und all das, was er von ihr lernen konnte, widerspiegelte.

Nachdem sie Susies Diagnose erfahren hatten, hatte sich diese Freude gelegt, doch er ließ sich nicht unterkriegen und war weiterhin für alle da, für ihre Tochter, für sie, für die anderen Kinder und deren Eltern. Die Frage, was für ihn noch übrig blieb, ließ sie nachts oft nicht schlafen.

Sie vermutete seit wenigstens einem Jahr, dass er regelmäßig Panikattacken hatte, aber er verbarg sie gut, und sie merkte, dass sie Angst hatte, dieses Thema anzusprechen. Sie kannte ihn besser als jeder andere, hatte aber noch immer keinen Weg gefunden, um zu erkennen, wie dicht er vor dem Zusammenbruch stand.

Wie konnte sie auch nur ansatzweise verstehen, was er durchmachte? Sie konnte Susie nicht retten, alles, was sie tun konnte, war, sie zu lieben. Aber seine Situation war völlig anders. Er konnte sie vielleicht wirklich retten. Und dieser Hoffnungsschimmer – diese unfaire Verantwortung – riss ihn langsam in Stücke.

Sie rollten auf die Straße, und er beschleunigte, wobei er im Sekundenabstand in den Rückspiegel blickte.

»Hast du dein Handy bei dir?«, wollte er wissen.

»Nein, ich …«

Er nickte, holte seins aus der Tasche und warf es aus dem Fenster.

»In diesem Telefon war dein gesamtes Leben und wir haben gerade einen Wagen gestohlen«, stellte sie fest und versuchte, ruhig zu bleiben. War es passiert? Stand er nun vor dem Zusammenbruch, den ihm so viele seit Jahren prognostizierten?

»Joey hat gesagt, ich kann ihn mir jederzeit ausborgen.«

»Ich bezweifle, dass er damit meinte, dass du es mitten in der Nacht und ohne zu fragen tun kannst.«

»Was soll ich denn tun?«, erwiderte er, und seine Stimme klang im Wageninneren fast wie ein Schrei. »Sie können unseren Wagen zurückverfolgen. Ebenso wie Troys.«

Carly drehte sich auf dem Sitz herum, sah im schwachen Licht auf Susie hinab und strich ihr zärtlich über die eingesunkene Wange. Es war nicht fair, dass sie so leben musste. Und dass ihr Mann – einer der wenigen wirklich guten Menschen, denen sie je begegnet war – dadurch vernichtet wurde.

»Wer sind ›sie‹, Richard?«

Er bog in eine Auffahrt ein und antwortete ihr erst, als sie sich auf dem Highway befanden und er sich davon überzeugt hatte, dass die Straße hinter ihnen leer war.

»Ich weiß, dass du mich für verrückt hältst. Aber du musst mir die Gelegenheit geben, dir alles zu erklären.«

»Ich höre dir zu, Richard. Das habe ich immer getan, und das weißt du auch.«

Er streckte den Arm aus und drückte ihre Hand. »Ja, das weiß ich.«

Dann schwieg er, und sie beschloss, ihn nicht weiter zu drängen.

»Ich habe dir erzählt, dass Troy glaubte, Annettes Tod hätte etwas mit den Daten auf diesem USB-Stick zu tun und dass ich ihm nicht geglaubt habe. Dass ich dachte, die Trauer wäre zu viel für ihn gewesen.«

»Aber jetzt bist du dir nicht mehr so sicher.«

»Troy ist tot, ich stehe kurz davor, ins Gefängnis zu wandern, mein Labor ist zerstört, jemand hat versucht, Susie umzubringen, und die Polizei schien sehr interessiert daran zu sein, die Spritze verschwinden zu lassen. Es fällt mir schwer, die Tatsache zu ignorieren, dass Menschen, die in Kontakt mit diesen Daten kommen, schlimme Dinge passieren.«

Erneut schwieg er, und Carly sah ihn einige Sekunden lang von der Seite an und wusste nicht, was sie von dem Gesagten halten sollte. »Darf ich dir einige Fragen stellen?«

Sein Blick schnellte zu ihr hinüber, doch er sah rasch wieder nach vorn auf die Straße. »Ich habe keinen Zusammenbruch, Carly. Du musst nicht mit mir reden, als ob ich kurz davor stehe, von einer Brücke zu springen.«

»Bist du dir sicher?«

»In Bezug auf den Zusammenbruch oder die Brücke?« Er zwang sich zu einem Lächeln, und sie entspannte sich ein wenig.

»Was hat Susie mit all dem zu tun?«

»Was wäre gewesen, wenn der Kerl Erfolg gehabt hätte? Wenn wir sie morgen früh gefunden hätten, wären wir davon ausgegangen, dass ihr Herz schließlich doch versagt hat.«

»Aber was hat das mit den Forschungsergebnissen zu tun?«

»Wenn sich darin irgendetwas befindet, das Kindern wie Susie helfen kann, dann wird mich kein Gerichtsurteil und keine Anklage davon abhalten, dem nachzugehen. Aber was wäre, wenn sie nicht mehr lebte? Mit den ganzen juristischen Problemen, ohne meine Angestellten und mit all den Erinnerungen …« Er hielt kurz inne. »Vermutlich hätte ich aufgehört. Ich bezweifle, dass ich die Kraft hätte, in dem Fall noch weiterzumachen.«

Carly nickte langsam und fragte sich, was genau er mit »aufgehört« meinte. Darüber dachte sie häufig nach. Womit würde er aufhören? Wo würde er hingehen? Doch diese Fragen mussten ein anderes Mal beantwortet werden.

»Was wäre, wenn jemand aufgrund ähnlicher Theorien kurz vor einem Durchbruch stünde?«, fuhr er fort. »Oder sie sogar schon so weit sind, dass sie aufgrund von Ideen, die Annettes sehr ähnlich sind, bereits eine brauchbare Therapie entwickeln? Sie könnten mehrere Hundert Millionen Dollar in die Forschung und Entwicklung gesteckt haben. Das ist verdammt viel Geld, und ich bezweifle, dass sie sich darüber freuen würden, wenn jemand wie Annette oder ich ihnen den Boden unter den Füßen wegzöge.«

»Richard, Sands wird denken, dass du getürmt bist. Er wird dich jetzt für einen Flüchtling halten.«

»Sands? Es geht nicht um Sands.«

»Wie meinst du das?«

»Ich habe ihn vorhin gegen die Wand geschleudert ...«

»Großer Gott, Richard ...«

»Weißt du, was er getan hat? Nichts. Er hat einfach nur dagesessen und verwirrt aus der Wäsche geguckt. Das ist nicht normal, Carly. Wenn ein Polizist irgendwas weiß, dann, was er bei einem Angriff zu tun hat. Er bekommt von anderer Seite Befehle. Ich habe ihn überrascht und er wusste nicht, was er deswegen tun sollte.«

»Willst du ...«

»Und was ist mit der verschwundenen Spritze? Ich habe ihm gesagt, dass ich den Boden testen könnte, auf dem sie gelegen hat, um herauszufinden, was sich darin befunden hat, und um die DNS des Mannes, den ich damit gestochen habe, zu extrahieren.«

»Vielleicht hat er deshalb das Loch gegraben. Vielleicht bringt er die Erde ins Labor?«

»Dazu hat er einen Polizisten mit einer Schaufel aus unserem Schuppen graben lassen? Komm schon, Carly. Sie haben Experten für diese Arbeit. Das weißt du ebenso gut wie ich.«

Sie nickte und lehnte sich zurück, um die Lichter zu betrachten, an denen sie vorbeifuhren. Was konnte sie auch anderes tun?

12

Hagerstown, Maryland
18. April

»Bist du sicher, dass ich einen Onkel Burt habe?«

Susie rutschte auf dem winzigen Rücksitz des Trucks herum und genoss das ungewohnte Gefühl, nicht angeschnallt zu sein. Sie war vor einer Stunde schlagartig wach geworden, ängstlich und verwirrt, hatte die Geschichte, dass die Ereignisse der vergangenen Nacht nichts weiter als einer ihrer gelegentlich auftretenden Albträume gewesen waren, jedoch anstandslos geschluckt. Und jetzt war sogar die Erinnerung daran vor lauter Aufregung über eine nicht angekündigte Reise in ein unbekanntes Gebiet vergessen. Trotz all dem, was die Krankheit ihrem Körper angetan hatte, war sie ebenso abenteuerlustig wie jedes andere Kind.

»Nun ja, eigentlich ist er nicht dein *richtiger* Onkel«, erklärte Richard, drehte sich auf dem Beifahrersitz um und sah auf sie herab. »Du kannst ihn in etwa mit deinem Onkel Chris vergleichen.«

Die Sonne war vor einer Viertelstunde aufgegangen und strahlte auf ordentliche Reihen aus Vorstadthäusern herab, die von sorgsam gepflegten Vorgärten begrenzt waren. Carly befolgte den Ratschlag des GPS und bog in eine Straße ein, die so leblos wirkte, dass sie beinahe ein Foto hätte sein können.

»Wieso hast du noch nie von ihm erzählt?«

Das Gerät verkündete gerade rechtzeitig, dass sie ihr Ziel erreicht hatten, und ersparte es Richard, sich noch eine Lüge auszudenken. Er drehte sich wieder nach vorn um und begutachtete ein kleines Haus, das ihn irgendwie an ein Lebkuchenhaus erinnerte, während Carly in die Auffahrt fuhr. Er hatte zwar nicht mit Geschütztürmen und Stacheldraht gerechnet, aber die Gartenzwerge auf dem Rasen überraschten ihn doch.

Offensichtlich dachte Carly dasselbe, als sie den Motor ausschaltete und ihn ansah. »Bist du dir sicher, dass das die richtige Adresse ist?«

»Ja. Ich glaube es jedenfalls. Vielleicht habe ich mich auch geirrt.«

Sie sah nicht sehr glücklich aus, als sie ausstiegen, schlug die Tür etwas lauter zu, als notwendig war, und sagte über die Motorhaube hinweg so leise, dass Susie es nicht hören konnte, zu ihm: »Das ist verrückt.«

»Wenn du eine bessere Idee hast, dann bin ich ganz Ohr.«

»Ich habe auch Angst, nach Hause zurückzukehren. Aber wenn Sands rausfindet, dass du weg bist, dann wird er explodieren.« Sie deutete auf das Haus. »Und du kennst diesen Kerl kaum.«

»Darum geht es doch, hast du das schon vergessen?«

»Wann hast du zum letzten Mal mit ihm gesprochen?«

»Keine Ahnung. Es könnte zwölf Jahre her sein.«

»Zwölf Ja…« Sie schwieg, als die Haustür geöffnet wurde und ein Mann auf die Veranda trat.

»Kann ich Ihnen helfen?«

Sie *waren* am richtigen Ort. Ein Dutzend Jahre hatte die Falten in seinem sonnengegerbten Gesicht vertieft, aber die Muskeln an seinen Unterarmen waren unterhalb der hochgeschobenen Ärmel eines olivgrünen Pullovers noch deutlich zu erkennen.

»Hi, Burt.«

Der Mann legte den Kopf schief und kam die Treppe herunter, wobei er sein rechtes Bein etwas stärker belastete als bei ihrem letzten Treffen. Carly sah ihn an und behielt einen unveränderten

Gesichtsausdruck bei, um ihm zu zeigen, dass sie nicht beeindruckt war.

»Richard?«, meinte der Mann mit dem leichten Südstaatenakzent. »Richard Draman?«

»Es ist eine Weile her. Das ist meine Frau Carly. Carly, das ist Burt Seeger.«

»Natürlich. Allerdings wart ihr damals noch nicht verheiratet. Du warst seine neue Freundin. Die, die Richard immer die leckeren Pasteten gebacken hat, die er ins Krankenhaus mitgebracht hat.«

Sie lächelte peinlich berührt und reichte ihm die Hand.

»Und das«, setzte Richard die Vorstellungsrunde fort, indem er an das Fenster auf der Fahrerseite klopfte, hinter dem seine Tochter ihre Nase an die Scheibe drückte, »ist Susie.«

Er öffnete die Tür, und sie stieg aus und musterte den alten Mann vor ihr mit unverhohlener Neugier. Richard spürte dieselbe Nervosität wie immer, wenn er darauf wartete, wie jemand, der Susie nie zuvor gesehen hatte, reagierte.

»Oh, hallo, junge Dame. Freut mich sehr, dich kennenzulernen.«

Richard stieß die Luft aus, die er unbewusst angehalten hatte. Seegers Stimme und sein Gesichtsausdruck ließen nicht erkennen, dass er etwas anderes als ein kleines Mädchen vor sich hatte.

»Ich wusste nicht, dass ich einen Onkel Burt habe«, erklärte sie.

Er runzelte die Stirn, fing sich aber so schnell wieder, dass sie es gar nicht mitbekam. »Nicht? Wie kann das sein? Haben dir deine Eltern nie erzählt, was ich für ein toller Kerl bin?«

Sie überlegte kurz, machte dann einen Schritt nach vorn und breitete die Arme aus. Er grinste breit, als er sich hinkniete und sie umarmte.

»Entschuldigt, ich bin wirklich unhöflich«, meinte er dann, hob Susie hoch und ging mit ihr auf das Haus zu. »Kommt rein. Ich habe gestern Kekse gebacken. Du magst doch bestimmt Kekse, oder?«

Susie reckte den Hals und sah ihre Mutter an. »Darf ich?«

»Natürlich«, erwiderte Carly und blieb dicht hinter Seeger, als dieser die Treppe hinaufging, wobei Susies nicht gerade beachtliches Gewicht seinem verletzten Bein zuzusetzen schien. »Aber nur einen. Und einer sind nicht zwei, verstanden? Und ganz bestimmt nicht drei.«

Sie folgten Seeger ins Haus und Carly blieb neben einem halb fertigen Quilt im Wohnzimmer stehen. »Wenn seine Frau tot ist, wer arbeitet dann daran?«

»Vielleicht hat er wieder geheiratet.«

»Wäre es dann nicht seine Frau, die Kekse backt?«

»Gib ihm eine Chance, Carly. Du würdest nicht glauben, was ich über seinen Kampf gegen die Russen in Afghanistan gehört habe.«

»Vielleicht hat er übertrieben.«

»Eigentlich hat er nie darüber gesprochen. Einige der Männer, mit denen er dort stationiert war, sind hin und wieder ins Krankenhaus gekommen. Sie haben mir die Geschichten erzählt.«

Sie nickte unverbindlich und folgte dem Klang der Stimme ihrer Tochter in die Küche, während ihr Richard auf den Fersen blieb.

»Hast du eine Xbox?«, fragte Susie gerade mit vollem Mund, als sie eintraten.

»Susie! Warum in aller Welt sollte Burt eine Xbox haben? Und reden wir mit vollem Mund oder kauen wir erst und schlucken alles runter?«

»Tut mir leid, Mom.«

»Deine Mutter hat recht«, erwiderte Seeger mit ernster Stimme und fing dann an zu grinsen. »Aber ich habe eine Wii. Mit den besten Spielen. Weißt du schon, wie man ein Flugzeug fliegt?«

»Nein«, antwortete Susie und sah ihn mit großen Augen an.

»Nicht? Meiner Meinung nach sollten alle jungen Damen einen Jet fliegen können. Man weiß nie, wann man das mal brauchen kann. Vielleicht zeige ich es dir nachher, wenn du artig bist. Aber wie wäre es, wenn du erstmal wieder ins Wohnzimmer gehst und ein bisschen fernsiehst? Deine Eltern und ich müssen uns jetzt unterhalten.«

Sie huschte so schnell aus dem Zimmer, dass ihre Mutter gar keinen Protest mehr über das Fernsehen am Tag abgeben konnte.

»Ich habe noch einige Jahre lang Kontakt zu den Leuten im Krankenhaus gehabt, und einer von ihnen hat mir erzählt, dass eure Tochter krank ist«, berichtete Seeger, setzte sich auf einen Küchenstuhl und bedeutete ihnen, dasselbe zu tun. »Das tut mir sehr leid. Ich weiß, wie es ist, wenn jemand, den man liebt, krank ist.«

»Burts Frau hatte Krebs«, erklärte Richard. »Sie nahm an den klinischen Tests teil, an denen ich damals gearbeitet habe.«

»Keiner hat je mit uns gesprochen. Sie haben sie wie ein Stück Fleisch behandelt«, sagte Seeger und deutete dann auf Richard. »Nur nicht der Neue, der uns nichts als Mitgefühl und Freundschaft entgegengebracht hat. Richard hatte immer Zeit, um uns zu erklären, was gerade passierte, und um unsere Fragen zu beantworten. Wir wussten das beide sehr zu schätzen. Mehr, als ihr es euch vorstellen könnt.«

»Es tut mir sehr leid, dass wir sie nicht retten konnten, Burt.«

»Das weiß ich. Aber es war nicht deine Schuld. Die Menschen sterben nun mal.«

»Hast du wieder geheiratet?«, wollte Carly wissen, der der Quilt offenbar nicht aus dem Kopf ging.

»Ich habe nie die richtige Frau gefunden. Noch nicht.« Er sah zum Bild seiner Frau hinüber, das neben dem Kühlschrank hing, und sein Gesicht fiel merklich ein. »Ich will eigentlich nicht zum zweiten Mal an diesem Tag unhöflich sein, aber meine Neugier bringt mich fast um. Ich gehe davon aus, dass ihr nicht an Onkel Burts Türschwelle aufgetaucht seid, um in Erinnerungen zu schwelgen.«

»Nein«, gab Richard zu. »Du hast mal gesagt, du würdest mir einen Gefallen schulden. Hast du das auch so gemeint?«

»Ich sage nie Dinge, die ich nicht meine. Das ist eine schlechte Angewohnheit.«

»Tja, dann mach es dir mal bequem. Wir müssen dir eine lange Geschichte erzählen.«

13

Hagerstown, Maryland
18. April

Burt Seeger suchte im Küchenschrank nach einem Teebeutel und warf diesen dann in die Kanne, die bereits auf dem Herd stand. Laut der Uhr an der Wand hatten sie vor etwas mehr als zwei Minuten aufgehört, ihm von all dem zu berichten, was geschehen war. Seitdem waren die einzigen Geräusche, die man im Haus hören konnte, von Susie gekommen, die versuchte herauszufinden, wie man die Wii einschaltete.

Laut ausgesprochen hörte sich die Geschichte noch dubioser an. Höchstwahrscheinlich würde sie der alte Soldat einfach aus dem Haus werfen und die Polizei rufen. Das war zweifellos die klügste Vorgehensweise.

»Vielleicht sollten wir zum FBI gehen«, schlug Carly vor, die die Stille offenbar nicht länger ertragen konnte.

Seeger drehte sich um und lehnte sich mit vor der Brust verschränkten Armen an den Küchentresen. »Womit? Es klingt so, als hätte die Polizei einen ziemlich handfesten Fall gegen Richard in der Hand, und dieser Sands wird bestimmt versichern, dass er davon ausgeht, dass ihr den Anschlag auf Susie inszeniert habt.

Da gibt es eine ernsthafte Glaubwürdigkeitslücke – fast schon eine Glaubwürdigkeitsschlucht – und ihr steht auf der falschen Seite.«

»Was ist mit der Presse? Das ist eine gute Geschichte, und offensichtlich werden heutzutage kaum noch Beweise verlangt.«

»Stimmt, aber *irgendetwas* wird man schon sehen wollen. Das alles klingt eher wie eine Story aus einem dieser Klatschmagazine, die meine Frau immer gelesen hat. Ich warte noch immer darauf, dass ihr mir erzählt, was Elvis mit der ganzen Sache zu tun hat.«

»Dann glaubst du uns also nicht«, stellte Richard fest.

»Nimm es nicht persönlich, mein Junge. Die ganzen Jahre bei der Aufklärung haben bewirkt, dass ich überhaupt nichts mehr glaube.«

Richard stieß die Luft aus. Es war eine dumme Idee gewesen, hierherzukommen. Wie Carly gesagt hatte, hatte er seit über einem Jahrzehnt nichts mehr von Burt Seeger gehört. Was hatte er von dem Mann erwartet? Dass er bereitwillig alles glaubte, was sie ihm erzählten, und sein Leben riskierte, um ihnen zu helfen?

Außerdem war Seeger ja nicht der einzige Skeptiker. Carly war noch lange nicht überzeugt von seiner Theorie und spielte vor allem deshalb mit, weil sie glaubte, er stünde kurz vor einem Nervenzusammenbruch. Wenn er in seinen Jahren als Wissenschaftler eines gelernt hatte, dann, dass man sich höchstwahrscheinlich irrte, wenn sich die Leute, die man respektierte, gegen einen stellten. Vielleicht war ja wirklich alles zu viel für ihn geworden. Vielleicht verlor er den Verstand. Und wenn das der Fall war – oder auch nicht – was dann?

»Hört mir zu«, sagte Seeger, dem die plötzliche Hoffnungslosigkeit, die sich auf Richards Gesicht abzeichnete, offensichtlich Sorgen machte. »Du hast mir einmal geholfen und ich nehme diese Schuld durchaus ernst. Ich möchte auch nicht miterleben, dass ihr im Wagen haust und vor jedem Schatten weglauft. Und erst recht nicht mit einem kranken Mädchen. Andererseits weiß ich nicht, wie weit ich in diese Sache reingezogen werden will.«

»Verstehe. Wir …«

»Lass mich ausreden. Ich werde euch für ein paar Tage bei mir aufnehmen und versuchen, euch dabei zu helfen, diese ganze Sache zu verstehen. Aber wir machen das Schritt für Schritt. Niemand wird je erfahren, dass ihr hier gewesen seid. Und wenn sie es aus irgendeinem Grund doch herausfinden, dann habt ihr mir von all dem nichts erzählt. Ihr seid nur zwei alte Freunde, die unterwegs bei mir vorbeigeschaut haben, okay?«

»Einverstanden«, erwiderte Richard. »Danke, Burt. Ich kann …«

Der alte Soldat wedelte abwehrend mit der Hand. »Du kannst mir danken, indem du alles genauso machst, wie ich es dir sage. Zuerst werden wir diesen gestohlenen Truck von meiner Auffahrt entfernen. Und während du das machst, kannst du auch gleich ein paar Prepaidhandys besorgen. Aber denk daran, dass sie zu dem Mobilfunkmast, mit dem sie verbunden sind, zurückverfolgt werden können, daher solltet ihr sie nicht benutzen, wenn ihr irgendwo seid, wo ihr nicht entdeckt werden wollt – und erst recht nicht hier. Außerdem müsst ihr ein Satellitentelefon kaufen. Die kann man zwar abhören, aber man kann ihren Standort nicht genau genug orten, um diese Information sinnvoll nutzen zu können. Wie sieht es mit Geld aus?«

Richard zuckte mit den Achseln.

»Keine Bankkarten, keine Geldautomaten und keine Kreditkarten. Ihr müsst zu einer Bankfiliale fahren, die möglichst weit von hier weg ist, und all eure Ersparnisse in bar abheben. Wie viel habt ihr?«

»Nicht viel«, gestand Carly. »Wir haben alles in die Forschung gesteckt.«

»Könnt ihr auf die Konten eurer Organisation zugreifen?«

»Natürlich«, bestätigte Richard. »Aber das sind größtenteils Spenden. Wir können nicht …«

»Es ist teuer, auf der Flucht zu sein«, stellte Seeger klar. »Wenn all das wirklich wahr ist, dann ist jetzt nicht die richtige Zeit, um sich wegen dieser kleinen Veruntreuung Sorgen zu machen.«

Richards Nicken kam ein wenig zögerlich. Das war die Frage, die ihm auf den Nägeln brannte. War es wirklich wahr? Wie weit war er bereit zu gehen? Und wie weit würde ihm Carly folgen?

»Aber das Wichtigste ist, dass ihr alles genau durchdenkt«, fuhr Seeger fort. »Denkt gut und häufig nach. Denn ich kann euch aus Erfahrung sagen, dass euch ein einziger Fehler bereits das Leben kosten kann.«

14

In der Nähe von Seneca Rocks, West Virginia
18. April

Es war vor etwa einer Stunde dunkel geworden, doch Richard hatte nicht wie erhofft Frieden oder Ruhe gefunden. Er sah zu seiner Frau hinüber und bemerkte, dass sie unbeteiligt aus dem Fenster zu den Bäumen hinübersah, die im Scheinwerferlicht des Wagens auftauchten. Sie hatte während der ganzen Fahrt kaum ein Wort gesagt, und auch wenn er sie liebend gern gefragt hätte, was sie dachte, war er sich nicht sicher, ob er es wirklich wissen wollte.

Eine scharfe Kurve tauchte vor ihnen auf, und er wurde langsamer und hielt das Lenkrad fest, als der Anhänger, den sie hinter sich herzogen, schlingerte.

»Da«, meinte er und deutete auf einen seiner Meinung nach gut instandgehaltenen Feldweg auf der rechten Seite. »Der sieht doch gut aus.«

Carly nickte und er bog ab. In Schrittgeschwindigkeit fuhren sie über den holprigen Pfad, während die kühle Nachtluft durch das Fenster hereinwehte. Auf Seegers Wunsch hin waren sie nach West Virginia gefahren und hielten auf die Berge zu, wobei sie nur Nebenstraßen nahmen und Hagerstown weit hinter sich zurückließen.

Als sich Richard sicher war, dass man sie von der Hauptstraße nicht mehr sehen konnte, zog er die Bremse an und stieg aus. Um sie herum waberte dünner Nebel, der sich an allem festklammerte, die Kälte verstärkte und bewirkte, dass die Luft im Scheinwerferlicht flimmerte.

Er stieg auf den Anhänger und zog die Stoffabdeckung vom Pick-up seines Nachbarn. Dann setzte er sich auf den Fahrersitz, während Carly die Stahlrampen auszog. Das Fahrzeug rollte auf den feuchten Boden, und außer dem sanften Knirschen von Gummi auf Dreck war nichts zu hören.

Nachdem er sich vergewissert hatte, dass die Schlüssel hinter der Sonnenblende steckten, stieg er aus und sah sich noch einmal um. Die Anzahl der Reifenspuren und die deutlichen Abdrücke der Reifenprofile ließen erkennen, dass diese Straße häufig benutzt wurde. Es würde nicht lange dauern, bis man das verlassene Fahrzeug mit dem Kennzeichen aus Maryland entdeckte und die Polizei rief, die es unbeschädigt zu seinem Nachbarn zurückbringen würde. Hoffentlich mit einer Erklärung, in der Teenager auf einer Spritztour und nicht etwa ein gewisser flüchtiger Biologe vorkamen.

Carly wischte mit Glasreiniger und einigen Küchentüchern Fingerabdrücke und andere Beweise weg, wie sie es von Seeger gelernt hatte, und Richard ging zurück zum Führerhaus des Lasters, um eine Plastiktüte zu holen. Er wühlte in den Prepaid-Handys herum, die sich darin befanden, bis er schließlich das Satellitentelefon darunter gefunden hatte.

Je mehr Zeit verstrich, desto verschwommener erinnerte er sich an die Ereignisse der vergangenen Nacht. Andere Erklärungen drängten sich in seinen Verstand und ließen die Panik verschwinden, die er verspürt hatte. Vielleicht war Sands ja auch nichts weiter als ein dummer, gewalttätiger Penner, der sauer gewesen war, weil man ihn mitten in der Nacht geweckt hatte. Richard musste zugeben, dass er dazu neigte, den Leuten mehr Verstand zuzusprechen, als sie besaßen, und Absichten erkannte, auch wenn er in neun von zehn Fällen doch nichts als Inkompetenz und Unsicherheit vor sich hatte.

Und was war mit dem Angriff auf Susie? Er musste zugeben, dass die Menschen völlig unterschiedlich auf sie reagierten. Der Mann in ihrem Zimmer hatte auch ein durchgeknallter Spinner sein können. Schließlich war die Welt ja voll von denen.

Letzten Endes lief alles darauf hinaus, dass er eine dritte Meinung brauchte. Hatte er den Verstand verloren? Brachte er sich, seine Familie und Seeger wegen nichts weiter als einer Reihe von Zufällen in Gefahr, die er aufgrund von Stress und mangelndem Einschätzungsvermögen überinterpretierte? Und falls dem so war, wie sah dann die effektivste und am wenigsten peinliche Lösung aus, um alles wieder in Ordnung zu bringen?

Er wählte aus dem Gedächtnis eine Nummer und hielt das seltsame Telefon an sein Ohr.

»Hallo?«

»Hi, Chris.«

»Richard! Wo zum Teufel hast du gesteckt? Die Polizei hat mich angerufen! Du wirst gesucht. Es hörte sich ganz so an, als wärst du auf der Flucht. Sie sagten, du hättest ihnen erzählt, jemand hätte Susie angegriffen.«

»Das ist eine lange Geschichte.«

»Dann ist es also wahr?«

»Ja.«

»Sie waren nicht gerade höflich, wenn du verstehst, was ich meine? Ich bekomme langsam das Gefühl, dass es dieser Sands auf dich abgesehen hat.«

»Scheiße«, erwiderte Richard leise. »Was zum Henker läuft mit PharmaTan, Chris? Warum lassen die die Anklage nicht fallen?«

»Der Geschäftsführer ist eine harte Nuss. Und ein Riesenarschloch, wenn du mich fragst. Er sagt, er hätte das Gefühl, erpresst zu werden. Ich weiß nicht, wie ich es anders ausdrücken soll, also spreche ich es einfach aus: Er hält die Anzeige gegen dich aufrecht. Ich versuche, über seinen Kopf hinweg mit dem Vorstand zu verhandeln, aber ich weiß nicht, wie es ausgehen wird.«

Richard musste sich auf dem Trittbrett des Lasters abstützen, als Carly näher kam, die erst nur ein Schemen in dem dichter werdenden Nebel war, bis sie sich neben ihn setzte. Einen seltsamen Moment lang zögerte sie, doch dann legte sie ihm einen Arm um die Schultern.

»Ich kann nicht ins Gefängnis gehen, Chris. Susie hat nicht mehr so viel Zeit und die anderen Kinder auch nicht. Wir müssen das irgendwie hinkriegen.«

»Ich weiß. Pass auf, ich kann dir nichts versprechen, aber ich glaube, der Vorstand wird für unsere Vorschläge empfänglicher sein. Aber es wird nicht gleich morgen passieren, hast du verstanden? Und all dieser Scheiß macht mir meine Aufgabe nicht gerade leichter.«

»Glaubst du, ich hätte gewollt, dass jemand mit einer Spritze und einer Pistole ins Zimmer meiner Tochter einbricht?«

»Das ist also passiert? Großer Gott. Hör mal, ich will hier niemandem irgendeine Schuld zuweisen. Ich sage nur, dass das alles nicht gut aussieht, verstehst du?«

»Dass es nicht gut aussieht? Du hast ja keine Ahnung …«

»Richard! Könntest du bitte nicht ganz so empfindlich sein? Du musst zugeben, dass das ein verdammt großer Zufall ist. Erst passiert das mit Annettes Forschungsunterlagen und dann taucht auf einmal ein Psychopath in deinem Haus auf und versucht, deine Tochter umzubringen?«

Richard stieß die Luft aus und versuchte, ruhig zu bleiben. »Ich bin nicht davon überzeugt, dass es wirklich ein Psychopath war, Chris.«

»Wie meinst du das?«

»Was wäre, wenn das alles miteinander in Verbindung steht? Ich meine, erst Annette, dann Troy und jetzt Susie? Was wäre, wenn jemand versucht zu verhindern, dass ihre Forschung fortgesetzt wird? Du hast ein Pharmaunternehmen geleitet. Du weißt, wie viel Geld da auf dem Spiel stehen könnte.«

»Das ist ein hartes Geschäft, Richard, aber wir laufen nicht rum und bringen andere Menschen um.«

»Bist du sicher?«

Es gab eine längere Pause, bevor Graden wieder etwas sagte. »Nein, ich bin mir nicht sicher. Das Geschäft hat sich verändert, seitdem ich nicht mehr mittendrin bin. Die Russen und die Chinesen haben ihre Finger im Spiel, und diesen Arschlöchern würde ich alles zutrauen.«

»Wirklich?«, entgegnete Richard und versuchte, nicht zu überrascht zu klingen. Er hatte sich inzwischen so daran gewöhnt, dass man ihn für verrückt hielt, dass es ganz verwirrend war, auf einmal ernst genommen zu werden.

»Ja. Ich mache dir einen Vorschlag: Ich werde mal mit ein paar Leuten reden und versuchen, etwas rauszubekommen.«

»Das würdest du tun?«

»Um Himmels willen, Richard. Wie lange sind wir jetzt schon Freunde? Natürlich würde ich das tun. Gut, das ist alles ziemlich weit hergeholt, aber ich muss zugeben, dass die Sache langsam merkwürdig wird. Und wir sollten kein Risiko eingehen.«

»Danke, Chris. Ich kann dir gar nicht sagen, wie sehr ich das alles zu schätzen weiß, was du für uns tust. Ich habe das Gefühl, dass alle anderen …« Einen kurzen Moment versagte seine Stimme. »Sagen wir einfach, dass es uns zurzeit nicht so vorkommt, als hätten wir viele Freunde.«

»Mach dir deswegen keine Sorgen. Ich bin momentan in meinem Haus in St. Barts. Soll ich euch drei mit meinem Jet abholen lassen? Hier könntet ihr für eine Weile untertauchen, während wir versuchen, den Dingen auf den Grund zu gehen.«

»Ich will dich nicht in die ganze Sache reinziehen, Chris.«

»Es ist ein bisschen spät, sich deswegen noch Sorgen zu machen. Wie sagt man doch so schön? Mitgefangen, mitgehangen.«

15

Pittsburg, Pennsylvania
19. April

»Dr. Draman!«, rief der Pilot, stieg aus dem kleinen Jet und eilte über den Asphalt, um ihm die Reisetasche abzunehmen. »Ich bin James, Chris Gradens Pilot.«

»Freut mich, Sie kennenzulernen. Das ist meine Frau Carly.«

»Mir wurde gesagt, ich soll drei Personen abholen«, erwiderte der Pilot, während er Carlys Hand schüttelte.

»Wir haben beschlossen, unsere Tochter bei einem Freund zu lassen.«

Der Mann nickte und ging zurück zum Flugzeug. Sie folgten ihm. Richard warf seiner Frau einen Blick zu und bemerkte, dass sie immer noch etwas kränklich aussah.

»Es wird alles gut gehen«, versicherte er ihr und drückte ihre Hand.

Sie waren seit Susies Geburt nicht von ihr getrennt gewesen, daher war es ihnen auch außerordentlich schwergefallen, sie bei einem fast Fremden zu lassen. Doch sie hatten keine andere Wahl gehabt, denn Richard hatte bei ihrer Flucht aus dem Haus zwar seinen und Carlys Pass in die Reisetasche gestopft, Susie besaß jedoch keinen. Obwohl bei ihrem Aufbruch einige Tränen vergossen worden waren, hatte Susie kein Problem mit der Trennung gehabt. Sie verstand sich sehr gut mit Seeger und plante bereits einige Aktivitäten ohne den wachsamen Blick ihrer Eltern, auf die er sich ebenfalls sehr zu freuen schien.

Richard setzte sich seiner Frau gegenüber und wartete, bis der Pilot ins Cockpit zurückgekehrt war, bevor er sich vorbeugte und ihr eine Hand aufs Knie legte. »Hast du gesehen, wie sie uns von der Veranda zugewunken hat, als wir losgefahren sind? Sie sah nicht mal traurig aus. Ich glaube, dass sie dieses Abenteuer richtig genießt.«

»Ich weiß, aber …«

»Ihr wird nichts passieren, Carly. Nach allem, was sie durchgemacht hat, ist sie stärker, als es einer von uns beiden je sein wird.«

»Vielleicht sollten wir sie anrufen. Ich bin mir nicht sicher, ob ich ihm ihre Medikamente richtig erklärt habe. Burt …«

»Du hast eine halbe Dissertation dazu geschrieben.«

»Hab ich nicht …«

»Carly. Mal im Ernst, ich hab sie gesehen. Du hast sogar Diagramme gemalt.«

Daraufhin brachte sie sogar ein angedeutetes Lächeln zustande.

»Wir werden nur einige Tage weg sein. Nur so lange, wie wir brauchen, um das Ganze mit Chris zu besprechen und einige Dinge zu klären.«

Sie nickte und sah wieder aus dem Fenster, als das Flugzeug auf der Landebahn beschleunigte. Während des Starts starrte sie weiterhin hinaus, als könne sie einen letzten Blick auf ihre Tochter erhaschen, bevor sie die Wolkendecke durchbrachen.

Er widerstand diesem Drang, schloss die Augen und lauschte dem weißen Rauschen, das das ansonsten leere Flugzeug erfüllte. Seit der Nacht seiner Verhaftung hatte er nicht mehr länger als zwei Stunden am Stück geschlafen, und in diesem Augenblick wollte er sich einfach nur noch ausruhen, um später wieder klar denken zu können. Er stellte sich schneebedeckte Berge vor, die sich im ruhigen Wasser eines Sees spiegelten – eine Technik zur Verringerung von Stress, die er aus einer Zeitschrift im Wartezimmer seines Zahnarztes gelernt hatte. Das ruhige Bild wurde jedoch sofort durch das zum Teil verdeckte Gesicht des Mannes gestört, der versucht hatte, Susie umzubringen, dann fielen ihm auch die Spritze und die durchdringenden Schreie seiner Tochter wieder ein, die verzweifelt versucht hatte, sich aus der Bettdecke zu schälen. Was wäre, wenn der Killer auf irgendeine Weise Seegers Adresse ausfindig gemacht hatte? Was wäre, wenn ihr Herz doch aufgab? Was wäre, wenn sie sie brauchte und sie nicht bei ihr waren?

Er schüttelte kaum merklich den Kopf und versuchte, die in ihm aufsteigende Panik zu unterdrücken. Da der Bergsee nicht funktionieren wollte, überlegte er stattdessen, wie er herausfinden konnte, was mit ihm und seiner Familie passierte. Konnte er den Mann, der sich in Susies Zimmer aufgehalten hatte, irgendwie aufspüren? Vielleicht hatten seine Nachbarn ja etwas gesehen, ein Fahrzeug oder in welche Richtung er weggerannt war. Was war mit Annettes und Troys Tod? Konnte er sich irgendwie die Informationen, die bei den Nachforschungen herausgekommen waren, beschaffen, und nach Ungereimtheiten oder Dingen, die die Polizei übersehen hatte, suchen? Konnte er sich umhören, ob es andere Pharmaunternehmen gab, die ähnliche Forschungen wie Annette anstellten? Vielleicht sogar einzelne Forscher …

Er riss die Augen auf und sah seine Frau an, die noch immer aus dem Fenster starrte. »Carly! Erinnerst du dich an Ray Blane?«

Sie drehte sich zu ihm um, aber es dauerte einige Sekunden, bis sie seine Worte verarbeitet hatte. »Er hat am California Institute of Technology gearbeitet, nicht wahr? Wir waren vor einigen Jahren mal auf einer Party in seinem Haus. Warum fragst du?«

»Ich habe vor einer Weile gehört, dass er an etwas arbeitet, das den Forschungen auf Annettes USB-Stick sehr ähnelt.«

»Und?«

»Und ich habe mich gefragt, ob er noch immer in diese Richtung forscht. Wenn das der Fall ist, weiß er vielleicht, ob es große Unternehmen gibt, die an etwas Ähnlichem arbeiten. Oder er hatte vielleicht ebenfalls Probleme. Troy hat mir erzählt, dass ihnen einige seltsame Dinge passiert sind, die sie damals als Zufälle abgetan hatten.«

»Kannst du ihn nicht mal anrufen?«

»Ich wüsste nicht, was dagegen spricht.«

Richard rief von seinem Satellitentelefon aus die Auskunft an und ließ sich zur Telefonzentrale des Caltech und von dort aus zu Blanes Büro durchstellen. Es war schon recht spät und er rechnete nicht mehr damit, ihn im Büro anzutreffen, aber er nahm sofort ab.

»Ray? Hier spricht Richard Draman. Wie geht's?«

»Richard? Hi. Mir geht es gut. Wie geht es *dir*?«

Seine Betonung ließ erkennen, dass die Geschichte über seinen Ärger mit PharmaTan bereits die Runde gemacht hatte.

»Mir geht es gut. Aber ich habe eine kurze Frage an dich. Ich habe vor einiger Zeit gehört, dass du dich mit der Theorie zum menschlichen Genom beschäftigst. Arbeitest du noch immer daran?«

»Nein, die Sache habe ich schon vor Jahren aufgegeben.«

»Darf ich fragen, warum? Bist du in eine Sackgasse geraten?«

»Ich weiß nichts von einer Sackgasse. August Mason scheint zu glauben, dass es eine gibt, und mit dem legt man sich lieber nicht an, aber ich kann nicht behaupten, dass ich eine gefunden hätte.«

»Warum hast du dann aufgehört?«

»Es war keine wissenschaftliche Entscheidung. Ich habe eine großzügige Spende erhalten mit der Auflage, mich auf andere Sachen zu konzentrieren. Ich hätte gern weitergemacht, aber man hat mir versichert, dass es nur Zeitverschwendung ist und man mich nicht dafür bezahlt, dass ich keine Ergebnisse liefere. Warum fragst du?«

Richard ignorierte die Frage. »Kannst du mir auch verraten, wer dich zum Aufhören bewogen hat?«

»Chris Graden hat mir die Subventionen bewilligt.«

Bei diesen Worten erstarrte Richard.

»Richard? Hallo? Bist du noch da?«

»Ich bin noch dran.«

»Genau, Chris war wild entschlossen, mich von dieser Forschung abzubringen, und als ich die Anzahl der Nullen auf seinem Scheck gesehen hatte, befand ich mich nicht mehr in der Position, mich zu widersetzen, verstehst du? Verdammt, es war vermutlich ohnehin Zeitverschwendung. Wenn Mason es nicht herausfinden konnte, wie groß waren dann wohl meine Chancen? Hey, wie geht es Susie? Als wir uns das letzte Mal …«

»Gut«, antwortete Richard und schnitt ihm das Wort ab. »Es geht ihr gut. Ich bin dir sehr dankbar für diese Informationen, aber ich muss jetzt auflegen, okay?«

»Klar. Verstehe. Viel Glück, Richard. Ich hoffe, für dich wendet sich alles zum Guten.«

Er legte auf und starrte das Telefon an, während er versuchte, das eben Gehörte zu begreifen.

»Ist alles in Ordnung, Richard?«, erkundigte sich Carly.

»Es war Chris.«

»Was?«

Er antwortete ihr nicht und Carly nahm seine Hand. »Richard, so langsam machst du mir Angst. Was hat er gesagt?«

»Es war Chris«, wiederholte er und sah in Richtung Cockpit, um sich zu vergewissern, dass der Pilot ihre Unterhaltung nicht mit anhören konnte. »Er war derjenige, der Rays Projekt abgesägt hat.«

Sie ließ ihn los und zog sich ein kleines Stück zurück. »Was sagst du da? Du glaubst, dass Chris in der ganzen Sache mit drinsteckt? Du weißt, dass das verrückt ist? Wir sind seit Jahren Freunde. Er hat uns, seitdem wir ihn kennen, immer wieder geholfen.«

Richard sah durch das Fenster auf den endlosen Ozean hinunter. Er hatte keine Ahnung, wo sie sich befanden, und wusste nur, dass sie weit weg von zu Hause waren. Weit weg von Susie.

»Hat er das wirklich?«

»Uns geholfen?«, wiederholte sie. »Teufel noch mal, ja, das hat er. Er hat dir gerade erst einen Scheck über fünfundzwanzigtausend Dollar gegeben, den er aus eigener Tasche finanziert.«

Er reagierte nicht und starrte weiterhin aus dem Fenster.

»Richard?«, meinte sie, und ihre Angst verwandelte sich langsam in Vorsicht.

»Man könnte es auch so sehen, dass er mir nie genug Geld gegeben hat, dass ich meine Forschung wirklich voranbringen konnte«, sagte Richard schließlich und sah ihr in die Augen. »Er gibt mir immer nur genug, um sicherzustellen, dass ich ihm in der Hoffnung auf mehr Geld alles erzähle.«

»Willst du damit sagen, dass er dich die ganzen Jahre nur ausspioniert hat?«

»Ich weiß selber, wie das klingt, Carly. Aber er ist die einzige Konstante in all dem, oder nicht? Er kennt uns seit Anbeginn des Progerie-Projekts und Annette hat er sogar noch länger gekannt. Er hat Rays Forschung eingestampft. Er erscheint auf wundersame Weise auf dem Polizeirevier, eine Stunde nachdem ich verhaftet worden bin …«

»Richard …«

»Wann ist dieser Typ in Susies Zimmer aufgetaucht?«, sagte er und ignorierte sie. »Einige Tage, nachdem wir Chris gesagt haben, dass wir mit PharmaTan in den Ring steigen und sie zwingen wollen, uns Annettes Daten zurückzugeben.«

»Richard! Es reicht jetzt! Okay? Es reicht. Chris ist unser bester Freund und du kritisierst ihn dafür, dass er dir Geld gibt und dich aus dem Gefängnis holt.«

Richard schüttelte den Kopf, und in seinem Bauch wurden die Wut und das Gefühl, verraten worden zu sein, beinahe übermächtig. »Und jetzt sagt er mir, ich soll meine ganze Familie ins Flugzeug setzen und außer Landes bringen.«

»Willst du damit wirklich sagen, dass Chris uns wehtun würde? Dass er Susie schaden würde?«

Er öffnete seinen Sicherheitsgurt. »Ich weiß nur, dass wir dieses Flugzeug so schnell wie möglich verlassen müssen.«

16

Über dem Atlantischen Ozean
19. April

Richard riss den Vorhang auf, der die Kabine des Jets vom Cockpit trennte, und sein panischer Gesichtsausdruck war nur teilweise gespielt. »Wir müssen landen! Sofort!«

Beide Piloten drehten sich auf ihrem Sitz herum und einer der beiden bespritzte sich beinahe mit Kaffee.

»Was ist los?«, fragte der, der sich als James vorgestellt hatte. »Stimmt was nicht?«

»Es geht um meine Frau. Sie hat das Bewusstsein verloren.«

James sprang auf und sah in den hinteren Flugzeugteil, während der Kopilot das Steuer übernahm. Carly hing unnatürlich über der Lehne ihres Sitzes und wurde nur durch ihren Sicherheitsgurt daran gehindert, zu Boden zu rutschen. Obwohl sie sich erst geweigert hatte, spielte sie ihre Rolle nun sehr überzeugend.

»Sie neigt zu derartigen Anfällen, wenn sie fliegt, aber so heftig ist es bisher noch nie gewesen«, erklärte Richard. »Ich weiß nicht, warum es dieses Mal anders ist, aber wir müssen landen.«

»Wir befinden uns über dem Ozean, Doktor. Der …«

»Bitte. Sie müssen etwas unternehmen. Es kommt selten vor, aber es sind schon Menschen in diesem Zustand gestorben. Wir müssen doch irgendwo landen können.«

Der Pilot kaute auf seiner Lippe herum und sah dann wieder auf Carlys reglosen Körper hinab. »Es gibt ein paar Inseln. Wir werden die nächste mit einer Landebahn, die lang genug für uns ist, anfliegen. Kümmern Sie sich solange um Ihre Frau. Wir bringen sie so schnell wie möglich auf den Boden.«

Richard dankte ihm und eilte dann in den hinteren Teil des Flugzeugs, wo er Carly sanft aufrichtete und sich dann ihr gegenüber hinsetzte, um ihre Hand zu halten.

Sie öffnete vorsichtig ein Auge. »Landen wir?«

»Keine Ahnung. Wir werden sehen.«

Es waren noch keine fünf Minuten vergangen, als der Pilot durch den Gang auf sie zueilte, aber die Waffe und das Klebeband, die Richard erwartet hatte, waren nirgendwo zu sehen.

»Wie geht es ihr, Doktor?«

Entweder war er ein verdammt guter Schauspieler oder er machte sich tatsächlich Sorgen um sie. Das ergab Sinn, erkannte Richard. Falls Chris tatsächlich in die Sache verwickelt war – so unwahrscheinlich es auch sein mochte –, gab es dennoch keinen Grund zu der Annahme, dass seine Piloten seine Komplizen waren.

»Ich weiß es nicht. Sie reagiert nicht.«

»Wir haben eine Landebahn gefunden und einen medizinischen Notfall angemeldet. Schnallen Sie sich wieder an. Wir werden in wenigen Minuten landen.«

Das Gefühl, die Räder wieder über den Boden rollen zu spüren, war nicht so beruhigend, wie Richard gehofft hatte. Die Landung hatte lange genug gedauert, dass er den anfänglichen Schreck über Rays Enthüllung halbwegs verdaut hatte und die Realität langsam wieder klarer sah. Wenn sie dieses Flugzeug verließen, dann würde er dem einzigen Menschen, der tatsächlich die Macht hatte, ihm zu helfen, den Rücken zuwenden.

Er stand auf und beugte sich über seine Frau, während er ihren Sicherheitsgurt öffnete. »Ich denke, es ist Zeit, dass du dich ein wenig erholst.«

Nachdem er sich ihre Reisetasche über die Schulter geworfen hatte, zog er sie auf die Beine und stützte sie, als sie unsicher den Gang entlangwankte.

»Sie sind wieder bei uns«, stellte der Pilot fest und klang dabei sehr erleichtert. »Geht es Ihnen besser?«

Carly schenkte ihm ein schwaches Lächeln und murmelte eine unverständliche Antwort, dann öffnete er die Tür und half ihr die Stufen hinunter.

Die Sonne war kurz davor, hinter einem wolkenlosen Horizont unterzugehen, und Richard hob die Hand, um seine Augen abzuschirmen. Es gab nicht viel zu sehen: eine einfache Landebahn, Büsche, die in der sandigen Erde Halt suchten, ein einsames Gebäude, das verlassen aussah.

Das Einzige, das nicht so aussah, als würde es langsam wieder von der Natur zurückgefordert, war der winzige blaue Pick-up mit der Stoffabdeckung über der Ladefläche. Ein großer Farbiger stieg an der Fahrerseite aus und lief zu ihnen herüber.

»Ich bin Henry«, stellte er sich mit angenehmem Inselakzent vor, nahm Carlys Ellenbogen und führte sie zum Wagen. »Ich habe die Klinik angerufen, man erwartet Sie dort schon.«

Richard drehte sich zu dem Piloten um und reichte ihm die Hand. »Es war nur die Höhe. Es wird ihr bald wieder besser gehen. Ich kann Ihnen gar nicht genug danken, dass Sie so schnell einen Landeplatz gefunden haben. Ich weiß nicht, was sonst passiert wäre.«

»Das war kein Problem, Dr. Draman. Dafür werden wir doch bezahlt. Soll ich Sie zur Klinik begleiten?«

»Nein, danke. Wir kommen schon klar. Ich werde sie nicht wieder ins Flugzeug setzen, zumindest nicht in nächster Zeit. Wir werden uns eine andere Reisemöglichkeit suchen.«

Der Pilot sah ihn verwirrt an. »Wollen Sie damit sagen, dass wir Sie hier zurücklassen sollen?«

»Wir kommen schon klar. Richten Sie Chris bitte aus, dass ich ihn in den nächsten Tagen anrufen werde, damit wir weiter planen können. Vielleicht können wir uns hier ja irgendwo ein Boot mieten.«

Er klopfte dem Piloten auf die Schulter und eilte dann zum Truck. Der Fahrer saß bereits hinter dem Steuer und Carly lag auf einer Trage auf der Ladefläche. Richard stieg neben ihr ein und winkte dem verblüfften Piloten zu, während der Wagen langsam einen holprigen Feldweg entlangfuhr.

Sie fuhren einige Minuten, ohne dass einer von ihnen etwas sagte, und Carly sah die Wipfel stoppeliger Bäume an ihnen vorbeirauschen, während er die Straße beobachtete, um sicherzugehen, dass sie nicht verfolgt wurden.

»Bist du jetzt zufrieden?«, meinte sie schließlich.

»Mir ist klar, dass du denkst, ich hätte überreagiert …«

»Überreagiert? Glaubst du? Du hast mich doch nur dazu gebracht, so zu tun, als wäre ich ins Koma gefallen, damit wir aus einem Jet aussteigen konnten, der einem unserer wenigen Freunde gehört, nur um jetzt hier gestrandet zu sein …« Sie schwieg einen Moment lang. »Wo zum Teufel sind wir hier eigentlich?«

Darüber hatte er bisher selbst noch nicht nachgedacht. Er stützte sich am Führerhaus ab und beugte sich zum offenen Fenster vor.

»Entschuldigen Sie. Welche Insel ist das hier?«

»Mayaguana«, rief der Mann über das Geräusch des Fahrtwinds hinweg.

»Wo liegt die?«

»In der Nähe von Acklins.«

Beide Namen sagten ihm nichts. »Wie viele Menschen leben hier?«

»Das weiß ich nicht genau. Vielleicht dreihundert.«

Richard setzte sich wieder und sah seine Frau an. »Mayaguana.«

»Na, super«, erwiderte sie und konnte die Frustration, die sie seit der Abfahrt von ihrem Haus zu überwältigen drohte, nun nicht mehr verbergen. »Hier wollte ich schon immer mal Urlaub machen.«

»Du musst nicht gleich sarkastisch werden. Ich wollte nur …«

Ein lauter Knall unterbrach Richard, und er warf sich instinktiv über seine Frau, als der Truck heftig nach rechts schwenkte. Großer Gott, wurde da etwa auf sie geschossen? War ihr Fahrer verletzt?

Sie versuchte, sich unter seinem Körper aufzurichten, als der Wagen langsamer wurde, doch er ließ es nicht zu. Als er es wagte, über die Landefläche des Wagens zu spähen, um herauszufinden, ob sie genügend Deckung hätten, um wegzulaufen, konnte sich Carly endlich aufrichten.

»Der Reifen«, sagte sie, als auch er das knatternde Geräusch von zerfetztem Gummi erkannte. »Das war nur einer der alten Reifen, Richard.«

Als sie von der Ladefläche gekrabbelt waren, hatte der Fahrer bereits den Wagenheber in der Hand, und Richard kam sich langsam ziemlich dämlich vor.

»Können wir Ihnen helfen?«, erkundigte sich Carly.

»Ich komme schon klar«, erwiderte der Mann. »Es scheint Ihnen schon viel besser zu gehen. Das freut mich.«

»Danke. Ich fühle mich auch viel besser.«

Richard musterte die flachen Dünen in ihrer Umgebung und die Straße hinter ihnen. War der geplatzte Reifen nur ein weiterer von vielen seltsamen Zufällen oder hatte sich jemand daran zu schaffen gemacht?

Carly schien seine Gedanken zu lesen und legte eine verschwitzte Hand auf seine Schulter, um dann auf Chris' Jet zu deuten, der über dem Meer wieder in die Luft stieg. »Da verschwindet unsere Reisemöglichkeit.«

»Carly, ich …«

Sie ignorierte ihn und ging langsam den Weg zurück, den sie entlanggefahren waren, sodass ihm nichts anderes übrig blieb, als ihr zu folgen.

»Ich mache mir langsam wirklich Sorgen um dich«, sagte sie, als sie außerhalb der Hörweite des Fahrers waren.

»Ich weiß, wie das aussieht …« Seine Stimme versagte kurz. »Annette und Troy. Was mit Susie passiert ist. Das kann nicht alles bloß Zufall gewesen sein.«

»Du hast so viel auf deine Schultern geladen, Richard. Arbeit, Schuld, Verantwortung. Ich werde nie verstehen, wie du das alles so lange ausgehalten hast. Jeder andere hätte sich schon längst von der Brücke gestürzt, die du neulich mal erwähnt hast. Aber du solltest die Möglichkeit nicht ausschließen, dass … dass das alles zu viel für dich geworden ist. Niemand würde es dir verdenken, wenn du letzten Endes alles aufgeben willst. Vielleicht ist das deine Art zu …«

»Ich brauche keine Psychoanalyse, Carly.«

»Ich sage ja nur, dass wir unsere kranke Tochter bei einem Mann gelassen haben, den wir kaum kennen, und das nach all dem, was passiert ist. Und jetzt glaubst du, dass dein bester Freund versucht, uns umzubringen, nachdem du gerade mal dreißig Sekunden mit einem Mann telefoniert hast, mit dem du seit Jahren nicht mehr gesprochen hattest.«

»Worauf willst du hinaus?«, entgegnete er, und der Trotz in seiner Stimme klang selbst in seinen eigenen Ohren jämmerlich.

»Ich war bereit, bei all dem mitzumachen«, antwortete sie und beobachtete, wie Chris' Flugzeug am Horizont immer kleiner wurde. »Ich liebe dich und ich bin dankbarer, als du es dir vorstellen kannst, für alles, was du für Susie getan und geopfert hast. Aber das geht zu weit. Ich werde nicht tatenlos mit ansehen, wie du dich selbst zugrunde richtest und damit auch jede Chance, die sie und die anderen Kinder jemals hab…«

Die Worte blieben ihr in der Kehle stecken und sie erstarrte, während ihr Blick auf den Horizont gerichtet blieb.

Als er endlich ebenfalls dorthin sah, hörten sie auch schon den dumpfen Knall der Explosion, der die feuchte Luft auf eine Art und Weise vibrieren ließ, die ihn bis ins Innerste traf.

An der Stelle, an der Chris' Jet nur Sekunden zuvor gewesen war, befand sich nun ein winziger gelber Fleck. Richard blinzelte und begriff noch nicht, was er da sah, doch dann bewegte sich eine schwarze Rauchsäule langsam weiter nach unten.

Sie standen schweigend und schockiert da und brachten keinen Ton heraus, während sie Zeuge wurden, wie das Flugzeug im spiralförmigen Sinkflug ins Meer stürzte.

17

1800 Meilen östlich von Australien
19. April

Die zwanghafte Geheimnistuerei schien täglich schlimmer zu werden. Einmal hatte die Gruppe eines ihrer seltenen Treffen sogar in den Wäldern Lettlands abgehalten. Als selbst das noch zu öffentlich zu sein schien, hatten sie versucht, über gut verschlüsselte Kanäle zu kommunizieren. Und inzwischen war es schon so weit gekommen.

Chris Graden folgte dem bewaffneten Mann durch den dicken tropischen Wald. Zwei Jahre zuvor hatten sie die Insel über das übliche Labyrinth aus ausländischen Unternehmen und Partnerschaften erworben, aber mehr wusste er nicht darüber – er kannte nicht einmal ihre ungefähre Lage. Ein Flugzeug hatte ihn an einem Privatflughafen in der Nähe seines Hauses abgeholt und war viele Stunden später auf einer gut versteckten Landebahn gelandet. Während der gesamten Reise hatte er weder aus dem Fenster sehen noch ein elektronisches Gerät benutzen dürfen.

Karl schätzte die Anonymität und die Isolation mehr als alles andere und vermied es, die Gruppe zusammenzurufen, wenn es nicht unbedingt erforderlich war. Bei den seltenen Gelegenheiten, an denen diese Treffen wirklich zustande kamen, ging es meist darum, schlechte Nachrichten weiterzugeben oder Schuldzuweisungen auszusprechen. Und wenn es um Letzteres ging, konnte man davon ausgehen, dass man den Beschuldigten nie wiedersehen würde.

Er konnte vor sich ein steinernes Gebäude erkennen, das teilweise von einer überwachsenen Klippe verdeckt wurde und das er auch nur identifizieren konnte, weil er es schon einmal gesehen hatte. Wie alles andere, das mit der Gruppe zu tun hatte, war es derart gut getarnt, dass es fast wie das Hirngespinst seiner Fantasie wirkte, ein von Hitze und Furcht hervorgerufenes Trugbild.

Der Wachmann öffnete ein Stahltor und bedeutete Graden, einen ihm bekannten Gang entlangzugehen. Die Wände bestanden aus Stein; sie waren feucht und von echten Reben überzogen. Er versuchte, seine Atmung beim Gehen ruhigzuhalten, da er seine Nervosität nicht den unausweichlichen, wenngleich gut verborgenen Kameras preisgeben wollte.

Schließlich trat er durch die Tür am Ende des Ganges und tauschte die tropfende Decke und die summenden Insekten gegen einen eleganten, klimatisierten Konferenzraum ein, der sich kaum von dem im Hauptquartier seines ehemaligen Unternehmens unterschied. Die neun Männer, die am Tisch saßen, begrüßten ihn mit einem höflichen Kopfnicken, hatten den Blick aber schon wieder abgewandt, als er sich setzte.

Nur von zweien kannte er die Identität. Zu seiner Rechten saß Henry Parador, ein mächtiger amerikanischer Senator, dessen Familie mit Tabak ein Vermögen verdient hatte. Direkt ihm gegenüber hatte Ivo Ljujic Platz genommen, ein ehemaliger bosnischer General, der jetzt ein osteuropäisches Unternehmen lenkte, über das Graden bewusst nie etwas las. Neugier wurde nicht gern gesehen und war bei zumindest einer Gelegenheit, von der er wusste, streng bestraft worden.

Alle Anwesenden waren fit und gesund – etwas anderes wurde auch nicht toleriert –, und er ging davon aus, dass sie ebenso wie die beiden Männer, die er erkannte, äußerst wohlhabend waren, da seine eigene Aufnahme bereits einen hohen neunstelligen Preis gekostet hatte.

Doch das waren auch schon alle Gemeinsamkeiten. Die Altersstufe schwankte zwischen Mitte dreißig und Anfang siebzig, die Hautfarbe zwischen schwarz und weiß und der Akzent zwischen vertraut bis beinahe unverständlich.

»Da wir jetzt vollzählig sind«, sagte Karl, der seine Worte so sorgsam betonte, dass man seine Herkunft unmöglich erkennen konnte, »können wir ja anfangen.«

Obwohl er einer der jüngsten Männer im Raum war, hatte Karl ganz offensichtlich das Kommando. Aus irgendeinem Grund strahlten sein gebräunter Körper, sein dichtes dunkles Haar und sein faltenloses Gesicht keine Unerfahrenheit aus, sondern nur Männlichkeit und Stärke. Graden kam sich in seiner Gegenwart immer ein wenig langsamer und gebrechlicher vor.

»Nach einer langen Ruheperiode gibt es nun gleich einige Probleme, die unsere Aufmerksamkeit erfordern. Für alle, die es noch nicht gehört haben, als Information: Annette Chevalier ist tot. Unsere Bemühungen, ihre Forschung durch den Druck ihrer Vorgesetzten zu unterbinden, haben sich als ineffektiv erwiesen, sodass wir gezwungen waren, handfestere Maßnahmen zu ergreifen. Inzwischen sind die Nachforschungen hinsichtlich ihres Todes abgeschlossen und die Angelegenheit wurde als Selbstmord eingestuft.«

Die Männer am Tisch nickten ernst, als Karl sie mit der seltsamen reglosen Art ansah, die er stets an sich hatte. Irgendetwas an ihm war auf übermenschliche Weise präzise. Nichts wurde vergeudet, keine Emotion, keine Bewegung und erst recht keine Worte.

»Dummerweise haben sich Komplikationen ergeben. Ihr Mann hat nach ihrem Tod Richard Draman aufgesucht und ihm eine Kopie ihrer Forschungsergebnisse überreicht.«

Es erhob sich ein besorgtes Gemurmel und Karl wandte sich an Graden. »Wir konnten nicht genau herausfinden, was bei diesem Treffen gesagt wurde, weil uns dazu die Kapazitäten gefehlt haben.«

Graden hatte mit der Anschuldigung gerechnet, doch das bewahrte ihn nicht davor, einen trockenen Mund zu bekommen, als er antwortete.

»Es war schon immer unsere Taktik, so wenig Überwachungsgeräte wie möglich zu verwenden, da das mit hohen Risiken verbunden ist. Ich kenne Richard Draman ausgesprochen gut und bin einer seiner wichtigsten Förderer. Es war daher in seinem Interesse, mir alles zu erzählen, was er so tat, und unseren Evaluierungen zufolge ging seine Forschung nie in eine Richtung, die für uns bedrohlich werden konnte. Ferner ist es unwahrscheinlich, dass er dieses Fachgebiet noch viele Jahre bearbeiten wird, da ich davon ausgehe, dass er sich ein neues Thema sucht, wenn seine Tochter gestorben ist.«

Das war ein gefährlich dünner Grat. Er durfte nicht riskieren, dass seine Ausführungen als Ausreden hingestellt wurden, er durfte aber auch nicht inkompetent wirken.

»Jedenfalls haben wir uns um dieses Problem gekümmert«, erklärte Karl. »Draman und seine Familie sind heute mit einem Privatjet abgestürzt.«

Ein Asiate, der links von Graden saß, ergriff das Wort. »Das ist leicht mit uns in Verbindung zu bringen. Und der Tod mehrerer Biologen in derart kurzer Zeit könnte Aufmerksamkeit erregen.«

Karl beugte sich vor und legte seine Handflächen auf den Tisch. »Wir mussten uns schnell darum kümmern. Draman hat August Mason aufgesucht, um mit ihm über Chevaliers Forschung zu sprechen.«

»Dennoch gibt es dezentere Arten, mit so etwas umzugehen«, beharrte der Asiate, »oder etwa nicht?«

»Normalerweise schon. Wir haben einen Mann eingesetzt, den wir uns in der dortigen Polizei herangezogen haben, aber er war nicht so effizient wie erhofft. Draman ließ sich aufgrund der Krankheit seiner Tochter nicht so leicht abschrecken.«

»Vielleicht wäre es dann klüger gewesen, sich um die Tochter zu kümmern?«, meinte ein anderer Mann.

Karl lehnte sich wieder an, und sein an eine Statue erinnerndes Verhalten schien etwas zu schwanken. »Auf diese Idee sind wir selbst gekommen. Dummerweise wurde unser Mann bei der Durchführung seiner Tat von Draman unterbrochen.«

Alle Anwesenden stöhnten leise auf.

»Aber wir sind uns sicher, dass sie jetzt alle tot sind?«, wollte der Asiate wissen.

Karl nickte einem Mann zu, den Graden noch nie zuvor gesehen hatte. Er musste Anfang sechzig sein, schien aus Osteuropa zu stammen und sein graues Haar wurde auf eine irgendwie unnatürlich wirkende Weise dünner.

»Ich möchte Ihnen Oleg vorstellen. Das ist sein Fachgebiet, daher wird er diese Frage auch beantworten.«

Der Mann kramte in einigen Papieren herum, während Graden erfolglos versuchte, keine Spekulationen über seinen Hintergrund anzustellen. Er hatte schon seit Langem vermutet, dass die Mitglieder der Gruppe aufgrund ihrer besonderen Fähigkeiten und Einflussgebiete ausgewählt worden waren: er dank seines Wissens über die Pharmaindustrie und dieser Mann vermutlich, weil er aus dem Spionagegeschäft stammte.

»Susan Draman ist nicht in dieses Flugzeug gestiegen«, sagte Oleg mit klar erkennbarem russischen Akzent.

Graden verspannte sich und es dauerte einen Augenblick, bis er seine Stimme wiedererlangt hatte. »Sind Sie sich sicher, dass Ihre Informationen korrekt sind? Richard hat nie etwas davon gesagt, dass sie nicht mitkommen würde, und seitdem ich sie kenne, haben sie Susie niemals alleine gelassen.«

»Meine Informationen sind korrekt«, antwortete er abweisend. »Wir haben uns bereits bei Familienangehörigen und Freunden erkundigt, konnten sie bisher aber noch nicht aufspüren.«

»Dann haben Sie noch nicht alle Familienmitglieder und Freunde gefunden«, erwiderte Senator Parador. »Die meisten Menschen sind sehr wählerisch, wenn es darum geht, bei wem sie ihr krankes Kind lassen. Würden Sie mir da nicht zustimmen?«

Oleg war offensichtlich gänzlich unbeeindruckt von dem Politiker. »Tatsächlich haben wir sie sogar alle überprüft. Auf Basis der Verdächtigungen, die Draman ausgesprochen hat, und dem

Anschlag auf das Leben seiner Tochter gehen wir von der Theorie aus, dass er sie an keinem Ort zurücklassen wollte, an dem man sie leicht finden kann.«

Karl, der offensichtlich kein Interesse an einer Eskalation dieses Schlagabtauschs hatte, mischte sich ein. »Alles Menschenmögliche wird unternommen, und wir fordern jeden auf, uns dabei zu helfen, die öffentlichen Auswirkungen des Todes der Dramans so gering wie möglich zu halten und ihre Tochter zu finden.«

»Und was passiert, wenn wir sie gefunden haben?«, wollte Parador wissen.

Karl musterte die Gesichter der Anwesenden. »Wir denken noch über unsere Optionen nach, aber es ist sehr wahrscheinlich, dass sie und die Menschen, bei denen sie sich aufhält, eliminiert werden müssen.«

18

400 Meilen östlich von Kuba
20. April

Die Dunkelheit rings um Richard Draman war so allumfassend, dass sein Gleichgewichtssinn versagte, und er taumelte an den Bug des Schiffes, wobei er sich an jeder festen Oberfläche festhielt und auf das Geräusch der Wellen lauschte, die gegen das Holz schwappten.

Als er an der Brücke vorbeikam, konnte er das Gesicht des Mannes am Steuer erkennen, dessen dunkle Haut im Leuchten der Instrumente leichengrün wirkte. Er reagierte nicht auf Richards Anwesenheit, sondern starrte nur in die Schwärze hinaus, als ob er etwas darin erkennen könnte.

Henry, der Mann, der sie an der Landebahn abgeholt hatte, hatte ihnen den noch immer namenlosen Bootskapitän vorgestellt, einen vernarbten und sonnengebräunten Mann mit entsprechend breiter Brust und verblassten Tätowierungen. Zu ihrem Glück hatte er nichts dagegen, zwei Amerikaner zurück in ihr Heimatland zu schmuggeln, solange der dafür ausgehandelte Preis stimmte. Die Zahlungsbedingungen ließen sich nicht leicht aushandeln, da Henry ihre Reisekasse als Gegenleistung für das Versprechen, jedem zu versichern, dass sie nach einem kurzen Halt, bei dem Carlys Flugkrankheit nachgelassen hatte, wieder ins Flugzeug gestiegen waren, bereits ziemlich geschröpft hatte. Doch Angst und der Kapitalismus waren eine gute Motivation, und schließlich hatte sich der Kapitän bereit erklärt, sich mit Carlys Verlobungsring bezahlen zu lassen.

Richard ging weiter nach vorn, bis er endlich auf die Knie fiel und vorwärtskrabbelte, um zu verhindern, dass er vom Schlingern des Schiffes in die Fischernetze geschleudert wurde. Eine Sekunde später berührte ihn eine Hand an der Schulter. »Ich bin hier.«

Er ließ sich auf den Rettungswesten nieder, die sie im Bug ausgebreitet hatten, und spürte, wie die Gischt in sein Gesicht spritzte, während sich seine Frau an ihn presste, um sich zu wärmen.

»Ist das alles, was uns noch geblieben ist, Richard?«

»Wie meinst du das?«

»Wir rufen unsere Familien einmal im Jahr zu Weihnachten an, nachdem wir es so lange wie möglich rausgezögert haben. Wir haben nicht viele Freunde, weil wir so viel arbeiten und weil wir so viel Zeit wie nur möglich mit Susie verbringen wollen …«

»Willst du mich aufheitern? Dann stellst du das nicht gerade gut an.«

»Ich habe an Chris gedacht und daran, dass wir ihm vermutlich näherstehen als jeder andere auf der Welt.«

»Dann hältst du mich noch immer für paranoid?«, entgegnete er. »Du glaubst noch immer, ich bilde mir das alles nur ein?«

Er konnte ihren Schweiß und ihr Shampoo riechen, als sie im Dunkeln den Kopf schüttelte. »Ich weiß nicht mehr, was ich noch glauben soll. Wie du gesagt hast: Einen Zufall kann man leicht ignorieren. Zwei können auch noch passieren. Vielleicht sogar drei. Aber das hier …«

»Genau«, sagte er, lehnte sich auf den Rettungswesten zurück und nahm sie in den Arm.

»Ich habe mich gefragt, ob diese Piloten Familien hatten«, fuhr Carly fort. »Ob auf sie zu Hause auch kleine Mädchen gewartet haben. Und ich frage mich immer wieder, warum all das passiert ist.«

»Darüber haben wir uns doch schon unterhalten. Irgendein ausländisches Pharmaunternehmen steht kurz vor einem Durchbruch, der ihm Milliarden einbringen wird.«

»Aber warum Chris?«, unterbrach sie ihn. »Er ist doch schon so reich, ebenso wie alle anderen, die mit so etwas zu tun haben. Sie fliegen in ihren Jets herum und fahren in ihren Rolls-Royce, während Susie und Kinder wie sie sterben. Reicht das denn nicht?«

Über ihnen brachen die Wolken langsam auf und gaben den Blick auf die Sterne frei. »Du darfst nicht vergessen, dass die Kosten für so eine Forschung astronomisch hoch sind, Carly. Wenn ich raten müsste, würde ich vermuten, dass Chris und eine Reihe anderer Investoren ihren gesamten Besitz hineingesteckt haben. Und wenn die Sache scheitert, dann müssen sie ihre Jets und Rolls-Royce gegen Wohnwagen und Fahrräder eintauschen.«

»Und was können wir dagegen tun, Richard? Ich bin Köchin, du bist Biologe. Wie sollen wir uns gegen Menschen wehren, die bereit sind, ein Flugzeug voller unschuldiger Menschen in die Luft zu jagen? Gegen Menschen, die einen Mann losschicken, um ein Kind zu ermorden?«

Diese Frage setzte ihm zu, seitdem er gesehen hatte, wie Chris Gradens Jet ins Meer gestürzt war. Bisher war ihm noch keine Lösung eingefallen.

»Wenn sie glauben, dass wir tot sind, dann haben wir etwas Luft zum Atmen«, meinte er.

»Und was ist, wenn sie nicht davon überzeugt sind? Was ist, wenn sie wissen, dass wir davongekommen sind?«

»Ich weiß von Flüchtlingen, die dem FBI mehrere Jahre lang entwischen konnten. Und Chris ist trotz seines Reichtums nicht das FBI.«

»Und wir sind keine Flüchtlinge, Richard. Wir wissen nichts darüber, was man auf der Flucht tun muss, und wir haben eine kranke Tochter, um die wir uns kümmern müssen. Wir haben nichts Falsches getan. Das waren sie. Sie sind diejenigen, die auf der Flucht sein sollten. Sie sind diejenigen, deren Leben in Trümmern liegen sollte.«

Sie legte den Kopf auf seine Brust, und er starrte in die Dunkelheit.

»Zumindest wissen wir jetzt eines mit Sicherheit«, sagte er.

»Ach ja?«

»Ja. Wir wissen, dass Chris in der Sache mit drinsteckt. Das ist doch schon mal ein Anfang.«

»Ein Anfang wovon?«

»Um ihn zu entlarven und alle, mit denen er unter einer Decke steckt. Um damit zur Polizei zu gehen oder zur Presse. Ich weiß es nicht. Aber sie werden sonst nicht aufhören. Selbst wenn sie uns für tot halten, könnten sie wissen, dass Susie noch am Leben ist. Sie werden nach ihr suchen, wenn wir sie nicht aufhalten.«

»Was ist mit August Mason?«, meinte Carly. »Wie passt er in die ganze Sache?«

»Ich weiß nicht, ob er damit zu tun hat. Ich weiß nur, dass Annette und Ray Ideen erforscht haben, die er verworfen hat.«

»Er hat dich bei der Polizei angezeigt.«

»Ja, aber eigentlich hatte er auch keine andere Wahl, nachdem ich ihm den USB-Stick gegeben hatte.«

»Müsste er nicht ebenfalls tot sein?«

»Wie meinst du das?«

»So scheint doch jeder zu enden, der mit Annettes Forschung in Verbindung gekommen ist. Warum bildet er eine Ausnahme? Ich meine, wäre er nicht der letzte Mensch auf der Welt, dem ein Pharmaunternehmen, das kurz vor einem Durchbruch steht, gestatten würde, sich diese Unterlagen anzusehen?«

Sie hatte recht. Nach allem, was geschehen war, hatte er gar nicht mehr an August Mason gedacht.

»Scheiße!«, knurrte er, schob Carly zur Seite und ging zurück zum Kapitän, so schnell er konnte, ohne dabei über Bord zu gehen.

»Haben Sie ein Telefon?«, fragte er. In der ganzen Aufregung im Flugzeug hatte er vergessen, sein Satellitentelefon wieder in die Reisetasche zu packen, und jetzt lag es auf dem Meeresboden.

»Ein Telefon?«, erwiderte der Mann. »Soll das ein Witz sein?«

»Dann lassen Sie mich das Funkgerät benutzen. Ich muss jemanden an der Küste kontaktieren.«

»Sie werden niemanden kontaktieren.«

»Hören Sie mal, es geht um Leben und Tod«, beharrte Richard und wollte an dem Mann vorbei nach einem Handmikrofon greifen, das vor ihm hing.

Die Dunkelheit und die erstaunliche Schnelligkeit des anderen machten es Richard unmöglich, überhaupt zu reagieren, bevor er nach hinten an die Reling gedrängt wurde und ein glänzendes Messer wenige Zentimeter vor seinem rechten Auge erschien.

Carlys Schrei war kaum zu hören, es ging in dem schwarzen Loch unter, das ihn auf einmal umgab. Doch die Worte des Kapitäns konnte er sehr deutlich verstehen.

»Wenn Sie irgendetwas unternehmen, das mich auch nur auf den *Gedanken* bringt, ich könnte geschnappt werden, dann werde ich Sie beide fesseln und über Bord werfen. Haben Sie mich verstanden?«

Richard starrte das Messer an. Er bezweifelte nicht, dass es dem Mann ernst war, aber aus irgendeinem Grund hatte er keine Angst. Vielleicht lag es an der Erschöpfung. Oder es lag daran, dass die Gefahr nicht aus vagen Vermutungen und Verdächtigungen bestand. Sie war direkt vor ihm. Sie hatte ein Gesicht. Sie hatte eine Waffe.

Das Boot wurde von einer Welle herumgeschleudert und der Schmuggler taumelte ein Stück nach hinten. Bevor er überhaupt wusste, was er da tat, packte Richard das Handgelenk des Mannes und schlug ihm den Ellenbogen unter das Kinn. Er traf ihn mit voller Kraft, und sie fielen beide auf die aufgerollten Seile, die auf dem Deck lagen.

Das seltsame Gefühl der Ruhe, das er noch Augenblicke zuvor verspürt hatte, verschwand, und wurde ersetzt durch all den Zorn und die Frustration, die er seit fast einem Jahrzehnt heruntergeschluckt hatte. Der benommene Schmuggler verwandelte sich auf einmal in alles, was er mit dem Bösen in Verbindung brachte – Susies Angreifer, Sands, seinen besten Freund Chris. Aber vor allem in die Krankheit.

Er rammte dem Mann die Faust ins Gesicht und verspürte dabei eine derartige Erleichterung, dass er es gleich noch mal tat. Und dann ein drittes Mal. Der Schmuggler ließ das Messer fallen und wehrte die Schläge mit seinen massiven Unterarmen ab. Richard hörte das Klappern des Metalls auf dem Deck und griff blind nach der Waffe, die er gerade noch zu fassen bekam, bevor ihm von hinten ein Arm um den Hals gelegt wurde.

»Richard!«

Er erkannte die Stimme seiner Frau, die jedoch klang, als wäre sie sehr weit weg.

»Richard! Das reicht!«

Da hielt er inne, ließ das Messer fallen und sackte in sich zusammen, als sein Verstand langsam wieder die Arbeit aufnahm. Carly hielt ihn fest und er konnte ihren Atem spüren, der sich mit der Meeresbrise vermischte.

Er hätte es getan, da war er sich ganz sicher. Er hätte den Mann erstochen, wenn sie ihn nicht davon abgehalten hätte.

Sie ließ locker und beugte sich vor, sodass er ihr Gesicht im Sternenlicht sehen konnte. »Ist alles in Ordnung?«

Er schluckte schwer und nickte, da er keinen Ton herausbrachte. Ihn überkam eine Taubheit, wie er sie seit den durch Biergelage angestachelten Schlägereien in seiner Jugend nicht mehr gespürt hatte. Er hatte geglaubt, dieser Teil von ihm, der den Kiefer des Starspielers einer rivalisierenden Schule gebrochen und den übergriffigen Vater einer Freundin durch eine Glastür gestoßen hatte, wäre seit Langem gestorben. Möglicherweise hatte er sich aber auch nur versteckt.

Carly schob das Messer mit einem Fuß aus seiner Reichweite und ging um ihn herum, um nach dem fast bewusstlosen Seemann zu sehen. »Wenn er nicht bald wieder zu Bewusstsein kommt, dann weißt du hoffentlich, in welcher Richtung Nordamerika liegt.«

19

In der Nähe der Cutler Bay, Florida
22. April

Er hörte die Welle erst, als sie ihn traf und von den Beinen und in die undurchdringliche Dunkelheit riss. Er stieß gegen etwas, das ein untergetauchter Baumstamm zu sein schien, und wusste einen Moment lang nicht mehr, wo oben und wo unten war.

»Dieses Arschloch!«, fluchte Richard Draman, als er endlich wieder auftauchte und jede Menge Brackwasser ausspuckte.

»Du hättest ihn beinahe erstochen«, wies ihn Carly zurecht und packte ihn, als die nächsten Wellen anrauschten. »Da konntest du auch keine Nettigkeiten mehr von ihm erwarten.«

Der Schmuggler hatte ihnen zwei schlecht geflickte Reifenschläuche gegeben und sie etwa vierhundert Meter von der Küste entfernt abgesetzt, nachdem er ihnen versichert hatte, dass sie nur dem Schein der elektrischen Lichter folgen müssten, um den Strand zu erreichen.

Doch als die Wolkendecke aufbrach und der drei Viertel volle Mond ihre Umgebung erhellte, sahen sie nicht etwa weißen Sand, sondern den Schatten eines Mangrovensumpfes vor sich. Von ihrer Position aus konnten sie ein dickes Gewirr aus Wurzeln erkennen, das sich etwa fünfzehn Meter lang erstreckte, bis unter dem undurchdringlichen Blätterdach nichts als Finsternis zu sehen war. Wenn sie da hineinliefen und die Orientierung verloren, konnten sie tagelang herumirren. Und falls sie doch hindurchkamen, gab es dann auch wirklich die Straße, von der man ihnen erzählt hatte?

»Toto, mir scheint, wir sind nicht mehr in Kansas«, sagte Carly und versuchte so, ihn aufzuheitern. Man konnte ihrer Stimme deutlich die Erschöpfung anhören, aber es lag kein Vorwurf darin. Nicht, dass das von Bedeutung war. Es gelang ihm auch so sehr gut, sich die größten Vorwürfe zu machen.

Warum zum Henker hatte er nicht einfach zugelassen, dass dieses Arschloch mit seinem Messer herumfuchtelte, und sich die ganzen Drohungen angehört? Er hätte nur »Ja, Sir« sagen und ein wenig kuschen müssen, dann könnten sie jetzt schon am Pool im Hilton sitzen. Aber nein. Er musste sich ja ausgerechnet in diesem Moment gehen lassen.

»Gibt es hier Alligatoren?«, wollte Carly wissen und sah sich beunruhigt um, als sie weiterpaddelten.

»Woher soll ich das wissen?«

»Du bist Biologe.«

»*Mikro*biologe. Wenn es etwas auf der Welt gibt, das ganz sicher nicht ›mikro‹ ist, dann ist das ein gottverdammter Alligator.«

Er stieß frustriert den Atem aus und ärgerte sich darüber, dass er sie so angefahren hatte. All das war definitiv nicht ihre Schuld. »Entschuldige, Carly. Ich glaube, das Wasser ist hier viel zu salzig für sie.«

»Du glaubst es?«

»Mehr kann ich dir nicht bieten. Aber sieh's doch von der positiven Seite: Bei unserem Glück werden uns die Schlangen vorher erwischen.«

* * *

»Das ist Blödsinn«, sagte Richard, packte den Arm seiner Frau und brachte sie so zum Stillstand. »Wir drehen uns im Kreis.«

Sie wanderten jetzt seit einer Stunde im Sumpf herum und versuchten, sich in dem schwachen Mondlicht, das durch das Blätterdach drang, zurechtzufinden. Inzwischen wussten sie schon nicht mehr, wo sie sich in Bezug auf die Küste aufhielten, wie weit sie gekommen waren und wonach sie überhaupt suchten. Aber zumindest waren sie noch unverletzt. Bisher war das größte Reptil, das sie entdeckt hatten, gerade mal dreißig Zentimeter lang gewesen.

»Aufgeben steht zu diesem Zeitpunkt allerdings völlig außer Frage«, erwiderte Carly. »Ich habe nicht vor, hier Wurzeln zu schlagen …«

»Ja, schon klar. Aber das hier bringt uns nirgendwohin. Denk an Burts Worte: Wir müssen vor allem nachdenken. Und genau das tun wir gerade nicht.«

»Wir müssen zurück zu Susie«, entgegnete sie und klang zunehmend verzweifelter. »Ich muss wissen, ob es ihr gut geht.«

Er wusste nur zu gut, wie sie sich fühlte. Er war todmüde, verängstigt und davon überzeugt, dass sie beide von Blutegeln übersät waren – was seine Frau zum Glück noch nicht mitbekommen hatte. Am schlimmsten waren jedoch die Gedanken an Susie und die Ungewissheit.

»Beruhige dich, Carly. Sie ist bei Burt, und ich bin das im Kopf schon einhundert Mal durchgegangen. Sie können sie bei ihm unmöglich aufspüren. Dazu müssten sie schon jeden Menschen überprüfen, den ich jemals gekannt habe.«

»Das weißt du nicht, Richard. Jemand könnte den Truck gesehen haben. Sie könnten …«

Er hielt ihr mit einer Hand den Mund zu und legte den Kopf schräg, weil er etwas gehört hatte, dass die Geräusche im Sumpf gerade so übertönte. »Pst. Was ist das?«

»Ich kann nichts hören …«

Sie schwieg, als das periodische Klopfen lauter wurde. Es war zu rhythmisch und zu tief, um natürlichen Ursprungs zu sein.

»Warte«, meinte sie dann aufgeregt. »Jetzt hör ich es auch. Ist das … Ist das Musik?«

Sie mussten noch eine weitere schreckliche halbe Stunde lang um Wurzeln herumgehen und über winzige Flecken trockener Erde taumeln, manchmal in so dunklen Gebieten, dass sie sich nur auf ihren Tastsinn verlassen konnten. Doch sie hörten wirklich Musik. Es war eine Scheibe von Grateful Dead, die er selbst seit Collegezeiten besaß.

Als sie näher kamen, konnten sie sich schneller bewegen. Sie folgten dem flackernden Licht eines Lagerfeuers und gelangten zu einem Kanu, das an einer winzigen Insel mit einem Durchmesser von vielleicht fünfzehn Metern angebunden war. An der höchsten Stelle der Insel saßen zwei Menschen in Liegestühlen – ein Mann und eine Frau, die in die Flammen starrten und sich einen gewaltigen Joint teilten. Sie sahen beide aus, als wären sie Anfang zwanzig, hatten Dreadlocks und nackte Füße, die aus ihren schmutzigen Jeans herausragten.

Richard kletterte auf die Landzunge, blickte an sich hinunter und sprach innerlich ein Dankgebet, als er erkannte, dass er sich die Blutegel nur eingebildet hatte.

»Hallo!«

Die Frau erschrak, starrte ihn mit geweiteten Augen an und versuchte, den Joint hinter ihrem Rücken zu verstecken.

»Wer sind sie?«, wollte ihr Begleiter wissen, der im Stehen eine beeindruckende Größe aufwies, dank seines »Winnie the Pooh«-T-Shirts allerdings nicht sehr bedrohlich wirkte.

»Die Polizei«, antwortete Richard und nutzte die gute Gelegenheit, die sich ihm dank des Marihuanas bot.

»Das kann nicht Ihr Ernst sein«, erwiderte der junge Mann, als Carly gerade aus dem Wasser stieg. »Die lassen Sie die ganze Nacht im Sumpf herumwaten, um Leute aufzuspüren, die illegal campen? Was haben Sie gemacht, die Tochter Ihres Bosses gefickt, damit Sie …«

»Eigentlich sind wir beim Rauschgiftdezernat.«

Die Augen der jungen Frau weiteten sich sogar noch mehr, und sie begann, mit dem hinter dem Rücken versteckten Joint langsam rückwärtszugehen.

»Ach, kommen Sie, Mann. Das ist nur ein bisschen Gras. Ich bin doch kein Drogenbaron.«

»Haben Sie ein Handy dabei?«, erkundigte sich Richard.

»Was?«

»Wir mussten etwa einen Kilometer vor der Küste ins Wasser, und meins ist ganz nass.«

»Klar hab ich eins.«

»Wie wäre es damit: Wenn Sie mich Ihr Handy benutzen lassen und uns hier rausbringen, vergessen wir, dass wir Ihnen je begegnet sind.«

Der Junge begriff sofort, dass er dieses Angebot nicht ausschlagen konnte, fiel auf die Knie und holte ein iPhone aus seinem Rucksack. Richard nahm es und lächelte Carly beruhigend zu, während er sich ein Stück von den anderen entfernte und aus dem Gedächtnis eine Nummer wählte, unter der er, wie er hoffte, August Mason erreichen würde.

»Komm schon …«, murmelte er, als es am anderen Ende klingelte. »Geh ran. Geh endlich ran …«

»Hallo?«

Eine Frauenstimme. Müde und mit einem vertrauten spanischen Akzent.

»Könnte ich bitte Dr. Mason sprechen?«

»Wer ist da? Ist Ihnen klar, dass es zwei Uhr früh ist?«

»Hier spricht Detective Anderson von der Polizei von Baltimore. Bitte entschuldigen Sie, dass ich um diese Zeit anrufe, aber es ist wichtig.«

»Es tut mir leid. Ich dachte, Sie wüssten es. Dr. Mason ist tot.«

Trotz der Wärme und der hohen Luftfeuchtigkeit lief es Richard auf einmal kalt den Rücken herunter.

»Mein Beileid«, erwiderte er und versuchte, seinen Tonfall sachlich zu halten. »Darf ich fragen, wie er gestorben ist?«

»Natürlich. Er ist beim Absturz eines Privatflugzeugs ums Leben gekommen.«

20

Hagerstown, Maryland
23. April

Die Fenster der umliegenden Häuser blieben dunkel, als sie über Burt Seegers Rasen huschten und in den dichten Schatten auf seiner Veranda eindrangen.

Carly klopfte, zuerst leise, dann jedoch beharrlicher. Nichts. Sie klingelte ein paar Mal, aber es machte niemand die Tür auf.

»Wo sind sie?«, fragte sie, und die in ihr aufsteigende Panik war ihr deutlich anzuhören. »Wo können sie denn um diese Uhrzeit sein?«

»Beruhige dich«, flüsterte Richard. »Er ist ein alter Mann und kann vermutlich nicht mehr so gut hö…«

Der Schlag gegen seinen Hinterkopf schien aus heiterem Himmel zu kommen. Er prallte gegen die Tür und sank auf die Knie. Vor seinen Augen verschwamm alles und er hörte Carly gedämpft stöhnen, als würde man ihr mit der Hand den Mund zuhalten.

Er rollte sich auf den Bauch und versuchte, wieder aufzustehen, als er den kalten, metallischen Lauf einer Waffe am Hinterkopf spürte.

»Halt! Nicht schießen!«, rief Carly.

»Was zum Teufel …«

Die Stimme war unverkennbar. Burt Seeger war doch nicht so alt und taub, wie Richard vermutet hatte.

»Steh auf«, sagte der Soldat im Ruhestand und ging bereits die Stufen zum Rasen hinunter. »Kommt mit nach hinten.«

Richard war noch immer benommen von dem Schlag gegen den Kopf, und Carly legte ihm einen Arm um die Schultern, um ihn so gut es ging zu stützen, als sie am Haus entlangeilten.

»Geht es Susie gut?«, erkundigte sich Carly, als Seeger sie durch die offene Tür in die Küche winkte. »Ist alles in Ordnung?«

»Sie schläft oben«, antwortete Seeger und sah noch einmal aus der Tür, bevor er sie verschloss. »Aber ihr solltet nicht hier sein. Ihr seid tot. Das hab ich auf CNN gehört.«

»Hast du es Susie erzählt?«, wollte Carly wissen. »Weiß sie …«

»Nein, zum Glück nicht. Ich habe es immer wieder aufgeschoben und sie vom Fernseher und dem Computer ferngehalten, weil ich nicht wusste, was ich tun sollte …«

»Wir hatten das Flugzeug verlassen, bevor es abgestürzt ist«, erklärte Richard und ließ sich auf einen Küchenstuhl sinken. Er betastete seinen Hinterkopf und stellte fest, dass seine Finger voller Blut waren.

»Das habe ich mir gedacht. Wollt ihr mir nicht mehr erzählen?«

Carly drückte ein Küchenhandtuch gegen seine Wunde und Richard zuckte zusammen. »Was immer da auch vor sich geht, unser bester Freund, Chris Graden, steckt mit drin. Wir wollten dich anrufen, wussten aber nicht, ob es sicher ist.«

Seeger lehnte sich gegen die Wand und hielt die Waffe noch immer in der Hand. Er war schon immer ein Skeptiker gewesen, aber jetzt sah er ausgesprochen misstrauisch aus.

Und das war nicht alles, was sich verändert hatte. Er schien jetzt eine gesündere Gesichtsfarbe zu haben und etwas aufrechter zu gehen.

»Als ihr hier angekommen seid, wurdest du von der Polizei gesucht, weil du dir Forschungsergebnisse angesehen hattest, die nicht für dich bestimmt waren, und ihr habt einen Pick-up gefahren, den ihr euch angeblich geliehen hattet«, sagte er. »Ihr habt mir versichert, dass ihr unschuldig seid und dass jemand versucht, Susie zu schaden. Gut und schön. Aber jetzt gibt es mehrere Tote. Ich weiß von zwei Piloten und einem Nobelpreisgewinner.«

»Mason …«, murmelte Richard.

»Sie haben gemeldet, dass er zusammen mit euch im Flugzeug gesessen hat.«

»Das ist nicht wahr.«

Seeger setzte sich Richard gegenüber auf einen Stuhl und legte die Pistole vor sich auf den Tisch.

»Hast du vor, uns zu erschießen?«, fragte Carly, die stehen geblieben war.

Er antwortete ihnen einige nervenaufreibende Sekunden lang nicht.

»Ich weiß es besser, als alles zu glauben, was ich aus der Presse erfahre. Verdammt noch mal, sie haben behauptet, Susie wäre bei euch gewesen. Und ich war da, als du versucht hast, meine Frau zu retten. Ich glaube, ich weiß ein bisschen was über dich. Aber so langsam bekomme ich Zweifel.«

»Das klingt fast wie eine Anschuldigung«, stellte Richard fest.

Der alte Mann zuckte mit den Achseln. »Ist euch jemand gefolgt? Alles ist möglich. Aber ich habe das Gefühl, dass es euch ziemlich gut geht, während um euch herum die Menschen wie Fliegen sterben.«

»Du glaubst doch nicht, dass wir etwas mit dem Flugzeug angestellt haben?«, meinte Carly. »Dass wir diese Leute umgebracht haben?«

»Ihr wollt eure Tochter retten und glaubt vielleicht, dass irgendjemand Informationen hat, die euch helfen können. Ich kenne Susie erst seit ein paar Tagen, und wenn ich ihr helfen könnte, indem ich ein paar Piloten und einen Biologen beseitige, dann würde ich ernsthaft drüber nachdenken.«

»Alles, was wir dir erzählt haben, ist die reine Wahrheit«, versicherte ihm Richard, dem es aufgrund des Pochens in seinem Kopf noch viel schwerer fiel, ruhig zu bleiben. »Wir sind keine bösen Menschen. Wir sind keine Killer.«

Seeger grinste und strich mit der Hand über die Pistole. »Bei dir klingt es so, als wäre es ein und dasselbe.«

Sie schwiegen einige Augenblicke, und dann stand Richard auf, nahm seiner Frau das blutige Handtuch aus der Hand und legte es auf den Tisch. »Es tut mir leid, dass du uns nicht glaubst, Burt. Aber das ist eigentlich auch nicht weiter wichtig. Carly und ich habe uns darüber unterhalten und wir waren uns einig, dass wir kein Recht haben, dich in diese Sache reinzuziehen. Gib uns eine Stunde, damit wir Susie wecken und unsere Sachen packen können, danach siehst du uns nie wieder.«

»Jetzt warte doch«, erwiderte Seeger, der auf einmal beunruhigt wirkte. »Wir reden doch nur. Ich habe nichts davon gesagt, dass ich euch rauswerfe.«

»Die Sache ist viel zu gefährlich für dich«, sagte Carly. »Welche Schuld du Richard gegenüber deiner Meinung nach auch gehabt hast, sie ist abbezahlt. Wir wollen nicht verantwortlich dafür sein, dass du stirbst oder für etwas im Gefängnis landest, das überhaupt nicht dein Problem ist.«

Seeger spielte noch einige Sekunden lang mit der Waffe herum, bevor er antwortete. »Weißt du, was mir seit langer Zeit gefehlt hat, Carly?«

»Nein.«

»Ein gottverdammtes Problem. Ich sitze den ganzen Tag alleine in diesem Haus und warte auf meine Pensionsschecks. Laut der Ärzte ist mit Ausnahme einiger Einschusslöcher alles in Ordnung mit mir. Sie sagen, ich könnte hundert Jahre alt werden. Ist das zu glauben? Hundert. Früher habe ich zehn Mal am Tag Entscheidungen treffen müssen, bei denen es um Leben und Tod ging. Jetzt breche ich schon zusammen, wenn zwei Fernsehsendungen, die ich sehen will, zur gleichen Zeit laufen.« Er deutete in Richtung Wohnzimmer. »Ich habe angefangen, Quilts herzustellen, um Frauen kennenzulernen. Soweit ist es mit mir schon gekommen. Ich mache Quilts.«

Daraufhin musste sie tatsächlich grinsen. Sie grinste so breit, dass die Grübchen in ihren Wangen zu sehen waren. Richard sah sie an und erinnerte sich auf einmal daran, wie er dieses Lächeln zum ersten Mal gesehen hatte.

Seeger nahm die Waffe vom Tisch und schob sie in seinen Hosenbund. Das war ein Friedensangebot. »Gehen wir also mal davon aus, dass ihr die Wahrheit sagt – und ich bin durchaus geneigt, euch vorerst zu glauben –, dann ist euer Hauptproblem, dass euch einige Menschen umbringen wollen. Im Großen und Ganzen ist das nicht wirklich kompliziert.«

»Ist es nicht?«, erwiderte Carly.

»Nein. Es gibt zwei Wege, wie ihr dieses spezielle Problem beseitigen könnt, und sie sind beide dauerhaft: Entweder bringt ihr sie zuerst um oder ihr sterbt.«

Sie dachte einen Augenblick darüber nach. »Die erste Lösung wäre mir lieber.«

21

Hagerstown, Maryland
24. April

Richard rollte mit dem Bürostuhl in den schmalen Lichtstrahl, der durch das Fenster drang, und sah sich die Pässe an, die dort trockneten. Burt Seegers Keller war nicht gerade komfortabel, sondern eher eine Schachtel aus Beton, deren Wände von Rohren gesäumt waren, aber er fühlte sich hier sicher.

Er schloss die Augen und spürte die Wärme auf seiner Haut. Ein Heizofen wäre schön gewesen, aber sie mussten sparen. Sie hatten etwas über zwanzigtausend Dollar in einige Schuhkartons gequetscht, die jetzt in der Ecke auf der Campingausrüstung standen. Für die meisten Menschen war das viel Geld, aber für ein Leben auf der Flucht war es eher wenig. Es sei denn, dieses Leben würde sich als ausgesprochen kurz herausstellen.

Das Sonnenlicht verschwand kurz, als eine Schubkarre am Fenster erschien, gefolgt von Seegers und Susies Füßen, die in Turnschuhen steckten. Carly stand auf, lehnte sich gegen das Glas und sah in den Hinterhof.

Ihr langes rotes Haar war jetzt kurz und braun und sie trug eine Brille mit Metallrahmen. Die überraschend effektive Tarnung wurde durch eine unvorteilhafte Jeans und einen Pullover ergänzt, in denen sie aussah, als würde sie zehn Kilo mehr wiegen.

»Susie mag seine Gesellschaft«, sagte sie. »Und ist dir aufgefallen, wie sich Burt seit unserer Ankunft verändert hat? Er sieht zehn Jahre jünger aus.«

»Nein, Carly.«

»Was?«

»Ich weiß, was du denkst. Wir können sie nicht hierlassen, falls uns etwas zustößt.«

»Wo soll sie denn sonst hin? Meine Schwester ist völlig durchgeknallt, außerdem würden sie sie dort finden. Warum sollten wir …«

»Weil er das bereits mit seiner Frau durchgemacht hat. Es wäre ihm gegenüber nicht fair. Niemand sollte das zweimal erleben müssen.«

»Sie haben im Garten einiges erreicht«, fuhr sie fort, als hätte sie ihn nicht gehört. »Ich wünschte, wir hätten auch einen Ort, an dem wir Gemüse anbauen können. Als ich ein Kind war, habe ich sehr gerne Dinge angepflanzt. Es war für mich wie Magie, sie wachsen zu sehen.«

Er kannte diesen Blick, und bevor sie sich in Erinnerungen an die Vergangenheit verlieren konnte, deutete er auf den billigen Laptop, den er gekauft hatte. »Wie kommst du mit Chris voran?«

»Was?«, erwiderte sie und drehte sich zu ihm um.

»Chris. Was hast du über ihn herausgefunden?«

»Oh«, meinte sie und setzte sich wieder vor den Computer. »Das ist wirklich witzig, findest du nicht? Wir sind seit Jahren Freunde und ich habe nie darüber nachgedacht, dass wir eigentlich kaum etwas über ihn wissen – mit wem er noch befreundet ist, ob er seiner Familie nahesteht, welche anderen Forschungen die Stiftung unterstützt.«

»Und jetzt?«

»Jetzt bin ich auch nicht viel schlauer. Gut, ich weiß nicht viel darüber, wie man Erkundigungen über jemanden einzieht, aber ich bezweifle, dass sich damit erklären lässt, wie wenig ich über

Chris herausgefunden habe. Als Geschäftsführer hat er ein recht öffentliches Leben gehabt, aber danach gibt es kaum noch Informationen über ihn.«

»Das war doch zu erwarten. Bei seinem Job stand er ja auch in der Öffentlichkeit.«

»Ja, aber der Gegensatz ist schon ziemlich krass. Seit seiner Pensionierung scheint er das Rampenlicht ebenso wie persönliche Beziehungen zu meiden. Das ist an sich ja nicht strafbar, aber schon ungewöhnlich für jemanden mit seiner Vergangenheit – insbesondere wenn man bedenkt, dass er eine Stiftung leitet.«

»Was ist damit? Was hast du über die Stiftung rausgefunden?«

»Sie hat nicht mal eine Webseite. Es gibt nirgendwo Informationen dazu, wie man sich um die Subventionierung bewerben kann. Kennst du eines der anderen Vorstandsmitglieder?«

Richard schüttelte den Kopf. »Ich habe mit Chris darüber gesprochen, mich mal mit ihnen zu treffen und eine Präsentation zu machen, aber er war immer dagegen. Er meinte, ich wäre besser dran, wenn er die Klinken putzen würde.«

Sie legte eine Hand auf die Wange und rieb sich nervös über die Unterlippe. »Was jetzt?«

Er zuckte mit den Achseln. »Das klingt fast so, als ob Chris eine Sackgasse ist, und die Chevaliers sind tot und begraben. Ich habe die ganze wissenschaftliche Literatur durchgesehen und nichts gefunden, was nur entfernt mit Annettes Forschung in Verbindung steht. Wir haben keine Möglichkeit, dieses Arschloch zu finden, das Susie angegriffen hat, und die Polizei von Baltimore konzentriert sich nur auf mich. Oder sie steht ohnehin auf der Gehaltsliste dieser Leute.«

»Soweit ich das sehe, bleibt uns nur eine Möglichkeit«, stellte sie fest.

»Mason«, stimmte er ihr zu. »Jemand hat ihn in seiner Gewalt und es ist sehr wahrscheinlich, dass das dieselben Leute sind, die auch hinter uns her sind. Wenn wir ihn finden, dann haben wir etwas in der Hand – etwas, das man nicht mehr ignorieren kann. Ohne ihn bin ich jedoch nur ein Industriespion auf der Flucht.«

22

1800 Meilen östlich von Australien
24. April

Oleg Nazarov schnitt eine Grimasse, als er sich setzte. Die Schmerzen im Rücken, die schlimmer werdende Arthritis im linken Knie und der Verlust der Kontrolle über sein Leben setzten ihm zu. Nein, eigentlich war es kein Verlust. Er hatte die Kontrolle abgegeben.

Die Fenster zu seiner Linken erstreckten sich vom Boden bis zur Decke, und dahinter war nichts als Dschungel. Alles war aus demselben Grün, undurchdringlich, verschwommen vor Hitze und Feuchtigkeit, die Heimat unendlich vieler Parasiten und bissiger Insekten. Er war weit von seinem Geburtsort im Norden Russlands entfernt, dem Land der Kälte und der freien Flächen, der von Pferden gezogenen Wagen und des Winds, der über Stoppelfelder wehte.

Vielleicht hätte er sein Leben wie sein Vater dort verbringen sollen. Stattdessen war er als Teenager weggegangen, um in Moskau zur Schule zu gehen, Mitglied der kommunistischen Partci zu werden und schließlich dem KGB beizutreten. Trotz – oder gerade wegen – seines Erfolgs in diesen Organisationen hatte es immer jemanden gegeben, der unter ihm stand und ihm seine Position neidete, oder einen Vorgesetzten, der ihm den Weg verbaute. Die Freiheit und Zufriedenheit seiner Jugend hatte er nie wieder verspürt.

Er war eher aus nostalgischen als aus anderen Gründen nach dem Zusammenbruch der Sowjetunion wieder in die entlegenen Gebiete seines Landes zurückgekehrt. Die verlassenen Ölfelder und die verarmten Soldaten, die ihre Waffen verkauften, waren ihm da gerade recht gewesen, ebenso wie die diversen hundert Millionen Euro, die er beim Verkauf dieser Waffen verdient hatte.

Doch jetzt war alles anders. Der Großteil seines Reichtums war von der Gruppe aufgesaugt worden und er musste wieder Nachforschungen und paramilitärische Operationen leiten, was er seit fast einem Vierteljahrhundert nicht mehr getan hatte. Und erneut saß er in einem luxuriösen Gefängnis fest. Dieses Mal gehörte es einem Mann, der, soweit es den Rest der Welt betraf, nicht einmal existierte.

Nazarov beobachtete einen bunten Vogel, der sich draußen auf einem Ast niederließ, und fragte sich, ob Karl seine Jugend an so einem Ort verbracht hatte. Vielleicht fühlte er sich deshalb so wohl auf dieser Insel. Aber es war gefährlich, solche Dinge auch nur zu denken.

Er wandte sich wieder seinem Computer zu und entschlüsselte die neueste E-Mail, um sich dann mit der Hand über den kahl werdenden Kopf zu streichen, als er sie las. Nichts Nützliches. Nichts Neues.

Er hatte am Tag zuvor erfahren, dass das Flugzeug mit Richard und Carly Draman abseits des erwarteten Kurses abgestürzt war. Seine Nachforschungen hatten einige verheerende Ereignisse ans Licht gebracht: Der Pilot hatte einen medizinischen Notfall gemeldet. Ein kurzer Zwischenstopp in Mayaguana. Die Bombe, die sie im Jet platziert hatten, war explodiert, als das Flugzeug noch vom Boden aus zu sehen gewesen war.

Es gab keine Aufzeichnungen darüber, dass die Dramans je in der Klinik angekommen waren, und der Fahrer des Krankenwagens hatte bestätigt, dass sie das Flugzeug vor dem Abflug wieder bestiegen hatten. Bei der intensiveren Befragung – die damit geendet hatte, dass die Leiche des Mannes auf dem Meeresboden landete – war eine noch viel erschreckendere Geschichte ans Licht gekommen.

Während Nazarov die nutzlose E-Mail las, spürte er ein Brennen in der Magengrube, wie er es seit seiner Zeit beim sowjetischen Geheimdienst nicht mehr erlebt hatte. Zwar war dieser Plan notgedrungen hastig erstellt worden, doch er hatte jedes Detail genehmigt. Es war *seine* Operation gewesen, und nach ihrem Abschluss war die komplette Familie Draman wie vom Erdboden verschluckt.

Verständlicherweise war Nazarov nicht sehr erpicht darauf, Karl zu erklären, dass ein medizinischer Forscher und seine kochende Frau ihn ausgetrickst hatten. Er war sich eigentlich sogar sicher, dass er das nicht überleben würde.

Er löschte die E-Mail und öffnete eine Datei, die Informationen über seine Nachforschungen hinsichtlich der Dramans enthielt. Richard hatte sich als besserer Gegner erwiesen, als jedermann gedacht hatte. Lag das an seinem IQ, der höher als 170 war, und daran, dass er in seiner Jugend mit der Polizei Katz und Maus gespielt hatte? Hatte er Hilfe von einem unbekannten Verbündeten? Oder gar alles zusammen?

Die offensichtlichen Ansätze – Kreditkarten, Geldautomaten und Handybenutzung – hatten sich bald als nutzlos herausgestellt und er ging nicht davon aus, dass sich das ändern würde. Laut seiner Informationen waren ihre Privatkonten ebenso wie das des Progerie-Projekts über einige Banken in Maryland und Virginia geleert worden, sodass sie jetzt etwa zwanzigtausend Dollar Bargeld zur Verfügung hatten. Es war wahrscheinlich, dass sie von einem bahamaischen Schmuggler vor der Küste von Südflorida abgesetzt worden waren, den sie jedoch bisher noch nicht gefunden hatten. Diese Hypothese wurde von einem Telefonanruf gestützt, der von einem mit einem Mobilfunkmast in Cutler Bay, Florida, verbundenen Handy in August Masons Haus eingegangen war.

Danach wurde die Situation noch undurchschaubarer. Ohne eine Kreditkarte konnten sie sich keinen Wagen mieten und es gab keine Aufzeichnungen darüber, dass sie sich ein Flugticket gekauft hatten. Vermutlich waren sie Bus gefahren, denn dieses Transportmittel gewährte jedem, der einige rudimentäre Vorsichtsmaßnahmen traf, noch immer eine durchaus ärgerliche Anonymität.

Es war möglich, dass sie zu den Bundesbehörden gingen, und er hatte sein beachtliches Netzwerk innerhalb dieser Organisationen, vor allem im FBI, aktiviert. Doch er war überzeugt davon, dass die kleine Susie der Untergang ihrer Eltern sein würde, und auf diese Schwachstelle wollte er die meisten seiner Ressourcen konzentrieren.

Aus den Lautsprechern seines Computers ertönte ein Klingeln, und er klickte ein Symbol an und öffnete so eine sichere Satellitenverbindung.

»Ja.«

»Wir sind die zweitrangigen Kontakte durchgegangen.«

»Und?«

»Nichts.«

Nazarov lehnte sich auf seinem Stuhl zurück und starrte die Felswand an. Sie hatten mit den direkten Familienangehörigen und engsten Freunden begonnen und sich auf die Menschen konzentriert, die in der Nähe des Hauses der Dramans lebten. Zu den zweitrangigen Kontakten gehörten der erweiterte Familienkreis bis hinunter zu den Cousins und die Arbeitskollegen.

»Haben wir eine Liste früherer Freunde und Arbeitskollegen?«

»Keine umfangreiche, aber für den Anfang sollte es reichen«, antwortete die Stimme. »Wenn wir so weit kommen, müssen wir weniger in die Tiefe, sondern vielmehr in die Breite gehen. Die Größe unserer Einheit …«

»Ist, wie sie ist«, erwiderte Nazarov und schnitt ihm das Wort ab.

Sie sprachen nun über mehrere Hundert potenzielle Kontakte, die alle persönlich überwacht werden mussten, wenn sie Susie Draman finden wollten. Das war eine Aufgabe für eine Armee aus trainierten Leuten und er hatte gerade mal eine Handvoll zur Verfügung. Das war einer der vielen Nachteile, wenn man dazu gezwungen war, aus der Mitte eines schwarzen Lochs heraus zu operieren.

»Setzen Sie nach Möglichkeit Prioritäten«, ordnete er an, legte dann auf und öffnete eine Forschungsakte über Progerie. Das war eine faszinierende und schreckliche Krankheit, deren Opfer besondere, fast schon einzigartige Bedürfnisse hatten. Und genau das machte sie verwundbar.

23

Im Norden von Pennsylvania
27. April

Die Dramans stiegen aus dem Taxi und gingen den mit Kies bedeckten Standstreifen der ruhigen Straße entlang. Sie blieben erst stehen, als sie der Fahrer nicht mehr hören konnte.

»Ich weiß nicht so recht, Carly. Ich finde noch immer, dass ich gehen sollte.«

Sie strich mit einer Hand über seine frisch rasierte Wange. »Du bist erst vor einigen Wochen hier gewesen, und der abrasierte Bart wird niemanden täuschen. Hör auf, dir Sorgen zu machen. Was soll schon schiefgehen?«

Er stand einige Sekunden mit offenem Mund da und merkte erst, dass sie einen Witz gemacht hatte, als sie grinste. Dass er seine Frau auf diesen speziellen Botengang schicken musste, versetzte seinen Magen in Aufruhr. Trotz all dem, was er in den vergangenen acht Jahren durchgemacht hatte, war sein Magen immer unverwüstlich gewesen. Bis jetzt.

»Okay. Du hast recht. Ich werde hier auf dich warten. Du hast doch das Handy dabei, oder? Wenn irgendwas passiert, dann …«

»Ich weiß, wie man ein Telefon bedient, Richard. Entspann dich. Es wird alles gut gehen.«

Sie küsste ihn auf die Wange und ging dann auf ein Tor zwischen ausgewachsenen Bäumen zu. Nachdem sie auf die Klingel gedrückt hatte, drehte sie sich um und sah, wie ihr Mann widerstrebend zum Taxi zurückkehrte.

»Hallo?«

»Hi. Ms. Covas? Hier ist Caroline Bates von der *Washington Post*. Wir haben einen Termin.«

»Natürlich. Bitte kommen Sie doch rein.«

Das Tor schwang auf, und sie ging die lange Auffahrt entlang und versuchte, das einschüchternde Geräusch durch das sich hinter ihnen wieder schließende Tor zu ignorieren. Als sie eine kleine Anhöhe erklommen hatte, konnte sie das Haus sehen, und es war ebenso beeindruckend, wie Richard es beschrieben hatte. Im Eingang stand eine groß gewachsene Frau in Jeans, die ihr zuwinkte. Auch sie entsprach voll und ganz Richards Beschreibung.

»Hallo!«, rief Carly, als sie nah genug war und nicht mehr schreien musste. »Ms. Covas?«

»Alexandra«, erwiderte diese und streckte eine Hand aus. »Dr. Masons Assistentin.«

»Freut mich, Sie kennenzulernen. Danke, dass Sie Zeit für mich haben. Ich weiß, dass Sie momentan viel zu tun haben.«

»Seit Dr. Masons Tod bekomme ich viele Anrufe, aber ich muss zugeben, dass Sie am hartnäckigsten gewesen sind.«

Carly lächelte sie zaghaft an. »In diesem Geschäft kommt man ohne Durchsetzungsvermögen nicht weit, wissen Sie? Wie lange haben Sie für Dr. Mason gearbeitet?«

»Etwa fünf Jahre.«

»Seit er zurück war aus … Nun ja, wo immer er gewesen ist.«

Sie nickte kurz, um klarzustellen, dass sie sich auf keine Diskussion über dieses Thema einlassen würde.

»Die Familie will das Haus nicht behalten?«, erkundigte sich Carly, als zwei Männer ein Sofa zu einem in der Auffahrt wartenden Laster trugen.

»Dr. Mason hatte keine Familie. Sein Besitz wird entsprechend seines Testaments veräußert.«

»Wem hat er das Geld hinterlassen?«

»Einer Gruppe, die verschiedene medizinische Versorgungseinrichtungen in Afrika unterstützt.«

»Ich wusste nicht, dass er sich für gemeinnützige Arbeit interessiert hat.«

»Das hat er auch nicht. Soweit ich weiß, hat er nichts als Abscheu für die Benachteiligten empfunden.«

»Wirklich?«, erwiderte Carly und war überrascht, dass die Frau nicht vorsichtiger war, was sie über ihren früheren Arbeitgeber erzählte.

»Dr. Mason war ein analytisch denkender Mann, der größtenteils in seiner eigenen Welt gelebt hat. Er hat nur selten an die Menschen in seiner Umgebung gedacht, sondern eher verlangt, dass sie augenblicklich und ohne Widerworte seine Anweisungen ausführen.«

»Und trotzdem sind Sie fünf Jahre bei ihm geblieben.«

Sie zuckte mit den Achseln. »Er hat gut gezahlt und mir dabei geholfen, eine Greencard zu bekommen.«

»Können Sie mir den Namen der Stiftung nennen, der er sein Vermögen hinterlassen hat?«

»Das ist die Afrika-AIDS-Initiative.«

Carly schrieb sich den Namen auf den offiziell aussehenden Block, den sie gekauft hatte, war sich aber noch immer nicht sicher, was sie eigentlich herausfinden wollte. August Mason war keine besonders gute Spur. Er war die einzige Spur.

»Hat er bis zuletzt gearbeitet?«

»Nein. Er ist größtenteils seinen Hobbys nachgegangen: Fitness, Lesen und Musik.«

»Das klingt nicht gerade so, als hätte er eine persönliche Assistentin benötigt.«

»Er wollte sich nicht mit Dingen abgeben, die seiner Meinung nach unter seiner Würde waren, sich nicht um die Angestellten kümmern, die das Anwesen in Ordnung hielten, Anfragen beantworten …«

»Anfragen?«

»Wie Sie sich vorstellen können, bekam er häufig Angebote, als Berater zu fungieren. Obwohl er nie eines davon angenommen hat, waren die Leute, von denen diese Angebote kamen, häufig sehr hartnäckig.«

»Bei ihnen klingt das ja so, als würden Sie einen ganz bestimmten Menschen damit meinen.«

Sie stieß genervt die Luft aus. »Andreas Xander.«

»Xander? Wirklich? Ich kann mir vorstellen, dass der ein Nein nicht akzeptieren kann.«

»Sie haben ja keine Ahnung. Er hat immer selbst angerufen. Doch Dr. Mason wollte nie mit ihm reden, also musste ich das immer machen. Xander ist ein unfassbar unhöflicher und vulgärer Mann …« Sie schwieg einen Moment und schien ihre Aussage zu bedauern. »Ich wäre Ihnen sehr dankbar, wenn Sie mich nicht zitieren würden, falls er bei der Drucklegung Ihres Artikels noch am Leben ist. Er ist außerdem ein sehr nachtragender und mächtiger Mann.«

»Natürlich nicht. Was ist mit Chris Graden? Wie war seine Beziehung zu Dr. Mason?«

Sie runzelte kurz die Stirn. »Ich wüsste nicht, dass es da eine gegeben hätte. Eigentlich habe ich den Namen zum ersten Mal gehört, als ich ihn zum Flughafen gefahren habe, damit er in Mr. Gradens Flugzeug steigen konnte.«

Daraufhin war es an Carly, kurz zu schweigen, da sie das gerade Gehörte erst einmal verarbeiten musste. »Sie haben Mason selbst zum Flughafen gebracht?«

»Natürlich.«

»Können Sie mir sagen, um welche Uhrzeit das war?«

Diese Frage schien sie zu überraschen, aber sie hatte dennoch nichts dagegen, sie zu beantworten. »Das muss etwa zwei Stunden vor Abflug gewesen sein.«

24

Pittsburg, Pennsylvania
27. April

»Diese Stelle ist gut«, sagte Richard.

Der Taxifahrer deutete durch die Windschutzscheibe nach vorne. »Der Eingang ist erst da vorne. Ich kann Sie direkt dorthin fahren.«

Richard zog einen Hundertdollarschein aus einem Bündel Geldscheine und reichte ihn zwischen den Sitzen nach vorne. »Nein, so ist es perfekt. Es wird nicht lange dauern. Könnten Sie auf uns warten?«

Carly stieg nach ihm aus und sie gingen über den Bürgersteig vor dem Hauptgebäude des Privatflughafens in den Schatten eines hohen Busches.

»Was zum Henker tun wir hier, Richard? Man hat uns gesehen, als wir von hier abgeflogen sind. Man hält uns für tot.«

»Masons Assistentin hat gesagt, sie hätte ihn zwei Stunden vor dem Abflug zum Flughafen gefahren, und ich will wissen, was aus ihm geworden ist. Du hast mit dem Mann am Schalter gesprochen, aber ich habe mir nur einen Kaffee geholt und rumgesessen. Niemand wird sich an mich erinnern.«

»Sollten wir nicht lieber …«

Er lächelte ihr zuversichtlich zu und eilte durch die Tür, wobei sein Herz zugegebenermaßen ein wenig schneller schlug.

»Hi, ich bin Richard Grace von der *Washington Post.*«

»Fred Terrance«, sagte der Mann am Schalter, der ihn nicht wiederzuerkennen schien. »Was kann ich für Sie tun?«

»Ich schreibe einen Artikel über August Mason und würde Ihnen gern einige Fragen stellen.«

»Kein Problem, allerdings weiß ich nicht, ob ich dem Mann je wirklich begegnet bin. Er ist nur einige Minuten hier gewesen, bevor er ins Flugzeug gestiegen ist.« Terrance schüttelte den Kopf. »So ein Pech. Ein neuer Jet mit ausgebildeten Piloten. Normalerweise gibt es keine Art des Reisens, die sicherer ist.«

Richard sah durch die Fenster auf die Startbahn hinaus. Von seiner Position aus konnte er ein Flugzeug und einen kleinen Teil des Außenbereichs sehen. Er ging näher ans Fenster heran, um einen größeren Bereich erkennen zu können, und sah dann vier weitere Flugzeuge, von denen zwei die Türen geöffnet und die Gangway ausgefahren hatten.

»Haben Sie gesehen, wie er ins Flugzeug gestiegen ist?«, wollte er wissen, nachdem er zum Schalter zurückgekehrt war.

»Wie meinen Sie das?«

»Er ist durch diese Tür gegangen, nicht wahr? Das haben Sie gesehen?«

»Ja.«

»Und danach?«

»Wollen Sie wirklich wissen, ob ich von hier aus gesehen habe, wie er in den Jet gestiegen ist? Nein, das habe ich nicht. Wieso sollte ich auch?«

»Dann könnte er nach allem, was Sie wissen, auch woanders hingegangen sein.«

»Für welche Zeitung arbeiten Sie doch gleich?«

»Für die *Post.*«

Er blickte ihn skeptisch an. »Ich halte es für unwahrscheinlich, dass er woanders hingegangen ist. Das ganze Gelände ist umzäunt und man braucht einen Code, um rein- und rauszukommen. Falls er wirklich wieder gehen wollte, dann hätte er hier durchkommen müssen und ich hätte ihn gesehen. Außerdem hätte er sich doch bestimmt bei jemandem gemeldet, wenn er noch am Leben wäre.«

»Was ist, wenn er ins falsche Flugzeug gestiegen ist?«

Terrance lachte. »Das sind keine Boeings, Mann. Man würde es merken, wenn jemand neben einem sitzt, den man nicht kennt.«

»Aber ich werde nun mal bezahlt, um gründlich zu recherchieren. Können Sie mir verraten, welche anderen Flugzeuge zu dieser Zeit noch abgeflogen sind?«

Terrance stand einfach nur da und schien zu überlegen, wie viel Mühe er sich mit diesem Reporter geben sollte. Schließlich seufzte er und holte ein Notebook hinter dem Schalter hervor.

»Na gut«, meinte er und gab etwas ein. »Zu der Zeit, zu der er hier war, sind vier Flugzeuge abgeflogen.«

»Können Sie mir irgendwas darüber erzählen?«

»Was zum Beispiel?«

»Keine Ahnung. Wer hat dringesessen? Wie lauteten die Flugziele?«

Er tippte mit dem Finger auf die Seite. »Zwei gingen nach New York, eins nach Aspen und das vierte nach Argentinien. Eines der beiden, die nach New York geflogen sind, gehört einem hiesigen Geschäftsmann, der ein- oder zweimal die Woche von hier abfliegt. Das nach Aspen hat eine Familie in ihr Ferienhaus gebracht. Der andere Flieger nach New York war ein NetJet. Ich habe den Piloten ein paarmal getroffen, erinnere mich aber nicht mehr an die Passagiere.«

»Und der Flieger nach Argentinien?«

Er zuckte mit den Achseln. »Über den weiß ich gar nichts.«

* * *

»Komm schon!«, sagte Richard und streckte die Hand aus, als er an dem Busch vorbeikam, hinter dem sich seine Frau versteckte. Sie nahm die Hand und sie gingen gemeinsam zum wartenden Taxi.

»Laut dem Mann am Schalter war Mason da, ist auf die Startbahn gegangen und nicht mehr zurückgekommen.«

»Glaubst du, er ist in ein Flugzeug gestiegen?«

»Eins flog nach Argentinien. Wie schwer wäre es wohl gewesen, ihn zu entführen? Man geht einfach zu ihm und sagt: ›Hi, ich bin Chris Gradens Pilot. Steigen Sie ein.‹ Doch die Frage ist, wer es gewesen ist. Chris muss natürlich die Hand im Spiel gehabt haben, aber ich glaube nicht, dass er der Drahtzieher ist. Irgendjemand lenkt auch ihn.«

Carly blieb abrupt stehen. »Xander.«

»Was?«

»Andreas Xander«, wiederholte sie und starrte ihn an, »Alexandra sagte, Mason wäre oft angerufen und als Berater angefordert worden. Und sie hat auch gesagt, dass Xander einer der Hartnäckigsten gewesen sei. Offenbar gefiel es ihm nicht, ständig abgewiesen zu werden, und er wurde richtig unangenehm.«

»Xander?«, wiederholte Richard. »Als ich Chris gebeten habe, ihn für mich zu kontaktieren, sagte er, er würde ihn nicht kennen.«

»Er hat gelogen«, meinte Carly. »Wie bei allem.«

Richard setzte sich wieder in Bewegung und dachte über das nach, was sie ihm erzählt hatte. »Das ergibt tatsächlich Sinn. Denk doch mal drüber nach. Xander finanziert seit Jahren medizinische Forschungen und versucht, etwas zu finden, das ihn am Leben hält. Vielleicht glaubt er aber auch, dass er damit noch Milliarden von Dollar verdienen kann.«

»Dann hat er Chris benutzt, um die Leute mit den entsprechenden Fachgebieten zu beobachten«, setzte Carly seinen Gedankengang fort. »Weil er nicht nur sichergehen wollte, dass sie keine Fortschritte machen, sondern auch, um ihnen Ideen zu klauen, die Xander verwenden kann. Aber warum hat er Mason entführt? Warum geht er dieses Risiko ein?«

»Xander muss dicht vor einer Entdeckung stehen. Aber er hat ein Problem, mit dem seine Leute einfach nicht fertig werden«, überlegte Richard. »Selbst bei halber Geschwindigkeit ist August

Masons Verstand immer noch doppelt so schnell wie der jedes anderen Menschen. Also nutzt Chris Masons Schuldgefühle, weil er mich angezeigt hat, aus und lockt ihn zum Flughafen. Dort nehmen ihn Xanders Leute in Empfang und bringen ihn außer Landes. Ich würde jeden Cent, den wir haben, darauf verwetten, dass Mason im Moment in einem Labor sitzt und man ihm eine Waffe an den Kopf hält.« Richard schüttelte ungläubig den Kopf. »Andreas Xander … Scheiße. Wir sind geliefert, Carly. Am Ende. Hast du eine Ahnung, wie viel Geld und Macht dieser Schweinehund hat? Und wenn er so etwas tut … dann hat er jetzt völlig den Verstand verloren.«

Carly schüttelte den Kopf. »Es ist noch viel schlimmer: Er hat eigentlich gar nichts mehr zu verlieren.«

25

Hagerstown, Maryland
28. April

»Oh nein, nicht schon wieder«, sagte Susie und sah von ihrem Malbuch auf. »Der Typ ist *so* langweilig.«

Richard saß an seinem behelfsmäßigen Schreibtisch und arbeitete an dem Laptop, den sie gekauft hatten. In einer Ecke des Bildschirms lief das YouTube-Video einer Rede von August Mason vor dem Massachusetts Institute of Technology. Obwohl das Video vor fast dreißig Jahren aufgenommen worden war, konnte man nicht leugnen, dass der Mann seiner Zeit weit voraus gewesen war.

»Langweilig?«, erwiderte er. »Ist das dein Ernst? Er ist einer der klügsten Menschen aller Zeiten. Man könnte ihn mit Newton oder Darwin vergleichen.«

»Wer ist Newton Darwin?«

»Um Himmels willen, Susie … Lernt ihr denn gar nichts in der Schule? Nicht mal so was?«

Die Venen, die ihre übergroße Stirn überzogen, schienen sich zu vergrößern, während sie einige Linien auf Harry Potters Gesicht nachmalte. »Doch, aber nichts über den Typen. Dann wären wir ja längst im Koma oder so.«

Richard seufzte leise, als seine Frau mit einem Tablett voller Essen das Zimmer betrat. Susie stand vom Teppich auf, nahm sich ein Schinkensandwich und musterte missbilligend das kurze, dunkle Haar ihrer Mutter.

»Was hast du rausgefunden?«, erkundigte sich Carly und setzte sich neben den Computer auf einen Stuhl.

»Nicht viel. Das Flugzeug ist auf einem privaten Flugplatz in einem ländlichen Gebiet von Argentinien gelandet. Da gibt es außer Ackerland und einigen Kleinstädten nicht viel. Anhand der Flugzeugkennung habe ich das Unternehmen gefunden, dem der Jet gehört, aber abgesehen von der Information, dass es aus Slowenien stammt, konnte ich nichts in Erfahrung bringen. Ich weiß nicht mal, was das für ein Unternehmen ist. Es kommt mir fast so vor, als würde es nur existieren, um Besitzer dieses Flugzeugs zu sein.«

Den restlichen Tag verbrachten sie damit, allem auf den Grund zu gehen, was auch nur im Entferntesten mit dem zu tun hatte, was mit ihnen passiert war, weil sie hofften, eine rationale Erklärung zu finden und es vielleicht doch irgendwie auf Paranoia und Zufälle zurückführen zu können. Doch das Wenige, das sie herausfanden, ließ sie eher vermuten, dass sie bei Weitem nicht paranoid genug waren.

Er senkte die Stimme, damit Susie ihn nicht hören konnte. »Das Einzige, worüber man noch weniger im Internet finden kann als über das Unternehmen, dem der Jet gehört, sind Mason und wir. Gut, direkt danach hat es einige Berichte darüber gegeben, aber inzwischen ist es fast so, als hätten wie nie existiert. Selbst die Links, die ich vor einigen Tagen gespeichert habe, führen ins Leere. Das ist nicht normal. Die Dinge verschwinden nicht einfach so aus dem Internet.«

Daraufhin klickte er ein Bild von Xander an und vergrößerte es so, dass es den Bildschirm ausfüllte. Der alte Mann saß wie immer in seinem Rollstuhl, seine dünnen Beine waren mit einer karierten Decke bedeckt, und das von Altersflecken übersäte, eingefallene Gesicht war teilweise von einem Hut verdeckt. »Ihm würde es nicht schwerfallen, Dinge verschwinden zu lassen. Er besitzt doch die Hälfte der Medien und beim Rest besitzt er wahrscheinlich Aktien oder sitzt im Vorstand. Es ist schwer zu glauben, dass ein Mann, der im Zweiten Weltkrieg gekämpft hat, immer noch so mächtig sein kann.«

»Vielleicht braucht man auch so lange, um seine Tentakel um alles auf diesem Planeten zu schlingen«, vermutete Carly.

Das beschwor ein deprimierendes, aber auch sehr präzises Bild herauf. Es gab nichts, was außerhalb von Xanders Reichweite lag. Er kontrollierte Milliarden Dollar, zahllose Unternehmen und vermutlich auch eine beträchtliche Zahl gewählter Amtspersonen in Amerika. Im Gegensatz dazu hatten sie einen alternden ehemaligen Soldaten, der ihnen nicht traute, ein Versteck in einem Lebkuchenhaus und einen Haufen Bargeld, von dem sie sich nicht mal einen anständigen Gebrauchtwagen leisten konnten. Im Großen und Ganzen standen die Chancen nicht gerade ausgeglichen.

Burt Seeger tauchte im Türrahmen auf und blickte auf Susie herab. »Ich denke, du hast jetzt lange genug auf dem kalten Boden gelegen, Schätzchen. Warum gehst du nicht nach oben und ziehst dich um, dann machen wir einen Spaziergang? Es ist viel zu schön, um den ganzen Tag im Haus zu verbringen.«

Sie sprang auf und biss noch einmal von ihrem Sandwich ab. »Wir sollten in einen Park gehen. Vielleicht sind da ja einige Kinder und spielen Fußball. Dann könnten wir ihnen zusehen.«

Seeger lächelte, aber man konnte vonseinem Gesicht die Anspannung ablesen, als Susie die Treppe hinaufrannte.

»Was ist los?«, wollte Carly wissen. »Ist irgendwas passiert?«

Er kam zu ihnen und legte ein Blatt Papier neben den Computer. Es war ein Artikel über zwei verschollene Collegestudenten, den er aus dem Internet ausgedruckt hatte. Richard überflog ihn kurz, begriff aber erst, was das zu bedeuten hatte, als er auf ihre Namen stieß.

Er legte den Kopf in die Hände, und Carly las die ersten Zeilen, dann weiteten sich ihre Augen. »Wir … Wir haben sie nur gebeten, uns aus dem Sumpf zu bringen. Sie hatten ein Boot …«

»Nein«, unterbrach sie Richard. »Das ist meine Schuld. Ich habe Mason von ihrem Telefon aus angerufen. Wie konnte ich nur so blöd sein.«

Seeger hatte sich wieder in den Türrahmen gestellt und lehnte sich jetzt mit vor der Brust verschränkten Armen dagegen. »Ihr beide scheint jeden, den ihr trefft, in Gefahr zu bringen.«

Carly sah ihm ins Gesicht. »Du glaubst doch nicht etwa, dass wir etwas damit zu tun hatten? Wir haben ihnen nichts getan.«

»Nein«, erwiderte der alte Soldat. »Die beiden wurden vor zwei Tagen zum letzten Mal gesehen, und da seid ihr hier gewesen.«

Endlich fand Richard die Kraft, wieder den Kopf zu heben. »Vielleicht geht es ihnen gut. Vielleicht …«

Doch Seeger schüttelte den Kopf. »Ich weiß nicht, mit wem ihr euch da angelegt habt, aber da ich inzwischen davon ausgehen muss, dass alles wahr ist, was ihr mir erzählt habt, sollten wir nicht damit rechnen, dass einer der beiden jemals wieder gesehen wird.«

»Sie … Sie waren doch noch so jung«, stammelte Richard. »Und ich habe sie umgebracht.«

»Nein«, korrigierte ihn Seeger. »Du hast sie nicht umgebracht. Das war jemand anderes. Und wir müssen herausfinden, wer das war, bevor noch jemand sterben muss.«

Richard sah seiner Frau in die Augen und erkannte, dass sie dasselbe dachte wie er. Die Sache war schon viel zu weit gegangen. Annette und Troy. Die beiden Piloten aus Chris' Flugzeug. Und jetzt diese beiden unschuldigen Kinder. Das musste aufhören.

»Wir müssen uns stellen«, sagte er. »Wir dürfen nicht zulassen, dass wegen uns noch jemand verletzt wird.«

Seeger stieß die Luft aus. »Wenn es um jemanden geht, der so gut vernetzt ist wie Xander, dann bezweifle ich, dass es eine gute Idee ist, wenn ihr in ein Regierungsbüro geht und euch zu erkennen gebt. Ihr habt doch überhaupt keine Ahnung, wie weit sein Arm reicht.«

»Was dann?«, erwiderte Carly. »Richard hat recht, wir können nicht einfach tatenlos zusehen, wie alle um uns herum ermordet werden. Sie alle hatten Menschen, die sie geliebt haben. Die sie ebenso geliebt haben, wie wir Susie lieben.«

»Passt mal auf, ich habe da einen Freund, mit dem ich in Afghanistan gedient habe und der jetzt beim FBI ist … Er ist der Special Agent, der im Büro von Louisville, Kentucky, das Sagen hat. Warum bitten wir ihn nicht, sich die ganze Sache mal unauffällig anzusehen – das mit eurer Freundin Annette, die Nachforschungen über dich, das Flugzeug, diese Kinder. Dann treffen wir uns an einem abgelegenen Ort mit ihm und überlegen, wie wir weiter vorgehen. Wie klingt das für euch?«

»Ich weiß nicht, ob wir dich noch tiefer in diese Sache reinziehen sollten, Burt. Die Menschen sind …«

Seeger machte eine abweisende Handbewegung. »Ich würde diesem Mann mein Leben anvertrauen, und das habe ich bei mehr als einer Gelegenheit auch schon getan. Ich kann euch auch versichern, dass er einer der klügsten und raffiniertesten Kerle ist, die mir je begegnet sind. Daher kann es nicht schaden, sich mal anzuhören, was er dazu zu sagen hat.«

26

In der Nähe von Sutton, West Virginia
30. April

Seit etwa einer Stunde regnete es immer stärker, und inzwischen erzeugten die Scheibenwischer schon richtige Wellen, die über die Windschutzscheibe des Ford Explorer hinwegfegten. Burt Seeger saß hinter dem Steuer und konzentrierte sich auf die Straße, die im Scheinwerferlicht vor ihnen lag, während sich Richard umgedreht hatte und durch das Heckfenster blickte.

Carly sah von der DVD auf, die sie sich zusammen mit Susie ansah, und lächelte ihm kurz zu. Der Sturm schien mit seinen wilden Blitzen und dem lauten Donnern direkt aus einem Horrorstreifen zu stammen. In gewisser Weise wirkte er aber auch beruhigend auf sie. Bei diesem Wetter hätte sie nicht einmal Gott selbst verfolgen können.

»Wie liegen wir in der Zeit?«, fragte Seeger, und Richard sah wieder nach vorne und überprüfte das GPS-Gerät, das am Armaturenbrett hing.

»Wir sind etwa fünfzehn Minuten hinter dem Zeitplan.«

»Vielleicht hätten wir auf diese ganze Heimlichtuerei verzichten und uns einfach irgendwo in einem Diner treffen sollen. Wir haben Glück, wenn die Straße, die wir suchen, inzwischen nicht komplett überflutet ist.«

Sie waren auf dem Weg, um sich mit Seegers FBI-Freund in einem kaum besiedelten Gebiet im östlichen Kentucky zu treffen, und obwohl sie noch fast eine Stunde Fahrzeit vor sich hatten, spürte Richard langsam, wie sein Adrenalinspiegel stieg. Ob der Agent etwas Hilfreiches herausgefunden hatte? Würde er ihnen ihre Geschichte glauben und ihnen helfen? Oder würde er mit Handschellen und einem Haftbefehl auf sie warten? Oder, was ihren Erfahrungen nach fast wahrscheinlicher war, mit einer Pistole mit Schalldämpfer und einer Schaufel?

Seegers Handy klingelte und Richard überprüfte die angezeigte Nummer. »Er ist es.«

»Stell ihn auf Lautsprecher.«

Das tat er und passte die Lautstärke an, sodass sie ihn trotz des auf den Wagen niederprasselnden Regens verstehen konnten.

»Larry?«, sagte Seeger. »Wir sind etwas spät dran …«

»Hey, Burt!«, unterbrach ihn der Anrufer. »Ich sage echt ungern so spät noch ab, aber ich muss noch einiges erledigen und komme hier nicht weg. Ich schaffe es heute unmöglich zum Abendessen.«

Seegers Gesichtszüge fielen ein. »Das ist aber schade, Kumpel. Ich hatte mich sehr auf unser Wiedersehen gefreut.«

»Ich auch. Dein Anruf hat viele alte Erinnerungen wieder wachgerufen. Erinnerst du dich an diese Operation in Nuristan? Mann, ich kann kaum glauben, dass ich wirklich mal so jung gewesen bin.«

»Ich weiß genau, was du meinst. Ich hoffe, das mit der Arbeit ist nichts Ernstes und bei dir ist alles in Ordnung.«

»Es ist alles okay. Mach dir keine Sorgen. Ruf mich an, wenn du mal wieder nach Louisville kommst. Dann treffen wir uns.«

»Alles klar, Larry. Mach's gut.« Er schaltete das Handy aus und wendete mitten auf der Straße, um den Heimweg anzutreten.

»Was zum Henker hatte das denn zu bedeuten?«, wollte Richard wissen. »Abendessen? Wir …«

»Daddy?«, rief Susie vom Rücksitz. »Heißt das, dass wir nicht …«

Er drehte sich abrupt auf dem Beifahrersitz um. »Sei still, wenn sich Erwachsene unterhalten!«

Obwohl sie keine Augenbrauen hatte, spiegelten sich die Gefühle in ihrem Gesicht deutlich wider, und er verfluchte sich innerlich, als ihm klar wurde, dass er sie verletzt hatte. Sie hatte ihren zerbrechlichen Körper stundenlang in einen Kindersitz einzwängen müssen und ziemliche Schmerzen durchlitten, und das lange Aufbleiben war nichts als unnötiger Stress für ihr schwaches Herz. Da war es nicht wirklich hilfreich, dass er sie auch noch wie ein Irrer anschrie.

Sofort legte Carly ihr einen Arm um die knochigen Schultern. »Es ist alles in Ordnung, Liebling. Wollen wir die DVD nicht erstmal ausschalten und ein Nickerchen machen? Ich wecke dich, wenn wir irgendwo ankommen, wo wir dir ein Eis kaufen können, okay?«

Richard drehte sich wieder um und versuchte, seine Schuldgefühle zu ignorieren. Damit musste er sich später beschäftigen. »Was ist da eben passiert, Burt?«

Der alte Soldat schien ihm nur ungern antworten zu wollen und konzentrierte sich lieber auf die Straße.

»Burt?«

»Die Operation in Nuristan war eine Sache, in die Larry und ich verwickelt waren und die ziemlich in die Hose gegangen ist.«

»Das wollte er dir damit also sagen, ja? Dass er sich das Ganze angesehen hat und dass es so schlimm ist, wie wir es uns gedacht haben?«

Seeger schüttelte den Kopf. »Als alles den Bach runterging, wollten wir uns abholen lassen, aber man hat uns gesagt, dass die Sache zu heiß wäre – dass sie uns unmöglich da rausholen konnten. Was mir Larry damit sagen wollte, war, dass wir auf uns allein gestellt sind.«

Richard lehnte sich auf dem Sitz zurück und starrte hinaus in den Regen, der auf das Schiebedach prasselte. »Offensichtlich konnte er nicht frei sprechen. Vielleicht wissen sie schon von ihm. Und von dir.«

»Er war bloß vorsichtig. Er hat gesagt, es wäre alles in Ordnung, und wenn Larry sagt, dass er sicher ist, dann ist das auch so. Aber das FBI scheint es offensichtlich nicht zu sein.«

»Das ist doch verrückt«, meinte Carly, die sich zwischen den Vordersitzen nach vorn beugte. »Wenn sie sogar das FBI in der Hand haben, was haben wir dann noch für eine Chance?«

»Solange ihr am Leben seid, gibt es immer eine Chance«, erwiderte Seeger. »Ich bin in meinem Leben schon häufig in einer schlimmen Lage gewesen, und dennoch bin ich hier bei euch.«

»So schlimm?«, entgegnete sie.

Darauf gab er keine Antwort.

Auf einmal hatte Richard das Gefühl, ein unerträgliches Gewicht auf der Brust zu haben und beinahe zu ersticken. Doch er weigerte sich, dem nachzugeben. Er musste an seine Familie denken. Er musste sie beschützen.

»Wir haben zwei Spuren«, meinte er, und seine Stimme klang überraschend zuversichtlich, auch wenn er das innerlich ganz anders sah. »Chris und Argentinien. So wie ich es sehe, ist Argentinien dabei die mit dem geringeren Risiko.«

»Willst du damit sagen, dass wir nach Südamerika gehen sollen?«, fragte Carly. »Dann müssten wir unsere Pässe vorzeigen und Flugtickets kaufen.«

»Genau«, stimmte ihr Seeger zu. »Aber ganz so schnell arbeiten Fluglinien und die Regierung nun auch wieder nicht. Selbst wenn sie dort Leute sitzen haben, müssen die sich mit der Bürokratie auseinandersetzen. Wenn ihr direkt vor dem Flug Tickets am Schalter kauft und einen Direktflug nehmt, dann seid ihr vielleicht schneller als ihr Netzwerk.«

»Vielleicht?«, warf Carly ein.

Er zuckte mit den Achseln und fuhr um eine große Pfütze auf der Fahrbahn herum. »Unter diesen Umständen ist das das Beste, worauf ihr hoffen könnt.«

27

Im Westen von Argentinien
4. Mai

Carly brachte den schlingernden Wagen auf der leeren Straße direkt vor einer T-Kreuzung zum Stillstand und schaltete den Motor aus, damit er abkühlen konnte. Durch die offenen Fenster konnten sie in jeder Richtung nichts als grünes Ackerland sehen, das hin und wieder von einigen Laubbäumen unterbrochen wurde. Der Himmel war strahlend blau und versprach einen weiteren Tag mit Temperaturen von mehr als dreißig Grad.

»Wo lang?«, wollte sie wissen.

Richard sah konzentriert auf die handgezeichnete Karte auf seinem Schoß und versuchte, die in Spanisch darunter gekritzelten Richtungsangaben zu entziffern.

Sie waren drei Tage zuvor in Argentinien angekommen, hatten sich einen protzigen, aber technisch mangelhaften und daher billigen BMW gekauft und sich zu dem Flughafen aufgemacht, an dem August Mason gelandet war. Seitdem gaben sie sich als reiche Amerikaner aus, die hier ein Anwesen mit folgenden Eigenschaften kaufen wollten: sicher, abgelegen und mit einem Haus oder mehreren Gebäuden, die groß genug für ein Labor waren. Sie hatten den ansässigen Immobilienmaklern erzählt, dass das Gelände nicht unbedingt zum Verkauf stehen müsse, da Geld keine Rolle spiele und sie fur das entsprechende Objekt zahlen würden, was gefordert wurde.

Danach hatten sie sich vergeblich zahllose alte Weingüter und Estancias angesehen, bis man sie an diesem Morgen über ein dreitausend Morgen großes Grundstück informiert hatte, das etwa fünfzig Meilen von der nächsten Stadt entfernt lag. Es war von ausländischen Baufirmen errichtet und von einem polnischen Unternehmen gemietet worden, doch weitere Informationen gab es nicht.

»Ich glaube, das könnte es sein«, meinte Richard schließlich. »Auf der anderen Seite dieser Kreuzung liegt der nördliche Rand des Geländes.«

Carly ließ den Motor wieder an und fuhr weiter, bis sie eine von Büschen umgebene Mulde entdeckten, in der man den Wagen von der Straße aus nicht mehr sehen konnte.

»Hier ist gar kein Zaun«, sagte sie, als sie über den staubigen Boden gingen.

Richard sprang in ein ausgetrocknetes Flussbett und kletterte auf der anderen Seite wieder heraus. »Es gibt ja keine Vorschriften, die festlegen, dass man an der Grenze seines Geländes einen Zaun aufstellen muss. Wenn ich nicht auffallen will, würde ich ihn auch zwischen den Bäumen verstecken.«

»Wo willst du hin?«

»Ich will nachsehen, ob ich in Bezug auf den Zaun recht habe. Und falls nicht, werde ich drüberklettern. Bleib beim Wagen. Ich bin in ein paar Minuten wieder da.«

Sie eilte ihm stattdessen hinterher und hatte ihn fast erreicht, bevor er selbst über den Rand gestiegen war. »Oh nein. Du bist derjenige, der beim Wagen bleiben sollte.«

»Carly …«

»Wir sind das doch schon fünfzigmal durchgegangen, Richard. Selbst ohne den Bart wird man dich schon von Weitem erkennen. Ich kann die Touristin spielen und damit durchkommen.«

Er machte den Mund auf, um zu protestieren, aber sie rannte schon los und zwang ihn, die Verfolgung aufzunehmen.

»Nicht so schnell!«, rief er und hastete ihr hinterher, aber sie senkte nur den Kopf und lief noch schneller. Als er nach ihr den Waldrand erreicht hatte, musste er langsamer werden, da er aufgrund seines breiteren Körperbaus den dichten Ästen und umgestürzten Stämmen nicht so leicht ausweichen konnte.

Schließlich kam er an der Stelle an, an der sie vornübergebeugt und nach Luft schnappend stand und ihn breit angrinste.

»Früher warst du auch schon mal schneller«, keuchte sie und deutete dann hinter sich auf einen hohen, grün angemalten Drahtzaun. »Du hattest recht.«

Erst wollte er sie anschreien, dass sie so sorglos vorgegangen war, doch stattdessen nahm er sie in die Arme und küsste sie. Sie lehnte den Rücken an den Zaun und schob eines ihrer Beine hinter seine, um ihm damit über den Unterschenkel zu streicheln. Als sie sich endlich wieder voneinander lösten, strich er ihr die Haare aus dem Gesicht. »Ich kann mir ein Leben ohne dich nicht vorstellen, Carly. Ich weiß nicht, was ich tun würde, wenn du nicht bei mir wärst.«

»Keine Sorge, es war nicht nur Glück, dass wir einander gefunden haben. Und ich glaube, dass, was immer uns zusammengeführt hat, auch dafür sorgen wird, dass es so bleibt.«

Er wusste bei diesen Worten nicht, ob er lachen oder weinen sollte. Aus irgendeinem Grund hatte er ihr nie von dem ausgeklügelten System erzählt, das er entwickelt hatte, um sie kennenzulernen. Nicht etwa das Schicksal hatte sie zusammengeführt, sondern ein mühsam entwickelter Computeralgorithmus und ein Aktenschrank voller erfundener Einkaufslisten.

Er gab ihr noch einen schnellen Kuss und zog sich dann das T-Shirt über den Kopf.

»Richard? Was hast du vor?«

»Stacheldraht«, erwiderte er, warf ihr das durchgeschwitzte Shirt zu und deutete auf die Oberkante des Zauns. »Falte es zusammen und leg es darüber. Bei dieser Stoffart brauchen wir bestimmt fünf Schichten.«

»Sprichst du da aus Erfahrung?«

»Sagen wir einfach, ich bin als Kind öfter mal über Zäune geklettert.«

Sie warf sich das Shirt über die Schulter und begann zu klettern.

»Sei ja vorsichtig. Diese Dinger bohren sich schnell durch und …«

»Bleib locker. Ich war früher Bergsteigerin, hast du das schon vergessen?«

»Das war bei einem Wochenendfirmenausflug und ist bereits sechs Jahre her.«

Als sie oben angekommen war, hielt sie sich mit einer Hand fest und wickelte mit der anderen das T-Shirt um den Draht. So konnte sie problemlos das Bein auf die andere Seite schwingen und sich auf der anderen Seite herunterlassen.

Unten angekommen legte sie eine Handfläche gegen den Zaun. Er tat dasselbe, drückte seine feuchte Hand gegen ihre und kaute auf der Unterlippe herum.

»Beeindruckt?«, erkundigte sie sich.

»Ich weiß nicht, ob das eine so gute Idee ist. Vielleicht …«

Sie schüttelte den Kopf. »Ansonsten können wir nur dumm rumstehen und darauf warten, dass diese Leute uns finden. Und Susie. Keine Sorge – wie groß ist die Wahrscheinlichkeit, dass das hier was anderes als die Junggesellenbude eines reichen Polen ist?«

Er sah auf seine Uhr. »Trödel nicht herum, ja, Carly? Du hast vermutlich recht, aber falls das doch der Ort ist, den wir suchen und an dem Mason festgehalten wird, dann wird es hier auch Sicherheitsmaßnahmen geben. Wir wollen nur herausfinden, ob sich auf dem Gelände ein Labor befindet. Also sieh dich um und sei in fünfundvierzig Minuten wieder zurück.«

»Sei doch nicht so ein Waschlappen«, neckte sie ihn und stupste verspielt gegen seine Hand. »Mir wird schon nichts passieren.«

28

Im Westen von Argentinien
4. Mai

Als sich Carly das nächste Mal umsah, hatten die Bäume den Zaun, ihren Mann und alles andere verschluckt.

Das Ganze kam ihr beinahe vor wie ein durch Drogen hervorgerufener Albtraum. Wie konnte all das real sein? Wie konnte sich die routinemäßige Verzweiflung, aus der ihr Leben bestanden hatte, darin verwandelt haben, dass sie gejagt wurden und offiziell als tot galten? Dass sie sich Tausende von Meilen von ihrer Tochter entfernt über Staatsgrenzen schlichen und über Stacheldrahtzäune kletterten?

Seltsamerweise waren das jedoch nicht die Gründe, aus denen ihre Hände zitterten und ihr Herz pochte.

Im Lauf der vergangenen acht Jahre hatte sie keine andere Wahl gehabt, als ihre eigene Hilflosigkeit zu akzeptieren und das hinzunehmen, was die Welt ihr gab. Was sie ihr angetan hatte. Aber jetzt konnte sie einen Teil von dem spüren, was Richard schon seit so langer Zeit empfand – die Last der Verantwortung, den Ernst der Hoffnung. Den Glauben, so klein er auch sein mochte, dass sie tatsächlich etwas für ihre Tochter tun konnte.

Und damit einher ging die lähmende Furcht, dass sie dabei versagen könnte.

Um sie herum standen immer weniger Bäume, bis sie am Waldrand auf einen Teich voller Flamingos stieß. Aufgrund der schräg stehenden Sonne glich die Wasseroberfläche einem Spiegel, der ihre pinkfarbenen Federn reflektierte. Sie beobachtete die Tiere, die im Wasser herumstaksten, und blieb so gut es ging im Schatten.

Es dauerte weitere zehn Minuten, bis sie den kleinen Anleger am gegenüberliegenden Ufer des Teichs erreicht hatte, dann schlug sie den Weg ein, der die Böschung hinaufführte, da sie hoffte, so zum Haus zu gelangen. Alles war so ruhig und wunderschön, dass es ihr schwerfiel, wachsam zu bleiben. Sie konnte sich nicht vorstellen, dass es hier etwas geben konnte, was ihr schaden würde.

Oben angekommen, schirmte sie ihre Augen vor der Sonne ab und blieb abrupt stehen, als sie den Mann sah, der reglos neben dem Pfad saß. Sie war gerade mal fünf Meter von ihm entfernt, und sie spürte das Adrenalin durch ihre Adern strömen, als ihr bewusst wurde, dass sie nie darüber nachgedacht hatte, was sie in so einem Fall tun würde. Sollte sie etwas sagen? Auf Englisch? Auf Spanisch? Oder sollte sie einfach weglaufen?

Trotz seiner langen grauen Haare schien er gerade mal Anfang vierzig zu sein. Seine Augen hatten rote Ränder und fielen aufgrund seiner unnatürlich blassen Haut erst recht auf – anscheinend war er krank, sehr erschöpft oder beides. Trotzdem hatte er irgendetwas Vertrautes an sich, diese Intensität, mit der er sie anstarrte, diese Nase, die in seinem Gesicht ein Stückchen zu lang und zu gerade wirkte. Als er eine Hand hob und auf sie zeigte, bemerkte sie, dass seine Fingerspitzen verbunden waren.

»Wer sind Sie?«, rief er auf Englisch. »Was haben Sie hier zu suchen?«

Beim Klang seiner Stimme stockte ihr der Atem, und sie glaubte, keine Luft mehr zu bekommen. Der Mann taumelte auf sie zu und sie wollte wegrennen, aber sie blieb wie angewurzelt stehen und starrte sein Gesicht an, das sie immer deutlicher erkennen konnte.

»Das ist Privatbesitz«, sagte er und zuckte zusammen, als er seine verwundeten Finger um ihren Arm schloss.

»Das …«, stammelte sie. »Das wusste ich nicht.«

»Wie sind Sie hierhergekommen? Raus mit der Sprache!«

Sie blinzelte und schüttelte heftig den Kopf, um sich zumindest so weit zu fassen, dass sie ihm ihren Arm entreißen konnte.

»Halt!«, rief er, als sie wegrannte. Sie hörte seine Schritte auf dem Weg hinter sich, aber als sie es endlich wagte, über ihre Schulter zu sehen, hatte er ein Knie auf den Boden gestützt und hantierte mit einem Handy herum.

Sie wurde langsamer und blieb letztendlich stehen, da sie dieser Mann faszinierte, doch sie konnte noch klar genug denken, um die Digitalkamera aus ihrer Tasche zu holen. Er schien gerade eine Nummer zu wählen und sah nicht auf, während sie sein Gesicht heranzoomte. Sie hatte gerade den Auslöser betätigt, als er einen Arm hochriss, um sein Gesicht zu verdecken.

* * *

»Richard!«, rief Carly, als sie durch die Bäume brach und sah, wie er unruhig hinter dem Zaun auf und ab ging.

Erschreckt machte er einen Schritt nach hinten, während sie gegen den Maschendrahtzaun prallte und hastig daran hochkletterte. »Was ist? Was zum Henker ist passiert?«

»Lauf!«

»Ich werde hier nicht wegge…«

»Lass den Wagen an, verdammt noch mal! LOS!«

Er zögerte noch einen Moment, aber als sie den Stacheldraht erreicht hatte, war er bereits zwischen den Bäumen verschwunden.

Dieses Mal kletterte sie nicht so anmutig und blieb mit einem Bein am Stacheldraht hängen, bevor sie sich auf der anderen Seite herunterfallen ließ. Da ihr vor lauter Anstrengung schon ganz übel war, sah sie nicht auf ihr Bein hinunter, sondern legte stattdessen einfach eine Hand auf die Wunde und humpelte über das freie Feld, das sie auch auf dem Hinweg überquert hatten.

Richard hatte die Straße schon beinahe erreicht, als sie einen Motor aufheulen hörte. Aus dem Augenwinkel sah sie einen offenen Jeep mit zwei Männern darin über das Feld auf sich zurasen. Sie ließ die Wunde los und rannte schneller, sodass ihre Lunge bald mehr brannte als das schmerzende Bein.

Der Jeep näherte sich schnell, aber sie lief weiter auf die Stelle zu, an der sie den Wagen stehen gelassen hatten. Sie würden sie nicht erwischen. Nicht jetzt. Das durfte sie nicht zulassen.

Der Motor heulte auf, als der Fahrer herunterschaltete und zwischen den Sträuchern und Steinen, zwischen denen sie hindurchhastete, auf sie zuschlitterte. Staub und kleine Steinchen flogen rings um sie herum auf, und sie blickte sich rasch um und erkannte, dass sich die vordere Stoßstange des Jeeps nur wenige Meter hinter ihr befand. Sie hatten vor, sie zu überfahren.

Und dann fiel sie – sie taumelte in dem Moment den Abhang hinunter, in dem der Jeep über ihren Kopf flog und gegen die Uferböschung auf der anderen Seite prallte.

Sie lag benommen am Boden und starrte den Unterboden des Wagens an, der nun direkt über ihr hing. Treibstoff sickerte aus dem Tank und bildete eine Lache, die auf sie zufloss und deren Gestank ihr in die Nase drang. Sie versuchte, wieder auf die Beine zu kommen, brach jedoch gleich wieder zusammen und wartete auf den unausweichlichen Funken und die Explosion, die sie verschlingen würde.

Doch stattdessen packten sie zwei Hände unter den Armen und begannen, sie nach oben zu ziehen. Sie wehrte sich schwach dagegen und versuchte zu entkommen.

»Carly! Ich bin's! Hör auf, dich zu wehren!«

Sie entspannte sich, als sie die Stimme ihres Mannes erkannte, und ließ sich unter dem Jeep hervorziehen.

Der Mann, der auf dem Beifahrersitz des offenen Wagens gesessen hatte, steckte halb in der Windschutzscheibe. Seine Gesichtshaut war völlig zerfetzt und das Glas hatte seinen Körper auf Höhe der Taille fast durchtrennt. Der Fahrer war in einem besseren Zustand und starrte sie benommen an, während er versuchte, seine Waffe aus dem Schulterholster zu ziehen.

Richard ließ sie los und krabbelte nach oben, um dann die Hand nach ihr auszustrecken. Sie stieß ihre Füße gegen den lockeren Erdboden, als er sie hochzog, und wartete darauf, dass die Pistole des Fahrers losging und die Kugel nicht nur ihr Leben beendete, sondern Susie auch eine Zukunft nahm, die auf einmal durchaus wahrscheinlich zu sein schien.

Dann hatte sie den Rand erreicht und Richard zog sie weiter über die felsige Erde, während sie versuchte, auf ihren wackligen Beinen Halt zu finden. Als die Waffe schließlich abgefeuert wurde, flog Erde am Rand des Kanals auf, aber inzwischen hatte Richard Carly bereits in den Wagen gesetzt und war über die Motorhaube auf die Fahrerseite gesprungen. Sobald er hinter dem Steuer saß, trat er das Gaspedal bis zum Boden durch und raste schlingernd auf die Straße.

Ein zweiter Schuss übertönte das Echo des ersten, und er drückte sie auf dem Sitz nach unten, während er versuchte, nicht die Kontrolle über den Wagen zu verlieren. Es wurden noch weitere Kugeln abgefeuert, aber keine traf ihr Ziel, und schon bald konnten sie nichts weiter hören als das Knirschen des Getriebes und das Geräusch des Windes, der durch die offenen Fenster hineinwehte.

»Geht es dir gut?«, wollte er wissen. »Carly? Rede mit mir! Bist du verletzt?«

»Nein«, antwortete sie und versuchte, sich gerade hinzusetzen, rutschte aber sogleich wieder gegen die Tür.

»Was ist mit deinem Bein? Wurdest du angeschossen?«

Sie schüttelte den Kopf und nahm ein Sweatshirt vom Rücksitz, das erauf ihren Oberschenkelpresste.

»Halte durch. Wir müssen umkehren und dich zu …«

»Nein«, rief sie, packte das Lenkrad und hielt es fest. »Fahr weiter!«

»Aber …«

»Mir geht es gut. Fahr einfach weiter.«

Carly ließ das Lenkrad wieder los und beugte sich vor, um die in ihr aufsteigende Übelkeit unter Kontrolle zu bekommen. »Oh mein Gott«, murmelte sie leise. »Oh mein Gott.«

29

In der Nähe der chilenischen Grenze
4. Mai

Richard Draman drehte sich auf der Ladefläche des Pick-ups um und sah nach vorn ins Führerhaus. Die beiden Männer, die darin saßen, unterhielten sich angeregt, lachten und stießen einander mit den Ellenbogen an, während das Fahrzeug über die dunkle Straße raste. Sie schienen die beiden amerikanischen Anhalter, die sie eine Stunde zuvor am Straßenrand aufgelesen hatten, völlig vergessen zu haben.

Zufrieden damit, nicht beobachtet zu werden, wandte sich Richard wieder dem Computer auf seinem Schoß zu. Carly hatte sich seitlich an ihn gelehnt, obwohl es trotz des Windes immer noch ziemlich heiß war.

»Mir geht es gut«, sagte sie. »Und das weißt du auch.«

Er konzentrierte sich erneut auf das Foto, das den Bildschirm ausfüllte. Mit Ausnahme der Hand, die verschwommen dargestellt war, weil der Mann versucht hatte, sein Gesicht zu verbergen, war das Foto überraschend scharf. Richard untersuchte jedes Detail – das wellige graue Haar, die blasse Haut, die markante Nase.

»Vielleicht ist es ein Verwandter. Ein Cousin oder so.«

»Dann haben sie auch seinen Cousin entführt?«

Darauf reagierte er nicht, sondern rief das Video auf, das er von August Masons Rede Mitte der 80er-Jahre heruntergeladen hatte. Es wäre eine deutliche Untertreibung gewesen zu behaupten, dass die beiden Männer sich ähnelten. Sie sahen nahezu gleich aus.

»Siehst du, dass seine Finger auf dem Bild weiß aussehen?«, fragte sie und musste ein wenig lauter sprechen, da der Fahrer gerade beschleunigte, um einen Trecker zu überholen.

»Ja. Warum tun sie das?«

»Sie sind bandagiert.«

Er brauchte einen Moment, bis er begriff, was sie ihm damit sagen wollte. »Veränderte Fingerabdrücke?«

»Wie sollte man sich sonst an jeder Fingerspitze verletzen, ohne irgendwelche anderen Wunden davonzutragen?«

»Nein«, erwiderte er, wandte sich vom Computer ab und starrte in die dunkle Landschaft hinaus, durch die sie hindurchfuhren. »Es muss eine andere Erklärung geben.«

»Er hat mich angesprochen, Richard. Es war seine Stimme – die Stimme des Mannes in diesem Video. Ich versichere dir, dass er es ist. Er ist es, und er ist jetzt jünger.«

»Ich kann nicht …«

»Willst du mir etwa sagen, dass das wissenschaftlich unmöglich ist?«

»Ja!«, stieß er hervor, doch dann korrigierte er sich. »Nein. Es ist nicht unmöglich. Es ist nur so, dass …«

»Dann kann man das also bewerkstelligen«, unterbrach ihn Carly. »Es ist möglich.«

Er dachte darüber nach und ging im Kopf alles durch, was er über die Biologie des Alterns wusste, was mehr war, als die meisten anderen Menschen auf diesem Planeten je wissen würden. Zumindest dachte er das.

»Gestern hätte ich noch behauptet, dass es noch hundert Jahre dauern wird, bis wir den Alterungsprozess umkehren können. Jetzt bin ich mir da nicht mehr so sicher.«

»Aber du hast an einem Heilmittel für Susie gearbeitet und nicht geglaubt, dass du dafür hundert Jahre brauchen würdest.«

»Sie weist nur einen genetisch bedingten Aspekt des Alterns auf, Carly. Aus diesem Grund leiden Kinder wie sie auch nicht an Krankheiten wie Osteoarthritis und Demenz. Ich wollte den genetischen Defekt korrigieren, der für ihre Symptome verantwortlich ist, aber trotzdem wäre ich noch meilenweit davon entfernt gewesen, den Alterungsprozess umzukehren.«

»Weil einige andere Aspekte des Alterns sie schließlich umbringen würden, genau wie jeden anderen«, setzte Carly seinen Gedankengang fort.

»Genau. Die meisten Menschen wissen das nicht, aber nicht alle Tiere altern. Hummer beispielsweise. Ohne Unfälle, Raubtiere und Krankheiten leben sie einfach immer weiter. Aber wir altern, ebenso wie alle Säugetiere.«

»Warum? Welchen Vorteil hat es, alt zu werden und zu sterben? Wie kommt das der Evolution zugute?«

»Was wir im Hinblick auf die Evolution nicht vergessen dürfen, ist, dass sie gar keinen Plan hat. Dabei geht es nur darum, mehr Gene weiterzugeben, als es die Konkurrenz tun kann. Säugetiere sind erstmals zur Zeit der Dinosaurier aufgetaucht. Sie waren klein und am untersten Ende der Nahrungskette angesiedelt. Daher war es besser für sie, sich jung fortzupflanzen, bevor sie gefressen, platt getreten oder sonst wie vernichtet wurden. Ein langes Leben war nicht weiter wichtig, weil sie aus irgendeinem Grund ohnehin sterben würden. Das galt lange Zeit auch für die Menschen. Erst seit kurzer Zeit ist es die Regel und nicht die Ausnahme, dass wir länger als fünfundvierzig Jahre leben.«

»Aber einige Säugetiere leben doch jetzt schon sehr lange, oder nicht?«

»Ja, Wale zum Beispiel. Sie können sogar zweihundert Jahre alt werden, aber ihr Leben unterliegt nur sehr kleinen, schrittweisen Veränderungen, die vor allem darauf beruhen, dass sie anders als unsere gemeinsamen Vorfahren vermutlich aus anderen Gründen sterben. Doch sie müssen trotz allem irgendwann sterben. Das ist bei allen Säugetieren auf unterster Ebene vorprogrammiert.«

»Vielleicht ja doch nicht auf unterster Ebene«, erwiderte Carly.

Er schwieg, ging im Geist die unzähligen Ursachen für das Altern durch und versuchte, sich eine brauchbare Methode einfallen zu lassen, wie man es nicht etwa beseitigen, sondern seinen Verlauf vielmehr umkehren konnte.

»Ich weiß, was ich gesehen habe, Richard. Das war August Mason, und er ist nicht viel älter, als wir es jetzt sind.«

Er lehnte sich mit dem Rücken an die Seitenwand und starrte lange Zeit zu den fremdartig wirkenden Sternen hinauf, bevor er wieder das Wort an sie richtete. »Die meisten Biologen sind wie ich, Carly. Sie sind detailbesessen. Mason war jedoch anders. Er hat das große Ganze gesehen. Ich will ja nicht melodramatisch klingen, doch er hat nach dem Geheimnis des Lebens gesucht. Nach etwas Neuem, etwas Fundamentalem, an das zuvor noch niemand gedacht hatte.«

Ihm stockte immer mehr der Atem, als sein Verstand versuchte, die Dimensionen von Masons Entdeckung zu begreifen. Richard erinnerte sich daran, dass er seiner Tochter gesagt hatte, Mason wäre wie Newton oder Darwin. Doch da hatte er sich geirrt. Während diese Männer anscheinend in Gottes Kopf blicken konnten, war es Mason gelungen, in Gottes Fußstapfen zu treten.

»Was machen wir jetzt?«, wollte Carly wissen.

»Ich … Ich weiß es nicht. Ist uns überhaupt klar, was das bedeutet? Was hier auf dem Spiel steht? Wir reden von einem Paradigmenwechsel, dessen Größenordnung an die Erfindung der Landwirtschaft heranreicht. Ich meine, wenn das wirklich möglich ist …«

»Wir sollten davon ausgehen, dass er inzwischen weiß, wer ich bin«, warf sie ein und versuchte, ihn so dazu zu bringen, sich auf das Hier und Jetzt zu konzentrieren. »Falls ihnen nicht ohnehin schon klar war, dass wir noch am Leben sind, werden sie es bald wissen.«

Doch Richard hörte sie kaum. »Er hat es geschafft, Carly. Er hat das Geheimnis des Lebens gefunden. Er muss in der Lage sein, das Genom auf eine Art zu kontrollieren, die es ihm erlaubt, Änderungen vorzunehmen und das Resultat zu beeinflussen. Kann er vielleicht sogar etwas völlig Neues erschaffen? Etwas, das der Natur bisher noch nicht einmal *eingefallen* ist? Was …«

»Richard!«, unterbrach sie ihn, packte ihn an der Schulter und schüttelte ihn. »Du hast später noch genug Zeit, darüber nachzudenken. Jetzt müssen wir erstmal herausfinden, wie wir einem der brillantesten Menschen, die je gelebt haben, und einem der reichsten und mächtigsten einen Schritt voraus bleiben. Wir müssen ein Telefon finden, Burt anrufen, ihn warnen …«

»Xander hat nichts damit zu tun«, fiel er ihr ins Wort.

»Was?«

»Denk doch mal darüber nach, Carly. Er steht mit einem Fuß im Grab. Warum sollte er in seinem Rollstuhl herumfahren, in die Altersforschung investieren und Masons Assistentin auf die Nerven gehen? Nein, wenn er Zugriff auf diese Ergebnisse hätte, dann wäre er längst verschwunden und dabei, wieder jung zu werden.«

Sie dachte einen Augenblick darüber nach. »Okay, lassen wir Xander aus dem Spiel. Aber irgendwer steckt dahinter. Und nach allem, was wir wissen, ist er ebenso mächtig. Wir müssen herausfinden, wie wir diesen Leuten entkommen können.«

Er schüttelte den Kopf. »Wir können nicht länger weglaufen.«

»Was? Du willst doch nicht etwa vorschlagen, dass wir aufgeben? Es …«

»Du verstehst es nicht«, entgegnete er und drehte sich zu ihr um. »Er hat den Alterungsprozess umgekehrt, Carly. *Alle* Aspekte davon. Darunter auch jene, die Susie umbringen.«

»Willst du mir damit sagen, dass ihr dieser Mann helfen kann? Dass er sie heilen kann?«

Er nickte, und in seinen Augen spiegelte sich das Licht wider. »Ich werde nie wieder forschen können – wenn mich die Polizei nicht erwischt, werden es diese Leute tun. *Das* ist Susies Chance.

Ihre einzige Chance. Es ist mir egal, wer diese Leute sind. Es ist mir egal, wie mächtig sie sind. Es interessiert mich auch nicht, ob sie mit Gewalt vorgehen. Wir werden zurück in die Staaten fliegen und sie jagen. Wir werden sie dazu *zwingen*, ihr zu helfen.«

30

Nördlich von Baltimore, Maryland
6. Mai

Richard lenkte den Wagen, den Seeger für sie gemietet hatte, über die gewundene Zufahrt und warf seiner Frau, die nervös den daran angrenzenden Waldrand absuchte, hin und wieder einen Blick zu. Inzwischen wurde sie nur noch vom Adrenalin und ihrer Entschlossenheit vorangetrieben. Er hatte die Wunde an ihrem Bein genäht, die langsam zu heilen begann, aber der lange Rückflug in die USA war für sie überaus anstrengend gewesen. Trotz des Sonnenbrands, den sie sich in Argentinien zugezogen hatte, konnte man deutlich die dunklen Ringe unter ihren Augen erkennen.

Chris Gradens Haus kam in Sicht, als sie über einen kleinen Hügel fuhren, und Richard dachte daran, wie oft sie in all den Jahren hier gewesen waren – zum Abendessen, zum Grillen, um sich spät abends zu betrinken. In diesem Moment fiel ihm erst auf, wie sehr ihn die isolierte Lage und die übertriebene Sicherheit an August Masons Haus erinnerten. Es war fast so, als wären beide Anwesen mit denselben Hintergedanken errichtet worden. Ironischerweise hatten sie all diese Abwehrmaßnahmen dank ihrer falschen, vergifteten Freundschaft zu Graden überwinden können, da sie noch immer das Passwort für das Tor kannten.

Richard hielt den Wagen vor der Eingangstür an und schaltete den Motor aus.

»Jetzt wird's ernst.«

Carly stieg aus und ging zur Tür, wo sie stehen blieb, während er sich an die Hauswand drückte, um nicht gesehen zu werden.

Was war auf der anderen Seite? Sie waren aus lauter Verzweiflung hierher gekommen, und das war ihnen beiden bewusst. Mason würde Argentinien inzwischen längst verlassen haben, und da ihnen klar geworden war, dass Xander mit der Sache nichts zu tun hatte, war Chris Graden die einzige Spur, die sie noch verfolgen konnten.

Richard verspannte sich, als die Tür geöffnet wurde, aber dahinter stand nur Chris in einer Jeans und einem alten Sweatshirt von der Penn State University. Für einen kurzen Moment kam es ihm so vor, als wäre all das nie passiert und sie würden ihn nur zum Essen besuchen.

Graden schien kurz verwirrt zu sein, doch dann begriff er, wer da vor ihm stand. »Oh mein Gott! Carly. Du bist am Leben!«

Er wollte sie gerade in den Arm nehmen, doch bevor es dazu kommen konnte, ging Richard dazwischen und schubste ihn so heftig nach hinten, dass Graden beinahe rücklings auf den Boden gestürzt wäre.

Sie traten ein, und Carly knallte die Tür zu, um sich dann neben ein Fenster zu stellen, durch das sie die Auffahrt gut im Blick hatte.

»Himmel!«, rief Graden. »Wo in aller Welt habt ihr beide nur gesteckt? Alle Welt hält euch für tot.«

Richard zog eine von Burt Seegers Pistolen aus dem Gürtel und zielte damit auf seinen alten Freund. Das Bedauern und die nostalgischen Gefühle, von denen er geglaubt hatte, dass sie ihn in diesem Moment lähmen würden, wollten sich nicht einstellen. Stattdessen verspürte er einen gewissen Reiz, tatsächlich den Abzug zu drücken.

»*Ich* stelle hier die Fragen.«

»Was machst du denn? Ich bin es. Chris. Wir sind …«

»Halt verdammt noch mal die Klappe«, schnauzte ihn Richard an. »Arbeitet heute noch jemand hier?«

»Was? Nein. Es ist Sonntag.«

Richard schwenkte die Pistole. »Geh.«

»Wohin?«

»Ins Arbeitszimmer.«

»Steck die Waffe weg, Richard.«

»Wenn du dich nicht umdrehst und in Bewegung setzt, werde ich auf dich schießen. Ich fange mit den Beinen an und arbeite mich langsam nach oben.«

Graden starrte ihn einige Sekunden lang an und ging dann gehorsam in den hinteren Teil des Hauses. Richard warf Carly einen Blick zu, als er ihm folgte, und sie schenkte ihm ein angedeutetes Lächeln. Es sah fast so aus, als wäre sie zu mehr einfach nicht mehr in der Lage.

»Im Ernst, Richard. Nimm die Waffe runter. Du benimmst dich ja wie ein Irrer.«

Das Arbeitszimmer wirkte unverändert. Es war staubig und voller Bücher, alter Zeitungen und antiker Möbelstücke. Seltsamerweise war Graden auf den meisten Fotos, die an der Wand hingen, alleine abgebildet, aber auf einigen waren auch andere Personen zu sehen, die offenbar seine Freunde waren. Richard fragte sich, ob er sie auch ausspioniert hatte. Ob er ihren Kindern eines Tages ebenfalls einen Killer auf den Hals hetzen würde.

»Wo bist du die ganze Zeit gewesen?«, fragte sein alter Freund, der den Blick nicht von der Waffe abwandte.

»Du hast versucht, uns umzubringen«, erwiderte Richard.

»Was redest du denn da? Der Jet? Das war …«

»Ich habe Ray Blane angerufen. Er hat in dieselbe Richtung geforscht wie Annette und ich, und du hast ihn ebenfalls aufgehalten.«

»Ray Blane? Ich habe ihm eine großzügige Spende verschafft. Die Menschen, die das Geld gestiftet hatten, wollten, dass er sich auf eine Sache konzentriert. Und was meinst du mit ›ebenfalls‹?

Ich habe deine Forschung *unterstützt*, hast du das vergessen? Verdammt, ich habe dir sogar einen Privatscheck ausgestellt und dich aus dem Gefängnis geholt.«

Seine Darbietung war unglaublich überzeugend und wurde durch ihre gemeinsame Vergangenheit nur gestärkt, doch sie kam ein wenig zu spät.

»Du hast mir gerade so viel Geld gegeben, dass du mich im Auge behalten konntest … Damit du sicherstellen konntest, dass ich mich auf die Progerie konzentriere und mein Forschungsgebiet nicht erweitere. Dann bekam ich Annettes Notizen in die Hände und du hast begonnen, dir Sorgen zu machen. So viele Sorgen, dass du versucht hast, meine Tochter umzubringen. *Meine Tochter*, Chris.«

»Susie umbringen?«, stammelte er. »Hörst du, was du da sagst, Richard? Um Himmels willen …«

»Wo ist August Mason, Chris?«

»Was?«

»In den Zeitungen stand, er hätte in unserem Flugzeug gesessen, als es abgestürzt ist. Aber wir wissen beide, dass das nicht wahr ist.«

»Ich … Ich habe keine Ahnung.«

»Wirklich nicht? Ich schon. Wir haben ihn in Argentinien aufgespürt. Und Südamerika muss ihm gut bekommen, denn er sah großartig aus.«

»Du redest ja dummes Zeug«, entgegnete Chris, auf dessen Oberlippe der Schweiß glänzte.

Richard warf ihm einen Ausdruck des Fotos zu, das Carly gemacht hatte, und Graden sah es sich an, woraufhin sein Gesicht zu einer emotionslosen Maske erstarrte.

»Keine Bewegung!«, sagte Richard und richtete die Waffe auf seinen alten Freund, der auf die Bar in der Ecke zusteuerte.

Graden ignorierte ihn und goss sich einen Scotch ein. »Möchtest du auch einen? Um der alten Zeiten willen?«

Auf einmal bekam Richard weiche Knie. Er war blind vor Zorn und gepeinigt von Hoffnung hergekommen, hatte aber tief in seinem Herzen erwartet, dass Graden für alles eine Erklärung haben würde. Dass es sich nur um eine Reihe unwahrscheinlicher, aber plausibler Zufälle gehandelt hatte. Dass sich die Sache nicht darum drehte, dass ihr bester Freund ein Spion war und dass eine genetische Therapie Millionen Jahre der Evolution umkehren konnte.

Aber inzwischen war ihm klar geworden, dass er keine Erklärung bekommen würde. Das war keine paranoide Illusion seines verzweifelten Verstandes. Alles war real.

31

1800 Meilen östlich von Australien
6. Mai

Oleg Nazarov öffnete die Tür und ging hindurch, nur um stehen zu bleiben, als Karl die Hand hob. Das Zimmer war fensterlos und so groß, dass es völlig überdimensioniert wirkte.

Mit fast dreißig Metern Länge wirkte es eher wie eine Kunstgalerie als wie ein Büro. Auf dem Boden standen mehrere Statuen unterschiedlicher Größe und an den Steinwänden hingen die Originale zahlreicher Meister. Karl saß hinter einem Schreibtisch mit Glasplatte, neben dem zwei hohe Aktenschränke standen, die augenscheinlich aus Holz waren, aber tatsächlich elegant verkleidete Safes waren. Die Akustik in diesem Raum war entsetzlich, vermutlich mit Absicht, und von seiner Position in der Nähe der Tür konnte Nazarov nur erkennen, dass Karl offenbar telefonierte.

Es war schwer, sich über diesen Mann keine Gedanken zu machen. Wer war er? Wie alt war er gewesen, als er die Therapie gemacht hatte? Wie musste es sich anfühlen, wieder so jung zu sein?

In der Theorie würde es nicht mehr lange dauern, bis er die letzte Frage selbst beantworten konnte. Mithilfe der Kontakte der Gruppe würden seine Besitztümer und Investitionen umgestaltet, liquidiert und auf sorgfältig berechneten Wegen transferiert werden, sodass es niemand mehr nachvollziehen konnte. Wenn alles erledigt war, würde er einen präzise choreografierten Unfall erleiden, nachdem seine Leiche niemals gefunden werden würde.

Danach würde sein neues Leben beginnen, mit einer neuen Identität und der Möglichkeit, aus dem, was er erreicht und gelernt hatte, noch viel mehr zu machen. Dann würde auch das unablässige Ticken der Uhr aufhören und es wäre für immer.

Karl legte auf und Nazarov ging weiter, wobei er sich ins Gedächtnis rief, wie schnell alles zu Ende sein konnte. Seine Macht und sein Geld waren auf dieser Insel nichts wert. Hier gab es nur Karl. Seine Entscheidungen waren endgültig, und die Leute befolgten seine Befehle, ohne Fragen zu stellen. Vielleicht war es doch klüger, einfach das Altern schätzen zu lernen.

»Haben Sie gute Nachrichten für mich?«, fragte Karl.

Vor dem Schreibtisch standen keine Stühle, also blieb Nazarov nichts weiter übrig, als stehen zu bleiben und die Ledermappe, in der sich keine wichtigen Informationen befanden, zu umklammern.

»Das muss ich leider verneinen.«

»Was gibt es dann?«

»Auf dem Gelände in Argentinien wurde ein Eindringling entdeckt.«

»Das soll etwas Wichtiges sein? Verstärken Sie die Sicherheitsmaßnahmen.«

»Mason wurde gesehen.«

Karl lehnte sich in seinem Stuhl zurück und starrte ihn an. Trotz des faltenfreien Gesichts und des jugendlichen Körpers war da etwas in seinen Augen, das sein wahres Alter andeutete. Nazarov fragte sich, ob sie alle so waren, alle, die die Transformation hinter sich hatten.

»Wie gut? Sein Zustand ist doch noch intermediär, oder?«

Nazarov hatte diese Unterhaltung im Kopf hundert Mal durchgespielt, bevor er vor Karls Tür angekommen war. Er konnte das, was er zu sagen hatte, nicht irgendwie abschwächen, und er konnte sich selbst nicht vor den Nachwirkungen schützen.

»Ich glaube, dass es sich bei dem Eindringling um Carly Draman gehandelt hat.«

Wie immer, wenn er schlechte Neuigkeiten hörte, erstarrte Karl auf diese leichenartige Weise und Nazarov beschloss, einfach weiterzureden. Die Fragen waren offensichtlich genug und mussten gar nicht erst ausgesprochen werden.

»Sie hat ein Foto gemacht und ist weggelaufen. Einer unserer Männer ist bei dem Versuch, sie aufzuhalten, ums Leben gekommen, und ein zweiter wurde schwer verletzt. Sie ist zusammen mit einem Mann, auf den die Beschreibung ihres Ehemanns passt, entkommen.«

Karl stand langsam auf. Er war wenigstens zehn Zentimeter größer als Nazarov und hatte breite Schultern und eine schmale Taille, die er ebenso seiner neu gewonnenen Jugend wie seinem obsessiven Training zu verdanken hatte.

Der Russe verspürte etwas, das er nur selten empfand: Unterlegenheit. Er war nichts als ein zunehmend gebrechlicher werdender alter Mann, der vor etwas komplett Neuem stand. Etwas, über das selbst Gott niemals nachgedacht hatte.

»Wo sind sie jetzt?«

»Es ist ihnen gelungen, nach Santiago de Chile zu gelangen, vermutlich sind sie per Anhalter gefahren. Es gibt Aufzeichnungen darüber, dass sie nach New York geflogen sind, wo wir dank eines Sicherheitsvideos herausfinden konnten, dass sie in ein Taxi gestiegen sind. Laut dem Unternehmen wurden sie an einer Bushaltestelle abgesetzt. Danach verliert sich ihre Spur.«

»Sie haben sie verloren?«, erwiderte Karl und erhob zum ersten Mal während ihrer kurzen Bekanntschaft die Stimme. »Sie haben sie *erneut* verloren?«

»Es gibt praktische Einschränkungen, wie schnell wir an die Informationen aus den Computern der Fluglinien herankommen, und diese Verzögerungen sind in Südamerika sogar noch größer. Sie haben einen elfstündigen Direktflug genommen und bar am Schalter bezahlt.«

»Hat sie Mason erkannt? Wie konnten sie ihn in Argentinien finden?«

Diese Fragen klangen eher rhetorisch, daher versuchte Nazarov, die Unterhaltung in für ihn angenehmere Bahnen zu lenken.

»Wir haben alles, was mit Masons neuer Identität in Verbindung steht, stillgelegt, und er befindet sich bereits an einem anderen Ort. Das Haus ist abgebrannt. Es ist nichts mehr übrig …«

»Nichts mehr übrig?«, brüllte Karl. »All Ihre Erfahrung, all Ihr Geld und all Ihre Planungen sind nichts wert. Ein mittelloser Biologe und seine Frau haben Sie wieder und wieder übertölpelt! Und jetzt wissen sie Bescheid. Sie wissen, was wir getan haben.«

»Wir tun alles, was wir können. Wir …«

»Mich interessiert nicht, ob Sie tun, was Sie können«, entgegnete Karl und schlug mit der Hand auf den Schreibtisch. Als er sie wieder anhob, konnte Nazarov einen verschwitzten Abdruck auf dem Glas erkennen. »Ich rate Ihnen, sie zu *fangen*. Lassen Sie sie am Leben, bringen Sie sie her und finden Sie heraus, mit wem sie gesprochen haben. Und zwar *sofort*.«

»Ja, Sir. Verstehe.«

»Tun Sie das? Wirklich? Wenn das noch länger so weitergeht, lässt sich die Sache nicht mehr eindämmen. Und dann weiß ich nicht mehr, wie Sie uns noch von Nutzen sein können.«

Nazarov dachte noch über eine passende Antwort nach, als das Satellitentelefon in seiner Tasche auf einmal klingelte. Als er die Nummer sah, ging er sofort ran.

»Ja?«

»Wir haben Aktivitäten in Chris Gradens Haus«, sagte eine Stimme am anderen Ende.

Nazarov stieß die Luft aus und sein Herz schien auf einmal die Arbeit einzustellen. »Sind Sie unterwegs?«

»Wir sind in weniger als fünf Minuten vor Ort.«

32

Nördlich von Baltimore, Maryland
6. Mai

»Mason hat gefunden, wonach er gesucht hat«, sagte Richard. »Er hat seine fundamentale Wahrheit entdeckt.«

Chris Graden hatte sich etwas zu trinken eingegossen und starrte jetzt schweigend in sein Glas.

»Sag was, du Schweinehund!«

»Was denn? Ja, Mason hat gefunden, wonach er gesucht hat, und wurde transformiert zu … Tja, du weißt ja, wie er jetzt aussieht.«

»Wie funktioniert es?«

Graden grinste. »Warum sollten sie mir das verraten?«

»Sie?«

Sein Gegenüber reagierte nicht. Vermutlich wusste er es wirklich nicht. Er hatte sich dank seines Harvard-Abschlusses und seines untrügerischen Geschäftssinns in der Pharmaindustrie hochgearbeitet und nicht, weil er so viel von Biologie verstand.

»Okay«, sagte Richard. »Dann erklär mir etwas anderes, Chris. Sag mir, warum.«

»Warum was?«

»Warum all das? Mason macht die wohl wichtigste Entdeckung in der Geschichte unserer Spezies, und anstatt sie zu patentieren, sich den nächsten Nobelpreis zu verdienen und Unmengen an Geld damit einzunehmen, verschwindet er zwanzig Jahre lang und entwickelt daraus eine Therapie, die er für sich behält.«

»Bist du sicher, dass du nichts trinken willst?«

Richard hob die Waffe ein wenig höher und zielte auf Gradens Gesicht. »Beantworte die Frage, Chris.«

»Du kennst die Antwort doch längst. Die Welt ist noch nicht bereit dafür.«

»Was?«

»Ach, komm schon, Richard. Über die Hälfte der Einwohner der USA glauben nicht an die Evolution. Sie halten es für wahrscheinlicher, dass ein Tischler aus Nazareth das Universum erschaffen hat. Und jetzt willst du, dass Mason all das bekannt gibt? Dass er mit seiner kleinen Petrischale ins Fernsehen geht und allen zeigt, wie man Leben erschaffen kann? Das ist nicht so, als würde er Gott spielen, Richard. Das ist so, als würde er Gott ersetzen.«

»Du erwartest, dass ich glaube, dass all das, der Mord an Annette, die Gefahr für mich und meine Familie, das Ausspionieren jedes Menschen, der in diese Richtung forscht, nur passiert ist, weil ihr die religiösen Gefühle der Menschen nicht verletzen wollt? Einhunderttausend Menschen sterben jeden Tag an den Folgen des Alterns. Es erzeugt unglaubliches menschliches Leid, und es kostet mehr als alle anderen Krankheiten zusammen.«

»Aber es ist keine Krankheit, Richard. Bist du dir sicher, dass die Menschen geheilt werden wollen? Du weißt, wie schwer es ist, Geld für die Altersforschung aufzutreiben, du hast die letzten sechs Jahre selbst versucht, Geld aus diesem Stein rauszupressen. Wenn so viele Leute aus diesem Grund sterben, warum gibt es dann kein Geld?«

»Weil die Menschen es nicht verstehen. Sie …«

»Und wer will es ihnen erklären? Du? Kannst du dir vorstellen, wie diese Sache dieses Land und die ganze Welt spalten würde? Was wäre, wenn die Politiker diese Therapie letzten Endes nicht bewilligen? Dann würden die Menschen, die sie trotzdem machen oder die sie bereitstellen, als Kriminelle abgestempelt. Und alle anderen würden dennoch sterben.«

Richard wollte schon etwas erwidern, aber Graden schnitt ihm das Wort ab. »Und was wäre, wenn sie bewilligt *würde*? Wir reden hier über eine Veränderung, wie sie unsere Spezies noch nie erlebt hat. Aber die Natur der Menschen wird sich nicht ändern. Unsere Regierung wird nicht auf einmal verantwortungsbewusst und besonnen handeln. Wie wollen wir das bezahlen? Soweit ich weiß, kann diese Therapie nicht preiswert angeboten werden, selbst dann nicht, wenn sie großflächig verfügbar sein soll. Sollen nur die Reichen behandelt werden? Aber was wäre, wenn wir sie billiger machen? Was ist mit der Überbevölkerung? Und was ist mit den Millionen anderer Probleme, über die du noch nicht mal nachgedacht hast? Wie würde man Verbrecher bestrafen? Würde man sie eintausend Jahre lang ins Gefängnis stecken? Denn zehn Jahre würden ja nichts mehr ausmachen. Und wie würdest du ungeeigneten Kandidaten klarmachen, dass sie nicht behandelt werden? Dass sie chronische Krankheiten haben, die wir nicht für immer existieren lassen wollen, oder genetische Defekte, die nicht an die fünfundzwanzig Kinder, die sie letzten Endes bekommen werden, weitergegeben werden sollen.«

»Was gibt dir das …«

»Nein, Richard, ich bin noch nicht fertig. Bist du sicher, dass die Menschen die psychologische Kapazität für die Unsterblichkeit besitzen? Gibt es eine mentale Uhr, die Mason nicht berücksichtigt hat? Ist unser Gehirn irgendwann voll? Werden wir …«

»Dann sollten wir euch also danken. Willst du das damit sagen? Wir sollen dankbar dafür sein, dass ihr bereit seid, das Versuchskaninchen zu spielen? Was für ein Schwachsinn. Warum hast *du* die Wahl? Warum hat ein Mann, der seine Freunde umbringen würde, und sogar Kinder, das überhaupt verdient?«

Graden wirbelte mit dem Drink in der Hand herum. »Wer hat etwas davon gesagt, dass man es verdient haben muss? Ich weiß, dass ich es nicht verdient habe. Ich bin vor allem nützlich. Vorerst passe ich vor allem ins Profil. Ich habe Geld und die richtigen Kontakte. Ich habe keine Frau und keine Kinder …«

»Was ist mit uns, Chris?«

Er seufzte leise. »Meine Zuneigung zu dir und deiner Familie war nicht gespielt, Richard. Ich hatte …«

»Ich will die Daten. Ich will die Therapie.«

»Das glaube ich dir gern, aber ich habe sie nicht.«

»Dann wirst du mir helfen, sie zu bekommen.«

Er lachte. »Du bist in jeder Hinsicht ein Genie und ich habe deine Hingabe zu deiner Tochter immer bewundert. Aber du hast ja keine Ahnung, womit du es hier zu tun hast.«

»Warum verrätst du es mir dann nicht?«

»Gut, das werde ich. Mit Ausnahme von Mason weiß ich nicht mal, wer die Beteiligten sind. Ja, ich habe einige von ihnen getroffen, aber ich kenne weder ihre Namen noch weiß ich, woher sie kommen. Was ich dir jedoch sagen kann, ist, dass sie zusammen mehr Geld und Macht besitzen als ein durchschnittliches europäisches Land. Sie wissen …«

Graden hielt inne, als das leise Geräusch eines Automotors durch die offen stehende Tür zu hören war. Einen Augenblick später schrie Carly panisch auf.

»Glaubst du, du wärst der Einzige gewesen, der überwacht worden ist?«, sagte Graden und deutete auf seine Umgebung. »Sie überwachen jeden und hören alles. Ich bin da keine Ausnahme.«

Carly schrie nun zum zweiten Mal und sehr viel durchdringender. »RICHARD!«

Draman packte Graden und schob ihn auf die Tür zu, wobei er ihm die Waffe in den Nacken drückte.

»Als sie euch für tot gehalten haben, hattet ihr eine Chance. Jetzt allerdings …«

»Halt den Mund!«, fuhr ihn Richard an und schob ihn in den Eingangsbereich. »Wie viele sind es, Carly?«

»Ein Wagen, vier Männer«, berichtete sie und sah durch einen kleinen Schlitz zwischen den Vorhängen hinaus. »Zwei gehen hinten rum. Sie sind alle bewaffnet.«

Richard legte Graden den Arm um den Hals und hielt ihm die Waffe an die Schläfe. »Stell dich hinter mich, Carly.«

»Wenn du glaubst, die würden mich nicht erschießen, um an dich ranzukommen, dann hast du noch nicht begriffen, mit was für Leuten du es zu tun bekommst«, meinte Graden.

»Zumindest werden wir mit der Gewissheit sterben, dass du Arschloch zuerst dran glauben musst. Und jetzt mach die Tür auf.«

Graden zögerte, schien dann aber zu beschließen, dass er eher auf das Mitleid der Männer da draußen als auf das seines alten Freundes bauen konnte.

Richard trat blinzelnd ins Sonnenlicht hinaus. In der Auffahrt war ein Geländewagen geparkt und zwei Männer mit Pistolen in den Händen kamen auf die Eingangstür zu. Der Wagen, den Seeger gemietet hatte, stand nah genug, dass er das gefälschte vorübergehende Kennzeichen im Heckfenster sehen konnte. Er hätte aber auch genauso gut in einem anderen Staat stehen können.

»Lassen Sie die Waffe fallen!«, ordnete einer der Männer an. Sie schwärmten aus, um Positionen einzunehmen, in denen Gradens Körper ihn nicht mehr schützen konnte.

»Lassen Sie sie fallen!«, brüllte der andere, was allerdings weniger eine Aufforderung war als ein Ablenkungsmanöver, damit sein Partner Zeit bekam, Richards Kopf anzuvisieren. Es würde keine Verhandlungen geben.

Jemand feuerte, und Graden warf sich zur Seite und rechnete damit, dass der Arm, der um seinen Hals lag, erschlaffen würde.

Stattdessen zersprang das Heckfenster des Wagens, in dem die Männer hergekommen waren, und die beiden gingen zu Boden und richteten ihre Aufmerksamkeit augenblicklich nach hinten. Ein zweiter Schuss drang wenige Zentimeter neben dem Mann zu ihrer Rechten in den Asphalt und sie gingen beide in Deckung und schossen dabei blindlings nach hinten.

Richard schob Graden zur Seite und Carly rannte zur Beifahrertür ihres Wagens. Sie drehte bereits den Schlüssel im Zündschloss, als sich Richard ans Lenkrad setzte und aufs Gaspedal trat. Der Chevrolet Aveo hatte nicht genug Pferdestärken, als dass die

Reifen durchdrehen konnten, aber er raste auf nur zwei Rädern die kreisförmige Ausfahrt entlang und auf das Fahrzeug zu, das ihnen den Weg versperrte.

»Fahr da rechts durch die Büsche«, schlug Carly vor. »Das sollte machbar sein.«

Das tat er und hielt den Atem an, als der Wagen wie wild über den Boden holperte und hinter ihnen noch immer geschossen wurde.

Carly drehte sich auf ihrem Sitz herum und sah durch das Heckfenster, als auf einmal in dessen Mitte ein faustgroßes Loch klaffte. Unwillkürlich duckte sie sich, als die Kugel durch den Wagen flog und direkt unter dem Rückspiegel, in den Richard gerade sah, wieder austrat.

Aus dem noch immer geparkten Geländewagen stieg Dampf auf, da offenbar der Kühler getroffen worden war, und Graden rannte geduckt wieder ins Haus. Die Männer, die auf sie geschossen hatten, waren in Deckung gegangen, und Richard konnte keinen von ihnen sehen.

»Mann!«, meinte Carly und hielt sich am Armaturenbrett fest, als sie über eine kleine Anhöhe fuhren und die Räder des Wagens fast nicht mehr den Boden berührten. Richard wandte den Blick kurz vom näherkommenden Tor ab und sah in den Rückspiegel, und da er das Haus nicht mehr sehen konnte, trat er auf die Bremse.

Einen Augenblick später warf sich der heftig humpelnde Burt Seeger mit einem breiten Grinsen im Gesicht und einem Präzisionsgewehr in der Hand auf den Rücksitz.

»Das macht richtig Spaß, auf Bäume zu klettern und auf Leute zu schießen«, sagte er und legte sich auf den Sitz. »Aber ehrlich gesagt war das schon immer so.«

33

Baltimore, Maryland
6. Mai

»Nicht rennen«, warnte Seeger Carly, als sie die Wagentür öffnete und ausstieg.

Sie wurde langsamer und versuchte, völlig natürlich zu wirken, während sie an dem einfachen Motel entlangging. Richard holte sie ein, als sie gerade um die Ecke bog, und zog seine Baseballkappe tiefer ins Gesicht, da man sie von der kaum befahrenen Straße aus sehen konnte.

»Entspann dich«, raunte er ihr zu. »Es wird alles gut gehen.«

Sie antwortete nicht, sondern starrte eine Tür in der Gebäudemitte an. Leise klopfte sie an und versuchte, durch das Fenster ins Zimmer zu sehen, aber der Vorhang war zugezogen.

Es vergingen vermutlich nicht einmal fünf Sekunden, aber sie schienen eine Ewigkeit zu dauern. Erneut klopfte sie, dieses Mal etwas lauter, und sie wollte schon ans Fenster pochen, als von drinnen eine leise Stimme zu hören war.

»Wer ist da?«

»Wir sind's. Schnell.«

Die Tür wurde einen Spaltbreit geöffnet und ein Auge sah hindurch, bevor sie erneut geschlossen und die Kette abgenommen wurde. Carly hastete hinein, kniete sich auf den schmutzigen Teppich und packte die dünnen Schultern ihrer Tochter. »Warum hat das so lange gedauert?«

»Ich war müde und bin eingeschlafen. Aber ihr müsst euch ansehen, was ich im Internet gefunden habe! Kommt mit und …«

»Dein blöder Computer ist mir scheißegal. Wenn wir klopfen, musst du sofort aufmachen. Du hast mich zu Tode erschreckt.«

»Aber, Mom! Sie …«

Carly nahm Susie in die Arme und unterdrückte so ihre Proteste, während sie versuchte, nicht zu weinen. Als sie ihr einen Umschlag mit einer Erklärung für alles, was passiert war, gegeben und ihr aufgetragen hatten, Seegers Freund beim FBI anzurufen, wenn sie nicht zurückkehrten, hatte sie sie nur eingeschüchtert angestarrt. Sie hier alleine zu lassen, war das Schwerste, was sie je im Leben getan hatte.

»Ich bin so froh, dass ihr wieder da seid«, sagte Susie, die ihre Mutter offenbar besänftigen wollte. »Ich wollte nicht im Dunkeln alleine sein.«

Carly ließ sie los, und sie lief zu ihrem Vater und nahm seine Hand. »Komm mit zu meinem Computer. Ich muss dir was zeigen!«

Sie führte ihn zum Bett und er sah auf dem Bildschirm eine Gedenkseite.

»Die Leute halten uns für tot!«, erklärte Susie. »Sie glauben, wir hätten in Onkel Chris' Flugzeug gesessen und wären damit abgestürzt! Dass wir darin gestorben wären! Warum glauben sie denn so was Verrücktes?«

Seeger kam durch die Tür und schloss sie hinter sich. Er sah gar nicht gut aus. Der Zustand seines Beins hatte sich im Wagen verschlimmert, und er hatte große Mühe, sich überhaupt humpelnd fortzubewegen.

»Geht es dir gut?«, fragte Susie alarmiert.

»Oh, mir geht's gut, Süße. Ich hab mich nur am Bein verletzt.«

»Wie denn das?«

»Ich bin auf einen Baum geklettert.«

»Ist das dein Ernst?«

»Natürlich! Früher war ich sogar mal richtig gut darin, auf Bäume zu klettern.«

Sie schüttelte den Kopf und deutete auf den Computer. »Sieh dir an, was ich gefunden habe! Die Leute glauben, wir wären mit einem Flugzeug abgestürzt!«

»Susie!«, sagte Richard und setzte sich aufs Bett, damit er ihr in die Augen sehen konnte. »Ich weiß nicht, warum jemand auf die Idee kommen konnte, wir wären mit Onkel Chris' Flugzeug abgestürzt, aber wir werden da anrufen und Bescheid sagen, dass es uns gut geht, okay?«

»Wann?«, jammerte Susie. »Alle meine Freunde werden denken, dass ich nie mehr zurückkomme.«

»Schon bald. Wir rufen bald an, damit deine Freunde nicht traurig sind. Aber jetzt musst du mit Burt mitgehen.«

»Warum? Kommt ihr nicht mit?«

»Noch nicht. Wir müssen erst noch ein paar Dinge erledigen.«

»Warum könnt ihr das nicht von Burts Haus aus tun? Wir könnten doch solange alle da wohnen.«

Richard zwang sich zu einem Lächeln und hoffte, dass es nicht so gezwungen und verzweifelt aussah, wie es sich anfühlte. Im Augenwinkel sah er, wie sich Carly verstohlen die Augen wischte. »Wir kommen bald zu dir. Aber deine Mom und ich müssen erst noch ein wenig arbeiten.«

Die schmerzliche Wahrheit war, dass Susie besser dran war, wenn sie so viel Abstand wie möglich zwischen sich brachten. Außerdem eignete sich Seeger deutlich besser dazu, sie zu beschützen.

»Fahrt ihr wieder nach Hause? Burt und ich könnten …«

»Nein. Wir versuchen, etwas zu finden, damit es dir besser geht. Daran arbeiten wir.«

»Im Labor? Aber …«

»Kein ›Aber‹, Susie. Manchmal müssen Erwachsene Dinge tun, die nur schwer zu verstehen sind. Selbst für uns.«

Seeger streckte eine Hand aus. »Komm, Schätzchen, wir müssen uns beeilen und zu mir fahren. Deine Eltern haben viel zu tun, und je eher sie damit anfangen können, desto schneller sind sie wieder bei dir.«

* * *

Richard und Carly aßen die Überreste der Pizza, die sie bei Susie gelassen hatten, während das Tageslicht langsam durch die Vorhänge ins Zimmer drang. Im Fernsehen liefen die Regionalnachrichten und brachten Meldungen aus einer Welt, in der sie nicht länger zu leben schienen. Die Schießerei in Chris Gradens Haus und dass sie durch sein Tor gerast waren, all das wurde nicht erwähnt. Es war, als würden sie überhaupt nicht existieren.

»Wie viel Geld haben wir noch?«, fragte Richard. Carly saß auf dem Bett und war umgeben von ordentlichen Geldhaufen, die sie gerade noch gezählt hatte.

»Zehntausend und Kleingeld.«

Erneut schwiegen sie, und er lehnte sich auf seinem Stuhl zurück, der protestierend knarrte.

»Wird es ihr auch gut gehen?«, meinte Carly schließlich.

»Ihr wird nichts passieren. Burt kann auf sie aufpassen.«

»Das war früher mal unsere Aufgabe.«

Er reagierte nicht.

»Wir haben jetzt genug, Richard. Chris hat bestätigt, dass alles wahr ist, und wir haben Masons Foto. Das sollte doch reichen, um damit zur Zeitung zu gehen.«

Auch jetzt sagte er nichts.

»Ist das nicht das, was wir wollen? Alles ans Tageslicht bringen?«

Er griff nach der Pizzaschachtel, überlegte es sich dann aber anders, als er merkte, dass er gar keinen Appetit hatte. »Wenn wir alles publik machen, dann haben sie keinen Grund mehr, uns zu suchen. Wir könnten überleben, aber Susie wird es nicht schaffen.«

»Das verstehe ich nicht. Wenn die ganze Welt weiß, was Mason getan hat, dann muss er reden. Er muss erläutern, wie er das geschafft hat.«

»So wird das nicht laufen, Carly. Mason und die anderen werden untertauchen. Es wird eine gewaltige bürokratische Untersuchung geben, in die Gott weiß wie viele Länder verwickelt sind, von denen die Hälfte vermutlich völlig korrupt ist. Und was ist, wenn wir sie zu fassen kriegen? Alle Unternehmen und Universitäten, für die Mason je gearbeitet hat, werden Besitzansprüche anmelden und es wird massenhaft Prozesse geben. Wenn dann endlich alles geregelt ist, wird die Arzneimittelzulassungsbehörde auf kontrollierten Tierversuchen bestehen. Und vergiss die Politik nicht. Angenommen, eine Behandlungsmethode wird jemals wirklich marktreif, wie lange wird das wohl dauern?«

»Länger, als Susie Zeit hat«, gestand sie leise.

»Genau.«

Carly ließ sich auf die schmutzige Tagesdecke fallen und zog den Laptop zu sich heran. Sie blätterte durch die Bilder und er setzte sich neben sie und sah auf den Bildschirm: sie im Restaurant, er im Labor, Kindergeburtstage. Ein anderes Leben.

Es gab ein Kommentarfeld, und sie lasen sich die ersten Nachrufe durch.

»Recht nett«, meinte sie schließlich.

»Ja. So, wie sich unser Leben entwickelt hat, vergisst man schnell die Freunde, die man früher mal hatte. Wer hat die Seite eingerichtet? Eric?«

Sie scrollte nach unten, aber es gab kein Impressum, und die Seite schien auch nicht moderiert zu werden. »Das steht hier nicht.«

Richard starrte einige Sekunden lang auf den Bildschirm, dann setzte er sich auf einmal auf. »Geh noch mal zurück zu den Bildern.«

»Warum?«

»Tu es einfach.«

Rasch sah er sie sich an, dann sprang er vom Bett. »Wirf das Geld in die Reisetasche, Carly. Wir verschwinden von hier.«

»Was?«, erwiderte sie, als er zum Fenster ging und den Vorhang ein Stück beiseiteschob. »Was hast du vor?«

Auf der anderen Straßenseite hielt ein Geländewagen neuester Bauart an und vier Männer mit ernsten Gesichtern stiegen aus und gingen auf das Motel zu.

»Scheiße!«

»Richard«, sagte sie und klang immer panischer, während sie das Geld in die Reisetasche stopfte. »Was ist hier los?«

Er rannte ins Badezimmer und überprüfte das Fenster, doch das war viel zu klein. Selbst Susie hätte da nicht durchgepasst.

»Die Webseite«, erklärte er, während er zu der Tür ging, die ins angrenzende Zimmer führte. Sie war verschlossen. »Das sind alles Fotos aus dem Internet, nichts Persönliches.«

»Na und?«

»Masons Leute haben sie eingerichtet! Sie spüren die Leute, die sich die Seite ansehen, über die IP-Adresse auf, und sie müssen sich gedacht haben, dass wir sie früher oder später finden würden. Als jemand aus einem heruntergekommenen Motel in der Nähe von Chris' Haus sie aufgerufen und länger nicht wieder geschlossen hat, konnten sie darauf hoffen, dass wir das waren.«

»Aber …«, stammelte Carly, doch er ging schon wieder ins Badezimmer, weil er noch immer hoffte, einen Fluchtweg zu finden, den er bisher übersehen hatte. »Sind sie … Sind sie da draußen?«

»Vier Männer«, erklärte er, kam wieder ins Zimmer und legte sich auf den Boden, um das Bett in Augenschein zu nehmen. Es sah aus wie eine Plattform, doch als er die Matratzen zur Seite schob, stellte er fest, dass man das Gestell bewegen konnte. Zwischen den Holzlatten und dem Boden gab es einen Zwischenraum.

»Rein da!«

»Was hast du vor? Wir passen da nicht rein! Das ist viel zu eng!«

Er nahm die Reisetasche und schob sie unter das Kopfteil, dann drängte er sie, hineinzusteigen. Es gelang ihr, sich unter den Lattenrost zu zwängen, aber sie konnte sich nicht unter die Matratze quetschen. Er stellte einen Fuß auf ihre Schulter und hörte, dass sie vor Schmerzen aufstöhnte, als er sie weit genug unter das Bett schob, sodass er selbst noch Platz hatte. Durch die dünne

Wand hörte er das Splittern von Scharnieren aus dem Nachbarzimmer und er wusste, dass sie aus beiden Richtungen kommen wurden – zwei bewaffnete Männer durch jede Tür.

Er griff nach dem Computer, der noch auf dem Bett stand, doch dann zögerte er. Sie wussten, dass er hier stand, und zweifellos überwachte irgendjemand die Verbindung. Wenn er sie kappte, würden sie das sofort merken.

»Was machst du?«, flüsterte Carly. »Komm her!«

Stattdessen nahm er einen Filzstift vom Fernseher und kritzelte etwas auf den Computerbildschirm.

Das Geräusch der splitternden Scharniere wurde durch das Rütteln am Türknauf ersetzt und er zwängte sich neben seine Frau unter das Bett und schob die Matratze wieder in Position. Als er gerade damit fertig geworden war, hörte er, wie die Tür aufgebrochen wurde.

Er stieß die Luft aus und spürte, wie die Matratze auf seine Brust fiel. Er konnte nur hoffen, dass er mit schnellen, flachen Atemzügen keine sichtbare Bewegung bewirkte. Er hörte Schritte im Zimmer und versuchte im Kopf, die Bewegungen der Männer nachzuvollziehen, doch aufgrund des Sauerstoffmangels wurde ihm langsam schwindlig.

Carly legte ihm eine Hand aufs Bein und er hoffte, dass die Lage für sie etwas erträglicher war. Nicht, dass das eine große Bedeutung hatte. Es würde nicht lange dauern, bis sich in dem engen Zwischenraum so viel Kohlenstoffdioxid aus ihren Lungen gesammelt hatte, dass sie erstickten.

»Das Bad ist sauber«, hörte er eine Stimme sagen.

»Überprüft das Bett.«

Ein Gefühl der Hoffnungslosigkeit überkam ihn, als die Matratze langsam angehoben wurde. Ihm war schwindlig und er lag eingeklemmt unter Holzlatten. Sie würden nicht kämpfend untergehen, sondern wie eingesperrte Tiere.

Stattdessen umgab ihn jedoch erneut Dunkelheit, als die Matratze wieder fallen gelassen wurde.

»Scheiße!«, sagte jemand, der neben dem Bett stand.

Etwas weiter weg erwiderte eine Stimme mit leichtem Akzent: »Was ist?«

»Der Computer. Draman hat eine Nachricht auf den Bildschirm geschrieben.«

»Was steht da?«

»Hier steht: ›Netter Versuch, Arschloch. Jetzt weiß ich, wie du aussiehst‹.«

Es verging keine Sekunde, bevor der Mann mit dem Akzent erneut Befehle erteilte. »Rückzug! Sofort! Wir verschwinden von hier!«

Sie verließen das Zimmer und knallten die Tür zu, aber Richard bewegte sich nur so weit, dass er die Hand seiner Frau ergreifen konnte. Er hatte nicht genug Platz, um auf die Uhr zu sehen, daher wusste er nicht, wie lange sie schon so dalagen. Als die Dunkelheit grau wurde und sein durch den Sauerstoffmangel beeinträchtigtes Gehirn begann, rote Lichtblitze auf seine Netzhäute zu zaubern, sah er sich gezwungen, die Matratze zur Seite zu schieben.

Die Männer, mit denen er fast gerechnet hatte, waren nicht da.

Er rollte sich geschwächt auf die Seite und saugte die kühle, frische Luft in sich auf, aber seine Frau regte sich nicht.

»Carly«, rief er und zog sie an sich. »Wach auf! Bitte wach auf!«

Als er sie aus dem Bettrahmen zog, blieb ihr Körper schlaff und brach schließlich neben dem Nachttisch zusammen.

»Carly«, sagte er erneut und schüttelte sie. »Du musst …«

Sie schlug flatternd die Augen auf und ein Lächeln breitete sich auf ihren Lippen aus. »Dieses Mal hätte ich nicht geglaubt, dass wir es schaffen.«

Beruhigt darüber, dass es ihr gut ging, schob er ihr ein Kissen unter den Kopf und ging schwankend zum Fenster.

»Sind sie …«, brachte sie gerade so heraus. »Sind sie weg?«

»Ich glaube schon. Aber sie werden wiederkommen. Chris hat in Bezug auf diese Leute die Wahrheit gesagt. Sie haben Milliarden Dollar und eine Armee. Wir haben nur ein paar Tausender und einen alten Soldaten, der kaum noch die Treppe hochkommt. Beim nächsten Mal werden wir nicht mehr so viel Glück haben.«

Sie setzte sich auf und lehnte sich mit dem Rücken an die Bettkante. »Sie dürfen uns nicht finden, Richard. Susie hat eine Chance, ebenso wie die anderen Kinder. Sie dürfen nicht gewinnen.«

»Alleine halten wir keine weitere Woche mehr durch«, erwiderte er, und sein Kopf wurde langsam klarer, während sein Blick über den Parkplatz streifte. »Aber ich habe nachgedacht. Was wäre, wenn wir unsere eigene Armee hätten?«

34

Hagerstown, Maryland
7. Mai

Parsi Riju richtete das Ohrstück und starrte aus dem Fenster des Geländewagens. Es war fast drei Uhr früh, und die leicht abschüssige Straße war ruhig und dunkel. Eine heitere Maske, hinter der sich das sichere Desaster verbarg.

Sie hatten noch keine Zeit gehabt, die Rhythmen dieser Gegend zu erkunden – wann die Zeitungen ausgeliefert wurden, wann die Menschen zur Arbeit fuhren, ob es vielleicht jemanden mit Schlafstörungen gab, der nachts mit dem Hund Gassi ging. Vor wenigen Stunden war er noch blindlings in ein Motelzimmer in Baltimore gerannt und jetzt saß er in einem amerikanischen Vorort und hatte ein Sturmgewehr auf dem Schoß.

Eine Stimme kam knisternd aus dem Funkgerät. »In Position.«

Er streckte den Hals und sah sich noch einmal um, bevor er sich auf das kleine Haus auf der anderen Straßenseite konzentrierte. Es war gar nicht so einfach, die Architektur in Einklang mit dem ehemaligen Soldaten zu bringen, der darin wohnte. Es sah eher so aus, als würde es einer alten Frau gehören. Noch ein Beweis dafür, dass es besser war, jung zu sterben.

Er stieg aus dem Wagen und verbarg die Waffe unter der Jacke, bevor er die Straße überquerte.

»Bin unterwegs«, sagte er gerade mal so laut, dass es von dem an seiner Kehle befestigten Mikrofon übertragen werden konnte.

Seine Männer, die alle in der Dunkelheit verborgen waren, bestätigten den Start der Operation.

Bis jetzt waren die Aufträge der Leute, für die er arbeitete – zwei Männer, die er nur als Oleg und Karl kannte – immer vernünftig gewesen. Dabei ging es natürlich um Gewalt, aber sie waren immer minutiös geplant und gut bezahlt. Doch jetzt hatte sich das geändert. Die Verzweiflung, die er zu spüren glaubte, war stark genug, dass er sich fragte, ob es Zeit für sein Team war, die lukrative Beziehung zu den Stimmen am Telefon zu beenden. Aus einer Gefängniszelle oder einem Sarg heraus konnte man sein Geld schließlich nicht mehr ausgeben.

Lautlos betrat Riju die Veranda und war dankbar, dass sie dank der dicken Hecken komplett im Dunkeln lag. Nachdem er den Türknauf entdeckt hatte, holte er sein Werkzeug aus der Tasche. Obwohl er nur nach Gefühl arbeiten konnte, brauchte er gerade mal zwanzig Sekunden, um das Schloss zu öffnen. Es gab weder einen Riegel noch eine Alarmanlage. Was hätte das in dieser Gegend auch schon gebracht?

»Offen«, verkündete er leise. »Kappt den Strom.«

Einen Augenblick später hörte er die Stimme von einem der Männer, die den hinteren Teil überwachten, über Funk. »Strom ist aus. Wir sind bereit.«

»Mit äußerster Vorsicht vorgehen. Seeger ist alt, aber denkt an seine Dienstakte.«

Er setzte sein Nachtsichtgerät auf und drehte den Türknauf, um dann mit schussbereitem Gewehr einzutreten. Hinter ihm tauchten zwei Männer aus dem Dunkeln auf und schlüpften ebenfalls ins Haus. Einer von ihnen ging in Richtung Treppe und der andere in die Küche.

Sie verursachten kein Geräusch, aber dennoch war es nicht leise im Haus. Riju hörte ein dumpfes Brummen, das lauter wurde, als er sich dem Kellereingang näherte, und er legte den Finger auf den Abzug. Wenn es keinen Strom gab, durfte es auch keine Geräusche geben.

Der Mann, den er nach oben geschickt hatte, kam bereits zurück und signalisierte, dass er niemanden gefunden hatte.

Er hatte ein ganz ungutes Gefühl.

»Wir verschwinden«, sagte er in sein Mikrofon. »Rückzug durch …«

Plötzlich gingen die Lichter an, und Riju warf sich auf den Boden, riss sich das Nachtsichtgerät herunter und kroch hinter ein Sofa mit Blumenmuster. Als er über die Armlehne blickte, sah er, dass seine Männer auf ähnliche Weise in Deckung gegangen waren.

Er konnte keine Bewegung entdecken und hörte außer seinem eigenen Atem nur ein beständiges Brummen aus dem Keller. Als er sich im Raum umsah und die Lichtschalter an den Wänden entdeckte, wurde ihm klar, dass diese nicht betätigt worden waren. Das Deckenlicht war ausgeschaltet und nur die Lampen, die man problemlos per Fernbedienung steuern konnte, brannten. Offensichtlich kam das Brummen von einem Notgenerator.

Und wo es Strom und Fernbedienungen gab …

»Geht zu den Türen«, sagte er. »Achtet auf Fallen. Ich wiederhole: Achtet auf Fallen.«

Er kroch hinter der Couch hervor und hatte jeden Muskel im Körper angespannt, als er auf die unausweichliche Explosion wartete. Stattdessen hörte er hinter sich ein leises Sirren.

Bei dem Geräusch wirbelte er herum und zielte mit der Waffe auf etwas, das sich als kleiner, dreirädriger Roboter herausstellte, der über den Teppich auf ihn zukam. Ein Kinderspielzeug.

Er behielt den Finger auf dem Abzug, als der Roboter einen knappen Meter vor ihm anhielt und sich der darauf befestigte Kameraarm in seine Richtung bewegte. Einen Augenblick später hörte er eine Stimme, die nur Burt Seeger gehören konnte, aus den winzigen Lautsprechern.

»Wenn meine Nachbarn nicht so unglaublich geräuschempfindlich wären, dann hätte ich das Haus so voller Sprengstoff gepackt, dass ich euch damit in den angrenzenden Staat gesprengt hätte. Das ist ein Geschenk, mein Junge, von einem Soldaten an einen anderen. Wenn ich dich je wiedersehe, solltest du mich lieber umbringen. Denn wenn du das nicht tust, schneide ich dir den Kopf ab und stecke ihn deiner Mutter auf einen Zaunpfahl.«

Riju schulterte seine Waffe und nickte. »Verstanden.«

* * *

Burt Seeger beugte sich auf seinem Stuhl nach vorn und war zum vielleicht fünften Mal in seinem Leben zutiefst erschüttert.

Das, was er eben gesagt hatte, war eine Lüge gewesen. Wenn er die Zeit und das Material gehabt hätte, dann würden die Bruchstücke seines Hauses noch immer auf die penibel gepflegten Gärten seiner Nachbarn herabregnen. Doch er hatte mit dem arbeiten müssen, was er hatte: einem Notgenerator, einigen simplen Fernbedienungen und einem per Internet gesteuerten Roboter, den er für Susie gekauft hatte.

Natürlich war ihm nach allem, was er vor Chris Gradens Haus getan hatte, klar gewesen, dass sie ihn früher oder später finden würden. Doch es war schneller gegangen, als er gedacht hatte. Gerade mal zwölf Stunden nach seinen Schüssen waren sie bei ihm aufgetaucht. In dieser Zeit hatten sie ihn aufgespürt und eine saubere Operation gegen einen vergessenen Spezialagenten eingeleitet, dessen Frau vor über einem Jahrzehnt Richard Dramans Patientin gewesen war.

Seeger sah noch einmal auf den Computerbildschirm und betrachtete das Bild des Mannes, der in seinem Wohnzimmer gestanden hatte. Er war ein Profi, das konnte Seeger aus einer Meile Entfernung riechen. Wären er und Susie da gewesen, dann wären sie jetzt tot, und keiner von ihnen hätte überhaupt gewusst, was eigentlich passiert war.

Er lehnte sich wieder an und starrte durch die Fenster des Strandhauses seines Freundes auf das dunkle Meer hinaus. Wie lange würde es dauern, bis sie jemanden hierherschickten? Eine Stunde? Fünf? Ganz bestimmt keine zehn.

Als er in das Zimmer ging, in dem Susie schlief, lugte ihr faltenüberzogenes Gesicht gerade so unter der Bettdecke hervor. Sie wirkte jeden Tag ein wenig müder. Ein alter Körper, der eine junge Seele langsam zermürbte.

Er kniete sich auf den Boden und zupfte sanft an der Decke. »Hey, Susie. Wach auf.«

Ihre Lider flatterten, dann öffnete sie die Augen. »Onkel Burt?«

»Ich habe nachgedacht. Es ist viel zu kalt am Strand. Wir sollten irgendwo anders hinfahren.«

»Aber wir fahren immer nur herum. Ich möchte hierbleiben. Ich bin müde.«

»Das weiß ich, Schätzchen. Ich bin auch müde.«

35

Irgendwo im Staat New York
10. Mai

Richard Draman schaufelte noch mehr Blätter auf den Haufen und machte es sich erneut darin bequem. Er hatte die letzten neunundzwanzig Stunden an dieser Stelle verbracht und fühlte sich hier auf deprimierende Weise langsam wie zu Hause. Der Boden unter ihm war eben, er hatte die Steine beseitigt, an einem Ast über ihm hingen eine Wasserflasche und ein Walkie-Talkie und Seegers Gewehr Kaliber 22 lag auf einem sauberen Handtuch zu seinen Füßen. Trotz des kleinen Kalibers sah es dank des tarnfarbenen Schafts, des selbst gebauten Schalldämpfers und des tiefschwarzen Laufs recht beeindruckend aus.

Er beugte sich vor und sah durch die Blätter auf die Kreuzung hinaus. Nichts.

Die von schweren Holzzäunen umgebenen Grundstücke waren jeweils wenigstens vier Hektar groß; jedes beherbergte ein protziges Haus mit einer ebenso protzigen Familie. Diese geringe Bevölkerungsdichte hatte im Durchschnitt vierundzwanzig Autos, drei Hundeausführer und sieben Jogger pro Tag ergeben, die ihm stets einen kurzen Augenblick voller Panik, gefolgt von einer sehr langen Zeit der Langeweile, eingebracht hatten.

Seeger hatte an diesem Morgen angerufen, und je mehr Richard versuchte, nicht an diese Unterhaltung zu denken, desto mehr setzte sie ihm zu. Männer mit Sturmgewehren waren in sein Haus eingedrungen und Seeger hatte beschlossen, dass er und Susie an keinem Ort mehr sicher waren. Seine seiner Meinung nach einzige Option war, sich ein Wohnmobil zu kaufen und willkürlich durch das Land zu fahren, möglichst nur Nebenstraßen zu benutzen und nur so lange auf finsteren Rastplätzen haltzumachen, bis er ausgeschlafen hatte.

Das war nicht gerade das Leben, das sich Richard für seine Tochter gewünscht hatte, und er wusste, dass ihr das bald zu viel werden würde.

Der laue Wind, der fast den ganzen Tag geweht hatte, flaute ab, und rings um ihn herum herrschte Stille. Er hatte dieses Klischee zuvor nie verstanden, aber jetzt war es fast schon zu still. Er hatte zu viel Zeit, um darüber nachzudenken, was alles schiefgehen konnte. Dass aus der Verzweiflung heraus selten gute Entscheidungen getroffen wurden.

Carlys vom Rauschen verzerrte Stimme riss ihn in die Gegenwart zurück. »Er kommt! Hörst du mich? Er kommt!«

Richard sprang auf die Beine und schnappte sich das Walkie-Talkie, wobei er das Adrenalin in seinen Adern spürte, das sein Zielvermögen beeinträchtigen konnte, wie Seeger ihn gewarnt hatte. »Ich höre dich.«

»Schieß nicht daneben, ja?«

Er runzelte die Stirn und hob das Gewehr hoch, um den Lauf auf einen Ast zu legen, von dem er die Blätter abgerupft hatte. In der Militärschule hatte er sich immer gefragt, ob es klug war, einer Gruppe jugendlicher Eigenbrötler den Umgang mit Schusswaffen beizubringen, aber da das zu den wenigen Aktivitäten gehört hatte, die ihm Freude bereiteten, war er sehr gut darin gewesen. Natürlich war das Jahrzehnte her, und die Ziele waren bedeutungslos und reglos gewesen.

Richard schloss kurz die Augen. Was hatte Seeger gesagt? ›Lebe dabei nur in diesem Moment‹. Alles, was zuvor geschehen war, war unwichtig, und ein Später würde es möglicherweise nicht geben.

Sehr beruhigend.

Nach einigen Augenblicken konnte er den Wagen sehen, eine schwarze Stretchlimousine mit dunklen Scheiben. Er stellte fest, dass sie am Stoppschild nicht zum Stillstand kam, und folgte dem Rand des Hinterreifens mit dem Zielfernrohr, um den Atem anzuhalten und auf den Moment zwischen zwei Herzschlägen zu warten.

Der leise Knall der schallgedämpften Waffe ertönte, doch ansonsten änderte sich nichts. Die Limousine beschleunigte auf der Kreuzung und verschwand wie alle Wagen zuvor aus seinem Blickfeld.

Richard ließ die Waffe fallen und rannte zwischen den Bäumen hindurch, wobei er den Ästen auswich und im Zickzack über einen kaum erkennbaren Weg hastete. Er atmete immer schwerer und wurde langsamer, als er in weniger vertrautes Gebiet gelangte, wo er nach rechts und zur Straße sah, wann immer ihm die Blätter das erlaubten.

Er war schon beinahe überzeugt davon, sein Ziel verfehlt zu haben, als er die Limousine entdeckte, die auf dem Kiesbett neben der Straße hielt.

36

In der Nähe von Fayetteville, West Virginia
10. Mai

Burt Seeger lenkte das Wohnmobil über die tiefen Spurrillen und sah nach hinten, wo Susie bereits das Interesse an dem kleinen Ofen verloren hatte und mit dem mechanischen Arm herumspielte, an dem der Fernseher hing.

»Setz dich lieber, Süße. Du wirst noch hinfallen.«

»Nein, das werde ich nicht. Ich kann sehr gut das Gleichgewicht halten«, erwiderte sie, zog eine Schublade auf und untersuchte die Trinkgläser, die sicher darin aufbewahrt wurden. »Das hat Mrs. Klein, meine Gymnastiklehrerin, auch immer gesagt.«

Das siebeneinhalb Meter lange Fahrzeug war älter als sie und roch ein wenig nach Schimmel, doch das schien sie nicht zu bemerken. Sie war ein wenig besorgt gewesen, als er seinen Geländewagen an einen Gebrauchtwagenhändler verkauft hatte, doch die Besorgnis war verschwunden, als sie mit dem Taxi in die Zufahrt des Mannes eingebogen waren, der das Wohnmobil verkaufen wollte. Sie war nicht nur überzeugt davon, dass es das coolste Gefährt aller Zeiten war, sondern fand es auch noch total abgefahren.

Er sah das Wohnmobil andererseits eher als notwendiges Übel. Da er seine Pensionsschecks nicht mehr abholen konnte, mussten sie auf ihr Geld achten. Und nach dem, was in seinem Haus und im Motel geschehen war, wäre es Selbstmord, zu lange an einem Ort zu bleiben.

* * *

Die einsame Straße wurde enger und Seeger hielt den Wagen an. Sie waren etwa fünfzehn Kilometer von der nächsten gepflasterten Straße entfernt und hatten alles ausgeschaltet, was ein elektronisches Signal abgeben konnte. Zwar wäre es ihm lieber gewesen, wenn sie sich noch weiter von Hagerstown entfernt hätten, aber so lange, wie er für das, was er vorhatte, benötigte, würden sie sicher sein.

»Endstation«, sagte er und ging nach hinten.

Susie öffnete die Tür und beobachtete ihn, wie er eine große Kiste dorthin zog. Nachdem er die rostigen Stufen ausgeklappt hatte, stieg er aus und hievte die Kiste ins Freie, wobei ihm Susie so gut sie konnte half.

»Geh ein wenig zurück, Schätzchen. Du könntest dir wehtun.«

»Sie ist zu schwer für dich und ich bin kein Baby mehr.«

»Das stimmt«, erwiderte er, behielt sie aber genau im Auge, als er die Kiste auf den Boden beförderte und sie hinter ihm die Treppe herunterkam.

»Ähm, Burt? Haben wir uns verfahren?«

»Natürlich nicht«, antwortete er und reckte sich, um seine Rückenschmerzen zu lindern.

»Wo sind wir denn?«

»Im Wald.«

»*Das* sehe ich«, entgegnete sie verstimmt. »In welchem Wald?«

»Du weißt schon. In dem mit den Bäumen und dem Gras.«

»Du weichst mir aus?«

»Tue ich das?«

»Das sagt Mom manchmal zu Dad.«

»Tja, das, was *wirklich* wichtig ist, befindet sich in der Kiste.«

»Was ist es?«

Er holte ein Messer hervor. »Ein kleines Projekt. Warum machst du sie nicht auf?«

Sie nahm das Messer und zerschnitt damit das Klebeband.

»Sei vorsichtig. Es ist scharf.«

»Ich kann eine Kiste aufmachen. So was habe ich schon oft gemacht.«

Sie schien sich sicher zu sein, also zog er sich ein Stück zurück und nahm die Dellen und Rostflecken an dem schäbigen weißen Wohnmobil unter die Lupe. Dabei fand er nichts, was sich nicht reparieren oder verstecken ließ.

»Da ist nur Papier und Klebeband drin«, sagte sie und holte jeweils eine Rolle hervor.

»Das ist noch nicht alles. Sieh mal weiter unten nach.«

Sie wühlte in der Kiste herum und entdeckte eine Farbdose. »Das müssen ja fünfzig Stück sein! Kein Wunder, dass sie so schwer ist.«

»Und sie sind alle blau. Das ist doch deine Lieblingsfarbe, oder nicht?«

Sie verzog kurz ihr faltiges Gesicht, dann sah sie zum Wohnmobil hinüber. »Im Ernst? Wir werden ihn anmalen?«

»Ja, das werden wir.«

»Wirklich? Wir dürfen den ganzen Wagen blau ansprühen?«

»Du hast gesagt, dass du Blau magst, dann können wir doch nicht in einem weißen Wagen herumfahren, oder?«

Sie riss den Deckel einer Dose ab und ging mit misstrauischem Blick auf das Wohnmobil zu, aber er hielt sie am Kragen fest.

»Augenblick, junge Dame. Zuerst die langweiligen Dinge. Wir müssen alles, was aus Chrom oder Glas ist, abkleben. Der Wagen soll doch toll aussehen, oder nicht?«

Sie schien nicht ganz überzeugt zu sein, aber sie griff pflichtbewusst nach einer Rolle Klebeband und ging damit zur hinteren Stoßstange. »Ich übernehme die unteren Teile. Du klebst die

Fenster ab. Aber wir müssen uns beeilen. Es wird bald dunkel, und ich will das nicht ewig machen. Ich will malen!«

Er beobachtete sie kurz und runzelte die Stirn, als sie hinter einem Hinterrad in die Hocke ging. Der Schmerz, den diese einfache Bewegung verursachte, war ihr deutlich im Gesicht anzusehen, und das machte ihm Angst. Er hatte in seinem Leben einige harte Männer gekannt, aber in vielerlei Hinsicht war dieses kleine Mädchen zäher als sie. Die Tatsache, dass sie ihre Müdigkeit und ihre Schmerzen langsam nicht mehr verbergen konnte, bedeutete, dass es schlimmer wurde. Vielleicht sogar sehr viel schlimmer.

»Hey, Süße? Weißt du was? Ich male nicht so gern. Dabei bekomme ich immer mehr Farbe ab als das, was ich bemalen will. Wie wäre es, wenn ich das Abkleben übernehme und du dich ums Malen kümmerst?«

Die Sonne schien ihr ins Gesicht, als sie zu ihm aufsah, und ihr Gesicht sah grauer aus als jemals zuvor. »Wirklich?«

»Ja. Du willst doch nicht, dass ich eine Woche lang blau herumlaufe. Wie wär's, wenn du so lange reingehst und dich ein wenig ausruhst?«

Als er ihr dabei zusah, wie sie mühsam die Treppe hinaufging, wurde ihm klar, dass er sich in den letzten Jahren wie ein Toter gefühlt hatte. Er hatte in einem Haus festgesessen, das er immer gehasst hatte, und die letzten Überreste einer Frau nicht aufgeben können, die den Mann, zu dem er geworden war, verabscheut hätte. Und jetzt, da er wusste, dass er nie mehr zurückkonnte, stellte er fest, dass er das auch gar nicht wollte. Es war schon lange an der Zeit gewesen, die Dinge loszulassen, die der Vergangenheit angehörten.

Dummerweise sah sein neues Leben so aus, als ob es auch nicht allzu lange dauern würde. Die Leute, die sie verfolgten, würden niemals aufgeben, zumindest nicht freiwillig. Und es hatte einen entscheidenden Nachteil, wenn man die Beute war: Das Raubtier konnte so viele Fehler machen, wie es wollte, aber für den Gejagten sah die Sache anders aus.

Richards Plan, für gerechtere Bedingungen zu sorgen, war interessant, und er hoffte, dass er funktionieren würde. Doch in dem äußerst unwahrscheinlichen Fall, dass er es nicht tat, würde er Susie beschützen, bis ihn jemand mit Kugeln durchlöcherte. So viel schuldete er ihr, nachdem sie ihn gerettet hatte.

37

Irgendwo im Staat New York
10. Mai

Richard wurde langsamer, als die Auffahrt seinen Weg kreuzte. Er trat zwischen den Bäumen hervor und schlenderte den Weg entlang zur Straße vor. Dabei tat er so, als würde er in den Briefkasten sehen, doch er konzentrierte sich auf die Limousine, die er aus dem Augenwinkeln etwa fünfundzwanzig Metern Entfernung sehen konnte.

Der Mann, der auf dem Beifahrersitz gesessen hatte, starrte den beschädigten Reifen mit gerunzelter Stirn an und der Fahrer ging bereits auf den Kofferraum zu. Richard wanderte langsam zu ihnen hinüber und gab sich Mühe, ruhig zu atmen und beiläufig die Briefe durchzusehen, die er in der Hand hielt.

»Ist alles in Ordnung?«, erkundigte er sich, als er näher kam. Obwohl sein Mund ausgetrocknet zu sein schien, klang seine Stimme ganz normal.

»Nur ein Platten«, erwiderte der Mann, der vor dem Reifen stand. »Keine große Sache.«

Beide Männer waren ebenso groß wie er und trugen teure Anzüge, die über ihrem breiten muskulösen Rücken spannten.

Richard warf einen schnellen Blick auf die Taille und entdeckte bei beiden die Ausbeulung einer Waffe.

»Ich habe einen Wagenheber und ein Radkreuz im Haus, falls Sie Hilfe brauchen.«

»Wir haben alles dabei, danke«, entgegnete der Mann und ging zurück zu seinem Begleiter, um diesem zu helfen. Die vorderen Wagentüren standen offen und waren ungeschützt.

Wie aufs Stichwort kam Carly, die aufgrund der nicht ausgeheilten Wunde am Oberschenkel leicht humpelte, auf der anderen Straßenseite angelaufen. Sie trug einen ausgebeulten Jogginganzug und eine Baseballkappe, um weniger Aufmerksamkeit zu erregen, als sie es sonst in kurzen Shorts und Trägerhemd tat. Es schien zu funktionieren, denn die beiden Männer warfen ihr nur einen kurzen Blick zu und widmeten sich dann wieder dem Reifen.

Sie wurde langsamer, und ihre Schritte waren nicht mehr zu hören, als sie vom Schotter auf den Asphalt wechselte. Als sie noch etwa drei Meter von der offen stehenden Fahrertür entfernt war, ging Richard beiläufig in Richtung Beifahrertür. Die Bodyguards ignorierten sie weiter und er nickte Carly unauffällig zu.

Carly stürzte sich durch eine Tür und Richard durch die andere, sodass er mit den Knien auf dem Sitz hockte und den Türgriff umklammerte. Die Bodyguards tauchten hinter dem Kofferraum auf und rannten nach vorn, wobei der eine bereits in seine Jacke griff. Das silberne Metall einer Waffe glänzte in der Sonne, doch es war zu spät – die Türen waren geschlossen, und Carly hatte die Taste gefunden, mit der man sie verriegelte.

Draußen schrien die Männer unverständliche Anweisungen und näherten sich mit gezückten Waffen den Fenstern.

Seegers Worten zufolge würden sie nur ungern schießen. Selbst wenn es kein Panzerglas war, konnten die Kugeln abgelenkt werden und den Mann töten, den sie zu beschützen hatten. Auf Richard machten sie jedoch eher den gegenteiligen Eindruck.

»Was zum Henker tun Sie hier?«

Es dauerte einen Moment, bis Richard den Blick von dem Lauf abwenden konnte, der auf ihn gerichtet war, doch schließlich gelang es ihm, den Mann, der auf dem Rücksitz saß, anzusehen.

Auf den Fotos in Zeitschriften und Zeitungen sah Andreas Xander immer aus wie der neunzigjährige Mann, der er war, doch von Nahem wirkte er sogar noch älter.

Er hatte graue Haut, die von geplatzten Blutgefäßen überzogen war und von den hervorstehenden Wangenknochen herabhing. Das Weiß seiner Augen war milchig-gelb geworden und sie waren rot umrandet, als er seine beiden ungebetenen Gäste ansah.

»Sagen Sie ihnen, sie sollen die Waffen runternehmen«, sagte Richard und richtete die Pistole, die er von Seeger erhalten hatte, auf den alten Mann. »Normalerweise tun wir so etwas nicht, und Sie wollen doch nicht, dass wir nervöser werden, als wir es ohnehin schon sind.«

»Was zum Teufel ist los mit Ihnen beiden?«, erwiderte der Alte und griff nach der Sauerstoffflasche, die neben ihm stand, um den Zufluss in seine Nase zu erhöhen. »Sind Sie völlig verrückt?«

Draußen wählte einer der beiden Männer eine Nummer auf seinem Handy. Sie hatten nicht mehr viel Zeit.

»Beantworten Sie meine gottverdammte Frage!«

»Welche Frage?«, wollte Richard wissen.

Dieses Mal betonte Xander seine Worte, als ob er mit einem kleinen Kind sprechen würde. »Sind. Sie. Völlig. Verrückt?«

»Ich finde nicht, dass Sie Leute beleidigen sollten, die eine Waffe auf Sie richten«, mischte sich Carly ein.

Xander hob einen Arm und sie zuckten beide zurück, aber er deutete nur mit einem von Arthritis gezeichneten Finger aufs Armaturenbrett. »Die Schlüssel stecken nicht und wir haben einen Platten, Sie Flittchen. Vermutlich, weil Sie darauf geschossen haben. Was haben Sie für einen Plan? Wollen Sie einfach nur hier sitzen und darauf warten, dass das SWAT-Team Ihr Hirn auf den Polstern verteilt?«

»Haben Sie mich gerade ›Flittchen‹ genannt?«, entgegnete Carly. »Großer Gott. Wie alt sind Sie doch gleich?«

»Es reicht!«, verkündete Richard. »Hören Sie, das tut uns sehr leid, Mr. Xander. Ich habe versucht, Sie auf herkömmliche Weise zu kontaktieren, aber ich bin nie an Ihrer Telefonzentrale vorbeigekommen.«

»Verschwinden Sie«, sagte der alte Mann. »Sollten Sie verschwunden sein, wenn die Polizei eintrifft, werde ich vergessen, dass das hier jemals passiert ist.«

»Ich bin Richard Draman, Sir. Ich habe auf dem Gebiet der Progerie biologische Forschungen angestellt. Tatsächlich …«

»Ist es zu viel verlangt, ab und zu mal die Zeitung zu lesen? Richard Draman ist vor einigen Wochen bei einem Flugzeugabsturz ums Leben gekommen.«

»Ich habe nicht in diesem Flugzeug gesessen, Mr. Xander. Ebenso wenig wie August Mason.«

38

1800 Meilen östlich von Australien
10. Mai

Chris Graden hatte diesen Teil des Inselkomplexes zuvor noch nie betreten, und er wusste nicht, was er von der Einladung halten sollte. Der Garten mit den großen Palmen und dem in die Landschaft integrierten Pool mit grünlich-grauem Boden war umwerfend schön. Wie bei allem, was Karl anfasste, war auch hier eine beeindruckende Kombination aus Ästhetik und Funktion entstanden, eine Zuflucht im Freien, die selbst von oben nicht einsehbar war.

Graden folgte dem Wachmann über die Steinfliesen und war sich der Kameras bewusst, die seine Schritte verfolgten. Die Sicherheitsmaßnahmen auf der Insel wurden zunehmend einengender und obsessiver. Wen sollten die Kameras beobachten? Die Beobachter?

Er fragte sich, ob Karl diesen Ort jemals verließ. Ob er irgendwo anders noch ein Leben hatte oder ob er vorhatte, die Fäden der Welt für das kommende Jahrtausend von dieser Insel aus zu ziehen.

Sie gingen durch eine kleine Lücke zwischen den Bäumen, und dann verabschiedete sich sein Begleiter und deutete auf einen Tisch, an dem Karl und Oleg bereits saßen.

»Bitte«, sagte Karl und deutete auf einen freien Stuhl. Graden setzte sich und sagte sich innerlich, dass er sich keine Sorgen machen müsse. Nichts von all dem, was mit Richard und Carly geschehen war, war seine Schuld. Er hatte die Rolle, die sie ihm zugewiesen hatten, pflichtbewusst gespielt.

»Hatten Sie einen guten Flug?«

Der Small Talk wirkte bei diesem Mann irgendwie deplatziert. Möglicherweise wollte er ihn damit beruhigen, aber er bewirkte eher das Gegenteil.

»Ja, vielen Dank.«

»Dann können wir ja fortfahren. Ich habe Sie beide hergebeten, um über die Draman-Situation zu sprechen.«

Karls Gesichtsausdruck blieb gleichgültig, aber da war noch etwas anderes unter der Oberfläche: Zorn.

»Offensichtlich hat jeder der Anwesenden ihre Gerissenheit und zugegebenermaßen auch ihr Glück unterschätzt. Ich weiß nicht genau, wie das passieren konnte. Chris, Sie kennen sie seit Jahren und hatten die Aufgabe, dafür zu sorgen, dass sie Sie als einen ihrer engsten Freunde ansehen. Oleg, Sie haben sich als Spionagewunderkind ausgegeben, als einen Mann, der mit so einer Situation überhaupt keine Probleme haben dürfte. Aber jetzt stecken wir in einer kniffligen Lage. Nicht nur, dass die Dramans und ihre Tochter noch immer auf der Flucht sind, jetzt wissen sie auch noch mehr über unsere Gruppe, als überhaupt möglich sein sollte. Wie konnte das geschehen?«

Das war eindeutig keine rhetorische Frage. Graden war klar, dass er und der Russe aufgefordert wurden, ihre Taten zu verteidigen. Vielleicht ging es hier auch schon um ihr Leben.

»Sie haben meinen Jet benutzt, um sie zu beseitigen«, stieß Graden hervor, bevor Oleg das Wort ergreifen konnte. »Aber das war nicht mein Plan. Und ich habe sie in meinem Haus festgehalten, bis Ihre Leute eingetroffen sind. Die Tatsache, dass sie dennoch entkommen konnten, hat nichts mit mir zu tun. Ich habe nichts mit den Leuten zu tun, die zu mir geschickt wurden, und bin für ihre Inkompetenz nicht verantwortlich.«

»Sie haben sie festgehalten«, stimmte ihm Karl zu. »Allerdings haben Sie ihnen laut unserer Aufzeichnungen auch eine Menge verraten.«

»Das stimmt nicht! Ich habe ihnen nichts Hilfreiches mitgeteilt – nichts, was sie nicht ohnehin schon wussten. Ich musste sie doch hinhalten. Was hätte ich denn sonst tun sollen?«

Karl nickte mehrdeutig und wandte sich an Oleg, der es nicht gewagt hatte, Graden zu unterbrechen, dessen Gesicht bei den Schuldzuweisungen jedoch ganz rot geworden war.

»Und dennoch sind sie entkommen. Nicht wahr, Oleg?«

»Sie müssen verstehen, wie schwer es ist, verlässliche Leute zu finden, die mit der notwendigen Diskretion vorgehen«, erwiderte dieser. »Die Männer, die ich losgeschickt habe, waren die Einzigen, die verfügbar waren, und wir konnten unmöglich ahnen, dass wir es mit einem ehemaligen Scharfschützen der Special Forces zu tun bekommen.«

Ein weiteres nichtssagendes Nicken von Karl. »Aber es ist schwer, Chris' Argument zu widerlegen, nicht wahr? Es war nicht seine Aufgabe, auf das Unerwartete vorbereitet zu sein. Er sollte sie nur so lange dort festhalten, bis Ihre Leute eintreffen, und das hat er auch gemacht.«

Graden entspannte sich ein wenig und wagte es, sich ein Glas Wasser aus dem Krug, der auf dem Tisch stand, einzuschenken. Die Hitze und die Feuchtigkeit wurden im Laufe des Tages immer schlimmer und sein Stuhl war der einzige, der nicht im Schatten stand.

»Karl, ich …«

»Und als Sie diesen Scharfschützen endlich aufgespürt und ein Team zu ihm geschickt hatten, war er verschwunden.«

»Wir haben sein Haus innerhalb weniger Stunden lokalisiert.«

Karl zuckte mit den Achseln. »Inwieweit ist das von Bedeutung? Zu spät ist zu spät. Stimmen Sie mir da nicht zu, Oleg?«

Der Russe nickte widerstrebend.

»Ich sehe das so, dass diese Ereignisse durch einen Mangel an Gründlichkeit heraufbeschworen wurden«, stellte Karl fest und lehnte sich ein wenig zurück, damit er beide Männer gut im Blick hatte. »Chris, Sie haben Richard Draman und Troy Chevalier nicht gut genug beobachtet. Und Oleg, Sie haben nicht gemerkt, dass die Dramans das Flugzeug verlassen hatten, sodass es grundlos zerstört wurde. Außerdem haben Sie zugelassen, dass man August in Argentinien aufspüren konnte, und aus diesem Grund stecke ich jetzt in einem Dilemma und muss *all* Ihre Vorbereitungen bis zum heutigen Tag infrage stellen.«

Er winkte dem Mann zu, der Graden durch den Garten geführt hatte, und dieser stellte sich neben den Tisch.

»Chris, Sie haben uns mit Ihrer Arbeit einen unschätzbaren Dienst erwiesen. Und Sie sind, wie Sie selbst gesagt haben, nicht im Spionagebereich tätig. Ihr Einflussbereich ist die medizinische Forschung und mit einer Ausnahme haben Sie diesen Bereich komplett abgedeckt.«

Graden versuchte, sich seine Erleichterung nicht anmerken zu lassen, da diese Worte so klangen, als würde er entlassen. Er hatte den Gedanken an den Tod schon immer als schrecklich empfunden, und seine Angst davor war jetzt umso größer, da er nicht länger unausweichlich war.

»Aber«, fuhr Karl fort, »Ihre Beteiligung wurde enthüllt und wir können Sie nicht mehr zurückschicken. Es könnten Fragen aufkommen, die sich nur schwer beantworten lassen.«

Gradens Augen weiteten sich ein wenig. Würde man ihn vorziehen? Sollte er die Therapie vorzeitig erhalten?

Die Antwort auf diese Fragen erhielt er, als der Mann, der neben dem Tisch stand, seine Waffe aus dem Schulterholster zog.

»Nein!«, schrie Graden, sprang auf und streckte eine Hand aus. »Sie haben gesagt, dass das nicht meine Schuld gewesen ist! Dass ich für die Gruppe gute Arbeit geleistet habe.«

»Und das habe ich auch so gemeint, Chris. Aber wenn ich eines aus dieser Sache gelernt habe, dann, dass schon ein lockerer Nagel das ganze Gebäude zum Einsturz bringen kann. Ihr plötzliches Verschwinden würde der Geschichte der Dramans nur mehr Gewicht verleihen. Mir sind die Hände gebunden.«

Der Schmerz, den er erwartet hatte, als die Waffe losging, kam nicht, und er musste erst auf den roten Fleck herabblicken, der sich auf seiner Brust ausbreitete, um zu begreifen, was geschehen war. Die tropische Hitze verschwand, zusammen mit dem Geräusch der Insekten und der Vögel. Er sah zum Himmel hinauf und blickte blinzelnd in die Sonne, die langsam schwarz wurde, als er zu Boden sank.

Oleg Nazarov sah Karl in die Augen, während zwei Männer zwischen den Bäumen hervorkamen und das Stück Fleisch wegtrugen, das bis vor Kurzem noch Chris Graden gewesen war.

»Als mir Mason das erste Mal von diesem Durchbruch erzählt hat, war ich sehr skeptisch«, gestand Karl. »Aber er hatte einen guten Ruf, und die Chance, dass man auf diese Weise eine Therapie entwickeln kann, mit der sich der Alterungsprozess umkehren lässt, war einfach zu groß, um sie zu ignorieren. Also habe ich einige Labors in abgelegenen Teilen der Welt eingerichtet, die jeweils an einem winzigen Stück des Puzzles gearbeitet haben. Ich habe Regierungsmitarbeiter bezahlt, um menschliche Testobjekte aus den Dörfern und Gefängnissen zu bekommen. Ich habe die drei Millionen Dollar dafür zusammenbekommen, die das alles gekostet hat. Und ich habe die Ungeduld und Frustration der Menschen, die ich rekrutiert hatte, unter Kontrolle behalten, während sich Masons Arbeit fast ein Vierteljahrhundert lang hinzog. Einige der Männer, die mit mir diesen Weg beschritten haben, lebten nicht lange genug, um seinen Erfolg mitzuerleben. Mir wäre es fast ebenso ergangen.«

Nazarov machte ein gleichgültiges Gesicht und fragte sich, wohin dieses Gespräch führen würde. Die Blutspur, die vom Tisch wegführte, ließ ihn vermuten, dass sein Leben ebenfalls am seidenen Faden hing. Das war für ihn weder besonders überraschend noch das erste Mal. Wenn man sich mit Karl einließ, hieß es immer alles oder nichts.

»Ich erzähle Ihnen das, damit Sie begreifen, wie weit diese Sache reicht, Oleg.«

»Verstehe.«

»Tun Sie das? Ich hoffe es. Ich habe mit der Gruppe über Sie gesprochen, und wir waren hin- und hergerissen, wie wir weiter vorgehen wollen. Zum ersten Mal musste ich die entscheidende Stimme abgeben.«

Karl goss sich ein Glas Wasser ein, während Nazarov das noch volle Glas anstarrte, das Chris Graden zurückgelassen hatte.

»Ich habe ihnen gesagt, dass es schwer wäre, zu diesem Zeitpunkt Änderungen vorzunehmen, und dass ich auf Ihre Fähigkeit vertraue, noch etwas mehr leisten zu können als bisher.«

»Vielen Dank«, erwiderte Nazarov und wischte sich mit einer Serviette den Schweiß von der Lippe.

»Mir ist bewusst, dass Sie zu uns gestoßen sind, als sich eine Reihe von schwierigen Situationen aufgetan hat, Oleg. Aber Sie müssen begreifen, dass ich mich beim nächsten Mal gegen Sie entscheiden werde.«

39

Irgendwo im Staat New York
10. Mai

Richard musterte Xander, der ein Foto von August Mason betrachtete, während die Wachen draußen weiterhin mit den Waffen herumwedelten und brüllten. Solange er und Carly keine plötzlichen Bewegungen machten, hatten sie vermutlich eine gute Chance, dass ihnen nicht der Kopf weggepustet wurde – zumindest nicht, solange das SWAT-Team nicht eingetroffen war.

»Das ist eine merkwürdige Geschichte«, brachte Xander hervor, dessen Worte mehrfach vom Husten unterbrochen wurden. »Lassen Sie mich das zusammenfassen: August Mason ist eine Art abgedrehter Methusalem und sein kleiner geheimer Klub ist Ihnen auf den Fersen. Lassen Sie mich raten: in einer fliegenden Untertasse? Ich glaube, das war alles. Sind wir jetzt fertig?«

»Was ist mit Richards Führerschein?«, warf Carly ein und deutete auf das Dokument, das neben dem alten Mann auf dem Sitz lag. »Er beweist doch seine Identität.«

»Haben Sie eine Ahnung, mit wie vielen Irren wie Ihnen ich mich im Laufe meines Lebens abgeben musste?« Er schlug mit mehr Kraft gegen das Foto, als Richard ihm überhaupt zugetraut hatte. »Jeder Sechsjährige könnte sich in gerade mal eineinhalb Minuten so ein Schriftstück aus dem Internet ausdrucken. Und was das Bild angeht, so bin ich zwar nicht mehr so jung wie früher, aber selbst ich habe schon von Photoshop gehört.«

Diese Reaktion überraschte Richard nicht und er fragte sich schon zum tausendsten Mal, ob das alles nicht ein großer Fehler gewesen war. Es hatte einen riesigen Nachteil, wenn man sich mit Xander einließ: Er war ein rücksichtsloser, hinterhältiger, altersschwacher Wichser, der alles tun würde, um den eisigen Klauen des Todes zu entrinnen. Aber das war von ihrem Standpunkt aus gesehen auch ein Vorteil.

»Ich gehe davon aus, dass Sie Leute haben, die überprüfen können, ob dieser Ausweis echt ist und ob Masons Foto verändert wurde. Wenn sie Ihnen die Echtheit bestätigen, dann können Sie mich anrufen; meine Nummer steht auf der Rückseite. Außerdem wären wir Ihnen sehr dankbar, wenn Sie Ihre Wachen zurückpfeifen würden, damit wir verschwinden können.«

Carly drückte auf einen Knopf, und das Fenster neben Xander glitt einige Zentimeter nach unten. Der alte Mann ignorierte es und ein interessierter Funke flammte in seinen feuchten Augen auf.

»Das ist alles? Kein Lösegeld? Keine Forderung, dass ich Ihre Geschichte über einen meiner Fernsehsender verbreiten lasse?«

»Eigentlich wäre es uns lieber, wenn Sie das für sich behalten würden«, antwortete Carly. »Wir haben wegen unserer Tochter nicht die Zeit, auch noch die Regierung in die Sache mit reinzuziehen.«

»Also sind Sie stattdessen zu mir gekommen?«

»Wir dachten uns, dass Sie das ebenso interessieren wird wie uns«, erläuterte Richard. »Und Sie sind einer der wenigen Menschen auf der Welt, die es mit einer derart reichen und mächtigen Gruppierung aufnehmen können.«

»Sie sind sehr gut«, meinte Xander. »Das muss ich Ihnen lassen. Sehr überzeugend. Aber das gilt dummerweise für die meisten Verrückten.«

»Wirke ich wirklich so verrückt auf Sie?«

Er ignorierte die Frage. »Dann denken Sie also, dass ich zwei Menschen helfen sollte, die mich eben gekidnappt haben?«

»Ihr Vorteil wäre es, wieder jung zu sein und möglicherweise ein Patent auf die lukrativste Technologie der Geschichte anmelden zu können«, erklärte Carly. »Dafür müssen Sie nur einen Ihrer Assistenten bitten, ein paar Stunden zu opfern, um herauszufinden, ob unsere Geschichte gelogen ist oder nicht.«

»Eine interessante Analyse. Ich gebe es nur ungern zu, aber Sie haben meine Neugier geweckt.«

Unter großer Anstrengung erhob er sich so weit, dass sein Mund auf gleicher Höhe war wie der Spalt im Fenster. »Legen Sie die Waffen weg. Die beiden werden jetzt gehen.«

Seine Wachen kamen seiner Aufforderung nach, und Carly warf ihrem Mann einen besorgten Blick zu, bevor sie die Fahrertür öffnete.

Keiner der beiden Männer bewegte sich, als sie ausstiegen, und Richard spürte, wie sich der Knoten in seinem Magen langsam lockerte.

Doch das Gefühl hielt nicht lange vor. Eine Sirene – vielleicht waren es auch mehrere – war in der Ferne zu hören, und er erstarrte einen Augenblick, während er darüber nachdachte, welchen der möglichen Fluchtwege sie nehmen sollten.

Doch sein Zögern gab den Leibwächtern auch genug Zeit zum Handeln. Der Mann, der ihm am nächsten stand, stürzte sich auf ihn und traf ihn mit solcher Wucht, dass er vom Boden abhob, bevor sie beide auf dem Asphalt landeten. Nach dem Aufprall schwanden ihm kurz die Sinne, aber Carlys verschreckte Stimme holte ihn wieder in die Gegenwart zurück.

»Tut ihm nichts. Ich werde schießen!«

Als er wieder klarer sehen konnte, wurde er von einem kraftvollen Arm auf die Beine gezogen, der sich daraufhin um seinen Hals schlang. Carly richtete die Waffe auf sie, doch der Lauf schwankte bedenklich. Der Wachmann nutzte Richards Körper als Schutzschild, und der andere stand nur wenige Zentimeter von ihr entfernt und hielt ihr seine Waffe gegen die Schläfe.

»Lasst den Scheiß!«, rief Xander aus der Limo. »Werft sie in den Kofferraum, bevor die Polizei hier ist.«

40

Irgendwo im Staat New York
12. Mai

Richard ging zum Fenster und blickte auf Andreas Xanders von Scheinwerfern erleuchtetes Anwesen hinaus, während er überlegte, ob es nicht der größte Fehler seines Lebens gewesen war, Kontakt zu dem alten Mann aufzunehmen.

Das Fenster war nicht verschlossen, aber sie befanden sich im dritten Stock und konnten unmöglich nach unten klettern. Und selbst dann hätten sie keine zehn Schritte in Richtung Tor machen können. Überall gab es Sicherheitsvorkehrungen, wie man es bei einem der umstrittensten Milliardäre der Welt auch erwarten konnte – Kameras, Patrouillen und Hunde, die ständig enttäuscht aussahen, weil sie keine Eindringlinge in Stücke reißen konnten.

»Gibt's was Interessantes zu sehen?«

Er drehte sich zu Carly um, die in einem der Armsessel saß. Für ein Gefängnis hatten sie es recht komfortabel in ihrer opulenten Suite, deren Badezimmer fast so groß war wie der Garten hinter ihrem alten Haus, das sie vermutlich nie wiedersehen würden.

»Wenn es hier einen See gäbe, wäre er voller Haie.«

Sie trug einen Wildlederrock und einen Pullover, die sie sich aus den teuren Kleidungsstücken, die ihnen kurz nach ihrer Ankunft gebracht worden waren, ausgesucht hatte. Allein der Pullover kostete vermutlich mehr als ihre gesamte Garderobe, was ihn sehr traurig stimmte.

»Warum kommst du nicht her und setzt dich, Richard? Versuch, dich zu entspannen.«

»Wie zum Teufel soll ich mich hier entspannen?«, erwiderte er und hob das Telefon auf, das neben dem Bett lag. Es war tot. Wie jedes Mal, wenn er nachgesehen hatte. »Wir sind seit zwei Tagen hier und niemand hat mit uns gesprochen. Was treibt Xander? Will er uns hier verrotten lassen, bis er endlich den Löffel abgibt? Er hat uns entführt.«

Daraufhin musste sie grinsen. »Und wie nennst du das, wenn man jemandem in den Reifen schießt und ihm eine Waffe an den Kopf hält?«

Er ignorierte sie. »Ich kann hier nicht mehr bleiben, Carly. Wir müssen uns bei …«

Bevor er »Burt« sagen konnte, hatte er sich wieder im Griff, und er blickte sich nach den Abhörgeräten um, die hier vermutlich vorhanden waren. »Wir müssen uns bei Susie melden.«

»Ich mache mir auch Sorgen um sie, Richard. Aber sie ist in guten Händen. Wir beide können nichts weiter tun, als hier rumzusitzen und zu warten. Wir sind nicht tot und man hat uns auch nicht der Polizei übergeben. Das hat doch etwas zu bedeuten, meinst du nicht auch?«

»Hör auf mit diesem gottverdammten Zen-Scheiß«, fuhr er sie an und verlor endgültig die Kontrolle.

Doch sie weigerte sich, klein beizugeben. »Wer hätte gedacht, dass ich letzten Endes die Vernünftige sein werde?«

»Scheiße«, murmelte er und stieß die Luft aus. »Entschuldige, Carly. Es liegt nicht an dir …«

»Ich weiß.« Sie stand auf und ging auf ihn zu. Dann nahm sie ihn in die Arme und legte die Lippen an sein Ohr. »Ich habe auch Angst um sie. Ich habe Angst um uns alle.«

41

Irgendwo im Staat New York
13. Mai

Richard steckte sich das Hemd in die Hose und beobachtete seine Frau, die in einem dicken weißen Bademantel neben ihm stand und sich die Haare föhnte. Wie hatte er nur so eine Frau finden können? Eine Frau, die nicht nur klug und schön war, sondern sich trotz eines kranken Kindes, eines besessenen Ehemannes und all dem anderen tapfer durchs Leben schlug.

Sie schaltete den Fön ab und sah ihn lächelnd an, als sie merkte, dass er sie beobachtete. »Was …«

Das Geräusch eines Schlüssels im Schlüsselloch brachte sie zum Schweigen, und sie sahen beide auf die Uhr neben dem Bett.

Seit ihrer Ankunft war ihr Kontakt zur Außenwelt durch diese leuchtenden Zahlen bestimmt worden. Das Frühstück war wie immer pünktlich um acht gebracht worden, und das Mittagessen war erst in eineinhalb Stunden fällig.

Carly zog den Bademantel enger um ihren Körper und stellte sich nervös neben ihren Mann, als Andreas Xander ins Zimmer rollte.

»Kein netter Gruß?«

Der Wachmann, der den Rollstuhl geschoben hatte, zog sich wieder in den Flur zurück und schloss die Tür, sodass sie alleine waren.

Richard streckte sich in dem erfolglosen Versuch, aufgrund seines Größenvorteils etwas mehr Zuversicht auszustrahlen. »Warum halten Sie uns hier fest?«

»Für einen so gebildeten Mann wie Sie ist das eine dumme Frage.«

»Wir konnten seit drei Tagen nicht mit unserer Tochter sprechen. Wie lange kann es denn dauern, unsere Identität zu bestätigen? Wie Sie selbst gesagt haben, könnte das ein Sechsjähriger in wenigen Minuten dank des Internets herausfinden.«

Carly drückte seine Hand. »Beruhige dich, Richard.«

»Sie sollten auf Ihre Frau hören. Sie gibt Ihnen einen guten Rat.«

Xander sah nicht jünger oder gesünder aus als an dem Tag, an dem sie in seinen Wagen gestiegen waren, aber es umwehte ihn nun, da er sich auf seinem eigenen Territorium befand, eine bedrohliche Aura.

»Dann wissen Sie es jetzt also«, sagte Carly, die ihre Abneigung gegen diesen Mann nicht verhehlen konnte. »Oder etwa nicht, Mr. Xander? Sie wissen, wer wir sind?«

»Oh, ich weiß noch so einiges mehr. Meine Leute haben alle verfügbaren Informationen über das Flugzeug überprüft, in dem Sie angeblich gesessen haben, sie haben Ihre Schritte in Argentinien nachvollzogen …«

»Sie waren in Argentinien?«, unterbrach ihn Richard. »Haben sie ihn gesehen? Haben sie Mason gefunden?«

Xander schüttelte den Kopf. »Das Haus ist an dem Tag, an dem Sie dort gewesen sind, bis auf die Grundmauern abgebrannt. Es ist niemand mehr da, und der Besitzer hat sich als ein Labyrinth voller erfundener ausländischer Firmen herausgestellt.«

»Was ist mit Chris?«, wollte Carly wissen.

»Er ist tot.«

»Sie meinen, er ist verschwunden? Sie …«

»Nein, er ist tot. Meine Leute haben die Leiche gesehen. Sie liegt in einem Leichenschauhaus in Osteuropa.«

»Was ist mit ihm passiert?«, erkundigte sich Carly. Man konnte ihrer Stimme anhören, dass sie ihre Freundschaft zu Graden noch nicht völlig vergessen hatte. Auf der intellektuellen Ebene fiel einem eine solche Trennung deutlich leichter als auf der emotionalen.

»Die ersten offiziellen Ermittlungen haben ergeben, dass er zusammen mit einer Gruppe in Weißrussland eine Designerdroge entwickelt hat und dass ein professioneller Anschlag auf ihn verübt worden ist«, erklärte Xander und konzentrierte sich dann auf Richard. »Vielleicht waren Mason und Sie auch darin verwickelt. Das klingt wahrscheinlicher als die Geschichte, die Sie mir aufgetischt haben.«

»Was ist mit dem Foto?«, fragte Richard. »Haben Sie es untersuchen lassen?«

»Ich habe drei unterschiedliche Expertenmeinungen, und sie sind sich einig. Sie sagen, das Foto sei echt und wurde zu dem Zeitpunkt und an dem Ort aufgenommen, wie Sie behaupten.«

»Wo ist dann das Problem?« So langsam zeigte Carlys sorgfältig aufgebaute Beherrschung erste Risse.

Xander zuckte mit seinen eingefallenen Schultern. »Der Knackpunkt ist, ob es sich bei diesem Mann wirklich um Mason handelt. Es könnte auch irgendjemand sein, der so aussieht wie er oder den Sie so haben aussehen lassen.«

»Warum sollten wir …«, setzte Richard an, aber Xander ließ ihn nicht weitersprechen.

»Mason ist ein faszinierender Mann. Ich muss zugeben, dass ich wütend geworden bin, als er mich immer wieder abgewiesen hat, und begonnen habe, nach dem Grund dafür zu suchen, dass er damals in den 90ern einfach verschwunden ist. Ich dachte, er hätte vielleicht was mit kleinen Jungs in Thailand gehabt oder etwas in der Art.«

»Und, hatte er das?«, erwiderte Richard und ignorierte die Tatsache, dass Xander nach Material gesucht hatte, um den Mann zu erpressen.

»Das ist ja das Faszinierende. Ich habe keine Ahnung. Obwohl ich sehr viel Geld und Mühe investiert habe, um das herauszufinden, bin ich zu keinem Ergebnis gekommen. Und das bedeutet, dass ihm jemand dabei geholfen hat, unterzutauchen. Jemand, der deutlich mehr draufhat als ein Haufen schlitzäugiger Zuhälter.«

»Sie haben ihn versteckt, während er seine Therapie entwickelt hat.«

»Ich dachte mir, dass Sie das sagen würden.«

»Warum nicht?«, schaltete sich Carly ein, deren Stimme immer lauter wurde. »Welche Beweise brauchen Sie denn noch? Wir vergeuden nur Zeit. Sie müssen uns helfen. Bitte.«

»Schon okay«, beruhigte sie Richard. »Das wird er auch.«

Xander legte den Kopf ein wenig zur Seite. »Werde ich das?«

Er nickte. »So, wie ich es sehe, können Sie nur gewinnen, wenn Sie uns helfen, und haben nichts zu verlieren außer ein wenig Geld und Macht, und damit können Sie sehr bald ohnehin schon nichts mehr anfangen.«

Der alte Mann warf Richard das Prepaidhandy zu, das er bei dem Überfall bei sich getragen hatte, und klopfte mit seinen arthritischen Fingerknöcheln an die Tür. Einen Moment später kam der Wachmann ins Zimmer und schob ihn wieder hinaus.

Als die Tür ins Schloss fiel, wählte Richard bereits eine Nummer. Es klingelte so lange, dass er schon ganz nervös wurde, aber schließlich hörte er eine vertraute Stimme.

»Hallo?«

»Geht es euch gut?«, stieß Richard hervor. »Ist mit Susie alles okay?«

»Uns beiden geht es gut«, erwiderte Seeger, dessen Stimme misstrauisch klang. »Ich habe euch gestern angerufen, und jemand, den ich nicht kannte, ist rangegangen. Ich dachte schon, ihr wärt tot.«

»Noch nicht.«

»Was ist passiert?«

»Der Plan hat gut funktioniert, bis zu dem Moment, wo sie uns festgehalten haben«, berichtete Richard und hielt das Handy so weit vom Ohr weg, dass Carly mithören konnte. »Sie haben unsere Geschichte überprüft und uns eben das Handy zurückgegeben. Könntest du Susie ans Telefon holen?«

»Sie schläft. Ich kann sie aufwecken, aber sie ist ziemlich erschöpft. Das alles ist nicht leicht für sie, Richard. Sie sieht gar nicht gut aus, und ich weiß nicht, was ich tun soll.«

In Carlys Gesicht spiegelte sich ihre Panik wider.

»Schon okay«, erwiderte Richard und versuchte, sich seine Besorgnis nicht anmerken zu lassen. »Du musst sie nicht wecken. Sie bekommt doch immer ihre Medizin, oder?«

»Natürlich. Genau so, wie ihr es gesagt habt.«

»Dann kannst du nichts weiter tun. Sorge einfach dafür, dass sie sich viel ausruht.«

»Vielleicht sollte ich sie zu euch bringen. Xander kann sie beschützen, und sie hätte wieder einen geregelten Tagesablauf.«

Richard sah seine Frau an. Sie kaute nervös auf ihrer Lippe herum und schüttelte dann den Kopf. Offenbar war sie sich hinsichtlich ihres Gastgebers genauso unsicher wie er.

»Ich weiß noch nicht, ob es hier sicher ist«, sagte er. »Es wäre uns lieber, wenn sie noch eine Weile bei dir bleiben könnte.«

42

1800 Meilen östlich von Australien
14. Mai

Oleg Nazarov machte einen weiten Bogen um die Statue aus Bronze und Stahl. Er hatte sie schon immer als ziemlich grotesk empfunden, aber nachdem er mehr als achtundvierzig Stunden nicht geschlafen hatte, kam sie ihm sogar leicht bedrohlich vor.

Er genoss nicht mehr den Luxus, sich nur auf das Wichtigste konzentrieren und alles andere delegieren zu können, sondern musste jedes einzelne Beweisstück selbst in Augenschein nehmen. Nichts war irrelevant und er konnte dem Urteilsvermögen anderer nicht mehr vertrauen, da ihm klar war, dass der nächste Fehler vermutlich sein letzter sein würde. Es war offensichtlich, dass er nur aus dem Grund nicht ebenso wie Chris Graden beseitigt worden war, weil man ihn nicht ersetzen konnte, solange sich die Dinge so schnell entwickelten.

»Haben Sie gute Neuigkeiten?«, erkundigte sich Karl, als sich der Russe näherte. »Haben Sie sie gefunden?«

»Nein. Ich bin hier, um Ihnen zu sagen, dass sich jemand sehr für unsere Organisation interessiert.«

»Ich kann Ihnen nicht folgen. Wir wissen doch bereits, dass die Dramans …«

»Es sind nicht die Dramans. Die ausländischen Wohlfahrtsorganisationen und Konten, über die wir Geld transferieren, werden unter die Lupe genommen und Chris Gradens Tod wird ebenfalls untersucht. Außerdem gibt es Berichte, dass nicht identifizierte Männer in der Asche von Masons Haus in Argentinien herumgelaufen sind.«

»Wer?«, wollte Karl wissen. Seine Stimme klang ruhig und gelassen, doch diese Monotonie war viel einschüchternder als die gelegentlich aufblitzenden Anfälle von Zorn oder Frustration, zu denen es in den letzten Wochen gekommen war. So viel unmenschlicher. »Ist es der Soldat? Seeger? Er muss Kontakte haben ...«

»Nein. Das ist eine Stufe höher, als er jemals operiert hat«, erwiderte Nazarov und nahm all seinen Mut zusammen, um zu berichten, was er herausgefunden hatte. »Anscheinend haben die Dramans einen Weg gefunden, mit Andreas Xander Kontakt aufzunehmen.«

Die Fassade, die Karl stets aufrecht hielt und die an eine Totenmaske erinnerte, bekam leichte Risse. Seine Wangen wurden rot und der Muskel in seinem Kiefer zuckte deutlich. »Xander? Sind Sie sicher?«

Nazarov nickte. »Ich habe vor weniger als einer Stunde erfahren, dass er es ist.«

Eigentlich wusste er das schon etwas länger. Der alte Bastard gab sich nicht die geringste Mühe, seine Einmischung zu verbergen, aber das musste er Karl ja nicht auf die Nase binden. Nazarov wusste, dass er unter ständiger Beobachtung stand und dass er sich keine Gelegenheit entgehen lassen durfte, um seine Kompetenz zu beweisen.

»Können Sie einschätzen, was für eine Gefahr er für uns darstellt?«

»Eine ziemlich große. Er verfügt über nahezu unbegrenzte Ressourcen, auf die er zugreifen kann, ohne dabei wie wir die Anonymität wahren zu müssen. Und er hat nur noch wenig Zeit, daher müssen wir davon ausgehen, dass er diese Ressourcen auch ohne zu zögern einsetzen wird.«

»Dann müssen wir an ihn rankommen.«

Nazarov stieß die Luft aus. »Das wird verdammt schwer. Die Sicherheit auf seinem Anwesen kommt der hier auf der Insel gleich, wenn sie sie nicht sogar noch übertrifft. Mit Ausnahme eines Luftangriffs oder Gas wüsste ich nicht, was wir tun sollten.«

»Er muss sein Haus doch auch mal verlassen.«

»Er fährt einen schwer gepanzerten Wagen und ich denke, das gibt uns die beste Gelegenheit. Allerdings fällt mir kein Weg ein, wie wir das unauffällig bewerkstelligen können. Wenn uns dieser Schachzug gelingt, wird er auf jedem Fernsehsender der Welt zu sehen sein, und dasselbe gilt natürlich auch, falls wir scheitern.«

»Und wenn wir nichts unternehmen?«, wollte Karl wissen. »Was wird dann aus unserer Anonymität?«

»Xander wird sie systematisch auseinandernehmen.«

»Dann haben wir keine andere Wahl. Wir kümmern uns später um die Konsequenzen.«

»Ich werde sofort einen Plan ausarbeiten«, sagte Nazarov und senkte respektvoll den Kopf.

»Und die Dramans?«

»Wenn Xander tot ist, sind sie so gut wie hilflos. Dann dürfte dieses Problem leicht aus der Welt zu schaffen sein.«

»Wirklich? Sind Sie sich sicher, Oleg? Wollen Sie mir damit sagen, dass Sie eines Tages hier reinspaziert kommen und ein Problem gelöst haben, anstatt dass Sie ein weiteres Desaster nicht verhindern konnten?«

Karls so mühsam aufgebaute Gelassenheit zerbrach immer weiter und ließ Oleg einen ersten Blick auf den Mann werfen, der dahintersteckte – woraufhin selbst der hartgesottene alte KGB-Mann am liebsten weggelaufen wäre.

Es war durchaus machbar, um nicht zu sagen sehr wahrscheinlich gewesen, die Dramans zu erwischen. Aber Nazarov wusste, dass er in Bezug auf Xander so gut wie keine Chance hatte, und seine Möglichkeiten, an den alten Mann ranzukommen, bestenfalls eingeschränkt waren. Es wurde Zeit, dass er für den Fall weiterer Fehlschläge Vorkehrungen traf. Schließlich hatte er vor, diese zu überleben.

43

Nördlich von Baltimore, Maryland
14. Mai

Richard und Carly saßen auf dem Rücksitz des Geländewagens und blickten aus dem Fenster. Vor ihnen lenkte ein Mann mit einem Sturmgewehr Xanders Limousine durch das Tor auf Chris Gradens Anwesen.

Sie fuhren hinterher und stellten fest, dass es auf dem Anwesen immer betriebsamer wurde, je näher sie dem Haus kamen. Am Rand des Weges parkten zahllose Autos, überall liefen Menschen herum und es wurden Dinge von Lkws entladen. Sie mussten etwa vierzig Meter vom Haus entfernt anhalten, doch Xanders Fahrer war entschlossener und fuhr über den Rasen hinter einem Mann her, der offenbar eine kleine Satellitenschüssel trug.

»Mr. Xander möchte, dass Sie sich ihm anschließen«, sagte ihr Fahrer und betätigte einen Schalter, wodurch sich die hinteren Türen öffnen ließen.

Sie stiegen aus und gingen auf den alten Mann zu, der gerade aus dem Wagen gehoben wurde.

Die Haustür stand weit offen und das Absperrband der Polizei, das offenbar vor Kurzem noch davor gehangen hatte, flatterte im

Wind. Männer mit Gewehren saßen auf den Fensterbrettern in den oberen Stockwerken und sahen durch dunkle Sonnenbrillen auf das Chaos herab.

Seltsamerweise schien Xander voller Energie zu sein. Er schickte den Mann weg, der hinter ihm stand, und bewegte die Räder seines Rollstuhls mit seinen welken Armen, um auf sie zuzurollen.

»Was denken Sie?«

»Ist das nicht ein Tatort?«, erwiderte Richard. »Ist es überhaupt legal, dass wir hier sind?«

»Legal?«, entgegnete der alte Mann und musste vor Lachen husten, sodass seine Augen eine Feuchtigkeit absonderten, die an Tränen erinnerte. »Menschen wie ich müssen sich über so etwas wie Legalität keine Gedanken mehr machen.«

Richard sah, wie sich das Gesicht seiner Frau verfinsterte, und sprach weiter, bevor sie einen Streit über soziale Gerechtigkeit oder etwas ähnlich Unproduktives anfangen konnte. »Wer sind all diese Leute, Mr. Xander?«

»Größtenteils ehemalige Polizisten. Ich habe Polizisten schon immer gemocht. Sie sind im Allgemeinen sehr flexibel. Und natürlich gibt es hier auch all die Abkürzungen, die man erwarten kann: Leute, die ich vom FBI, der CIA und der NSA abgeworben habe. Es ist immer praktisch, solche Menschen in seiner Nähe zu haben und gut mit den Einheimischen auszukommen, wie Ihnen vielleicht aufgefallen ist.«

»Es ist ja gut und schön, dass Sie die Polizei im Griff haben«, meinte Carly. »Aber was ist mit den Leuten, für die Chris gearbeitet hat?«

»Was soll mit ihnen sein?«

»Könnte es nicht sein, dass sie alles beobachten? Dass sie wissen, dass wir hier sind?«

»Wenn sie ein Problem damit haben, dann sollen sie herkommen und wir finden heraus, wie sich ihre Armee gegen meine schlägt. Jetzt haben sie es nicht mehr nur mit einer einfachen Köchin und einem Biologen zu tun.«

Es war offensichtlich, dass er sie mit dieser Aussage nicht beleidigen wollte, denn das hätte bedeutet, dass sie eine Beleidigung überhaupt erst verdient hätten. Es war lediglich eine Feststellung.

»Andreas!«

Ein fit wirkender Mann von Anfang fünfzig tauchte in der Eingangstür auf und Xander rollte auf ihn zu. Richard wollte ihm schon folgen, blieb jedoch stehen, als sein Handy klingelte. Als er es hervorholte, sah er sofort, dass es Burt Seegers Nummer war.

»Hallo?«

»Daddy!«

Ein Knoten in seiner Brust, den er bisher nicht einmal bemerkt hatte, löste sich auf, als er die Stimme seiner Tochter hörte. Aber Seeger hatte recht: Sie hörte sich müde an und geschwächt.

»Wie geht es dir, Liebling? Amüsierst du dich?«

»Na sicher! Wir sind am Strand, aber nicht mehr lange, und dann …«

»Susie!«, hörte er Seegers Stimme. »Was habe ich dir gesagt?«

»Oh. Tut mir leid, das hatte ich vergessen. Ich darf nicht sagen, wo wir hinfahren. Aber das wird ganz toll. Kommt ihr bald zu uns?«

Carly hatte sich an ihn gelehnt und hörte mit. »Wir werden es versuchen, mein Schatz.«

»Mom! Weißt du, was wir gestern gemacht haben? Wir waren …«

»Susie!«, ermahnte sie Seeger erneut zur Vorsicht.

»Ach, komm schon!«, erwiderte sie mit verzweifelter Stimme. »Diese Heimlichtuerei geht echt zu weit!«

Sie mussten beide grinsen. Ihre Tochter hatte schon immer einen eigenen Willen gehabt und sie hatten sie stets dazu ermutigt. Der Nachteil davon war, dass sie daran gewöhnt war, immer zu begreifen, was um sie herum vor sich ging. Sie waren nie diese »Weil ich es so sage«-Eltern gewesen. Bis jetzt.

»Wie fühlst du dich?«, erkundigte sich Carly.

Diese Frage nervte Susie nur noch mehr. Ihr Zustand war neben Mathe ein Thema, über das sie nur äußerst ungern sprechen wollte. »Mir geht's gut.«

Das war eine Lüge, die sie leicht durchschauen konnten. Ihrer Stimme fehlte eine gewisse Resonanz und sie wirkte kraftlos, selbst wenn sie wütend war.

»Wir haben heute einigen Kindern zugesehen, die am …«

Daraufhin schien es ein Gerangel zu geben, dann war Seegers Stimme zu hören. »Entschuldigt. Offenbar haben wir noch nicht ganz begriffen, was wir sagen dürfen und was nicht.«

»Ach, komm schon«, hörten sie die Stimme ihrer Tochter gedämpft sagen. »Ich darf überhaupt nichts erzählen. Du hast gesagt, ich darf nicht mal über das Wetter sprechen!«

»Das ist aber auch so gut wie das Einzige, worüber du nicht gesprochen hast«, entgegnete Seeger. »Wir werden heute Abend noch ein bisschen üben, da du gerade mal ein ›Ausreichend‹ im Telefonieren erreicht hast. Und jetzt verabschiede dich. Es ist Zeit für deinen Mittagsschlaf.«

»Aber wir haben …«

»Wir hatten eine Vereinbarung, Susie. Wir sehen den Kindern zu, aber danach legst du dich zwei Stunden schlafen.«

»Ich habe nichts unterschrieben.«

»Geh schon.«

»Tschüss!«, rief sie, und dann hörten sie Schritte, die sich entfernten.

»Entschuldige«, sagte Carly. »Sie kann manchmal ziemlich anstrengend sein.«

»So sind Kinder nun mal. Macht euch keine Sorgen, ich bringe ihr das mit dem Telefonieren schon bei.«

»Wie geht es dir?«, erkundigte sich Richard. »Ist alles in Ordnung? Seid ihr in Sicherheit?«

»Vorerst ist alles bestens. Was ist mit euch? Macht ihr Fortschritte?«

Richard bemerkte, dass sich Carly nervös umsah, und vermutete, dass sie sich genauso fühlte wie er. Xander schien langsam ein wenig durchzudrehen. Es war fast so, als würde er auf eine Konfrontation mit Masons Leuten hoffen – die letzte trotzige Tat eines Mannes, der mit ansehen musste, wie der Rest seiner Vitalität und seiner Macht verschwand.

»Im Moment ist alles ziemlich durcheinander«, sagte Richard. »Würde es dir etwas ausmachen, wenn sie noch ein wenig bei dir bleibt?«

Er hörte, wie eine Tür geschlossen wurde, und stellte sich vor, dass Seeger gerade nach draußen gegangen war. Das war auch alles, was er tun konnte: es sich vorstellen. Sie hatten keine Ahnung, wo Susie und er waren und was sie machten. Sie wussten nicht, ob sie einen Fehler gemacht hatten, den Masons Leute ausnutzen konnten. Das ließ sie ihre Machtlosigkeit nur umso deutlicher spüren und machte das Ganze fast schon unerträglich.

»Ich mache mir langsam Sorgen«, erwiderte Seeger. »Wir müssen viel herumfahren, und ich glaube, es wird zu viel für sie. Außerdem vermisst sie euch. Es ist schwer für ein Kind in ihrem Alter, so lange von den Eltern getrennt zu sein.«

Carly stiegen Tränen in die Augen und Richard legte einen Arm um sie.

»Ich habe Angst«, fuhr Seeger fort. »Ich habe Angst, dass ich etwas tue … oder unterlasse … das ihr schaden kann.«

»Wir könnten auch nicht mehr für sie tun.«

»Du bist Experte … Du weißt, worauf du achten musst, wenn sie …« Seine Stimme versagte kurz. »Bei euch könnte sie an einem Ort bleiben und zur Ruhe kommen.«

Richard ging einem Mann aus dem Weg, der eine Kiste voller Papiere und CDs in der Hand hielt. »Das Wort ›Ruhe‹ beschreibt unsere Situation nicht gerade gut.«

»Wir vertrauen dir«, stieß Carly hervor. »Und wir werden dir keine Schuld geben. Nur noch ein wenig, okay?«

»Okay. In Ordnung.«

»Sie soll sich so oft es geht ausruhen. Und sorge dafür, dass sie ihre Medikamente nimmt.«

»Einige davon gehen uns langsam aus.«

»Carly hat dir Kopien der Rezepte gegeben. Nicht alle Apotheken haben immer alles vorrätig, also solltest du lieber vorher anrufen. Aber du wirst alles bekommen.«

»Okay. Ich muss jetzt los. Wir sind ohnehin schon viel zu lange hier. Wir versuchen, euch morgen wieder anzurufen, aber macht euch keine Sorgen, falls es nicht klappt. Wir könnten auch in einem Funkloch stecken.«

44

Nördlich von Baltimore, Maryland
14. Mai

Chris Gradens sonst so ordentliches Haus war von Xanders Männern gehörig durcheinandergebracht worden. Demontierte Telefone und Lampen baumelten an Kabeln herab, Heizkörper waren achtlos auf kostbare Teppiche geworfen worden und der Großteil der Möbel war umgestoßen worden. Richard war sich nicht sicher, was diese Leute hier suchten, aber falls es hier war, dann würden sie es auch finden.

Sie entdeckten Xander in einem riesigen Zimmer, das Chris nur für große Feiern genutzt hatte. Der alte Mann klopfte nervös mit den Fingern auf der Armlehne seines Rollstuhls herum, während er sich mit dem Mann unterhielt, der ihn zuvor gerufen hatte.

»Richard! Carly!«, meinte Xander, als er sie im Türrahmen stehen sah. »Kommen Sie her. Ich möchte Ihnen jemanden vorstellen.«

Sie kamen näher, und er deutete auf den Mann, der vor ihm stand. »Das ist Bill Garrison, ein Harvard-Absolvent, den ich dem FBI geklaut habe, damit er mein Sicherheitschef werden konnte. Er leitet diese Untersuchung.«

»Freut mich, Sie kennenzulernen«, sagte der Mann und reichte ihnen die Hand. Im Vergleich zu dem seit ihrer Ankunft immer aufgeregteren Xander wirkte er auf seltsame Weise ernst.

»Wir geht es Ihrer Tochter?«, erkundigte sich der alte Mann, lehnte sich in seinem Stuhl zurück und starrte sie an. Sein Tonfall ließ vermuten, dass ihn ihr Wohlergehen nicht sonderlich interessierte, sondern eher die Tatsache, dass es in seinem Universum etwas gab, das er nicht kontrollierte.

»Gut«, antwortete Carly.

»Sie sollten sie in mein Haus bringen lassen. Dort wäre sie in Sicherheit.«

»Ja, das wäre vielleicht eine gute Idee«, erwiderte Richard und tat so, als würde er sich dafür begeistern.

»Sagen Sie uns, wo sie ist, dann kann Bill sie von einem Team abholen lassen.«

»Schon gut«, warf Carly ein. »Die Person, bei der sie sich aufhält, kann sie auch herbringen.«

Daraufhin schwieg Xander und schien darüber nachzudenken, ob er ihr weiter zusetzen sollte.

»Haben Sie irgendetwas gefunden?«, fragte Carly und wechselte das Thema.

»Hier war definitiv alles verwanzt, aber die Geräte wurden entfernt«, antwortete Garrison. »Doch man kann nicht alle Spuren verwischen. Außerdem haben wir festgestellt, dass die Einschüsse, von denen Sie berichtet haben, mit großer Sorgfalt repariert worden sind. Abgesehen davon haben wir kaum etwas entdeckt.«

Für Richard klang das wie eine deutliche Untertreibung. Trotz all der Menschen kam ihm das Haus leer und tot vor. Die Erinnerungen an die schönen Zeiten, die sie hier erlebt hatten, wirkten jetzt grotesk und irritierend.

»Aber machen Sie sich keine Sorgen«, fuhr Garrison fort. »Ich werde gerade erst warm und habe mit dem Offensichtlichen angefangen. Bisher haben wir herausgefunden, dass wir es mit Leuten zu tun haben, die sehr gründlich und gewissenhaft vorgehen und über Geld verfügen – selbst nach Andreas' Standards.«

»Endlich ein würdiger Gegner«, meinte Xander.

Garrison schien hingegen weniger begeistert zu sein. »Mir wäre es lieber, wenn er nicht ganz so würdig wäre.«

»Wissen die, dass wir hier sind?«, wollte Carly wissen.

»Das würde mich nicht überraschen. Sie werden auf jeden Fall bemerkt haben, dass wir uns über sie schlaumachen. Wir haben Masons Geldtransfers durch ein Labyrinth aus gefälschten Wohltätigkeitsorganisationen und ausländischen Firmen verfolgt, als plötzlich jemand damit begonnen hat, alles aufzulösen. Sie ziehen sich zurück und versuchen, mit allem abzuschließen, was sich möglicherweise zu ihnen zurückverfolgen lässt.«

»Wird es funktionieren?«, fragte Richard.

»Nein, natürlich nicht«, fuhr ihn Xander wütend an. »Wenn sich Bill in eine Sache verbeißt, dann lässt er sie nicht mehr los.«

Garrison akzeptierte das Kompliment mit einem respektvollen Nicken. »Es wird nicht leicht, der Sache auf den Grund zu gehen, insbesondere da alle hier Anwesenden die Einzigen sind, die das ganze Ausmaß kennen …«

»Und so wird es auch bleiben«, unterbrach ihn Xander. »Ein Leck, und wir haben Vertreter jeder Regierung und Reporter jedes Boulevardblattes vor der Tür stehen. Solange niemand davon weiß, haben wir mehr Spielraum.«

Richard vermutete, dass der alte Mann damit sagen wollte, dass er solange tun konnte, was er wollte, wie beispielsweise einen Tatort durchsuchen und Beweise abtransportieren. Oder Schlimmeres. Die Verzweiflung, die Xander zu einem so wertvollen Verbündeten machte, ließ ihn aber auch gefährlich werden. Er war ein Tier, das man in die Ecke gedrängt hatte, und sie waren ihm viel zu nah.

»Dr. Draman«, sagte Garrison, »um diese Droge herzustellen, müsste man doch eine Art Labor oder Fabrik haben. Ist das korrekt?«

Richard nickte.

»Könnten Sie mir eine Beschreibung geben, wie so eine Anlage aussehen müsste? Welche Geräte würde man benötigen und welche Art von Materialien würden sie verwenden?«

»Ich werde darüber nachdenken.«

»Tun Sie das«, meinte Xander. »Aber wir brauchen diese Liste bis heute Abend um acht. Haben Sie verstanden? Acht Uhr.«

Xander beobachtete, wie einer seiner Sicherheitsmänner die Dramans nach draußen brachte, und wartete, bis sie nicht mehr in Hörweite waren, bevor er sich wieder an Garrison wandte. »Haben Sie ihre Tochter schon gefunden?«

Er schüttelte den Kopf. »Wir wissen, dass sie sich bei einem ehemaligen Soldaten namens Burt Seeger aufhält. Doch er war bei der Aufklärung und ist sehr vorsichtig.«

»Ich will keine Ausreden hören, Bill. Finden Sie sie. Wenn die Dinge nicht so laufen, wie wir es uns vorstellen, muss ich etwas in der Hand haben, das diese Leute haben wollen. Etwas, womit ich einen Handel machen kann.«

45

Irgendwo im Staat New York
17. Mai

Richard lehnte sich auf dem Rücksitz des Geländewagens an, der sich hinter Xanders Limousine durch den nicht sehr dichten Verkehr auf dem Highway schlängelte. Der Besuch in Chris Gradens Haus war drei Tage her, und seitdem hatten sie Xanders Anwesen nicht verlassen.

Die Untätigkeit machte ihn langsam verrückt. Er hatte nichts, womit er sich ablenken konnte, er konnte nur abwesend die Seiten des Buches anstarren, das er in der Bibliothek im Keller gefunden hatte, oder ziellos über das Gelände laufen. Carly ging Xanders überfordertem Küchenchef zur Hand und leitete jetzt das Team, das täglich drei Mahlzeiten für den immer größer werdenden Sicherheitstrupp auf dem Anwesen kochte. Zumindest hielt sie das davon ab, den ganzen Tag nur über ihre Tochter, Mason und alles andere nachzudenken, so wie er es tat.

»Was denkst du, wie hat Susie heute Morgen geklungen?«, fragte Carly in einem Tonfall, der ihn vermuten ließ, dass sie seine Antwort eigentlich gar nicht hören wollte.

»Ich fand, sie klang ganz okay«, log er.

Carly senkte ihre Stimme, damit die Männer auf den vorderen Sitzen sie nicht hören konnten. »Glaubst du, wir machen einen Fehler, dass wir sie nicht zu uns holen?«

Richard nahm ihre Hand und drückte sie zärtlich. »Sie fehlt mir auch. Aber wir haben doch darüber gesprochen.«

Anfangs war die Armee, die Xander um sich geschart hatte, eine Beruhigung gewesen, doch es wurde zunehmend klarer, dass der alte Mann Mason und seine Leute verhöhnte und dass er auf einen Kampf aus war.

Da war es besser, dass Susie so weit wie nur möglich von ihnen weg war, und sie hofften, dass Mason das Interesse an ihr verloren haben würde, wenn sie ihm in die Hände fielen. Sie war weder für ihn noch für sonst jemanden eine Bedrohung.

»Aber was ist, wenn sie krank wird?«, fuhr Carly fort. »Was ist, wenn wir dann nicht da sind?«

»Krank werden« war der Euphemismus, den sie für »sterben« entwickelt hatte. Doch wie alle Euphemismen konnte er seine wahre Bedeutung nach all den Jahren, die sie ihn nun benutzten, nicht mehr verbergen.

»Ich wünschte, ich hätte darauf eine Antwort, Carly, aber die habe ich nicht.«

Sie schwiegen, als sie durch ein Tor auf einen privaten Flugplatz fuhren und vor einem Jet, den Xanders Firmenlogo zierte, anhielten. Als sie aus dem Geländewagen stiegen, wurde der alte Mann bereits mit einem Hydrauliklift ins Flugzeug gebracht. Neben ihm standen zwei Wachen, die sich umsahen und die Hände unter ihren Jacken verborgen hielten.

»Richard, Carly!«, rief Xander und winkte ihnen zu, als sie das Flugzeug betraten. »Hier hinten.«

Sein Rollstuhl war hinter einem kleinen Tisch gesichert worden und sie setzten sich ihm gegenüber hin.

»Wie geht es Ihnen? Fühlen Sie sich bei uns wohl? Ich habe gehört, dass Carly die Küche an sich gerissen hat.« Er wirkte sogar noch verrückter als an dem Tag in Chris' Haus. Es war offensichtlich, dass ihn der Wettbewerb mit Mason anstachelte, doch seine zunehmende Energie wirkte irgendwie gefährlich, da sie dem blendenden Licht einer Glühbirne kurz vor der Explosion glich.

Er schlug einen Aktenordner auf, der auf dem Tisch lag, und holte sechs Fotos daraus hervor. Auf einem war August Mason abgebildet, die Personen auf den anderen fünf kannte Richard nicht.

»Wer ist das?«, wollte Carly wissen.

»Das sind reiche, mächtige Männer, die etwa zu der Zeit, zu der Mason wieder aufgetaucht ist, gestorben sind, deren Leichen jedoch nie gefunden wurden.

»Das sind aber viele«, stellte Richard fest.

»Das sind sogar verdammt viele«, stimmte ihm Xander mit einem arroganten Lächeln auf den Lippen zu. »Tatsächlich liegt die Wahrscheinlichkeit, dass all diese Männer verschwinden, etwa bei eins zu einer Million. Und ich bezweifle, dass das alle Beteiligten sind. Vermutlich gibt es noch mehr, die noch in natürlichem Zustand sind.«

»In natürlichem Zustand?«, wiederholte Richard, während das Flugzeug auf die Startbahn rollte und beschleunigte.

»Menschen, die darin verwickelt sind, aber noch nicht behandelt worden sind, wie Chris Graden. Es ist nicht einfach, diese Todesfälle zu organisieren, und sie kommen mit der Anzahl derer, die sie schon hinter sich haben, langsam an ihre Grenzen.«

Carly tippte neben den Fotos auf den Tisch. »Dann haben Sie diese Leute gefunden? Fliegen wir jetzt zu ihnen?«

»Es ist sogar was noch Besseres«, erwiderte er und drückte an der Wand auf einen Knopf, um seinen Rollstuhl aus den Sicherheitsklammern zu befreien. »Und jetzt genießen Sie den Flug.«

Sie drehten sich beide auf ihren Sitzen um und beobachteten, wie er den Gang entlangrollte und hinter einem Vorhang verschwand. Als Richard endlich wieder nach vorn blickte, konnte er seiner Frau deutlich ansehen, wie wütend sie war.

»Wir sind bereits in der Luft und er sagt uns noch immer nicht, wo wir hinfliegen«, protestierte sie.

»Er hat halt gern die Kontrolle.«

»Das geht über Kontrolle hinaus, Richard. Ist dir das noch nicht aufgefallen? Diese Leute regen ihn nicht auf. Es ist ihm egal, ob sie uns oder Susie umbringen, dass sie eine Droge haben, die Millionen, wenn nicht sogar Milliarden Menschen retten kann, und für sich behalten. Ich glaube fast, das Einzige, was Mason seiner Meinung nach falsch gemacht hat, war, ihn nicht einzuweihen.«

Darauf erwiderte Richard nichts. Ihm war von Anfang an klar gewesen, dass sie einen Pakt mit dem Teufel schlossen, aber was hatten sie schon für eine andere Wahl gehabt? Für sie war nur wichtig, dass Susie die Chance bekam, erwachsen zu werden.

»Hast du dich je gefragt, was er damit machen wird?«, fuhr Carly fort.

»Sie benutzen, nehme ich an.«

»Schon klar. Aber danach. Wird er ein Unternehmen aufbauen und sie verkaufen, um damit der reichste Mann der Welt zu werden? Oder behält er sie hinter Schloss und Riegel?«

Richard lehnte sich zurück und stieß die Luft aus. »Ich weiß es nicht, Carly. Ich habe wirklich keine Ahnung.«

46

Westlich von Boise, Idaho
17. Mai

Laut seiner Uhr war es ein Uhr früh, aber Richard Draman wusste nicht einmal, in welcher Zeitzone sie sich befanden. Er und Carly waren aus dem Jet geholt und in einen anderen schwarzen Geländewagen gesetzt worden, der sofort in ein Gewirr aus ihnen unbekannten Seitenstraßen gerast war. Wie üblich weigerten sich die Männer auf den Vordersitzen, ihnen irgendwelche Fragen zu beantworten.

Also schwiegen Carly und er ebenfalls und beobachteten die verschwommen im Dunkeln an ihnen vorbeirasenden Bäume am Straßenrand und versuchten, auf Straßenschildern zu erkennen, wo sie sich befanden. Doch außer der beruhigenden Tatsache, dass diese auf Englisch waren, fanden sie nichts heraus.

Durch die Windschutzscheibe konnten sie in der Ferne ein Leuchten erkennen, und schon bald wusste er, was sich dort befand: eine biomedizinische Forschungsanlage, die jenen glich, in der er den Großteil seines Lebens als Erwachsener verbracht hatte.

»Was ist das?«, erkundigte sich Carly, als sie darauf zurasten.

»Das weiß ich nicht, Ma'am«, antwortete der Fahrer, während Richard seine Mundbewegungen nachahmte.

Der Mann in dem winzigen Wachhaus kam ihnen bekannt vor. War er eine der Wachen, die sich auf dem Anwesen um die Hunde kümmerten? Einer der Scharfschützen, der im Fenster von Chris Gradens Haus gesessen hatte?

Sie fuhren zwischen den Ziegelstein- und Glasgebäuden hindurch und blieben schließlich vor einem stehen. Bill Garrison wartete geduldig davor, bis Xanders Fahrer seinen Boss aus dem Fahrzeug geholt hatte.

Richard und Carly stiegen ebenfalls aus, sahen sich vorsichtig um, da die Scheinwerfer unheimliche Schatten produzierten, und versuchten, sich nicht vorzustellen, was sie im Inneren erwartete.

»Schön, Sie beide wiederzusehen«, sagte Garrison, als sie näherkamen. Hinter ihm wurde Xander bereits in den schwer bewachten Eingangsbereich des Gebäudes geschoben.

»Was ist das für ein Ort?«, erkundigte sich Richard, als sie hineingingen.

»Warten Sie es ab, Doc. Das wird Ihnen gefallen.«

Xanders Rollstuhl stand schon in dem winzigen Fahrstuhl, und sie quetschten sich zusammen mit Garrison hinein, der den Lift mit einem Schlüssel in Gang setzte.

Sie fuhren bis ganz nach oben, wo sie direkt hinter den Fahrstuhltüren ein Labor erwartete, gegen das sein eigenes wirkte, als hätte er es aus Einzelteilen aus dem Supermarkt zusammengestellt.

»Das ist es?«, sagte Richard. »Sie haben es endlich gefunden? Den Ort, an dem sie die Droge herstellen?«

»Ich habe Ihnen doch gesagt, dass Bill Wunder bewirken kann«, erwiderte Xander.

Garrison wirkte ob des Lobs peinlich berührt. »So schwer, wie Sie denken, war das gar nicht. Wir haben einfach nur überprüft, an wen die Geräte verkauft worden sind, die Sie auf die Liste gesetzt haben. Solche Maschinen gehen im Allgemeinen an gut bekannte oder zumindest gut dokumentierte Unternehmen. Ich musste mich also nur auf die konzentrieren, die nicht in dieses Bild passten.«

Richard sah nach hinten zu den Fahrstuhltüren, die sich wieder geschlossen hatten, und dann zu den Kameras, die von der Decke herabhingen. Wurden sie beobachtet? Machte Xander das überhaupt etwas aus?

»Wie sind Sie hier reingekommen?«, fragte Carly.

»Sie haben das Gebäude nur gemietet«, erklärte Garrison. »Vermutlich haben sie sich gedacht, dass es zu viele Beweise gibt, wenn sie ein Grundstück in den USA kaufen, und dass es deutlich leichter ist, es einfach zu mieten.«

»Und wem gehört das Gebäude dann?«

Xander grinste so breit, dass sich seine Haut fast bis ins Groteske anspannte. »Seit heute Morgen mir.«

Ein Walkie-Talkie, das an seinem Rollstuhl hing, knackte auf einmal, und er nahm es in die Hand.

»Zwei Geländewagen kommen mit hoher Geschwindigkeit hierher«, sagte eine Stimme.

Xander verdrehte in gespielter Verzweiflung die Augen. »Anscheinend gibt es bei uns eine undichte Stelle.«

Garrison nickte ernst. »So etwas lässt sich nicht vermeiden. Da kann man nichts machen.«

»Nichts machen? Wir sollten von hier verschwinden«, sagte Richard. »Hören Sie, wir haben es schon mit diesen Leuten zu tun bekommen. Die meinen es ernst.«

»Und ich nicht?«, fuhr ihn Xander an, drehte seinen Stuhl herum und rollte auf die verhängten Fenster zu. »Kommen Sie!«

Sie folgten ihm, doch als Xander einen Schalter betätigte und die Vorhänge hochgezogen wurden, stellte sich Richard vor seine Frau. Durch das Glas konnte man nicht viel vom größtenteils im Dunkeln liegenden Parkbereich sehen, aber jeder, der sich da draußen aufhielt, konnte sie so deutlich sehen, als würden sie auf einer Bühne stehen. Und selbst sehr gut ausgestattete Labors hatten meist keine Fenster aus Panzerglas.

Garrison dimmte das Licht und die Szenerie unter ihnen wurde klarer. Einige Sekunden lang wirkte alles wie ein Foto, da sie nichts als leere Straßen und Gebäude sahen.

Das Geräusch näherkommender Autos und quietschender Reifen ertönte, dann sahen sie zwei schwarze Geländewagen, die genauso aussahen wie die, mit denen sie hergekommen waren.

»Das ist verrückt«, murmelte Richard, als die Fahrzeuge vor dem Gebäude zum Stillstand kamen. »Wir sollten …«

»Halten Sie den Mund«, fuhr ihn Xander an, als vier Männer aus dem vorderen Wagen sprangen und drei weitere aus dem hinteren. Sie trugen normale Kleidung, hatten jedoch alle Sturmgewehre vor der Brust hängen.

Carly zog ihn am Hemd vom Fenster weg, während Xander noch weiter nach vorn rollte.

»Anvisieren«, sagte er in sein Walkie-Talkie.

Einen Augenblick später waren die beiden Geländewagen und die Männer, die darin hergekommen waren, von roten Punkten bedeckt. Sie versuchten nicht einmal, zu den Waffen zu greifen, sondern hoben die Hände und blieben reglos stehen, während sie blinzelnd versuchten, die Schatten zu durchdringen, wie Richard es bei ihrer Ankunft ebenfalls getan hatte.

»Sollen wir sie ausschalten?«, kam die Frage über Funk.

Xander drehte sich in seinem Stuhl um und sah sie an. »Was denken *Sie*, Carly? Das wäre wahrscheinlich keine schlechte Idee. Einige dieser Männer sind vermutlich auch damit beschäftigt, nach Ihrer Tochter zu suchen. Sollen wir sie beseitigen?«

»Sie wollen sie umbringen?«, entgegnete sie. »Das können Sie nicht tun.«

»Ach nein?«, meinte er und schien ihren Schrecken und ihre Verwirrung zu genießen. »Ich bezweifle, dass sie ebenso zurückhaltend vorgehen würden, wenn sie die kleine Susie endlich gefunden haben.«

Sie sagte nichts mehr, und er tat so, als wäre er enttäuscht von ihrer Schwäche, bevor er sich wieder dem Walkie-Talkie zuwandte. »Halten Sie sie einfach fest, bis wir fertig sind. Danach können Sie sie wieder laufen lassen.«

Die Andeutung war klar und beabsichtigt. Wenn Susie irgendetwas zustieß, dann war das ihre Schuld. Natürlich war der

Gedanke lächerlich, dass er ihre Wünsche in seine Entscheidungen mit einbezog. Wahrscheinlicher war, dass er doch nicht davon überzeugt war, so weit über dem Gesetz zu stehen und mit dem Mord an sieben Menschen durchzukommen, während er in einem Labor saß, in das er eingebrochen war.

Xanders Männer kamen aus den Schatten und ihre Rufe waren durch das Glas zu hören, wurden allerdings so gedämpft, dass sie nicht mehr zu verstehen waren. Ihre Gefangenen ließen die Waffen fallen und knieten sich mit hinter dem Kopf verschränkten Händen auf den Boden. Xander war offensichtlich enttäuscht, dass alles so geregelt verlief. Tief in seinem Inneren hatte er vermutlich noch auf ein wenig Blutvergießen gehofft, um einen Hauch der Allmacht in seinem sterbenden Körper zu spüren.

»Wollen Sie sie befragen?«, erkundigte sich Garrison.

»Nein«, antwortete der alte Mann. »Sie werden ohnehin nichts wissen.«

»Wie können Sie sich da so sicher sein?«, warf Richard ein.

»Weil Mason nicht so dumm ist, einem Haufen angeheuerter Sicherheitskräfte etwas zu verraten, was wir uns zunutze machen könnten«, erwiderte er und deutete hinter sich ins Labor. »Und jetzt hören Sie auf zu reden, nehmen Sie sich einen Stift und malen Sie ein X auf alles, was Sie haben wollen. In zehn Minuten ist der Lkw hier.«

47

1800 Meilen östlich von Australien
17. Mai

Der Wasserfall sah derart perfekt aus, dass er nur von Menschenhand geschaffen worden sein konnte. Oleg Nazarov stand davor, starrte in die sich darin spiegelnde Sonne und genoss das Geräusch in seinen Ohren. Karl starrte ebenfalls auf das Wasser, aber er blieb still und undurchschaubar.

»Warum wurde das Labor nicht schon vor Wochen geschlossen und an einem anderen Ort wieder aufgebaut?«, sagte er schließlich.

Nazarovs Herz fühlte sich in seiner Brust ganz hohl an, als würde es wissen, dass ihm nicht mehr viel Zeit blieb. Bevor er sich der Gruppe unterworfen hatte, hatte er einen gewaltigen Einfluss besessen und in seiner kleinen Ecke der Welt fast als allmächtig gegolten, jetzt war er ein Nichts.

»Wir haben nicht gerade viele Leute. Ich versuche, alles mit oberster Priorität zu behandeln, aber das ist offenbar nicht möglich.«

»Was könnte eine höhere Priorität haben als das Labor?« Karls Stimme konnte den Klang des herabfallenden Wassers problemlos übertönen.

»Mason und die anderen … Sicherzustellen, dass sie nicht entdeckt und gefangen genommen werden.«

Nazarov verabscheute Ausreden ebenso wie Karl, und er hasste es, darauf zurückgreifen zu müssen, aber in seiner jetzigen Lage hielt er es für klug, eine Ausnahme zu machen. Tatsächlich hatte man ihn in diesem Fall einfach übertölpelt. Er hatte Xanders Weigerung, seine Aktivitäten zu verheimlichen, als Prahlerei eines sterbenden Mannes, der zum letzten Mal seine Macht beweist, abgetan. Und das war zweifellos zumindest teilweise der Fall. Aber dadurch war Nazarov auch sorgloser geworden und hatte nicht auf dessen weniger offenkundigere Aktivitäten geachtet, wie den Verkauf des Gebäudes, in dem sich das Labor befand, an eine Firma, die dem äußeren Anschein nach nichts als ein harmloses Immobilieninvestitionsunternehmen war.

Karl machte den Mund auf, als ob er etwas sagen wollte, schien dann aber den Faden verloren zu haben. Auf seiner Stirn war Schweiß zu erkennen. Vielleicht war es aber auch nur der Dunst.

»Was hat er aus dem Labor mitgenommen?«, fragte er schließlich.

»Alles. Computer, Geräte, Akten. Auch die Kühleinheit.«

Karl sah aus, als hätte er am liebsten um sich geschlagen. Seine Bewegungen wirkten seltsam und ruckartig, und er hatte die Fäuste geballt. »Vermutlicher Schaden?«

»Sie werden im Kühlschrank einige der Komponenten der Therapie finden. Ich habe mit Mason gesprochen und er sagt, dass sie das nicht weiterbringen wird.«

»Und die Therapie selbst? Können sie sich Zugriff darauf verschaffen?«

Unglücklicherweise war vor Kurzem eine Dosis für eines der Gruppenmitglieder fertiggestellt worden und wartete in eben diesem Kühlschrank auf ihre Abholung.

»Sie befindet sich in einem separaten Schutzgehäuse, das so gut wie undurchdringlich ist.«

»So gut wie?«

»Es gibt keine Gewissheit, Karl. Aber wir haben Schritte eingeleitet, um die Wahrscheinlichkeit zu verringern, dass sie den Behälter öffnen können.«

»Die Computer?«

»Alles ist verschlüsselt. Unsere Techniker sagen, dass selbst die amerikanische National Security Agency Jahre brauchen würde, um sie zu knacken.«

48

Irgendwo im Staat New York
18. Mai

»Können wir diesen Tisch ein wenig kürzer machen, sodass er nicht ganz bis an die Wand reicht?«, fragte Richard Draman.

Der Bauunternehmer fuhr mit dem Finger über den Plan, der an der Wand hing, und nickte. »Kein Problem. Man hat mir gesagt, dass Sie auch eine goldene, vier Meter hohe Statue kriegen, wenn Sie die haben wollen.«

»Fangen wir erstmal mit dem Tisch an, und über die Statue reden wir später.«

»Okay«, erwiderte der Mann und wandte sich ab, um die Fortschritte einiger Männer zu überprüfen, die Putz von der Decke von Xanders gigantischem Dachboden abklopften.

»Wow. Vielleicht hätte ich meinen Bauhelm mitbringen sollen.«

Richard drehte sich um und sah seine Frau, die ein Tablett mit seinem Mittagessen in den Händen hielt, näherkommen. »Erstaunlich, nicht wahr? In einer Woche werde ich eine Anlage haben, für die ich beim Progerie-Projekt über Leichen gegangen wäre. Und all das dank einer einzigen Handbewegung von Xander.«

»Seine Privatjets, Sicherheitsmaßnahmen und Villen haben mich nicht sehr beeindruckt«, gab sie zu und schüttelte erstaunt den Kopf. »Aber dass er Bauarbeiter dazu bringt, pünktlich aufzutauchen und zu arbeiten? Das ist wahre Macht.«

Richard lachte und nahm ihr das Tablett ab, das er neben die Baupläne stellte.

»Das machst du nicht mehr sehr oft«, meinte sie.

»Was?«

»Lachen.«

»Ich habe auch gedacht, dass wir nicht mehr viel zu lachen hätten. Aber inzwischen sehe ich das etwas anders.«

»Könnte es das hier sein?«, fragte sie und sah sich in dem Chaos um. »Könnte dieser Dachboden der Ort sein, an dem du einen Weg findest, Susie und den anderen Kindern zu helfen?«

»Es fällt einem schwer, nicht …«

Er hielt inne, als einer von Xanders Sicherheitsmännern durch die Tür kam und ihnen beiden zuwinkte. »Würden Sie beide bitte mitkommen?«

»Wohin?«, erkundigte sich Richard. »Ich bin hier sehr beschäftigt und habe den ganzen Tag noch nichts gegessen.«

»Anweisung von Xander«, erwiderte der Mann. An diesen Satz hatten sie sich inzwischen schon gewöhnt, da sie ihn ebenso oft hörten wie »Das weiß ich nicht« und beide Aussagen gleichermaßen unantastbar waren. Alle taten so, als hätte Gott direkt durch den alten Mann gesprochen, und reagierten ausgesprochen verwirrt, wenn Richard seine ständigen Erlasse infrage stellte.

Aber es brachte nichts, sich dagegen zu wehren, daher ging er hinter seiner Frau zur Tür. Als sie am Wachmann vorbeiging, nickte er ihr respektvoll zu. »Das Mittagessen, Ma'am … Das war das beste Chili, das ich je gegessen habe. Und ich komme aus Texas.«

49

Irgendwo im Staat New York
18. Mai

Richard und Carly hatten sich daran gewöhnt, in einem der zahlreichen Geländewagen hinter Xanders Limo herkutschiert zu werden, doch am Protokoll hatte sich eine radikale Änderung ergeben. Zusätzlich zum Fahrer und dem Mann auf dem Beifahrersitz saßen hinter ihnen nun zwei Männer mit Maschinengewehren. Außerdem war ihr motorisierter Tross inzwischen fast so lang wie ein Häuserblock.

»Ich bezweifle, dass der Präsident so gut beschützt wird«, meinte Carly, als das vorderste Fahrzeug eine Kreuzung absperrte, damit die anderen Wagen sie mit gleichbleibender Geschwindigkeit passieren konnten.

»Mason weiß auf jeden Fall über Xander Bescheid. Es ist ja nicht so, dass er sich Mühe geben würde, unauffällig vorzugehen.«

»Er ist dumm und arrogant«, sagte sie, und es war ihr völlig egal, dass man Xander ihre Kritik übermitteln würde – falls er sie nicht ohnehin ständig abhörte.

Richard drückte ihre Hand. »Wir sind nicht wegen seiner Spitzfindigkeit zu ihm gegangen, Carly. Manchmal muss es einfach der größte Hammer sein.«

»Mag schon sein, aber es wäre schön, wenn man wenigstens mitbestimmen könnte, wo er zuschlägt.«

Er seufzte innerlich. Sie hatte recht, aber er konnte sich nicht im gleichen Maß beschweren. Neigte Xander auf psychotische Art und Weise dazu, die Götter herauszufordern? Allerdings. Aber es ließ sich auch nicht leugnen, dass ihm seine Methoden den Inhalt von Masons Labor, die Identität einiger Mitglieder der Gruppe sowie eine uneinnehmbare Festung, in der er lebte, eingebracht hatten. Wo wären sie ohne diesen alten Bastard? Vermutlich tot, und Mason wäre Susie dicht auf den Fersen.

»Carly, ich denke, wir müssen einfa…«

Zuerst kam der Blitz, gefolgt von einer Schallwelle, die ihm die Luft aus der Lunge zu saugen schien. Richard versuchte, sich schützend über seine Frau zu werfen, doch er wurde nach hinten geschleudert, als der Wagen über eine Bordsteinkante fuhr.

Er schlug mit dem Kopf gegen das Seitenfenster, sodass das Glas zersprang, und dann sah er, dass die beiden Männer, die hinter ihm gesessen hatten, aufstanden und den Kopf durch das Schiebedach steckten, während er versuchte, den Schmerz abzuschütteln und wieder klar zu sehen.

Carly schien von alldem nichts zu bemerken. Sie starrte mit leerem Blick durch das zersprungene Seitenfenster, während der Wagen beschleunigte. Als er wieder einen halbwegs klaren Kopf hatte, drehte er sich ebenfalls um.

Xanders Limousine lag mitten auf der Straße auf dem Dach und drehte sich. Flammen loderten aus ihr nach oben und eine schwarze, ölige Rauchwolke stieg von ihr hinauf zum Himmel, während die Passagiere verbrannten.

»Runter!«, hörte er jemanden schreien, und er drückte Carly auf den Sitz. Ihr Körper zuckte, als sie zu weinen begann, und er strich ihr zärtlich über das Haar und konzentrierte sich darauf, einfach weiterzuatmen.

Es war vorbei. Xander war tot, und in wenigen Minuten würden sie es ebenfalls sein.

Susies letzte Hoffnung verbrannte.

50

1800 Meilen östlich von Australien
18. Mai

Oleg Nazarov beobachtete Karls Gesichtsausdruck, als sich dieser auf Video ansah, wie Xanders Limousine durch den Sprengstoff, den sie in einem mannsgroßen Loch platziert hatten, zerstört wurde.

»Was ist mit den Dramans?«, erkundigte er sich, und die Anspannung, die ihm sichtbar zugesetzt hatte, schien ein wenig zu weichen.

»Wir sind uns nicht sicher. Wir hatten gehofft, dass sie auch in der Limousine sitzen würden, aber wenn wir uns die Fluchttaktiken der restlichen Autokolonne ansehen, müssen wir davon ausgehen, dass sie im Wagen dahinter mitgefahren sind.«

»Hatten Sie das nicht eingeplant, dass sie in verschiedenen Fahrzeugen sitzen könnten?«

»Mir war die Möglichkeit durchaus bewusst, aber ohne genaue Informationen konnten wir nicht anders vorgehen. Die Operation hat sich auf Xander konzentriert, und alles macht den Anschein, dass sie ein voller Erfolg gewesen ist. Falls er wirklich tot ist, kommen wir auch wieder an die Dramans ran.«

»*Falls* er tot ist?«, wiederholte Karl und deutete auf die Flammen auf dem Bildschirm. »Glauben Sie, dass er das überlebt haben könnte?«

»Ich bin erst überzeugt, wenn unsere Leute die Leiche gesehen haben«, erwiderte Nazarov, der genau wusste, dass er sich keinen weiteren Fehler erlauben durfte. »Wir überwachen Xanders Haus, um herauszufinden, ob die Dramans dorthin zurückkehren, und unsere Leute bei der Polizei und den Medien werden jeden Versuch der Dramans, mit ihnen Kontakt aufzunehmen, sofort melden. Aber bisher ist nichts passiert.«

»Was ist mit Mason und den anderen?«

»Wir sind bald damit fertig, alle Spuren zu verwischen. Sie wurden alle verlegt, ihre Identitäten wurden verändert und ihr Geld gewaschen. Noch etwa eine Woche, dann wird unsere ursprüngliche Organisation praktisch nicht mehr existieren.«

»Praktisch?«

Nazarov setzte sich einfach, ohne dazu aufgefordert worden zu sein, und wieder einmal fiel ihm kein Weg ein, das, was er zu sagen hatte, diplomatischer auszudrücken. »Sie und diese Insel bilden die Ausnahme. Das sind die letzten unveränderten Bindungen zu unserer früheren Struktur.«

Wie erwartet verfinsterte sich Karls Miene, doch das hatte nicht den üblichen Effekt. So wütend er darüber war, dass er alles aufgeben musste, was er hier aufgebaut hatte, so sehr freute sich Nazarov darüber. Die Insel war wie eine Festung – ein Universum, das ein Mann geschaffen hatte und kontrollierte. Der alternative Standort, den Nazarov ausgewählt hatte, eignete sich deutlich besser für einen schnellen Rückzug, falls dies erforderlich wurde.

»Eine weitere positive Nachricht ist«, fuhr Nazarov fort, »dass wir Susie Draman möglicherweise aufgespürt haben. Jemand hat auf ihren Namen Medikamente in einer Apotheke in Kansas bestellt.«

Karl sah sich erneut das Video an. Es hatte wieder von vorn begonnen, und er war kurzzeitig fasziniert vom Anblick von Xanders Wagen, der durch die Luft geschleudert wurde. »Haben wir Leute vor Ort?«

»Natürlich. Wir haben auch das Computersystem und die Überwachungskameras des Ladens angezapft. Selbst wenn jemand anderes als Burt Seeger die Medikamente abholt, werden wir in Echtzeit erfahren, wann das geschieht, und können die Person von da an verfolgen.«

Karl nickte langsam und fixierte Nazarov. »Sie ist das letzte Puzzleteil, Oleg. Mit ihr gewinnen wir auch die Kontrolle über ihre Eltern. Das ist eine Gelegenheit, die wir uns nicht entgehen lassen dürfen.«

»Ja, Sir. Das verstehe ich.«

51

Irgendwo im Staat New York
18. Mai

Richard hatte die Arme noch um seine Frau gelegt, als der Geländewagen vor einem Betonklotz inmitten eines Meers aus leerem Asphalt hielt. Das Gelände war von einem elektrischen Zaun umgeben und man hatte Stahlpfosten in den Boden gerammt, um zu verhindern, dass sich ein Fahrzeug auf einem schnellen oder direkten Weg nähern konnte. Jenseits des Zauns befand sich eine flache, baumlose Landschaft, die es den Wachen gestattete, ungehindert in alle Richtungen zu sehen.

Der Fahrer sprang heraus und öffnete die hintere Tür, doch Richard regte sich nicht. Er hatte keine Ahnung, wo sie sich befanden und warum sie hier waren. Xander war kein Mann, der Dinge dem Zufall oder der Diskretion anderer überließ, daher ging er davon aus, dass er auch für den Fall seines Ablebens Befehle hinterlassen hatte. Waren sie jetzt nichts weiter als eine Komplikation? Etwas, das sein Erbe beschmutzen konnte? Was befand sich in diesem Gebäude? Ein Krematorium? Ein feuchter Zementboden, der ihr Grab sein sollte?

»Sir?«, meinte der Mann.

Daraufhin stieg Richard aus und zog seine Frau sanft mit sich. Sie schaffte es bis zum Bordstein, wo sie zu Boden sank und den Kopf in die Hände legte.

»Schatz?«, sagte er, und seine Angst vor Xanders Männern trat aus Sorge um seine Frau in den Hintergrund. So hatte er sie noch nie gesehen. Sie hatte noch fast eine Stunde nach Xanders Tod geweint, bis sie schließlich in einen fast schon katatonischen Zustand verfallen war, als sie hierhergefahren waren.

»Sir?«, wiederholte der Mann, und Richard wirbelte herum. »Könnten Sie uns nicht wenigstens eine Minute geben?«

Der Zorn in seiner Stimme überraschte jeden, der ihn hören konnte, und der Mann ging zu einer in die Seite des Gebäudes eingelassenen Stahltür und sah zum Horizont, während er wartete.

»Carly? Geht es dir gut?«

»Ich hatte eigentlich nie Hoffnung«, sagte sie.

»Was?«

»Das ist mein Geheimnis. Du hast es immer für Stärke oder Zen oder was auch immer gehalten. Aber so war es nicht. Ich wusste, dass du sie nicht heilen kannst. Alle wussten es.«

Er kniete sich neben sie auf den Boden und sie nahm seine Hand. »Es war ja nicht so, dass ich nicht an dich geglaubt hätte, Richard. Aber es war unmöglich. Die Jahre sind so schnell vergangen, und die Krankheit …« Ihre Stimme versagte für einen Moment. »Es war einfach zu viel für dich. Für jeden – aber dann habe ich Mason gesehen, und zum ersten Mal habe ich geglaubt, dass Susie eine Zukunft haben könnte. Ich habe mir vorgestellt, wie sie aufwachsen würde. Wie ich zu ihrer Hochzeit gehe. Wie sie selbst Kinder bekommt.«

Richard nickte nur und wusste nicht, was er sagen sollte. Ihm war nur zu gut bewusst, was Hoffnung mit einem Menschen machen konnte. Wenn es im Leben eines gab, das er verstand, dann war es das.

52

Irgendwo im Staat New York
18. Mai

Im Eingangsbereich des Gebäudes standen zwei schwer bewaffnete Männer in kugelsicheren Westen, während ein dritter hinter einer Reihe von Monitoren saß. Richard und Carly wurden an ihnen vorbei zu einer Panzertür geführt, die sich automatisch öffnete, als sie näherkamen.

Trotz der Vertrautheit der Stahltische und -waschbecken sowie der glänzenden Laborausrüstung, die sie dahinter vorfanden, spürte Richard, wie ihm das Adrenalin durch die Adern schoss, als sich die Tür lautstark hinter ihnen schloss. Die nicht vorhandenen Fenster, das Gefühl der Machtlosigkeit, der Verlust der Hoffnung, all das setzte ihm langsam zu.

»Das wurde aber auch Zeit!«

Die Stimme hallte in dem Raum wider, klang aber nicht so, als würde sie aus dem Grab kommen. Sie blieben beide wie angewurzelt stehen, als Andreas Xander hinter einigen Aktenschränken hervorgerollt kam.

»Machen Sie nicht so ein überraschtes Gesicht«, sagte er mit der üblichen irren Schadenfreude in der Stimme. »Die müssen sich schon mehr anstrengen, wenn sie mich umbringen wollen. Mit so einem amateurhaften Versuch kommen sie da nicht weit.«

Richard warf seiner Frau einen Blick zu, die tatsächlich mit offenem Mund dastand und versuchte zu begreifen, wen sie da vor sich hatte.

»Wer hat dann im Wagen gesessen?«, brachte sie schließlich heraus.

»Ein Köder. Ich habe ein paar davon«, erklärte er und bleckte seine fleckigen Zähne, was wohl seine Version eines Grinsens sein sollte. »Vermutlich wollen die jetzt eine Gehaltserhöhung.«

Für ihn war das nur ein weiterer Sieg über seine Feinde, etwas, durch das er sein Spiegelbild in den jungen, mächtigen Mann verwandeln konnte, der er einst gewesen war. Die Menschen, die für ihn in seinem Wagen gestorben waren, bedeuteten ihm ebenso wenig wie ihre Familien und ihre Freunde.

»Das ist das Beste, was wir in so kurzer Zeit hinbekommen haben«, fuhr er fort und deutete mit der Hand auf den Raum. »Man kann es gut verteidigen, falls diese Idioten, die für Mason arbeiten, es finden sollten, und hier gibt es alles, was Sie brauchen, um sich zu beschäftigen, bis das Labor auf meinem Anwesen fertiggestellt ist.«

Richard legte seiner Frau eine Hand auf den Rücken und behielt sie in seiner Nähe, während er sich das Sammelsurium aus neuen Instrumenten und Gegenständen, die sie aus Masons Labor mitgenommen hatten, ansah. Es war noch nicht vorbei. Er hatte immer noch Zeit, ebenso wie Susie.

»Wo sind die Computer?«

»In Indien«, antwortete Xander. »Wir haben unsere besten Leute darauf angesetzt, aber man hat mir gesagt, dass es eine Weile dauern wird, sie zu knacken. Vielleicht eine Woche, vielleicht einen Monat. Möglicherweise klappt es auch gar nicht.«

Richard wollte schon den Kühlschrank öffnen, den sie auch mitgenommen hatten, zögerte dann aber und sah Xander an.

»Nur zu, Doc.«

Im Inneren fand er ordentliche Reihen mit Phiolen und Teströhrchen, die alle mit Nummern versehen waren, deren Erläuterungen seiner Vermutung nach in den noch zu entschlüsselnden Computerdateien zu finden waren.

Xander deutete mit einem knochigen Finger auf eine Stahlkiste, die im untersten Fach stand. »Sie würden es nicht glauben, was wir alles unternommen haben, um das Ding aufzukriegen.«

Als Richard die Kiste aufklappte, staunte er über das Gewicht des Deckels, der aus einer zweieinhalb Zentimeter dicken Stahlplatte bestand.

»Die Kiste hatte ein ausgeklügeltes Verschlusssystem mit drei separaten Sprengsätzen, die den Inhalt bei einem unbefugten Zugriff zerstören sollten.«

»Dann ist das also was ganz Besonderes«, stellte Richard fest und strich mit der Fingerspitze über die Glasphiole, die sich darin befand. »Sie wollten nicht, dass das jemand in die Finger bekommt.«

»Das ist die Untertreibung des Jahrhunderts. Wir haben den Mann aufgespürt, der die Kiste hergestellt hat, und wissen Sie was? Er ist zufälligerweise zwölf Stunden, bevor wir bei ihm waren, bei einem Hausbrand ums Leben gekommen. Alle Pläne waren vernichtet und sein Assistent wurde mit einer Kugel im Kopf auf einem Feld gefunden. Sie haben nicht mal versucht, es wie einen Unfall aussehen zu lassen. Es ist ein Wunder, dass unsere Leute die Kiste aufbekommen haben, ohne dass das Ding hochgegangen ist. Die Chancen dafür waren äußerst gering.«

Carly stand neben ihm, starrte fasziniert in die Kiste und schien vom Glänzen der winzigen Phiole fasziniert zu sein. »Könnte sie das sein?«

»Ich weiß es nicht«, erwiderte Richard. »Ist gut möglich.«

»Wie lange brauchen Sie, um es herauszufinden?«, wollte Xander wissen. »Wie lange wird es dauern, bis ich mich der Therapie unterziehen kann?«

Richard warf dem alten Mann einen Blick zu, sah aber wieder weg, bevor sich ihre Blicke treffen konnten. Er wusste bereits, was er darin sehen würde oder was vielmehr ausbleiben würde. Es würde keinen Gedanken mehr an Susie und all die anderen Kinder geben, auch nicht daran, was das für die Welt bedeuten konnte.

Xander war ein kaltes, leeres Universum, in dem es nur ihn allein gab.

»Ich habe keine Ahnung«, gab Richard schließlich zu. »Wir wissen überhaupt nichts darüber. Wie funktioniert es? Ist das eine Dosis oder sind es eintausend? Wie wird es verabreicht, alles auf einmal oder nach und nach im Verlauf eines Jahres? Ist es vollständig oder haben wir nur eine von zehn Komponenten vor uns? Vielleicht ist es ja auch nur ein Köder? Könnten sie es absichtlich dagelassen haben, damit wir es finden?«

»Aus diesem Grund sind Sie doch hier, Doc. Um diese Fragen zu beantworten.«

»Ja.«

»Sie sind hier in Sicherheit, bis wir Sie wieder zum Haus zurückbringen können. Wir können Sie allerdings nicht ständig hin und her fahren, das wäre zu gefährlich.«

»Verstehe.«

»Sie bekommen alles, was Sie brauchen«, fuhr Xander fort. »Haben Sie das verstanden? Eine Million Dollar, zehn Millionen, hundert Millionen. Mir ist es gleich. Das Einzige, was für mich zählt, ist, dass Sie das hinkriegen, und zwar schnell.«

Bei diesen Worten drehte sich Xander um und rollte zur Tür. »Kommen Sie, Carly, Sie können mit mir mitfahren. Wir müssen zurück, bevor diese Schweine merken, dass sie Mist gebaut haben.«

»Ich werde hier bei Richard bleiben.«

Er hielt an, drehte sich aber nicht um. »Ich musste meinen Männern versprechen, dass ich Sie wieder mitbringe. Wenn Sie nicht für mich kochen, steht mir bald eine Meuterei ins Haus.«

Obwohl seine Worte höflich klangen, vermittelte sein Tonfall die eigentliche Botschaft: »Ich habe Ihre Frau und erwarte Ergebnisse.«

Da sie nicht in der Position waren, um zu verhandeln, zwang sich Richard zu einem Lächeln. »Du willst doch nicht hier auf dem Boden schlafen.«

Er beugte sich vor, um sie zu küssen, aber sie drehte ihren Kopf im letzten Moment zur Seite und flüsterte ihm ins Ort: »Was immer auch passiert, niemand hätte mehr tun können, um Susie und den anderen Kindern zu helfen.«

Dann sah er mit an, wie sie nach Xander durch die Tür ging, und stand noch eine ganze Weile so da, als sie längst weg waren, wobei er die Sicherheitskameras ignorierte, die an der Decke hingen und ihn überwachten.

Er konnte fast schon spüren, wie die Phiole hinter ihm etwas ausstrahlte. Aber was? Eine Zukunft für Susie? Für Männer wie Xander? Für die ganze Menschheit?

Es war unmöglich, über etwas derart Mächtiges nachzudenken, ohne es als gut oder böse einzustufen.

Und er hatte auch keine Ahnung, in welche Kategorie es fallen würde.

53

Wichita, Kansas
20. Mai

Der Plan war, sich zu beeilen und in zehn, maximal fünfzehn Minuten wieder verschwunden zu sein.

Das war jetzt fünf Stunden her.

Burt Seeger griff nach seiner Kaffeetasse, beschloss dann jedoch, dass er bereits zu viel Kaffee getrunken hatte. Er war auch ohne das zusätzliche Koffein schon nervös genug.

Der Walmart auf der anderen Straßenseite war durch das Fenster der McDonald's-Filiale gut zu sehen, und er beobachtete, wie sich das Licht der Nachmittagssonne auf den parkenden Autos spiegelte. Seine Augen und sein Gedächtnis waren nicht mehr so gut wie früher, was es ihm erschwerte, Muster in den Hunderten, wenn nicht gar Tausenden kommender und gehender Kunden zu erkennen.

Die Leute, mit denen er es zu tun hatte, würden keinen großen Überwachungswagen mitten auf den Parkplatz stellen und einige muskelbepackte, über Funk miteinander verbundene Männer einsetzen. Sie gingen weitaus subtiler vor und würden unsichtbar sein.

Und so saß er jetzt hier mitten in einem amerikanischen Vorort und hatte das Gefühl, in den Zugang zu einer engen afghanischen Schlucht zu starren.

Er zog sein Handy aus der Tasche, wählte eine Nummer und hörte schon nach dem ersten Klingeln eine vertraute Stimme.

»Hallo?«

»Hey, Susie. Ist alles okay?«

»Wo *bist* du? Bist du in den Walmart in Frankreich gefahren?«

Das Grinsen, das sich auf seine Lippen stahl, verblasste schnell wieder. Dass er das kranke achtjährige Mädchen alleine in dem verrosteten Wohnmobil zurückgelassen hatte, heiterte ihn nicht gerade auf.

»Sie haben gesagt, die bestellten Medikamente wären da, aber das waren sie nicht«, log er.

»Du hättest mich mitnehmen sollen. Ich weiß, wie alle meine Medikamente heißen. Und damit meine ich nicht nur die Firmennamen. Ich kenne auch die wissenschaftlichen Ausdrücke. Ich kann sie sogar buchstabieren. Ich hätte dir helfen können.«

»Das weiß ich doch. Aber es wird nicht mehr lange dauern. Spielst du das neue Videospiel, das wir gekauft haben?«

»Nein. Ich war müde, und ich wollte damit lieber auf dich warten.«

Unbewusst kaute er auf seiner Lippe herum. Sie hatte ihn angefleht, es zu kaufen, und geschworen, dass sie ihrer Mutter nie verraten würde, dass er ihr gestattet hatte, ein Spiel mit einer drallen Heldin zu spielen, die wandelnden Leichen die Köpfe wegschoss.

Die meiste Zeit war sie noch immer das begeisterungsfähige kleine Mädchen, das er einen Monat zuvor in seiner Auffahrt kennengelernt hatte. Aber manchmal – im Allgemeinen, wenn sie sich unbeobachtet fühlte – schien sie deutlich blasser auszusehen.

»Wir können es ja mal zusammen versuchen, wenn ich zurück bin. Weißt du noch, wo die Bücherei ist? Ich habe sie dir gezeigt, sie ist ein Stück weiter die Straße hinunter.«

»Das kann ich gar nicht vergessen, Burt, ich kann sie doch vom Fenster aus sehen.«

»Okay, gut. Wenn du in einer Stunde noch nichts von mir gehört hast, dann möchte ich, dass du da hingehst und deine Eltern anrufst. Sag ihnen, dass sie dich abholen sollen.«

»Wie meinst du das?«, rief sie, und die übermächtige Angst, die alle Kinder ihres Alters davor hatten, alleingelassen zu werden, war ihrer Stimme deutlich anzuhören. »Was machst du denn? Willst du mich zurücklassen?«

Nein, dachte er. Ich werde sterben.

Trotz all der Dinge, die er auf den Erziehungswebseiten gesehen hatte, war das vermutlich einer der Fälle, in denen Ehrlichkeit nicht gerade die beste Wahl war.

»Natürlich lasse ich dich nicht im Stich, mein Schatz. Aber es könnte sein, dass ich wegmuss, damit du nicht in Gefahr gerätst, verstehst du?«

»Warum musst du weggehen? Hab ich was Falsches gemacht? Das wollte ich nicht. Ich …«

»Beruhige dich, Susie. Du hast nichts falsch gemacht. Es könnte nur sein, dass wir uns eine Weile nicht sehen. Wie lautet unser Motto?«

»Ich weiß nicht …«

»Komm schon. Wie lautet es?«

»Hab immer einen Plan B.«

»Genau. Jetzt möchte ich, dass du den Timer an der Uhr stellst, die ich dir gegeben habe. Eine Stunde. Hast du verstanden?«

54

Wichita, Kansas
20. Mai

Burt Seeger machte einen Umweg und ging drei Blocks in Richtung Norden, bevor er die Straße überquerte. Der Bürgersteig war erschreckend leer, denn kaum jemand ging in Amerika noch zu Fuß, sodass er mehr auffiel, als ihm lieb war.

Er ging hinter einigen Geschäften entlang, die an den Parkplatz des Einkaufszentrums grenzten, schlich am schiefen Zaun an dessen Rückseite entlang und verschwand gelegentlich hinter einer Mülltonne, um zu überprüfen, ob er verfolgt wurde.

Nichts.

Aber eigentlich hatte er auch nicht damit gerechnet, jemanden zu sehen. Sie würden ihn einfach beobachten und warten, bis er sie zurück zu Susie geführt hatte, bevor sie zuschlugen. Dass er Susies Medikamente bestellt hatte, war eine Verbindung, die zwar dürftig war, der sie aber dennoch nachgehen würden.

Als er das letzte Geschäft hinter sich gelassen hatte, blickte er durch ein Loch im Zaun. Der Walmart war ganz in der Nähe und sah von hier aus auch nicht unheilvoller aus als aus der Ferne. Durchschnittliche Menschen mit durchschnittlichen Kindern und normalen Einkaufstüten.

Dennoch wäre er am liebsten wieder verschwunden. Aber das ging nicht. Susie brauchte ihre Medikamente, und das war der einzige Ort, an dem er sie besorgen konnte.

Seeger wollte gerade über den Zaun klettern, als ihm eine Leiter ins Auge stach, die an der Rückseite einer Pizzeria nach oben führte. Das Dach war flach und von einer Mauer umgeben, die einen knappen Meter hoch zu sein schien. Das wäre eine gute Stelle, um sich einen letzten Überblick zu verschaffen, bevor er reinging.

Rasch kletterte er nach oben und zog den Kopf ein, als er das Dach erreichte.

Sein Herzschlag beschleunigte sich, was in seinem Alter nicht unbedingt gut war, aber das Adrenalin zeigte wie immer Wirkung. Er konnte seine Umgebung deutlicher erkennen, die Geräusche rings um ihn wurden klarer und unterscheidbarer und die kleinen Wehwehchen, an die er sich schon gewöhnt hatte, verblassten.

Nach einem kurzen Blick nach unten, ob ihm auch niemand folgte, hob er langsam den Kopf, bis er über den Rand blicken konnte.

Der Mann befand sich auf der anderen Seite des Daches und saß mit verschränkten Beinen vor einigen kleinen Monitoren. Er trug eine braune Hose und ein weißes Hemd, das seinen muskulösen Körper betonte und einen deutlichen Kontrast zu seiner dunklen Haut bildete. Der Kopfhörer, der auf seinen militärisch kurz geschnittenen schwarzen Haaren ruhte, war direkt mit einer Konsole zu seiner Rechten verbunden.

Seeger war sich nicht ganz sicher, ob es derselbe Mann war, der das Team in seinem Haus angeführt hatte, aber er sah ihm sehr ähnlich.

Er zog sich noch ein weiteres Stück hoch und versuchte, eine logische Erklärung für das zu finden, was er da vor sich hatte. Einen Polizisten auf der Lauer, der zufälligerweise indische Vorfahren hatte? Den Regisseur eines ausländischen Independentfilms über amerikanische Supermarkteinkäufer?

Sehr unwahrscheinlich.

Die Sonne schien ihm ins Gesicht, was normalerweise ein Nachteil war, hier jedoch dafür sorgte, dass sein Schatten hinter ihn fiel. Das Dach schien mit Gummi beschichtet zu sein und würde seine Schritte dämpfen, wenn er den Kies in der Mitte mied.

Doch wie standen trotz des Überraschungsmoments seine Chancen? Es hatte mal eine Zeit gegeben, in der er über eine solche Gelegenheit nicht einmal nachgedacht hätte, aber das war fünfundzwanzig Jahre her. War es das Risiko wert?

Er zog sein Messer aus der Tasche und schob es mit dem Daumen auseinander. Die Klinge war nur sieben Zentimeter lang und für diese Aufgabe eigentlich nicht gedacht, aber es war lautlos und scharf, daher musste es reichen.

Er schwang ein Bein über die Kante und kroch lautlos vorwärts, um jedes Mal innezuhalten, wenn sich der Mann über die Monitore beugte, die Seegers Ansicht nach mit den Überwachungskameras im Walmart verbunden waren. Die Bilder wechselten ständig und man sah die Kasse, die Kühlabteilung, aber es gab eine Ausnahme: Das Bild der Apotheke blieb.

Als er nur noch etwas über einen Meter von dem Mann entfernt war, frischte der Wind auf und er war besorgt, dass der Mann das aufdringliche Ananasshampoo riechen konnte, das Susie für ihn ausgesucht hatte.

Seeger zog das Kabel aus dem Kopfhörer und warf sich sofort nach links, da er damit gerechnet hatte, dass sich der Mann in Verteidigungshaltung drehen und den Ellenbogen ausfahren würde. Die Jahre hatten ihn langsamer gemacht, als er gedacht hatte, und er wurde so heftig getroffen, dass er das Gleichgewicht verlor und gegen eine niedrige Mauer hinter sich prallte.

Der Mann schlug gegen Seegers Brust und drückte ihn so noch näher an die Ziegelsteinbarriere heran. Er sackte in die Knie und konnte den Aufprall mit den Schulterblättern auffangen und nicht mit dem Steiß, wie es der Mann geplant hatte. Der Schmerz wurde begleitet von einem Knacken, das vermuten ließ, dass er sich etwas gebrochen hatte.

Überraschenderweise konnte er seinen rechten Arm noch bewegen und er riss ihn nach vorn, wobei er sich auf das Gesicht des Mannes in etwa einem halben Meter Abstand konzentrierte. Darin waren weder Angst noch Zorn zu erkennen, nur Kalkül und eiserne Entschlossenheit. Es waren nicht die Fanatiker, die ihm Sorgen bereiteten, sondern die kaltschnäuzigen Typen wie der, den er vor sich hatte. Sie waren diejenigen, die einen umbringen würden.

Der Mann bewegte seine Faust in einem präzise getimten Bogen, aber Seeger ignorierte sie und konzentrierte sich auf die schwache Vorwärtsbewegung seiner Hand. Im letzten Moment drehte er den Kopf zur Seite, um den Schlag abzumildern, der ihn dennoch unter dem jetzt verzerrt wirkenden Himmel zu Boden gehen ließ.

Der Inder machte einen Schritt nach vorn, um seinen Vorteil auszunutzen, griff sich dann allerdings mit der Hand an den Hals und zog sie blutverschmiert wieder weg. Seine Verwirrung überraschte Seeger nicht. Zu den vielen Obsessionen, die er aus dem Krieg mitgebracht hatte, gehörte auch, dass er seine Ausrüstung stets penibel in Ordnung hielt. Was dem Messer in seiner Hand an Größe fehlte, machte es durch seine präzise geschärfte Klinge wieder wett. Der Mann hatte den Schnitt in seine Halsschlagader nicht einmal gespürt.

Das Blut des Attentäters spritzte von seinem Herzschlag angetrieben heraus, und er verlor seine professionelle Ruhe. Obwohl das Leben aus ihm herausfloss, packte er Seegers Hemd, zog ihn hoch und rammte ihn erneut gegen den Rand der Mauer.

Seeger fiel das Messer aus der Hand und er griff nach der Pistole, die er sich am Rücken in den Gürtel gesteckt hatte, und gab somit die Hoffnung auf, die Sache leise über die Bühne bringen oder etwas Hilfreiches erfahren zu können.

Da er offensichtlich nicht gründlich zielen konnte, hielt er die Waffe etwas tiefer und hoffte, dass eine Kugel in den Oberschenkel den Mann so weit verlangsamen würde, bis der Blutverlust den Rest übernahm.

Doch sein Gegner schien das zu ahnen, da er Seegers Handgelenk packte und auf den Rand der Mauer schlug, sodass die

Waffe über den Rand auf den Parkplatz fiel. Seeger wusste, dass er schnell etwas unternehmen musste, wenn er nicht mit gebrochenen Knochen direkt daneben landen wollte.

Hilflos trat er nach den Beinen des Mannes und versuchte, eines davon in der Luft zu erwischen, aber er schaffte es nicht. Er rutschte immer weiter.

Seeger dachte an Susie und ihre Eltern. An seine Frau. Und an die vielen Freunde, die vor ihm gegangen waren. Auf einmal hatte er das Gefühl, sie würden auf ihn herabsehen, und er packte das Kinn seines Gegners und seinen Hinterkopf und versuchte ein Manöver, mit dem er ihm früher den Hals gebrochen hätte. Er drehte, so heftig er konnte, aber das Alter und die vielen Verletzungen am Rücken hatten ihn zu sehr geschwächt. Jetzt konnte er nur noch hoffen, dass seine Bemühungen in den Augen seines eingebildeten Publikums nicht allzu armselig aussahen.

Wie erwartet hörte er nicht das befriedigende Knacken. Womit er jedoch nicht gerechnet hatte, war, dass der Mann den Hals verdrehte und sich der Riss in seinem Hals zu einem klaffenden Loch erweiterte. Der Blutfluss intensivierte sich derart, dass ihm das Blut ins Gesicht und auf die Brust spritzte, in seinen Augen brannte und er den metallischen Geschmack im Mund hatte.

Der Hoffnungsschimmer verlieh Seeger neue Kräfte, und er packte fester zu und hielt die Wunde offen, während sein eigener Absturz auf den Parkplatz immer unwahrscheinlicher wurde.

Als die Augen des Mannes immer glasiger wurden, beförderte ihn Seeger mit einem kräftigen Stoß schließlich zu Boden. Dann packte er das Messer und stützte sich mit einem Knie auf die Brust des Mannes, der nur schwach versuchte, wieder aufzustehen.

»Wer zum Teufel sind Sie?«

Der Mann griff sich mit der Hand an den Hals in dem vergeblichen Versuch, den Blutfluss doch noch zu stoppen.

»Niemand«, röchelte er.

»Für wen arbeiten Sie?«, wollte Seeger wissen. »Sie können es mir ruhig verraten.«

Die Hand des Mannes rutschte zu Boden, und er drehte sein blutverschmiertes Gesicht in Richtung Himmel.

»Für wen arbeiten Sie?«

Aber er würde nichts mehr sagen. Die Blutung ließ nach und sein Blick wurde starr, woraufhin Seeger zur Leiter stürzte. Das Team des Toten musste den Kampf auf dem Dach mitbekommen haben. Sie waren bestimmt schon unterwegs.

Er packte das Geländer, drückte seine Füße an die Seite und ließ sich so schnell herab, dass sein schlimmes Bein beinahe nachgab, als er auf dem Boden aufkam. Er machte einige Schritte in die Richtung, aus der er gekommen war, blieb jedoch stehen, als er einen bewaffneten Mann seinen geplanten Fluchtweg entlangrennen sah. Seeger drehte sich um, doch bevor er wieder loslaufen konnte, warf sich ein Mann über den Zaun vor ihm und kam behände auf dem Boden auf.

Instinktiv griff er nach seiner Pistole, doch dann fiel ihm ein, dass sie nicht da war, während die beiden Männer bereits ihre Waffen zogen.

»Fallen lassen!«, schrie der eine.

Offenbar hatte er sein ganzes Glück auf dem Dach verbraucht. Dieses Mal würde er sterben. Nicht in Afghanistan, nicht in Somalia und nicht im Irak. Hinter einem Walmart.

Doch er wollte sich nicht bei lebendigem Leib fassen lassen, also rannte er geduckt zu dem wackligen Zaun, wobei er die seiner Meinung nach schwächste Stelle anvisierte, während von Schalldämpfern gedämpfte Schüsse um ihn herumflogen.

Da er damit rechnete, getroffen zu werden, taumelte er und fiel mit dem Rücken gegen den Zaun. Das brüchige Holz gab nach, und als er hindurchstürzte, sah er, dass einer der Männer zu Boden ging, während der andere hinter einem Müllcontainer Deckung suchte. Seeger taumelte in das hohe Gras auf dem Nachbargrundstück, als ihm klar wurde, warum er noch am Leben war. Sie schossen nicht auf ihn. Sie schossen aufeinander.

Da immer noch geschossen wurde, sprang er auf und rannte so schnell er konnte auf die Straße zu. Es würde nicht mehr lange dauern, bis der Kampf hinter ihm entschieden war und der Sieger nach einem neuen Ziel Ausschau hielt.

* * *

Seeger hielt sich dicht am Gebäude und musterte das fleckige blaue Wohnmobil, in dem sich Susie Draman aufhielt. Ein Blick auf seine Armbanduhr sagte ihm, dass sie in zehn Minuten losgehen sollte, um ihre Eltern von der Bücherei aus anzurufen.

Rings um das Fahrzeug sah alles ganz normal aus, und er hoffte, dass es sich dabei nicht nur um eine Illusion handelte und dass es den Männern aus dem Walmart nicht gelungen war, ihm zu folgen. Doch Hoffnung war etwas, worauf er sich normalerweise nicht verließ.

Er wählte auf seinem Prepaidhandy eine Nummer und hielt es an sein Ohr, nachdem er sich weiter in den Schatten zurückgezogen hatte.

»Hallo?«

»Lassen Sie mich mit dem Doc sprechen.«

»Einen Moment.«

Richards Stimme klang leicht panisch, als er sich meldete. »Warum rufst du an? Wir wollten doch erst heute Abend telefonieren. Geht es Susie gut? Was …«

»Beruhige dich«, unterbrach ihn Seeger. »Susie geht es gut. Aber ich komme nicht an ihre Medizin ran.«

»Warum nicht?«

»Weil diese Leute im ganzen Laden sind.«

»Wie …«

»Ich vermute, dass sie das Computersystem der Apotheken angezapft haben. Und auch so gut wie alles andere, soweit ich das erkennen kann.«

Es dauerte einige Sekunden, bevor Richard wieder etwas sagte. »Wie schnell könnt ihr hier sein?«

»Da ist noch mehr, Richard. Ich bin mir ziemlich sicher, dass einer davon der Mann war, der in meinem Haus gewesen ist,

Masons Handlanger. Aber hier war auch noch jemand anderes, der definitiv nicht zu Masons Team gehört.«

»Wie schnell?«, wiederholte Richard.

»Hast du gewusst, dass Xander Leute hergeschickt hat?«

»Nein, aber er macht sich Sorgen um Susie. Er glaubt, dass sie auf seinem Anwesen sicherer wäre.«

Seeger war sich sicher, dass der alte Bastard sie belauschte, aber das war ihm inzwischen egal. »Wirklich, Richard? Andreas Xander macht sich Sorgen um ein achtjähriges Mädchen, dem er nie begegnet ist? Für wie wahrscheinlich hältst du das?«

»Das ist eigentlich scheißegal, oder? Wenn du ihr nicht die Medikamente besorgen kannst, die sie braucht, dann musst du sie herbringen. Wie schnell?«

»Realistische Schätzung? Ein paar Tage.«

Es gab eine erneute Pause. »Und unrealistisch geschätzt?«

55

Alberta, Kanada
22. Mai

»Vorsicht, ihr Idioten!«

Es gelang den Männern gerade so zu verhindern, dass Xanders Rollstuhl umkippte, und sie blieben stehen und suchten sich einen besseren Halt, bevor sie ihn die restlichen vereisten Stufen hinauftrugen.

Der Adrenalinstoß, den er einst gespürt hätte, verbunden mit Herzrasen und feuchten Händen, wurde durch ein zunehmend vertrauter werdendes Ziehen in seiner Brust ersetzt. Er sah hinter sich, so gut es ihm sein steifer Hals erlaubte, und dachte einen Augenblick lang über die steile Treppe, die bewaffneten Wachleute, die an strategischen Positionen in der endlosen Landschaft platziert waren, und die Dunkelheit, die er immer mehr fürchtete, nach.

Der Wind hatte seinen Hubschrauber den ganzen Weg bis in diesen entlegenen Winkel von Kanada durchgeschüttelt, drang durch seine dicke Jacke und schien direkt durch ihn hindurchzuwehen.

Es war nicht immer so gewesen. Er hatte im Alter von vierzehn angefangen zu arbeiten und Eis mit einem Pferdegespann ausgeliefert. Damals hatte ihm nichts etwas anhaben können, nicht die Kälte, nicht die anstrengende Arbeit und auch nicht die Sechzehnstundenschichten.

Jetzt war er der Gnade anderer ausgeliefert – ein kurzer Angstanfall, der vorübergehende Gleichgewichtsverlust oder ein unbedeutender Essensrest, der ihm in der Kehle stecken blieb, konnten alles beenden. Alles, was er sich im Verlauf von fast einem Jahrhundert aufgebaut hatte, alles, wozu er geworden war, entglitt ihm und ging an eine Generation aus Männern – und jetzt sogar Frauen – über, die nicht einmal ein paar Stunden seiner Kindheit ertragen würden. Sie waren nichts als privilegierte Narren, denen alles auf dem Silbertablett serviert wurde.

»Verschwinden Sie«, sagte er, als seine Männer den Rollstuhl vor der offenstehenden Eingangstür des Hauses abgesetzt hatten. Er lauschte, wie sie sich entfernten, während sich seine Augen an das Leuchten anpassten, das aus dem Haus drang. Es war ein nach seinen Standards eher bescheidenes Haus mit knapp sechshundert Quadratmetern Wohnfläche aus Holz und Stein, umgeben von vierhundert Hektar sorgsam umzäuntem Pinienwald.

Er hatte eine Armee von penibel arbeitenden Finanzsachverständigen eingesetzt, die auf Wirtschaftskriminalität spezialisiert waren. Letzten Endes fanden sie eine kleine Nachlässigkeit bei einem Banktransfer eines der reichen Männer, die im letzten Jahrzehnt verschwunden waren. Und die Enthüllung dieses augenscheinlich unbedeutenden Fehlers hatte ihn an diesen Ort geführt.

Xander bewegte seinen Rollstuhl mit behandschuhten Händen durch die Tür, bis er die Wärme auf seiner Haut spürte, zog es jedoch vor, nicht weiter hineinzufahren.

»Andreas!«, rief Bill Garrison und eilte auf ihn zu. »Ich hoffe, Ihre Anreise war nicht allzu beschwerlich!«

»Was haben Sie gefunden?«, erkundigte sich Xander, der nicht an Small Talk interessiert war. Er hatte keine Zeit dafür.

»Soweit wir wissen, wurde das Haus vor einigen Wochen aufgegeben. Es ist für sie viel leichter, Verbindungen zu kappen, als für uns, diese aufzuspüren.«

Die objektive, geschäftsmäßige Art, die Xander an Garrison immer geschätzt hatte, machte ihn jetzt wütend. Er war der Einzige neben den Dramans, der wusste, was auf dem Spiel stand, und doch ging er genauso vor wie bei jeder anderen Untersuchung – für ihn war es nichts als ein weiterer Job, um die Hypothek auf seinem Haus am Stadtrand abzubezahlen und die Nachhilfe für seine Kinder zu finanzieren, die aufs College gingen, um nicht arbeiten zu müssen.

Er war noch jung genug, um seine Sterblichkeit in weiter Ferne zu wähnen, und es würde noch Jahre dauern, bis er begriff, worum es hier ging. Wie es war, von innen heraus zu verrotten.

»Wir haben mit den Leuten in den umliegenden Städten gesprochen und eine Frau aufgespürt, die vor einigen Jahren hier gearbeitet hat. Sie sagte, das Haus hätte einem unverheirateten Mann Mitte dreißig gehört. Wir haben ihr die Bilder der Männer gezeigt, die wir digital bearbeitet haben, damit sie das entsprechende Alter widerspiegeln, und sie hat einen davon vorläufig identifiziert.«

»Vorläufig?«

»Die Computeralgorithmen sind nicht perfekt, aber wir glauben, dass er es ist.«

»Und was jetzt?«, wollte Xander wissen und versuchte, die in ihm aufsteigende Hoffnungslosigkeit zu unterdrücken, die er glaubte, abgeschüttelt zu haben, nachdem er Richard Draman kennengelernt hatte. »Was haben wir davon?«

»Vermutlich nichts«, gab Garrison zu. »Diese Leute haben ihre Fähigkeit zu verschwinden schon seit langer Zeit perfektioniert und sind verdammt gut darin.«

»Dann ist das nichts als eine weitere Sackgasse?«

Es war auch nicht mehr so befreiend wie früher, seinem Zorn freien Lauf zu lassen, sondern diente eher dazu, seine Erschöpfung und seine Angst zu überspielen. »Wir können es uns nicht leisten, immer einen Schritt hinter diesen Leuten herzuhinken, Bill.«

»Ich weiß nicht, was ich Ihnen sagen soll. Ich tue, was ich kann.«

Xander deutete auf die offene Tür. »Trommeln Sie Ihre Leute zusammen. Wir verschwinden von hier.«

Garrison nickte und ging den Flur hinunter, während Xander reglos dasaß und ein vertrocknetes, eingetopftes Bäumchen in der Ecke anstarrte.

Richard Draman arbeitete jetzt seit fünf Tagen an dem Material, das sie aus August Masons Labor mitgenommen hatten, und immer, wenn sie miteinander sprachen, erzählte er dieselbe Geschichte, nur mit anderen Worten. Nicht schlüssig. Mache Fortschritte. Ein Schritt in die richtige Richtung. All die Worte, die Xander als die Plattitüden von Menschen kannte, die eigentlich keine Ahnung hatten, was sie taten.

Er musste sich langsam eingestehen, dass es zehn Jahre dauern konnte, bis Draman etwas Nützliches entdeckte, und sogar noch länger, bis Garrison einem dieser Menschen nahe genug kam, um ihn gefangen zu nehmen. Doch Xanders Ärzte waren sich einig, dass er nicht mehr so viel Zeit hatte.

Während er durch den Flur rollte, suchte er in den Habseligkeiten eines Mannes, der den Tod besiegt hatte, der das Letzte, was ihn noch mit den gewöhnlichen Menschen auf der Straße verband, abgeworfen hatte, nach Antworten. Dieser Mensch wusste, wie es war, wenn man seine Kraft wiedererlangte.

Immer mehr Menschen erschienen im Flur und wandten den Blick ab, wenn sie auf dem Weg zur Tür an ihm vorbeigingen. Als Garrison endlich wieder auftauchte, war es im Haus still geworden.

»Ich bin draußen, falls Sie irgendetwas brauchen, Andreas.«

Xander starrte nur weiter mit leerem Blick auf den dahinsiechenden Baum und war vorübergehend in der Vergangenheit gefangen. Als er hörte, dass die Tür geschlossen wurde, rollte er zu einem kleinen Tisch und legte einen verschlossenen Umschlag darauf.

Die Adresse bestand nur aus drei Worten, die er mit eigener zitternder Hand geschrieben hatte.

An die Unvergänglichen.

56

Irgendwo im Staat New York
22. Mai

Richard Draman hob den Kopf vom Mikroskop und sah zu den Kameras an der Decke hinauf. Fast eine ganze Woche verbrachte er jetzt schon in dem temporären Labor, in das ihn Xander eingesperrt hatte, und hatte nur wenige Male kurz mit Carly und Susie telefonieren dürfen. Das war eine unterschwellige Ermahnung daran, dass sein Leben nicht mehr ihm selbst gehörte, und dass sie alle nur noch existierten, um die Wünsche des alten Mannes zu erfüllen.

Er beugte sich erneut über das Mikroskop, da er unbedingt den Anschein aufrechterhalten musste, dass er dabei war, August Masons Lebenswerk zu entschlüsseln. Doch das war alles, was er hier tat – er war Darsteller in einem Schauspiel, das nur dazu diente, den zunehmend ungeduldigeren und verzweifelteren Andreas Xander davon zu überzeugen, dass die Untersterblichkeit und nicht etwa der Tod auf ihn wartete.

Die Phiole, die sie gefunden hatten, enthielt zahlreiche Viren und Bakterien, die er nur teilweise hatte identifizieren können. Doch ihre Funktion war klar: Sie sollten in Zellen eindringen und winzige Stränge aus genetischem Material hinterlassen, die das Genom der Testperson auf eine Art veränderten, wie es die Natur niemals vorgesehen hatte.

Aber wie? Welche Teile der DNS wurden angesprochen? Von welchen Kreaturen stammten die Ersatzstränge – oder hatte man sie komplett im Labor hergestellt? Wie würde das Immunsystem des Patienten auf die Trägerkeime reagieren? Das waren nur einige der unzähligen Fragen, die er bisher nicht beantworten konnte.

Im Grunde genommen war es hoffnungslos. Selbst mit einer Armee aus Topleuten würde es Jahre dauern zu verstehen, was Mason erreicht hatte, wenn nicht gar Jahrzehnte. Aber er hatte keine Jahre, nicht einmal Monate. Die Träger im Serum starben bereits ab. Er ging davon aus, dass diese Dosis für eine bestimmte Person hergestellt worden war und nicht längerfristig gelagert werden sollte.

Seiner Schätzung zufolge würde das Serum in etwa einer Woche völlig nutzlos geworden sein. Noch sieben Tage, dann wäre alles vorbei. Für jeden von ihnen.

Richard stand auf und versuchte, sich für die Kameras völlig natürlich zu bewegen. Er öffnete den Kühlschrank und schloss mit dem Schlüssel, der um seinen Hals hing, den Tresor darin auf, um die Phiole herauszuholen.

Seine Hand zitterte, als er sie in eine Zentrifuge stellte, wo sich bereits eine identische Phiole befand, die er an diesem Morgen heimlich hineingestellt hatte. Seit seiner Ankunft hatte er mehr Zeit mit dem Studium der Sicherheitsprozeduren als mit dem des Elixiers verbracht. Er hatte zusammen mit den Wachen zu Mittag gegessen, ihre Schichtwechsel notiert und jeden Kamerawinkel berechnet.

Es gab im Labor einige Stellen, die auf den draußen angebrachten Monitoren nicht dargestellt werden konnten, und die beste war die Zentrifuge, vor der er jetzt stand. Richard drückte auf einen Knopf, wartete kurz und entnahm dann die falsche Phiole, die er wieder in den Tresor im Kühlschrank stellte, nachdem er einen kleinen Tropfen auf einen Objektträger gegeben hatte. Er widerstrebte dem Drang, zur Tür zu sehen, sondern lauschte nur und rechnete fast damit, dass die Wachen hereinplatzten und seinen Betrug durchschaut hatten.

Aber es passierte nichts. Er hörte nichts als das beständige Summen des Ventilationssystems.

Als er wieder ans Mikroskop zurückkehrte, zitterten seine Hände noch heftiger und der Schweiß auf seinem Rücken war eiskalt geworden.

Das war mehr als bloße Angst. Seine Kleider rieben wie Sandpapier auf seiner Haut und die Krämpfe in seinem Bauch wurden so stark, dass er jedes Mal heftig zusammenzuckte.

Die Männer, die ihn beobachteten, waren nicht dumm, und es war unwahrscheinlich, dass er eine derart schlimme Situation vortäuschen konnte, dass sie ihn gegen ihre Befehle aus dem Labor lassen würden, daher hatte er sich vor einer Stunde selbst vergiftet.

Es war komplizierter gewesen, als er gedacht hatte. Auf dem College hatte man ihm nicht beigebracht, wie man so aussah, als würde man bald sterben, ohne wirklich gefährdet zu sein. Als sich der Raum um ihn herum zu drehen begann, fragte er sich, ob er zu weit gegangen war. Doch es war seine einzige Chance, und eine kleine Magenverstimmung würde Xanders Schergen nicht dazu bewegen, seine gottesgleichen Wünsche zu ignorieren.

Richards erster Versuch, aufzustehen, scheiterte, und kurz glaubte er, dass seine Panik seine Übelkeit noch übersteigen würde. Er schloss die Augen und sah seine Tochter, wie sie als gesundes Baby geboren worden war, wie sich die ersten Anzeichen der Krankheit manifestierten. Ihren unerschütterlichen Glauben an ihn.

Sein zweiter Versuch war erfolgreicher, und er taumelte durch den Raum auf die Zentrifuge zu, drohte kurz davor jedoch erneut hinzufallen und konnte sich gerade noch am Tisch festhalten. Während er sich aufrichtete und versuchte, so auszusehen, als würde er sich festhalten, gelang es ihm, die verschwitzte Hand um die Phiole mit Masons Serum zu schließen, bevor er auf dem Boden zusammenbrach.

Einen Augenblick später wurde die Tür hinter ihm aufgerissen, und er rollte sich auf die Seite, sodass sein Laborkittel über seinen Arm fiel und er die empfindliche Phiole in die Tasche seiner Jeans schieben konnte.

»Doc! Ist alles in Ordnung?«

Richard sah dem vor ihm stehenden Mann ins Gesicht. Hinter ihm hatte ein weiterer Wachmann die Waffe gezogen und sah sich angespannt im Raum um, ob irgendeine Gefahr drohte.

»Nein.«

»Was ist los? Was ist passiert?«

»Ich …«, setzte Richard an, doch dann wurde er von Krämpfen gepeinigt und konnte sich nur noch in Fötusposition zusammenrollen. Er hatte nicht gewusst, wie es sich anfühlte zu sterben, aber er war sich ziemlich sicher, dass es nicht viel anders sein konnte. Er hatte zu viel genommen.

»Ich habe vorhin mit einer gefährlichen Chemikalie experimentiert«, brachte er keuchend heraus. »Ich habe ein wenig verschüttet, hatte aber angenommen, dass ich nichts abbekommen habe …«

»Ist sie giftig?«, wollte der Mann wissen. »Wollen Sie mir damit sagen, dass Sie eine Vergiftung haben?«

Richard nickte schwach. »Sie müssen mich ins Krankenhaus bringen.«

Die Miene des Mannes, die bisher alarmiert gewirkt hatte, spiegelte nun seine Unsicherheit wider. »Da draußen gibt es Menschen, die Sie umbringen wollen, Doc. Mr. Xander hat angeordnet …«

Richard umklammerte den muskulösen Unterarm des Mannes mit einer Hand. »Wenn ich nicht schnell in ein Krankenhaus komme, müssen die sich die Mühe nicht mehr machen.«

57

1800 Meilen östlich von Australien
22. Mai

Die Hitze und der steile Hang wurden zu viel für Oleg Nazarov und er musste eine Pause einlegen. Die Insekten, die er bisher auf Abstand gehalten hatte, umringten ihn sofort, und er musste achtgeben, um nicht mit jedem abgehackten Atemzug welche zu verschlucken. Über ihm verdeckte der Dschungel den Himmel, und die Blätter vibrierten in dem leichten Regen, der seit zwei Tagen auf die Insel niederging.

»Ist alles in Ordnung, Sir?«

Der Wachmann, der ihn auf diesem Weg eskortierte, war in respektvollem Abstand stehen geblieben, und der einzige Schweißfleck, den er aufzuweisen hatte, war unter seinem Schulterholster zu erkennen. Er sah sich um und bewahrte halbherzig den Anschein, dass er vor Ort war, um Nazarov zu beschützen, auch wenn sie beide wussten, dass er eigentlich sein Aufpasser war.

Der Russe stützte die Hände in die Hüften, beugte sich vor und verlor sich in Erinnerungen an seine Anfangszeit beim KGB. Er war immer der Stärkste und Schnellste gewesen und hatte noch weitermachen können, lange nachdem alle anderen Rekruten längst aufgegeben hatten. Die Instruktoren hatten so getan, als würde sie das nicht beeindrucken, ihm insgeheim aber eine große Karriere vorausgesagt.

Die Vergangenheit hatte ihn früher nie interessiert, aber je älter er wurde, desto häufiger dachte er zurück. Er erinnerte sich an seine Siege und Niederlagen, an das, was er bereute. In vielerlei Hinsicht schienen diese lange verblassten Bilder greifbarer zu sein als seine Zukunft.

»Sir?«, sprach ihn der Sicherheitsmann an. »Wir sollten umkehren. Wir nähern uns einem gesperrten Bereich.«

Nazarov antwortete nicht sofort, sondern beobachtete den Mann aus dem Augenwinkel. Er war wie alle anderen Mitte dreißig und wie aus Stein gemeißelt. So war er selbst auch mal gewesen.

»Okay. Ich möchte mich nur kurz ausruhen.«

Der Mann nickte und blickte den Weg zurück, den sie gekommen waren. Zweifellos konnte er es kaum erwarten, der Langeweile zu entfliehen, die ein Marsch durch den Dschungel mit der Geschwindigkeit eines alten Mannes mit sich brachte. Nazarov richtete den Blick auf den Stein, wegen dem er stehen geblieben war. Er war etwa zwanzig Zentimeter lang und hatte die Form einer stumpfen Pfeilspitze.

Als sich der jüngere Mann endlich ganz abgewandt hatte, hob Nazarov den Stein auf und ging auf seinen Begleiter zu, wobei er die Distanz so schnell überbrückte, wie es ihm gelang, ohne gleich loszurennen.

Er hatte gehofft, den Mann schnell und sauber umbringen zu können, doch im letzten Moment drehte sein Opfer den Kopf. »Sind Sie ber…«

Als er den tätowierten Arm hochriss, war es bereits zu spät. Der spitze Stein traf ihn auf der rechten Stirnseite, zertrümmerte den Knochen und bohrte sich ins Gehirn.

Doch er fiel nicht sofort um, sondern stand erst wie angewurzelt da, während ihm das Blut ins Auge floss und sich dann auf seiner feuchten Wange ausbreitete.

Nazarov öffnete das Schulterholster und entnahm die Waffe, dann sank der Mann zu Boden. Verbündete konnten viel gefährlicher sein als Feinde – diese wichtige Lektion hatte der Mann als letzte gelernt. Und er selbst musste jetzt auch dementsprechend handeln.

Es gab eine lange und durch und durch begründete Liste von Gründen, warum es ihm nicht gelungen war, das Draman-Problem zu lösen. Aber Karl war ebenso wie er selbst nicht an Gründen interessiert. Man führte etwas aus oder nicht. Und zum ersten Mal in seinem Leben fand sich Nazarov in der zweiten Kategorie wieder.

Man hatte ihn gezwungen, dafür zu garantieren, dass sein Plan, Susie Draman gefangen zu nehmen, aufging, und vor wenigen Stunden war klar geworden, dass mal wieder nicht alles nach Plan gelaufen war. Er hatte versagt.

Nazarov zog die Leiche in den Dschungel und ging den Weg weiter. Das Gebiet, das vor ihm lag, war aus gutem Grund gesperrt, denn dort befanden sich der Hangar und die Startbahn der Insel – und die gedachte Nazarov jetzt zu nutzen.

58

Irgendwo im Staat New York
22. Mai

Die Luft, die durch das geöffnete Rückfenster kam, fühlte sich an, als würde sie ihm die Haut im Gesicht aufschneiden, aber wenigstens konnte er sich darauf konzentrieren und so von der Übelkeit ablenken.

»Werden Sie es schaffen, Doc?«, erkundigte sich der Fahrer, der ihn im Rückspiegel ansah, während sein Partner telefonierte.

Richard reagierte nicht, sondern versuchte erfolglos herauszufinden, mit wem der Mann auf dem Beifahrersitz sprach und was er sagte.

Außer ihren Scheinwerfern und denen des Wagens, der hinter ihnen herraste, war draußen nichts als Dunkelheit. Richard legte einen Arm ans Fenster, um sich so aufzurichten und nach draußen zu sehen. Sein Magen verkrampfte sich, und er biss sich auf die Lippe, konnte dessen Inhalt aber gerade so in sich behalten. Ihm war klar, dass er beim nächsten Mal nicht so viel Glück haben würde.

Das leicht zu erkennende Merkmal, auf das er gehofft hatte, kam nicht in Sicht. Das Gelände glitt monoton an ihm vorbei, war bedeckt von wildem Gras und abgetrennt durch einen Drahtzaun, der im Licht ihrer Scheinwerfer glänzte. Keine Bäume, keine Häuser. Gar nichts.

»Doc? Wir sind nicht mehr weit vom Krankenhaus entfernt. Es dauert keine zwanzig Minuten mehr. Halten Sie durch, ja?«

Richard war sich nicht sicher, welcher der beiden Männer gesprochen hatte, aber er hatte zum ersten Mal Emotionen in der Stimme registriert. Keine Sorge um ihn, sondern vielmehr Angst um die eigene Person. Andreas Xander würde nicht erfreut sein, wenn der Mann, der ihm eine Zukunft ermöglichen sollte, auf dem Rücksitz eines seiner Fahrzeuge starb.

»Doc?«

Im Scheinwerferlicht tauchte vor ihnen ein Schild auf, und Richard sah es mit tränenden Augen an. Als sie näher kamen, wurden die weißen Zahlen größer. Er beugte sich weiter aus dem Fenster und ignorierte den heftiger an ihm zerrenden Wind.

Es war ein Meilenschild. Nummer achtundvierzig.

»Halten Sie den Wagen an«, sagte Richard mit mehr Kraft in der Stimme, als er es für möglich gehalten hatte. Ihm lief die Zeit davon. Ebenso wie Susie.

»Was?«, erwiderte der Fahrer. »Bleiben Sie ruhig, Doc. Wir sind nicht weit …«

Richard zog am Türgriff und entriegelte die Tür.

»Stopp!«, hörte er den Fahrer schreien. Sie fuhren vermutlich um die 130 km/h, und Richard war nicht in dem Zustand, dass er die Auswirkungen einer plötzlichen Notbremsung einkalkulieren konnte. Die Tür ging auf, während sein Arm noch aus dem offenen Fenster hing, sodass er nach draußen auf den Asphalt gezogen wurde.

Sein Verstand reagierte nicht schnell genug, um das Geschehene zu verarbeiten, und er begriff erst, dass er nicht gefallen war, als der Wagen angehalten hatte. Als er sich umschaute, erkannte er, dass der Mann, der auf dem Beifahrersitz gesessen hatte, jetzt dort kniete und seinen Laborkittel mit einer Hand umklammerte.

Richard schwang einen Fuß aus dem Wagen, streckte die Arme hinter sich, glitt aus dem Kittel und taumelte über den mit Kies bedeckten Seitenstreifen auf die Büsche dahinter zu. Er hörte, wie hinter ihm eine Wagentür geöffnet wurde, aber er lief weiter und fiel erst auf die Knie, als er sich nicht mehr im Lichtkegel des hinter ihnen fahrenden Wagens, der mit quietschenden Reifen zum Stillstand gekommen war, befand.

Sein Magen verkrampfte sich erneut, und dieses Mal erbrach er sein Abendessen in den vor ihm stehenden Busch. Der Mann, der ihn im Wagen festgehalten hatte, war in etwa fünf Metern Entfernung stehen geblieben.

»Doc, wir können nicht hierbleiben. Wir müssen weiter.«

Richard signalisierte ihm, dass er Abstand halten sollte, und wandte sich erneut ab, um sich einige Male unkontrolliert zu krümmen, bevor er sich wieder umsehen konnte. Es waren insgesamt vier Männer, die mit Ausnahme des ihm am nächsten stehenden alle in die sie umgebende Dunkelheit blickten und nach der Armee Ausschau hielten, die sich darin verbergen mochte.

Als er sich das Ganze im Kopf ausgemalt hatte, war da eine größere Distanz, mehr Dunkelheit sowie die Deckung seines Laborkittels gewesen. Doch all das sollte nicht sein. Er würde nie wieder eine zweite Chance bekommen.

Als der Mann hinter ihm kurz zu seinen Begleitern herübersah, zog Richard die Phiole aus der Tasche und warf sie unter die Zweige des vor ihm stehenden Busches. Er schaufelte gerade etwas Erde darauf, als er von hinten am Kragen gepackt wurde.

»Okay, Doc. Das reicht.«

Er wehrte sich schwach und glaubte schon, sie hätten ihn durchschaut, aber niemand griff nach der Phiole und er wurde einfach nur zurück zum Wagen gebracht.

»Scheiße, Mann. Entspannen Sie sich mal, ja? Wir bringen Sie ins Krankenhaus und alles wird wieder gut, okay?«

59

1800 Meilen östlich von Australien
22. Mai

Oleg Nazarov überlegte, ob er sich durch den Dschungel bewegen und von hinten an den Hangar heranschleichen sollte, aber er verwarf diese Idee gleich wieder. Solche Operationen lagen seit Langem hinter ihm. Die restliche Fitness, die er noch besaß, hatte er vor allem seiner Vorliebe für junge Frauen zu verdanken, und das war wohl kaum eine vernünftige Vorbereitung auf so eine Aktion.

Was er jedoch hatte, was ihm noch geblieben war, war die Illusion von Autorität. Und die gedachte er auch zu nutzen.

Er ging schneller, als er eine Ecke des Hangars sehen konnte, und ging seine verschwommenen Erinnerungen an das Fliegen durch. Es war fast ein Vierteljahrhundert her, dass er zum letzten Mal ein Flugzeug gesteuert hatte, und wenn er sich recht erinnerte, war er selbst damals nur ein durchschnittlicher Pilot gewesen. Doch all das war unwichtig. Er zog es vor, seine Zukunft auf seine zweifelhaften Fähigkeiten zu bauen anstatt auf Karls Gnade.

Das Hangartor stand offen und Nazarov trat ein, wobei sich seine Augen erst auf das Dämmerlicht im Inneren einstellen mussten. Da stand nur ein einziges Flugzeug, ein kleiner Learjet, der dem ähnelte, den er selbst Mitte der 90er besessen hatte. Jetzt bereute er es, dass er damals nur hinten gesessen und Wodka getrunken hatte, während ihn seine Piloten um die Welt geflogen hatten, aber er war zuversichtlich, dass er genug aufgeschnappt hatte, um den Start zu schaffen. Über das Landen wollte er lieber erst später nachdenken.

Vorsichtig ging er weiter und hielt Ausschau nach Wachleuten, konnte aber niemanden entdecken. Das alles war viel zu einfach und er legte die Hand auf die gestohlene Waffe, die er in seinen Hosenbund gesteckt hatte.

»Hallo?«

Nichts. Nur das Geräusch des Regens auf dem Dach und der ferne Ruf tropischer Vögel.

»Ist hier jemand?«, rief er ein wenig lauter und ging auf die offene Luke des Jets zu.

Immer noch nichts.

Als er die Gangway hinaufging, glaubte er schon, dass sich das Blatt endlich gewendet hatte, doch er musste diesen Eindruck beim Betreten der Kabine rasch revidieren.

»Oleg. Ich dachte schon, Sie hätten sich verlaufen.«

Karl saß im hinteren Flugzeugteil und hatte die Hände auf den Tisch vor sich gelegt.

Nazarov wollte nach seiner Waffe greifen, als er den Lauf einer Pistole an der Schläfe spürte. Er hatte sich von Karl ablenken lassen und den Mann nicht bemerkt, der sich neben die Luke an die Wand gedrückt hatte. Solche Fehler machten eigentlich nur Amateure.

Der Mann nahm ihm die Waffe ab und warf sie aus dem Flugzeug. Das Klackern, als sie über den Betonboden rutschte, klang ganz danach, als ob sich seine letzte Hoffnung gerade auflöste.

»Ich war spazieren«, hörte er sich stammeln. »Der Mann, der mich begleitet hat, ist gestürzt. Er …«

»Verstehe«, erwiderte Karl, stand auf und deutete auf die Luke. »Wir wissen es zu schätzen, dass Sie hergekommen sind, um Hilfe zu holen. Dummerweise ist es zu spät. Soweit ich weiß, ist er tot.«

Gehorsam stieg Nazarov die Stufen wieder runter, und auf einmal tauchten all die Sicherheitsleute auf, die bei seiner Ankunft auf wundersame Weise verschwunden gewesen waren. Schweigend beobachteten sie, wie sich Karl neben ihn stellte und auf das offene Hangartor deutete.

Jetzt begriff Nazarov, dass sein Plan aus reiner Verzweiflung entstanden war. Der Gedanke, einfach in Karls Flugzeug zu steigen, damit auf die Startbahn zu rollen und ohne Probleme wegzufliegen, kam ihn nun beinahe lachhaft vor. Und selbst wenn ihm das gelungen wäre – wo hätte er hingehen sollen, wo ihn die Gruppe nicht erreichen konnte?

Schweigend gingen sie zu einem steilen Pfad, der zur Küste führte. »Ich habe gehört, dass Burt Seeger nicht in der Apotheke aufgegriffen werden konnte und dass er einen unserer Männer getötet hat«, meinte Karl schließlich.

»Das ist korrekt.«

»Mir wurde außerdem mitgeteilt, dass Xander auch Leute vor Ort hatte.«

Nazarov fiel es immer schwerer, das Tempo zu halten, das Karl dank seiner wiedergewonnenen Jugend einschlagen konnte, und dabei noch zu reden. »Wir haben die Leiche beseitigt und mussten nichts weiter unternehmen, um den Schusswechsel zu vertuschen. Das hat Xander mit seinem Einfluss für uns erledigt. Die Öffentlichkeit wird von all dem nie etwas erfahren.«

»Ja, aber *ich* weiß es.«

Erneut schwiegen sie, und das Gespräch wurde erst fortgesetzt, als sie den Dschungel verließen und eine gerade Steinfläche betraten. Karl ging bis an den Rand und sah die einhundert Meter zum Meer hinab. Die Sonne spiegelte sich auf dem Wasser, das mit seiner tiefblauen Farbe einen Kontrast zu der weißen Gischt beim Auftreffen auf die Klippen bildete. Unter anderen Umständen wäre das ein atemberaubender Ausblick gewesen.

»Wissen Sie, woher Seeger wusste, dass unsere Männer auf ihn warten?«

»Er kann sie unmöglich gesehen haben«, entgegnete Nazarov, der es nicht wagte, sich neben Karl zu stellen. Die Höhe und das Chaos der Wellen steigerten seine Unruhe nur noch mehr.

»Alle Beweise deuten auf das Gegenteil hin, Oleg.«

»Es war eine perfekte Operation. Ich kann es Ihnen zeigen. Sie war minutiös geplant. Sie war …«

Karl griff in seine Tasche und holte einen Umschlag heraus.

»Was ist das?«, wollte Nazarov wissen, nahm den Umschlag und musterte die unbeholfene Schrift darauf.

An die Unvergänglichen.

Er faltete das Blatt Papier auseinander und begann zu lesen, und die Worte schienen ihm die letzte Kraft, die noch in ihm war, zu rauben.

»Xander hat ihn gestern in unserem Anwesen in Kanada zurückgelassen«, erklärte Karl.

»Gestern? Aber wie …?«

»Der Wagen, den Sie zerstört haben, war nur ein Köder. Xander ist noch am Leben und nimmt weiter unser Netzwerk auseinander. Er ist immer noch im Besitz des Inhalts von Masons Labor.«

»Er wird unsere Leute nicht finden. Ich habe …«

»Sie haben was?«, fuhr ihn Karl an. »Was genau haben Sie eigentlich für uns getan, Oleg?«

»Xanders Gesundheit ist angegriffen«, erwiderte Nazarov. »Er stirbt. Vielleicht überlebt er nicht einmal mehr diesen Monat.«

»Er könnte aber auch noch ein ganzes Jahrzehnt weiterleben«, konterte Karl. »Wir haben Sie nicht in die Gruppe geholt, um darauf zu hoffen, dass unsere Probleme eines natürlichen Todes sterben.«

Nazarov entfernte sich noch einen Schritt vom Abgrund und bemerkte, dass zwei bewaffnete Männer aus dem Dschungel hervorgekommen waren. »Das lag außerhalb meiner Kontrolle. Sie …«

»Ich weiß«, sagte Karl, nahm ihm den Brief aus der Hand und hielt ihn in die Luft. »Aber seitdem ich diesen Brief erhalten habe, frage ich mich, wozu Sie noch gut sind.«

Nazarov wartete darauf, dass die Sicherheitsleute ihre Waffen zogen, aber sie standen einfach nur da und sahen ihn an.

Er hatte sich so auf sie konzentriert und gar nicht gemerkt, dass Karls Fuß auf sein Knie zielte. Das ohnehin schon von Arthritis geschwächte Gelenk brach sofort, und Nazarov schrie, als sein Bein unter ihm nachgab. Der Schmerz umwölkte seinen Verstand und er sah nur noch verschwommen, wie Karl hinter seinem Rücken verschwand.

»Ich hatte mir mehr von Ihnen erhofft«, stellte Karl fest und legte einen Arm um Nazarovs Kehle. Der Russe versuchte, sich an den feuchten Steinen unter sich festzuhalten, wurde aber immer weiter rückwärts geschleift.

Der Sauerstoffmangel und die Panik schwächten ihn, aber er hörte nicht auf, sich zu wehren. Es gelang ihm, sich an Karls Fußknöchel festzuhalten, als er spürte, dass sie den Rand der Klippen erreicht hatten. Seine Beine baumelten herunter und wurden vom salzigen Wind umtost.

Der Druck an seinem Hals verschwand, und er schnappte nach Luft, als Karl begann, seine Finger von seinem Fuß zu lösen. Nazarov hörte einen seiner Fingerknochen brechen, aber dieses Mal spürte er gar nichts. Er hatte seine Grenzen erreicht und konnte nicht mehr.

Er versuchte, nach einem winzigen Schössling zu greifen, der in einer Felsspalte wuchs, verfehlte ihn aber um weniger als einen Zentimeter. Einen Augenblick später verblasste alles, die tropische Hitze, Karl, die Schwerkraft. Er trieb dahin, wurde herumgewirbelt und war vom Brüllen des Ozeans umgeben.

Karl beugte sich über den Abgrund und beobachtete, wie die Wellen Olegs geschundenen Körper herumwarfen, ihn schließlich von den Felsen spülten und er unterging. Der Brief war zu Boden gefallen. Er hob ihn auf und steckte ihn wieder in die Tasche.

Es wurde Zeit, das alles zu beenden.

60

Irgendwo im Staat New York
24. Mai

Burt Seeger machte noch einige Schritte nach vorn, schirmte seine Augen vor der aufgehenden Sonne ab und blickte den ländlichen Highway entlang. Hier herrschte vermutlich nie reger Verkehr, aber zu dieser frühen Stunde glich die Straße einem leeren schwarzen Band, das durch Gras und Büsche führte.

Die Ruhe war auch aus dem Grund beruhigend, weil er jeden, der sich näherte, sofort sehen würde, aber auch nervtötend, da sie selbst ebenso auffielen.

Er wandte sich gen Osten und beobachtete Susie, die mit Mütze und ihrem Fred-Feuerstein-Parka herumwanderte. Sie trug eine übergroße Sonnenbrille auf der Nase, die nicht nur ihr Gesicht vor neugierigen Blicken verbarg, sondern sie auch bei der Suche in den Büschen schützte.

Es war schön, dass sie mal das muffige Wohnmobil verlassen und im Sonnenlicht herumlaufen konnte, wie es sich für ein Kind gehörte. Sie schlief in letzter Zeit immer mehr und lag dabei stets totenstill. Vermutlich lag das nur daran, dass sie wie alle Kinder sehr tief schlief, aber es jagte ihm dennoch eine Heidenangst ein.

Er stand jede Nacht bestimmt zehn Mal auf, um nach ihr zu sehen.

»Wie kommst du voran?«, rief er ihr zu.

Sie sah vom Boden auf und schüttelte den Kopf. »Ich habe vier verrostete Dosen und eine alte Zigarettenschachtel gefunden.«

»Du hast dich vielleicht etwas zu weit von der Straße entfernt. Komm wieder näher ran und bleib weiter wachsam. Vergiss nicht, dass das ein Wettbewerb ist. Wer wird es zuerst finden?«

»Was kriege ich, wenn ich gewinne?«

»Keine Ahnung. Was gibst du mir, wenn *ich* gewinne?«

»Du wirst nicht gewinnen«, gab sie zurück, kam etwas näher und stieß mit dem Fuß gegen einen Busch.

Sie waren etwa einhundertfünfzig Meilen weit weg gewesen, als sie einen Anruf von Richard erhalten hatten, der kürzer als zehn Sekunden gewesen war. Er hatte ihnen nur einen groben Standort genannt, gesagt, wonach sie suchen sollten, und Anweisungen gegeben, wie sie ihn kontaktieren konnten, wenn sie es fanden. Seeger fragte sich allerdings, ob dieser Kontakt überhaupt noch zustande kommen würde. Richard hatte geklungen, als ob er bereits mit einem Bein im Grab und dem anderen auf einer Eisscholle stünde.

Er ging erneut vorwärts und arbeitete sich in einem etwa fünf Meter breiten Zickzackmuster vor, wobei er seine müden Augen auf den Boden richtete. Es stimmte zwar, dass er immer noch nicht herausgefunden hatte, wie er Susies Medikamente besorgen konnte, und dass er nur ein alter Mann war, der es offenbar mit einer ganzen Armee aus Söldnern und Aufklärungsspezialisten aufnehmen musste, aber seiner Meinung nach unterschied sich Andreas Xander nicht sehr von den Männern, vor denen sie wegliefen. Und jetzt hatte sich herausgestellt, dass Richard das genauso sah. Der junge Wissenschaftler war doch nicht so naiv, wie er geglaubt hatte.

Aber da steckte noch mehr dahinter. Seeger wollte sie einfach noch nicht aufgeben. Das Leben, das er zuvor geführt hatte, schien ihm auf einmal in weiter Ferne zu liegen, die sinnlosen Tage und die Einsamkeit wollte er gar nicht wiedererleben. Nie wieder.

»Igitt!«

Er drehte sich herum und entdeckte Susie in etwa fünfzehn Metern Entfernung, wo sie mit einem Stock am Boden herumstocherte.

»Was ist denn?«, wollte er wissen, und lief so schnell auf sie zu, wie es sein kaputtes Bein erlaubte. »Hast du was gefunden?«

Sie nickte, und man konnte ihrer faltigen Miene ihren Ekel ansehen. »Ich glaube, hier hat sich Daddy übergeben.«

»Gut gemacht!«, lobte sie Seeger, ließ sich auf die Knie fallen und suchte im Gras herum. »Ich wusste doch, dass ich mich auf deine Adleraugen verlassen kann.«

»Heißt das, dass wir jetzt wieder mit Mom und Dad zusammenwohnen können? Das hast du doch gesagt, oder? Dass wir bei ihnen bleiben können!«

»Ich bin mir nicht sicher. Wir müssen erst mit deinem Vater reden.«

»Aber du hast gesagt …«

»Ich weiß, was ich gesagt habe, Susie, aber jetzt müssen wir es erstmal finden, okay?«

Ihre Unterlippe zitterte kurz, aber dann fiel sie neben ihm auf die Knie und begann, im Busch herumzuwühlen.

Es vergingen keine fünfzehn Sekunden, bevor sie ein kleines Glasfläschchen in der Hand hielt. »Ist es das?«

Seeger nahm es ihr ab und starrte die trübe Flüssigkeit an. Dann streckte er die Hand aus und half Susie auf die Beine. »Du hast mich besiegt. Du gewinnst den Hauptpreis! Aber lass uns erstmal von hier verschwinden.«

Sie liefen zurück zum Wohnmobil, und sie verriegelte die Tür hinter ihnen, als er bereits eine Nummer auf seinem Handy wählte und den Wagen anließ.

Als die Krankenhausmitarbeiterin ans Telefon ging, nannte er ihr den falschen Namen, unter dem Richard dort behandelt wurde, und wurde durchgestellt.

»Hallo?«

»Dir scheint es wieder besser zu gehen«, stellte Seeger fest. »Was …«

»Habt ihr es?«

Richards Stimme klang schwach, man konnte ihr all die Emotionen, die er durchlitt, anhören, die Erleichterung, die Angst, die Unsicherheit.

»Ja. Was ist das? Ist es das, was ich denke?«, sagte Seeger leise. Susie hatte sich ins Bett gelegt und schien zu schlafen.

»Das hoffe ich.«

»Was meinst du damit, du …«

»Hast du noch Spritzen?«

»Ein paar. Richard, was …«

»Ich möchte, dass du Susie den Inhalt der Phiole injizierst.«

»Du hast eben gesagt, dass du nicht sicher bist, was das ist.«

»Wir haben keine Zeit, um uns zu streiten, Burt. Direkt vor meiner Tür sitzen vier von Xanders Männern.«

»Blödsinn. Du bittest mich, ihr etwas zu geben, das du nicht genau kennst? Wie viel? Was wird es mit ihr anstellen?«

»Alles. Und ich weiß es nicht.«

Seeger sprach jetzt noch leiser. »Was soll das heißen, dass du es nicht weißt? Wird es sie umbringen?«

Schweigen.

»Großer Gott, Richard. Ich werde es nicht tun. Ich …«

»Wir haben keine Wahl, Burt. Du kennst sie jetzt lange genug. Lange genug, um zu erkennen, was geschieht.«

»Ist dir klar, worum du mich bittest? Du bist nicht derjenige mit der Nadel. Du bist nicht derjenige, der danebenstehen und mit ansehen muss …« Er konnte nicht mehr weitersprechen.

»Das ist meine Entscheidung, Burt. Wenn ihr etwas passiert, ist es mein Fehler und nicht deiner.«

61

Irgendwo im Staat New York
24. Mai

»Ich kann nicht fassen, dass dir das passiert ist. Du bist doch immer so vorsichtig.«

Carly tupfte seine Stirn mit einem kalten Tuch ab und er sank tiefer in die Kissen. Er war an diesem Morgen aus dem Krankenhaus entlassen und mit einem Krankenwagen auf Xanders Anwesen gebracht worden, wobei der Fahrzeugtross jetzt anscheinend noch Luftunterstützung bekommen hatte.

»Richard? Hörst du mich? Geht es dir gut?«

Er zwang sich zu einem Lächeln. In gewisser Weise hatte er sich nie im Leben mehr gefreut, jemanden zu sehen. Aber er hatte auch Angst – Angst um sie, Angst, weil er wieder in dem luxuriösen Gefängnis war, das Xander für sie geschaffen hatte. Vor dem, was er getan hatte.

Er drückte ihre Hand so kräftig, wie er nur konnte. »Ich bin nur sehr müde und ausgelaugt. Mir geht es bald wieder besser.«

»Ach, komm schon. Ich kenne dich. Es ist mehr als …«

Er legte einen Finger auf ihren Mund und zog sie so nah an sich heran, dass die im Raum verborgenen Abhörgeräte seine Stimme nicht mehr hören konnten. »Wir müssen reden.«

»Was ist los? So langsam mach ich mir …«

Das Telefon auf dem Nachttisch klingelte, und er hätte sie beinahe vom Bett gestoßen, als er danach griff.

»Hallo?«

»Ich habe angerufen, als ich in die Stadt gekommen bin, wie wir abgemacht hatten. Aber es ist jemand ans Telefon gegangen, den ich nicht kannte.«

Burt Seegers Stimme, die genau das sagte, was sie über die Telefonleitung im Krankenhaus, von der Richard hoffte, dass sie nicht abgehört worden war, besprochen hatten.

»Ich hatte einen Unfall im Labor und musste ins Krankenhaus, aber jetzt geht es mir wieder gut. Du kannst sie herbringen.«

Wie verabredet, schwieg Seeger daraufhin erstmal. Richard ließ sich vom Bett gleiten und humpelte zum Fenster, während ihn seine Frau beobachtete. Sie sah so verängstigt aus, dass er den Blick abwenden musste und auf das hell erleuchtete Anwesen und die patrouillierenden Sicherheitsleute herabsah.

»Ich weiß nicht so recht«, meinte Seeger schließlich.

»Was?«

»Woher soll ich wissen, dass sie dich nicht umgedreht haben?«

»Pass auf, ich bin jetzt in Xanders Haus. Wir können ein paar seiner Leute zu dir schicken und …«

»Woher soll ich wissen, dass es seine Leute sind? Woher weiß ich, dass es nicht die Männer sind, die in meinem Haus waren, um mich umzubringen?«

»Wir haben keine Zeit für diesen Blödsinn«, sagte Richard mit gespieltem Ärger. »Susie braucht ihre Medikamente, und du hast gesagt, du kannst sie ihr nicht besorgen. Würde ich dich bitten, sie herzubringen, wenn es hier nicht sicher wäre?«

»Nichts für ungut, Doc, aber du wirkst nicht gerade wie ein harter Kerl. Ein paar Bambusschösslinge unter die Fingernägel, und wer weiß, was du dann alles sagen würdest.«

»Verdammt noch mal, sie ist meine Tochter! Du wirst tun, was immer ich dir sage!«

Carly kam zu ihm, und ihre Angst war jetzt einer ausgemachten Panik gewichen. Er warf ihr einen beruhigenden Blick zu, aber sie schien es nicht zu bemerken.

»Ich werde Folgendes tun«, meinte Seeger. »Ich werde mit Susie erstmal auf Sicherheitsabstand gehen und mich später noch mal melden. Dann werden wir ja sehen, ob du mich davon überzeugen kannst, dass wirklich alles in Ordnung ist.«

»Auf keinen Fall! Wir …«

»Der Plan ist nicht verhandelbar, Doc. Genau so machen wir's.«

Richard stieß frustriert die Luft aus, was erstaunlich überzeugend klang. »Wenn ihr irgendwas zustößt …« Er hielt kurz inne. »Wie geht es ihr?«

»Nicht so gut. Sie ist krank und hat 38 Grad Fieber.«

Das war so nicht besprochen worden, und Richard spürte, wie er einen trockenen Mund bekam. Er sagte sich, dass das zu erwarten gewesen war, weil ihr Immunsystem die Trägerkeime des Serums attackierte, aber das beruhigte ihn trotzdem nicht.

»Ich habe sie unter die kalte Dusche gestellt und ihr Aspirin gegeben«, fuhr Seeger fort. »Vorerst scheint es unter Kontrolle zu sein.«

»Wenn du aus irgendeinem Grund das Gefühl hast, dass es schlimmer wird, dann ruf mich sofort an. Zu jeder Zeit. Hast du verstanden? Oder ich komme da raus und werde dich suchen.«

»Ich melde mich wieder.«

Das Gespräch wurde beendet, und Richard starrte den Hörer in seiner Hand an.

»Was ist denn los?«, wollte Carly wissen. »Stimmt was nicht?«

Er schaltete den Fernseher ein, und sie stellten sich direkt vor die Lautsprecher in der Hoffnung, dass ihre Stimmen dadurch übertönt wurden.

»Ich muss dir was sagen. Aber du musst ruhig bleiben und sehr leise sprechen.«

»Was ist?«, fragte sie und klang jetzt richtig panisch. »Stimmt was nicht mit Susie? Wo ist …«

»Hör mir einfach zu, ja? Du musst leise sein und zuhören.«

Sie holte tief Luft und nickte.

»Ich habe mich absichtlich vergiftet, um aus dem Labor rauszukommen. Ich habe das Serum gestohlen und am Straßenrand für Burt zurückgelassen.«

»Das verstehe ich nicht.«

»Er hat es Susie injiziert.«

Sie blinzelte ein paarmal und schien zuerst nicht zu begreifen, was sie da gerade gehört hatte. »Hast du herausgefunden, wie es funktioniert? So schnell? Oh mein Gott, wird es …«

Er schüttelte den Kopf und brachte sie so zum Schweigen.

»Ich hätte es vermutlich nie rausgefunden, Carly. In einer Woche wäre das, was immer in der Phiole war, unbrauchbar geworden.«

»Was soll das heißen, ›was immer in der Phiole war‹? Du weißt nicht, was du deiner Tochter gegeben hast?«

Er antwortete nicht, sondern stand einfach nur da und sah, wie seine Frau blass wurde.

»Sag es mir!«, verlangte sie, und ihre Stimme wurde gefährlich laut. »Ist es so? Hast du das getan?«

»Ich hatte keine andere Wahl, Carly …«

»Aber du hast gesagt, in der Phiole könnte irgendetwas sein. Das Serum könnte unvollständig oder für mehrere Personen bestimmt sein. Es könnte absichtlich zurückgelassen worden sein, damit Xander es findet. Was ist, wenn sie genau das getan haben? Was ist, wenn sie es für uns da gelassen haben? Was ist, wenn …«

Ihr Blick schweifte in die Ferne, und er wollte sie in die Arme nehmen, weil er glaubte, sie würde gleich das Bewusstsein verlieren. Sie riss sich jedoch los und stieß ihn weg. »Du hast kein Wort gesagt. Du hast mich nicht gefragt. Dieses Se…«

Er legte ihr die Hand auf dem Mund, aber so leicht ließ sie sich nicht zum Schweigen bringen. Sie stieß ihn weg und hätte ihn aufgrund seines geschwächten Zustands beinahe umgeworfen, doch er hielt sie fest und schaffte es, sie auf das Bett zu werfen, wo er sich auf sie legte.

»Carly …«, murmelte er, als sie sich unter ihm wand.

Nach einigen Sekunden akzeptierte sie, dass sie ihm nicht entkommen konnte, hielt still und starrte die Wand an.

»Was ist mit ihr?«, flüsterte sie, als er die Hand wegnahm. »Hast du sie gefragt?«

In gewisser Hinsicht war er froh, dass sie ihn nicht ansah. Der Vertrauensverlust und die Panik, die er in ihren Augen gesehen hatte, ließen ihn kaum atmen. Er hatte alles aufs Spiel gesetzt, seine Frau und seine Tochter. Letzten Endes vielleicht sogar seinen eigenen Verstand.

Als sie hörten, dass der Türknauf gedreht wurde, ging die Tür auch schon ruckartig auf. Richard kam mühsam auf die Beine und hielt sich an einem Möbelstück fest, um nicht umzufallen. »Was ist denn los? Was wollen Sie?«

»Kommen Sie mit uns«, forderte sie der Mann, der im Zimmer stand, auf.

»Ich bin gerade erst aus dem Krankenhaus gekommen«, erwiderte Richard und versuchte, etwas Zeit zu schinden. Hatten sie alles mit angehört? Waren hier irgendwo Videokameras und man hatte ihre Lippen gelesen?

Der Wachmann ging durchs Zimmer, packte ihn am Arm und zog ihn auf die Tür zu. Ein anderer schleifte Carly mit, die es kaum zu bemerken schien, dass sie aus dem Bett und in den Flur gezerrt wurde.

62

Irgendwo im Staat New York
24. Mai

Richard hatte nicht einmal gewusst, dass dieser Flügel des Hauses überhaupt existierte. Anhand der langen Treppe, die sie nach unten gestiegen waren, schien sich der endlose Korridor, durch den sie gingen, tief unter der Erde zu befinden und von allem abgeschnitten zu sein. Kein Geräusch drang von hier nach draußen und die Luft fühlte sich schal und recycelt an.

Er sah über die Schulter zu den Männern, die ihnen folgten, und zu Carly, die wie erstarrt wirkte. Er wusste, was sie gerade durchmachte, dass ihre Seele von den Visionen gepeinigt wurde, die er schon seit so langer Zeit hatte und die sich um den Tag drehten, an dem Susie nicht mehr bei ihnen sein würde.

Sie gingen am Ende des Gangs durch eine Tür und fanden sich in einem Raum wieder, der aussah wie die Intensivstation der Mayo-Klinik. Die Wände waren strahlend weiß, überall standen hochmoderne Geräte und alles roch leicht nach Desinfektionsmitteln. Allerdings gab es einen entscheidenden Unterschied: Alles konzentrierte sich auf ein Bett.

Die Wachmänner bezogen an beiden Seiten der Tür Position und er und Carly gingen weiter zum einzigen Patienten dieser

Klinik. Als sie noch etwa drei Meter vom Bett entfernt waren, scheuchte Xander den Mann, der gerade seinen Blutdruck gemessen hatte, mit einer Handbewegung aus dem Raum.

»Sie sehen vielleicht scheiße aus.«

Richard war zu nervös, um darauf zu reagieren, und Carly erweckte nicht den Anschein, als ob sie ihn überhaupt gehört hatte.

Das Kissen, das man dem alten Mann in den Rücken gestopft hatte, war das Einzige, was ihn noch aufrecht hielt, und seine normalerweise blasse Haut sah jetzt beinahe durchsichtig aus, als würde er beginnen, sich aufzulösen. Der neben ihm stehende Herzmonitor piepte in einem alarmierend ungleichmäßigen Rhythmus.

»Mein Arzt sagt, ich hätte noch einen Herzinfarkt erlitten. Angeblich war es nur ein kleiner, aber wir beide wissen, dass es in meinem Alter nichts Kleines mehr gibt. Der nächste ist bestimmt auch schon absehbar, und er wird mich wahrscheinlich umbringen.«

Unter Schmerzen bewegte er seinen mit Flecken übersäten Arm und deutete auf ein Regal neben dem Bett. Richard hatte die Metallkiste bisher noch nicht bemerkt, erkannte sie aber sofort wieder.

»Ich möchte, dass Sie mir das Serum geben.«

»Was?«, erwiderte Richard. »Nein.«

»Ich bitte Sie nicht darum. Ich befehle es Ihnen.«

Richard spürte, wie sein Mund trocken wurde, als er nach einer Ausrede suchte. »Das … Das könnte Sie umbringen. Wir wissen noch nicht einmal, was darin ist.«

Das stimmte nicht ganz. Es war eine Salzlösung, der er einige wirkungslose Zusätze beigemischt hatte, damit sie so aussah wie Masons Serum.

»Ja, es könnte mich umbringen. Allerdings habe ich das Gefühl, dass es mich *definitiv* umbringt, wenn ich es nicht nehme.«

»Was ist mit unserer Tochter?«, warf Carly ein, die plötzlich wieder wachsamer wirkte. Ihre Stimme klang jedoch, als ob sie sehr weit weg wäre. »Was ist mit all den anderen Menschen, denen es helfen kann?«

Ihre Worte waren an beide gerichtet, aber Richard wusste nicht genau, ob es mit Absicht geschehen war. Seine Logik war identisch zu Xanders gewesen, als er beschlossen hatte, Susie das Serum zu geben. Er hatte im entscheidenden Moment nicht an die anderen Kinder oder den Rest der Welt gedacht.

»Ich habe Millionen ausgegeben, um diese gottverdammte Phiole in die Finger zu kriegen«, fauchte Xander. »Und ich habe Ihrem Mann die Gelegenheit gegeben, das Serum zu untersuchen. Aber er ist nicht weit gekommen. Ihre Tochter und all diese anderen Menschen werden sterben, weil *er* versagt hat, nicht ich.«

»Sie haben Ihr Leben gelebt«, meinte Carly. »Wieso glauben Sie, Sie hätten noch eins verdient?«

Xanders rissige Lippen verzogen sich zu einem kaum sichtbaren Lächeln, und er deutete auf die Männer, die neben der Tür standen.

»Ich hatte gehofft, dass wir das wie zivilisierte Menschen regeln können, aber eigentlich hatte ich nichts anderes erwartet.« Der Wachmann ging einen Schritt zur Seite und richtete die Waffe auf Carlys Kopf.

»Warten Sie!«, rief Richard. Carly reagierte überhaupt nicht. Sie starrte den alten Mann einfach nur angeekelt an.

»Worauf soll ich warten, Richard? Alles, was von jetzt an geschieht, liegt ganz bei Ihnen. So war es schon immer.«

»Sie haben gewonnen, Andreas. Sagen Sie ihm, er soll die Waffe runternehmen.«

Xander nickte, und der Mann stellte sich wieder neben die Tür.

Richard riss die Verpackung einer Spritze auf und öffnete die Kiste, um die nutzlose Flüssigkeit dann sorgfältig aufzuziehen.

»Ich hoffe, Ihnen ist klar, in was für einer prekären Lage Sie sich befinden«, sagte Xander und schloss die Augen, als sich die Nadel in seine Haut bohrte und er zu spüren versuchte, wie die unantastbaren Gesetze der Natur in seinem verwelkten Körper umgekehrt wurden. »Alle Welt hält Sie für tot. Und die wenigen Menschen da draußen, die wissen, dass Sie noch am Leben sind, wollen diesen Zustand nur zu gern ändern.«

»Worauf wollen Sie hinaus?«, erwiderte Richard, warf die Spritze in den Mülleimer und drückte einen Wattebausch auf Xanders Schulter.

»Ich will darauf hinaus, dass Sie mir nicht mehr von Nutzen wären, wenn ich je auf den Gedanken kommen sollte, dass meine Gesundheit nicht Ihre oberste Priorität sein könnte. Ich hätte keinen Grund dafür, Sie von meinen Leuten nicht einfach zur Tür hinauswerfen zu lassen. Ohne Geld, ohne Transportmittel, ohne Ausweis. Nur mit Ihrer Kleidung am Leib. Was glauben Sie, wie lange Sie überleben würden?«

»Was passiert, wenn ich alles in meiner Macht Stehende tue und Sie dennoch sterben?«

»Genau dasselbe. Daher sollten Sie im eigenen Interesse dafür sorgen, dass das nicht passiert.«

63

Irgendwo im Staat New York
25. Mai

Richard sah zum vielleicht hundertsten Mal in dieser Nacht auf die Uhr neben dem Bett und starrte danach wieder die Decke an. Es war 2:38 Uhr.

Carly lag neben ihm, war allerdings so weit wie nur möglich an den Rand gerutscht. Sie atmete nicht so rhythmisch und tief, wie er es seit Jahren kannte, daher vermutete er, dass sie ebenfalls wach war.

Seitdem sie wusste, was er getan hatte, hatten sie kaum noch ein Wort miteinander gesprochen. Nachdem er Xander das falsche Serum verabreicht hatte, war sie verschwunden, um Essen für die Männer zu kochen, die sie hier festhielten – auch für den, der sie gerade noch mit einer Waffe bedroht hatte. Die Küche war schon immer ihre Zuflucht gewesen, ein Ort, an dem sie nachdenken und sich frei fühlen konnte. Als sie um 22:30 Uhr endlich zurückgekehrt war, hatte sie geduscht und war ohne einen Ton zu sagen zu Bett gegangen.

Er hatte den ganzen Tag damit verbracht, Ordnung in das zum Teil fertiggestellte Labor auf Xanders Dachboden zu bringen.

Die meisten Geräte waren noch nicht einmal ausgepackt worden und die Kabel hingen nutzlos von den Wänden, aber die Arbeiter und ihr Werkzeug waren verschwunden. Nun, da der alte Mann glaubte, die einzige Dosis des Serums erhalten zu haben, hatte er jegliches Interesse daran verloren, wie es funktionierte oder ob man es in größeren Mengen herstellen konnte. Richard war davon ausgegangen, dass er eine Art Provision erhalten würde, wenn er die Geheimnisse des wertvollsten und möglicherweise profitabelsten Produkts der Welt entschlüsseln konnte. Im Nachhinein war er jedoch nicht überrascht. Männer wie Xander interessierten sich nicht für Geld oder Macht, weil sie sie brauchten, sondern um sich vom Rest der Menschheit abzuheben. Wenn jeder ewig leben konnte, wäre der Wert der Unsterblichkeit deutlich geringer.

Man gestattete ihm, unter der ständigen Beobachtung durch die Überwachungskameras im Labor herumzuhantieren, aber sein einziger Zweck bestand nur noch darin, Xander auf dem Weg zur Gottheit zu begleiten.

Richard drehte den Kopf nach rechts und betrachtete im schwachen Licht des Weckers das Gesicht seiner Frau. Er versuchte gerade, den Mut aufzubringen, sie zu berühren und es ihr ein weiteres Mal zu erklären, als das Telefon auf dem Nachttisch läutete.

Sofort rauschte das Adrenalin durch seine Adern, gleichzeitig wurde ihm aber auch schlecht, als er den Hörer abnahm.

»Hallo?«

»Sie hat am ganzen Körper Ausschlag und seit etwa einer Stunde 39,5 Grad Fieber«, sagte Seeger ohne vorherige Begrüßung.

Carly lehnte sich an ihn, aber er vermutete, dass sie den Körperkontakt nur suchte, damit sie das Gesagte mit anhören konnte.

»Kann sie Flüssigkeiten bei sich behalten?«

»Das weiß ich nicht. Ich kann es nicht versuchen, weil sie nicht aufwacht. Ich muss sie ins Krankenhaus bringen.«

»Nein«, sagte er, da er wusste, dass man ihr dort als Erstes Antibiotika und Virostatika geben würde, die die Trägerkeime vernichten konnten. »Keine Ärzte. Kein Krankenhaus.«

»Ich weiß, dass du dich für ein Genie hältst, aber ich habe schon junge Kerle gesehen, die dreißig Meilen weit laufen können, ohne zu schwitzen, um dann einige Stunden später an Dehydration zu sterben. Sie ist …«

»*Kein Krankenhaus*«, betonte Richard, der kaum noch Luft zum Atmen bekam. Er hatte das Gefühl, als ob jemand auf seiner Brust sitzen würde. »Hast du mich verstanden? Leg sie in kaltes Wasser, und wenn sie aufwacht, dann gibst du ihr …«

»Das habe ich versucht, Richard. Sie braucht zumindest eine Infusion. Ich …«

»Dann besorg ihr eine.«

»Wo denn? An der Tankstelle?«

»Dir wird schon was einfallen.«

»Verdammt noch mal!«, fauchte Seeger und wich damit sehr von dem ab, was sie vereinbart hatten. »Ich bringe sie zu euch. Ihr wisst, wie ihr euch um sie zu kümmern habt.«

»Nein, du kannst sie nicht herbringen. Auf gar keinen Fall.«

Er rechnete schon damit, dass die Männer, die ihn belauschten, die Leitung trennen würden, aber das geschah nicht. Xander hatte ihnen zweifellos aufgetragen, so viele Informationen über Susie zu beschaffen, wie sie kriegen konnten.

»Das ist doch Scheiße …«, sagte Seeger mit zitternder Stimme. »Ihr seid nicht hier und müsst das mit ansehen. Ihr seid nicht diejenigen, die sie auf irgendeinem Feld begraben müssen, wenn sie stirbt. Ich habe so was schon einmal durchgemacht, Richard. Ich stehe das nicht noch mal durch.«

»Du musst …«, setzte Richard an, aber Seeger unterbrach ihn.

»Gib mir Carly. Ich will mit ihr reden. Sofort.«

Er hielt ihr den Hörer hin und wartete darauf, was sie sagen würde.

»Du musst genau das tun, was Richard gesagt hat.«

Es gab eine lange Pause, bevor Seeger wieder etwas sagte. »In Ordnung. Sie ist euer Kind.«

Damit war das Gespräch beendet und Richard legte auf. Als er sich zu seiner Frau umdrehte, strich sie ihm über die Wange.

»Ich hatte nicht damit gerechnet«, flüsterte sie, und er konnte im Dämmerlicht ihre Tränen sehen. »Ist schon komisch, was? Da bereitet man sich jahrelang darauf vor, muss mit ansehen, was andere Eltern durchmachen, und sagt sich, dass eines Tages irgendetwas … Unwiderrufliches geschehen wird. Aber wenn die Zeit gekommen ist, bedeutet das alles gar nichts.«

Seine Kehle war so zugeschnürt, dass er keinen Ton herausbrachte, daher nahm er sie einfach in die Arme.

»Was wird mit ihr geschehen, Richard? Wird es ihr gut gehen?«

Er konnte ihr nicht sagen, dass seine Hoffnung langsam schwand. Susie war nicht stark genug, um einen derart umwälzenden Prozess zu bewältigen. Die Keiminvasion war nur der erste Schritt. Falls sie das überstand, musste sie den Stress des nächsten Schritts überleben, bei dem ihr Körper all die Schäden reparierte, die die Krankheit angerichtet hatte. Er musste an den blassen, übergewichtigen August Mason denken, der verschwunden war, und an den gebräunten Athleten, zu dem er bei seiner Rückkehr geworden war. War diese Transformation notwendig geworden, um die körperlichen Anforderungen der Behandlung zu überstehen?

»Ich weiß es nicht«, sagte er so leise, dass er selbst es kaum hören konnte. »Ich weiß es wirklich nicht.«

Sie legte sich auf die Seite und zog ihn an sich. »Ich schätze, ihre Chancen stehen ebenso gut wie unsere. Das wäre doch witzig, findest du nicht? Wenn sie ewig leben kann und wir nicht einmal vierzig Jahre alt werden? Mir wäre es egal. Sie hat es verdient.«

»Wir alle haben es verdient.«

Sie lachte verbittert auf. »Xander wird uns niemals gehen lassen. Er wird sich diesen Anruf anhören, und ihm wird auffallen, dass er nicht jünger wird. Irgendwann wird er herausfinden, was du getan hast. Er ist ein böser Mann, Richard. Davon bin ich überzeugt. Aber er ist nicht dumm.«

»Dann sollten wir vielleicht verschwinden.«

Wieder lachte sie, ebenso trocken wie beim ersten Mal. »Weißt du, wie viele Männer er hier hat?«

»Nein.«

»Ich schon. Ich koche für sie. Achtundvierzig, plus die Hunde. Und keiner von ihnen würde zögern, uns zu erschießen, wenn Xander den Befehl dazu gibt.«

»Was ist, wenn ich dir sage, dass ich einen Plan habe?«, flüsterte Richard. »Etwas, woran ich heute im Labor gearbeitet habe.«

»Ist das dein Ernst?«

»Ich will dir nicht zu große Hoffnungen machen. Die Chance, dass es funktioniert, ist äußerst gering.«

»Ich muss sie wiedersehen, Richard. Und sei es nur, um mich zu verabschieden. Ich muss sie einfach wiedersehen.«

»Dann bist du dabei?«

Sie nickte. »Das war ich immer schon.«

64

Irgendwo im Staat New York
26. Mai

Xander hatte das Bett verlassen und saß wieder in seinem Rollstuhl, konnte aber noch nicht auf den Tropf und die Sauerstoffflasche verzichten. Er sah aus, als würde er sich leicht zur Seite beugen, und eine Hand war offenbar gelähmt und lag mit der Handfläche nach oben auf der Decke, die man über seine Beine gelegt hatte.

Richard näherte sich leise, da er nicht wusste, ob der alte Mann schlief. Er wirkte in seinem riesigen Schlafzimmer unglaublich klein, fast wie ein Möbelstück, das man ausrangiert hatte.

»Ich fühle mich nicht jünger«, sagte Xander und schlug die rot umrandeten Augen auf.

»Das hatte ich auch nicht erwartet. Wenn überhaupt, müssten Sie sich aufgrund der ganzen Energie eher schlechter fühlen. Außerdem ist es gerade mal zwei Tage her. Die genetischen Veränderungen, von denen wir sprechen, brauchen ihre Zeit.«

Richard ging zu einem Arzneischrank, der wie ein Kleiderschrank aussah, und holte eine Spritze heraus. »Fühlen Sie sich erschöpfter als sonst?«

»Was zum Teufel reden Sie denn da?«, erwiderte Xander, aber seine Stimme klang nicht mehr so kraftvoll wie noch vor einer

Woche. Es konnte jetzt nicht mehr lange dauern … einen Tag, einen Monat. Und Richard bezweifelte nicht, dass der gerissene Bastard hinsichtlich der Befehle, die er hinterlassen wurde, die Wahrheit gesagt hatte.

»Was ist mit ungewöhnlichen Gelenkschmerzen?«, erkundigte sich Richard. »Die hätte ich erwartet.«

Xander dachte nach. »Meine Knie haben mich die halbe Nacht wachgehalten. Und mein Rücken …«

Richard nickte. Das war etwas, das er bei der Arbeit mit Krebspatienten gelernt hatte: Die Verzweiflung bewirkte, dass die Menschen äußerst empfänglich auf Suggestionen reagierten.

»Was ist das?«, wollte Xander wissen und deutete auf die Nadel.

»Ich werde Ihnen nur ein wenig Blut abnehmen.«

»Warum?«

Eigentlich war er nur besorgt, dass ihm Xander den Zugang zum Labor verweigern würde, und das wollte er verhindern. Noch brauchte er es.

»Ich will nach beschleunigter Zellerneuerung und hormonellen Veränderungen suchen – nach allem, was darauf hinweist, dass der Alterungsprozess umgekehrt wird und mir einen Hinweis darauf geben kann, wie lange es dauern wird. Aufgrund Ihres körperlichen Zustands wäre es hilfreich, wenn wir den Prozess und alle Probleme, die er bei Ihnen verursachen könnte, besser verstehen.«

Xander starrte ihn an, während er nach einer Vene suchte. »Wie geht es Ihrer Tochter?«

Mit dieser Frage hatte er bereits gerechnet. Er war überrascht, dass sie nicht schon früher gekommen war. »Sie ist krank.«

»Wird sie sterben?«

Die offenen Worte waren anscheinend gewählt worden, um Richard aus der Reserve zu locken, aber so leicht ließ er sich nicht aufs Glatteis führen. »Eines Tages, Andreas.

Genau wie wir alle.«

65

Irgendwo im Staat New York
27. Mai

Richard tat so, als würde er Xanders Blutprobe unter dem Mikroskop untersuchen, aber eigentlich sah er aus dem Augenwinkel auf die Uhr. Es war wenige Sekunden nach zwölf, und wenn Carly eines war, dann war sie pünktlich. Sie hatte schon Ewigkeiten damit verbracht, an der Tür zu stehen und darauf zu warten, dass Susie und er sich die Schuhe anzogen, ihr Portemonnaie fanden, Videospiele oder Buchkapitel beendeten oder die letzten Zeilen einer E-Mail schrieben.

Eine Minute nach zwölf kam sie schließlich durch die Tür und hatte sein Mittagessen auf einem Tablett dabei. Roastbeefsandwiches und Pommes frites, wenn er sich korrekt an den Speiseplan erinnerte, der neben der Küche hing.

Sie sah an diesem Tag besonders gut aus – ihr dunkles Haar fiel ihr in die Stirn, und sie trug die makellos weiße Kochjacke und eine Wollhose. Eigentlich sah sie so aus wie immer, wenn sie arbeitete, aber da ihm bewusst war, dass dies der letzte Tag sein konnte, den sie zusammen verbrachten, wurde alles, was er an ihr liebte, nur noch verstärkt.

Sie stellte das Tablett auf eine Sperrholztischplatte und gab ihm wie immer einen schnellen Kuss. Doch heute schob er die Arme unter ihre offen stehende Jacke, zog sie an sich heran und küsste sie erneut, während er ihr eine kleine Phiole in die Hosentasche steckte.

»Was ist das?«, flüsterte sie, als sich ihre Lippen voneinander lösten.

»Tu das heute Abend ins Essen. Aber sei vorsichtig. Zieh Gummihandschuhe an und wirf sie danach weg.«

Sie hatten nicht über die Einzelheiten des Plans gesprochen, da es aufgrund der verschärften Sicherheit zu riskant gewesen war. Er war sich nicht einmal sicher, ob sie nicht sogar in diesem Moment abgehört wurden, und wollte sich ihr entziehen.

»Das ist alles?«, meinte sie, hielt ihn fest und warf einen nervösen Blick zu einer der Überwachungskameras hinauf. »Du willst sie vergiften?«

»Carly …«, ermahnte er sie und versuchte erneut, sie loszulassen, aber sie hielt ihn fest.

»Glaubst du nicht, ich hätte darüber nachgedacht, wenn ich den ganzen Tag rumstehe und ihr Essen koche? Es wird nicht funktionieren. Die Wachen essen in Schichten. Wenn du sie vergiftest, werden es die Leute, die noch nichts gegessen haben, bemerken, dass die anderen ohnmächtig werden.«

»Hör mal …«, setzte er an, doch sie unterbrach ihn.

»Und einige essen auch gar nichts, Richard. Sie bringen sich was mit. Oder sie kommen stundenlang nicht dazu, weil sie im Dienst sind.«

Auf einmal wurde die Labortür aufgerissen und einer von Xanders Männern stürmte hinein.

»Gehen Sie beide wieder an die Arbeit«, forderte er sie auf. »Sofort.«

66

Irgendwo im Staat New York
27. Mai

Carly hatte den Eintopf fünfundvierzig Minuten zuvor neben ihn auf den Tisch gestellt, aber er hatte ihn noch nicht angerührt. Das bedeutete, dass jeder inzwischen gegessen haben musste und die letzte Schicht gerade fertig wurde.

Er hatte sie gebeten, pünktlich um 19 Uhr am Fuß der Treppe zu dem halb fertigen Labor zu sein, und er reinigte gerade seine Objektträger und erledigte genau die Dinge, an die sich alle, die ihn beobachteten, gewöhnt haben mussten.

Als er fast fertig war, erschien einer der Wachmänner, die ihm zugewiesen waren, in der Tür. Er zog Carly am Oberarm mit sich, und sie versuchte, ein möglichst unbeteiligtes Gesicht zu machen, auch wenn Richard auf den ersten Blick erkannte, dass sie Angst hatte.

»Xander will Sie sehen«, sagte der Mann.

Richard versuchte, sich ganz natürlich zu geben und lächelte ihn entschuldigend an, wie er es geübt hatte, während er in seinem Kopf die schlimmsten Szenarien durchging. »Mir … Mir geht es nicht so gut. Ich glaube, ich habe noch nicht alle Toxine wieder ausgeschieden. Könnten Sie ihm wohl sagen, dass ich noch etwas Zeit brauche? Meist dauert es …«

»Mr. Xander wartet nicht auf andere, er lässt andere höchstens warten. Und jetzt setzen Sie sich in Bewegung.«

Der Mann ließ Carly los und ging auf die Treppe zu, während er ihnen bedeutete, ihm zu folgen. Carly nahm Richards Hand und drückte sie leicht, als sie ihm folgten. Was hatten sie auch schon für eine andere Wahl?

»Wie lief's mit dem Essen?«, fragte Richard in möglichst beiläufigem Tonfall.

»Gut«, antwortete sie. »Der Eintopf ist genauso, wie du ihn dir gewünscht hast.«

Als sie zu der Treppe kamen, die in den dritten Stock des Hauses führte, blieb der Mann vor ihnen auf einmal stehen. Der Gang war schmal, schlecht beleuchtet und lag an der Stelle, an der er eine Biegung nach rechts machte, halb im Schatten.

»Was ist?«, erkundigte sich Richard und beugte sich etwas vor, um den rätselhaften Gesichtsausdruck des Mannes besser erkennen zu können. »Ist alles in Ordnung?«

Er zerfurchte die breite Stirn und blinzelte einige Male, bevor er abrupt in Richards Richtung blickte. »Warum … Warum fragen Sie mich das?«

Sie gingen schnell weiter und kamen zu einem breiten Flur, der in einen Bereich des Hauses führte, in dem Richard noch nie gewesen war. Die Hand seiner Frau fühlte sich ganz verschwitzt an, und er hielt sie ein wenig fester, um sie zu beruhigen, auch wenn er wusste, dass es vermutlich nichts half.

Am Ende des Flurs riss der Wachmann eine Tür auf und ging daneben in Stellung, nachdem er sie angewiesen hatte, das riesige Arbeitszimmer zu betreten.

Die Wände waren voller verstaubter Bücher, und direkt vor ihnen befand sich ein Kamin, der so groß war, dass man aufrecht hineingehen konnte. Ein einzelner Lederstuhl stand in der Sitzecke, und man konnte an den Abdrücken im Teppich erkennen, wo das Gegenstück dazu gestanden hatte.

Die Tür zu ihrer Rechten wurde geöffnet und Xander rollte herein und blieb direkt über den Abdrücken stehen, während ein Mann, den Richard noch nie gesehen hatte, auf dem Stuhl Platz nahm. Er schien Mitte dreißig zu sein, hatte dunkle Haare und trug einen makellosen Anzug.

»Das ist mein neuer Partner Karl«, sagte Xander. »Karl. Richard und Carly Draman.«

»Es freut mich, Sie endlich kennenzulernen«, sagte der Mann mit einem leichten Akzent, den Richard nicht einordnen konnte. »Ich muss zugeben, dass Mason und ich uns langsam gefragt haben, ob es je dazu kommen würde.«

Richard versteifte sich, als er den Namen Mason hörte, ließ die Hand seiner Frau los und starrte Karl an, der beiläufig die Beine übereinanderschlug.

»Die Antwort auf die Frage, die Ihnen gerade durch den Kopf geht, lautet *Ja*«, fuhr der Mann fort. »Tatsächlich war ich der erste Mensch, der sich der Therapie unterzogen hat. Ich war zu diesem Zeitpunkt gerade neunundachtzig geworden.«

Richard sah seine Frau an und vermutete, dass er ebenso verblüfft aussah wie sie. Das Foto von Mason war schon beeindruckend gewesen, aber es war nichts im Vergleich dazu, tatsächlich vor diesem Mann zu stehen. Er wies keine Anzeichen dafür auf, dass er einmal fast das Ende der menschlichen Lebenszeit erreicht hatte. Er konnte überall hingehen und alles tun und würde dabei nicht einmal auffallen.

»Man hat mir gesagt, dass der Inhalt der Phiole tatsächlich eine komplette Dosis gewesen ist«, sagte Xander. »Offenbar müsste ich entweder tot sein oder die ersten Auswirkungen spüren. Haben Sie eine Ahnung, was schiefgelaufen sein könnte?«

Daraufhin sah Richard wieder den alten Mann an, brachte aber keinen Ton heraus.

»Haben Sie die Frage verstanden, Richard? Ich werde sie anders formulieren. Sie sind an dem Tag, an dem Sie sich vergiftet haben, auf dem Weg zum Krankenhaus aus dem Wagen ausgestiegen. Könnte es vielleicht sein, dass Sie dort etwas verloren haben?«

Allerlei Lügen und Ablenkungsmanöver gingen Richard durch den Kopf, die selbst für ihn alle irgendwie absurd klangen. »Ich glaube, Sie kennen die Antwort darauf bereits, Andreas.«

»Wo ist sie?«, wollte Karl wissen. »Wo ist Ihre Tochter?«

»Das weiß ich nicht.«

»Und selbst wenn wir es wüssten, würden wir es Ihnen niemals verraten«, fügte Carly hinzu.

»Ah ja«, erwiderte Karl. »Elterliche Liebe. Es heißt, dass es keine psychologische Kraft gibt, die stärker ist, nicht einmal der Überlebensinstinkt wird davon übertroffen. Aber das ist ohne Belang. Wir haben ein Foto des Fahrzeugs, in dem sie herumfahren, das die Kamera eines Geldautomaten in der Nähe der Apotheke, in der Burt Seeger die Medikamente für Ihre Tochter abholen wollte, aufgenommen hat. Es würde mich sehr überraschen, wenn es uns mit vereinten Kräften nicht gelingen sollte, sie in den nächsten Tagen aufzuspüren.«

»Warum?«, fragte Carly und machte einen Schritt auf sie zu, bevor Richard ihren Arm festhalten konnte.

»Warum was?«, entgegnete Karl.

»Warum stellen Sie es nicht einfach her? Verkaufen es? Verdienen Milliarden damit?«

»Weil das das Ende der Gesellschaft bedeuten würde, wie wir sie kennen. Ich vermute, dass ich Ihnen nicht erzählen muss, dass die Menschen umso fortpflanzungsfreudiger werden, je dümmer und nutzloser sie sind. Können Sie sich vorstellen, dass jede Mutter, die von der Sozialhilfe lebt, jeder Verbrecher und jede minderbemittelte oder mit einer Erbkrankheit belastete Person Zugriff darauf hat? Was würde sie davon abhalten, endlos Kinder in die Welt zu setzen, während die Elite weiterhin ein bis zwei pro Jahrhundert bekommt?«

»Es könnte reguliert …«

Xander lachte lauter, als es Richard je für möglich gehalten hätte. Er hatte die Hauptrolle in diesem Drama verloren und wollte sie wiederhaben.

»Reguliert? Glauben Sie, die Regierung würde jemandem sagen, dass er nicht daran teilhaben darf? Dass er nicht so viele Kinder bekommen darf, wie er möchte? Teufel noch mal, nein. Sie würde es für alle verfügbar machen und es nutzen, um ihre Macht zu vergrößern. Können Sie sich das vorstellen? Dass dieselben Politiker jahrhundertelang immer wieder gewählt werden?« Er deutete auf Richard. »Und auf Ihrem Fachgebiet sähe es auch nicht besser aus. Ein Haufen alter Professoren, denen schon vor achtzig Jahren die Ideen ausgegangen sind, würde die Positionen blockieren und alles Neue verhindern, das die Tradition durcheinanderbringen könnte.«

»Er hat völlig recht«, stimmte ihm Karl ruhig zu. »Wir hätten Millionen von Menschen, die psychologisch überhaupt nicht auf diesen Schritt der menschlichen Evolution vorbereitet sind, die ein normales Leben führen, einen langweiligen Job haben, fernsehen und Kinder bekommen. Für immer. Ohne irgendeine Zielstrebigkeit und ohne sich zu bemühen, einen Beitrag zu leisten, sondern einzig und allein aus Angst vor dem Tod.«

»Und die haben Sie nicht?«, warf Richard ein.

Er zuckte mit den Achseln. »Die praktischen Probleme der Unsterblichkeit sind weitaus größer, als Sie es sich vorstellen können. Diejenigen, die diese Therapie erhalten, müssen äußerst intelligent, flexibel …«

»Sie müssen ebenso reiche, arrogante Mörder sein wie Sie?«, fiel ihm Carly ins Wort. »Was ist mit Mutter Teresa? Oder Picasso? Warum dürfen *Sie* entscheiden, wer davon profitiert?«

»Irgendjemand muss es ja tun«, erkannte Xander.

»Aber Sie wurden nicht auserwählt«, fuhr ihn Carly an. »Sie waren nicht gut genug. *Sie* haben Sie nicht ausgewählt, sondern wir.«

»Das ist nicht ganz korrekt«, mischte sich Karl ein. »Andreas' Gesundheitszustand ist schlechter, als wir normalerweise voraussetzen.«

»Die Therapie könnte ihn umbringen«, sagte Richard zu niemandem im Speziellen und dachte dabei an seine Tochter, die in Seegers Wohnmobil um ihr Leben kämpfte.

»Das ist gut möglich«, bestätigte Karl. »Sogar sehr wahrscheinlich.«

»Ich habe immer geglaubt, dass Menschen verrückt werden, wenn sie ewig leben«, meinte Carly. »Aber ich habe mich geirrt. Sie waren es vorher schon.«

Richard lachte auf.

»Halten Sie das für witzig?«, fuhr ihn Xander an, der offensichtlich erwartet hatte, dass sie kriecherisch und verängstigt vor ihm stehen würden.

»Ich habe in meinem ganzen Leben noch nie so einen Blödsinn gehört«, gestand Richard. »Erzählen Sie mir doch nicht diesen Mist über den Aufbau der Gesellschaft. Ihnen ist es doch scheißegal, wer was leistet – alles, was Sie wollen, ist, die nächsten fünfhundert Jahre Reichtum und Macht anzuhäufen. Wenn ich die Wahl hätte, dann wären Sie diejenigen, die ausgeschlossen wären. Ich hätte lieber zehn arme Mütter dabei als einen von Ihnen.«

»Dann haben wir ja Glück, dass Sie das nicht zu entscheiden haben, was?«, erwiderte Karl.

Xander hatte offenbar genug gehört und drückte einen Knopf auf der Armlehne seines Rollstuhls. Ein leises Summen war hinter der geschlossenen Tür zu hören. »Sie hätten sich nicht gegen mich stellen sollen, Richard. Sie haben gerade nicht nur Ihr eigenes Todesurteil unterschrieben, sondern auch das Ihrer Frau und Ihrer Tochter.«

»Netter Versuch, Andreas, aber ich bin nicht dumm. Wir wären so oder so gestorben.«

Die Tür hinter ihnen wurde geöffnet, und der Wachmann trat ein und hielt seine Waffe bereits in der Hand.

Xander deutete auf die Dramans. »Beseitigen Sie sie.«

67

In der Nähe von Madison, Wisconsin
27. Mai

Es war warm und windstill, als Burt Seeger mit dem zusammenklappbaren Rollstuhl in der Hand die Stufen des Wohnmobils hinunterging. Er stellte ihn neben einem Picknicktisch auf und machte hin und wieder eine Pause, um die Aktivitäten auf den angrenzenden Stellplätzen zu beobachten.

Er hatte so weit in der Mitte des Campingplatzes geparkt, wie er nur konnte, damit kein Überfallkommando an sie herankam, ohne dass nicht wenigstens ein paar ihrer neuen Nachbarn Wind davon bekamen, die ohnehin den Großteil der Nacht wach waren und sich betranken.

Susie lag noch im Wohnmobil auf dem Bett, zugedeckt mit zwei Schlafsäcken. Die von ihm improvisierte Infusion war erfolgreich gewesen, und inzwischen wachte sie mehrmals am Tag auf, wobei sie jedes Mal Hunger hatte und fror. Er kochte ihr ihr Lieblingsessen, Makkaroni und Käse, und schaffte es meist, ihr einige Löffel davon einzuverleiben, bevor sie wieder das Bewusstsein verlor. Sie schien ihn nicht mehr zu erkennen. Vielleicht war ihr Gehirn durch das, was er ihr gegeben hatte, zu stark beschädigt worden. Möglicherweise hatte er ihre Persönlichkeit dadurch zerstört.

Seeger stieg die Stufen wieder hinauf und zog die Schlafsäcke von ihrem Körper, nur um ihr sogleich einen Parka und eine Mütze über den Jogginganzug aus Fleece zu ziehen, der sie nicht warmhalten konnte. Sie schien so gut wie nichts zu wiegen, als er sie nach unten trug und vorsichtig in den Rollstuhl setzte.

Die Sonne vertrieb die letzten Wolken am Horizont, und er schob sie einen Weg entlang, der in das Grasland führte, das den Campingplatz umgab. Er wusste, dass sie eigentlich im Bett bleiben sollte, aber er konnte es nicht ertragen, sie den ganzen Tag in dem muffigen alten Wagen zu lassen.

Als er hinter sich ein Geräusch hörte, wirbelte er herum und wollte schon nach seiner Waffe greifen, als er erkannte, dass es sich nur um ein junges, joggendes Paar handelte.

»Entschuldigung! Wir wollten Sie nicht erschrecken«, sagte die junge Frau, deren Lächeln traurig wurde, als sie auf Susie herabblickte.

Er beobachtete sie, während sie weiterliefen, und fluchte innerlich. Erst nach einigen Metern hatte er überhaupt bemerkt, dass sich das Paar hinter ihm aufhielt. Je älter er wurde, desto weniger hörte er und desto leichter verlor er sich in seinen Gedanken. Es war nur eine Frage der Zeit, bis ihn sein Glück verließ. Eines Tages würden sie ihn finden, und es würde vorbei sein, bevor er überhaupt bemerkt hatte, dass sie da waren.

Der Weg wurde holpriger und Susie rutschte nach rechts, als der Rollstuhl an einigen Steinen hängen blieb. Sie schlug die Augen auf und er deutete auf ein Eichhörnchen, das sich in der Nähe auf die Hinterbeine gestellt hatte und sie beobachtete.

»Sieh mal, wer uns hier besuchen kommt«, meinte er und setzte sie vorsichtig wieder aufrecht hin.

Noch vor einer Woche hätte sich ihr faltiges Gesicht vor Staunen verzogen. Jetzt fummelte sie nur tollpatschig an den Knöpfen ihrer Jacke herum und sah gar nicht mehr vom Boden auf.

Er berührte ihre Stirn, die sich heiß anfühlte, aber das heftige Fieber war zurückgegangen. Vielleicht hatten die frische Luft und die Sonne dafür gesorgt, dass sie nicht mehr so fror.

»Lass die Jacke lieber noch an, mein Schatz. Wir ziehen dir erstmal die Mütze aus, dann sehen wir weiter.«

Er nahm ihr die Strickmütze ab und wollte sie gerade in seine Tasche stopfen, als er erstarrte. Ihm brach der Schweiß aus, und er wischte sich über die Oberlippe, während er auf ihren Kopf hinabsah. Es war eine Illusion, sagte er sich, die von seinen übermüdeten Augen und dem Sonnenlicht herbeigeführt worden war.

Seeger war sich nicht sicher, wie lange er dastand, bis er den Mut aufbrachte und mit der Hand über ihre Kopfhaut strich, aber als er das getan hatte, wusste er, dass es kein Wunder, sondern real war.

Er lachte laut heraus und ihm stiegen die Tränen in die Augen, als er über den weichen Flaum strich, der dort spross, wo schon länger keine Haare mehr gewachsen waren.

68

Irgendwo im Staat New York
27. Mai

»Ich habe gesagt, Sie sollen sie beseitigen«, sagte Xander.

Der Wachmann stand einfach nur da und hielt die Pistole locker in der Hand. Durch die geöffnete Tür waren Schüsse zu hören, doch seine einzige Reaktion darauf war, dass er sich umsah, als wolle er einen Blick auf die Kugel erhaschen.

Richard wusste nicht, wie lange die Verwirrung anhalten würde, also sprang er vor, warf den Wachmann gegen eine Wand und griff nach seiner Pistole. Er hörte Carly überrascht aufschreien, doch sie fing sich schnell wieder, packte die andere Hand des Mannes und biss ihm ins Handgelenk.

Er stieß einen Schrei aus und stürzte zu Boden, woraufhin er die Waffe losließ und sich die Arme schützend vor das Gesicht hielt. Richard nahm die Waffe und wollte sie auf Karl und Xander richten.

Aber sie waren verschwunden.

»Was zum Teufel ist los mit ihm?«, fragte Carly, als sich der kräftig gebaute Mann in die Ecke kauerte.

Richard zog sie mit sich in den Flur. »Das erkläre ich dir später.«

Sie rannten den Weg zurück, den sie gekommen waren, und hörten die Schreie der Menschen in anderen Teilen des Hauses, unter die sich Schüsse und das Jaulen der Hunde mischten. Er wurde erst langsamer, als sie die Treppe ins Erdgeschoss erreichten, wo er warnend die Hand hob und vorsichtig in die Eingangshalle spähte. Ein Mann mit einem blonden Bürstenhaarschnitt hatte hinter einem umgeworfenen Tisch Schutz gesucht und weinte bitterlich, während er das Chaos um sich herum durch die Kimme seiner Pistole betrachtete.

»Sie!«, brüllte jemand hinter ihnen, und sie wirbelten herum.

Der Mann rannte mit voller Geschwindigkeit auf sie zu, und Richard zog seine Frau in ein leeres Zimmer. Sie schlug die Tür zu und versuchte, sie zu verriegeln, war aber etwas zu langsam. Die Tür wurde so heftig aufgerissen, dass das Holz splitterte, und Carly fiel nach hinten und rutschte auf dem polierten Boden aus, als sie zu entkommen versuchte. Richard hob eine Stehlampe auf, schwang sie wie einen Baseballschläger, als der Mann ins Zimmer stürmte, und erwischte ihn mitten im Gesicht.

Der Aufprall ließ ihn zu Boden gehen, wo er auf dem Rücken liegen blieb. Richard stand mit der Lampe in der Hand über ihm, doch der Mann lag reglos da, während ihm das Blut aus der Nase strömte und seine Lippe nur noch an einem dünnen Hautfetzen hing.

Carly kroch zur Tür und drückte sie zu, um sich dann mit dem Rücken dagegen zu lehnen, als im Erdgeschoss geschossen wurde. »Was hast du ihnen bloß gegeben?«

»Acid«, erwiderte Richard, ging zum Fenster und sah hinaus. Direkt unter ihnen jagte ein Dobermann seinen Schwanz, während zwei andere starr im Gras lagen. Ihr Trainer, der ihnen offenbar den Rest seines Eintopfs gegeben hatte, saß in den Ästen einer Pinie.

»LSD? Ich habe ihnen LSD ins Essen getan?«

Er nickte und beobachtete, wie sich Xanders Sicherheitstrupp immer mehr zersetzte. »Du hast ja selbst gesagt, dass ein Betäubungsmittel nicht funktionieren würde, da es die späteren Schichten bemerken und nichts mehr essen würden. Ich habe etwas gebraucht, das nicht sofort auffällt und das die Menschen, die nichts essen, ebenfalls beschäftigt.«

»LSD«, wiederholte sie, und in ihrer Stimme schwang Bewunderung mit. »Das wäre mir im Traum nicht eingefallen.«

Sie kroch auf Händen und Füßen zur Tür, die sie einen Spaltbreit öffnete, und sah hinaus. Im Erdgeschoss waren keine Schüsse mehr zu hören, aber die Schreie hatten nicht aufgehört.

»Wie lautet der Plan? Wollen wir aus dem Fenster klettern? Das ist ziemlich hoch, aber …«

»Du hast nie LSD genommen, oder, Carly?«

»Nein.«

»Tja, ich schon, und ich finde, wir sollten nicht aus einem Gebäude klettern, wenn sich ein Haufen Söldner auf einem Trip direkt unter uns befindet.«

»Warum bekomme ich auf einmal das Gefühl, dass du die ganze Sache nicht bis zum Ende geplant hast?«

»Ich konnte die Reaktion der Wachen nicht vorhersehen und daher keine Details ausarbeiten. Aber wir haben eine Chance. Wir müssen hier einfach nur rausmarschieren.«

»Wie bitte?«

»Sieh niemandem in die Augen und mach keine hastigen Bewegungen. Geh einfach weiter.«

»Das ist dein Plan? Wir gehen einfach raus?«

Er gab ihr keine Antwort, sondern zog einfach die Tür auf und ging in den Flur. Sie musste rennen, um ihn einzuholen, woraufhin er mit der Hand hinter seinem Rücken herumwedelte, bis sie eine mehr oder weniger natürliche Gangart eingeschlagen hatte.

»Richard«, flüsterte sie angestrengt. »Wir können nicht einfach …«

Er legte den Finger auf die Lippen und brachte sie zum Schweigen. »Nicht reden.«

Die Alarmanlage ging los, als sie gerade die Treppe hinuntergingen, aber er blieb nicht stehen und ignorierte das ohrenbetäubende Jaulen ebenso wie die Männer, die weiter unten standen.

»Da ist einer an der Treppe«, raunte ihm Carly zu.

Der Mann lag auf dem Marmorfußboden und hatte die Hände vors Gesicht geschlagen. Richard ging einfach weiter und zog die Waffe, die er dem Wachmann abgenommen hatte, aus dem Gürtel. Falls der Mann bemerkte, dass er einen großen Schritt über seinen Körper hinweg machte, dann ließ er sich das nicht anmerken.

Sie hatten die Eingangstür fast erreicht, als hinter ihnen ein Ruf ertönte und ein Schuss in den Putz zu ihrer Linken abgegeben wurde.

»Stehen bleiben!«

Der Mann stürmte vor und schoss erneut, hatte jedoch Probleme beim Zielen. Dieses Mal traf er ein Porträt, das Xander in deutlich jüngeren Jahren darstellte.

Richard hob seine eigene Waffe und erwiderte das Feuer, aber er hatte den Umgang mit Handfeuerwaffen nicht in der Militärschule gelernt. Der Schuss ging weit daneben.

Er gab den Versuch auf, unsichtbar zu bleiben, und rannte los, wobei er seine Frau mitzog. Sie gelangten auf eine riesige Auffahrt und liefen auf einen schwarzen Geländewagen zu, der in der Nähe parkte. Carly riss die Beifahrertür auf und sprang hinein, um dann auf den Fahrersitz zu rutschen. »Die Schlüssel stecken! Steig ein!«

Als im Haus ein Fenster zersplitterte, zuckte Richard unwillkürlich zusammen. Einen Augenblick später prallte ein Mann vom Kotflügel des Wagens ab und stürzte so heftig auf den Asphalt, dass die komplette rechte Seite des Kopfes eingedrückt wurde.

Richard blickte auf ihn herab. Ein lebloses Auge stand halb offen, Blut benetzte sein Haar. Er hatte sich auch aus dem Grund für LSD entschieden, weil es bei diesem Rauschmittel keine Überdosis gab. Er hatte niemanden umbringen wollen.

»Richard! Was machst du denn?«, brüllte Carly und startete den Wagen. »Steig endlich ein!«

Der Mann, der im Haus auf sie geschossen hatte, stand jetzt auch auf der Auffahrt und zielte auf sie. Richard verspannte sich, als er den Abzug drückte, doch anstelle eines Schusses ertönte nur ein Klacken.

»Richard!«, rief Carly erneut, und er stieg in den Wagen. Die Tür prallte beinahe gegen seine Beine, als sie das Auto durch ein prachtvolles Blumenbeet lenkte und auf das Eisentor zuhielt, durch das man auf die Straße gelangte.

»Airbags!«, rief Richard, und sie riss den Wagen um einhundertachtzig Grad herum. Dann legte sie den Rückwärtsgang ein und raste auf das Tor zu, das sich mit einem ohrenbetäubenden Krachen und einem Funkenregen vom steinernen Pfosten löste.

Richard drehte sich auf dem Sitz um, als sie den Geländewagen auf die Straße lenkte, und sah durch das zersplitterte Heckfenster, wie eine schwarze Limousine in ihre Richtung raste.

»Los! Los«, schrie er. »Sie sind hinter uns her!«

Doch der Wagen machte eine Rechtskurve und verschwand durch das zerstörte Tor – vermutlich, um auf einen Hilferuf von Karl und Xander zu reagieren.

Richard hielt sich am Sitz fest, als Carly den Wagen auf eine breitere, weniger einsame Straße lenkte. Niemand folgte ihnen, und nach einigen Minuten befanden sich um sie herum andere Wagen, Fußgänger, Scheunen und Traktoren. Die reale Welt. Er hatte beinahe vergessen, dass sie existierte.

69

Laos
Sieben Jahre später

Die Stimme der Frau wurde zu einem Kreischen, und ihre Worte verschwammen zu einem verzweifelten, unverständlichen Wortschwall. Richard Draman setzte sich auf einen Stuhl, der aus einem Baumstamm hergestellt worden war, und signalisierte ihr, sie solle sich beruhigen, während er den Satz »Ihm geht es bald wieder besser« in der Landessprache formulierte.

Die ihm nur zu gut vertraute Verwirrung zeichnete sich kurz auf dem Gesicht der Frau ab, als sie zu verstehen versuchte, was er gesagt hatte, bevor sie erneut zu kreischen begann.

Er lehnte sich an die Graswand der Hütte und sah auf das Kind hinab, das auf einer auf dem Boden ausgebreiteten Decke lag. Die Infektion war nicht ernst, aber er konnte die Angst der Mutter verstehen. In diesem Teil der Welt konnte aus einem leichten Fieber innerhalb weniger Tage ein Todesfall werden.

»Okay, okay«, sagte er, wobei er die Worte sorgfältig betonte, als ob sie die englische Sprache dadurch auf einmal verstehen würde. »Warten Sie kurz hier.«

Er ging zur Tür und sah zu dem Mädchen im Teenageralter, das im Schatten eines blühenden Baumes lag. Obwohl er seit sieben

Jahren ohne Konzession in Laos als Landarzt arbeitete, beherrschte er die Sprache kaum besser als ein Zweijähriger.

»Könntest du mir kurz helfen?«

Sie stützte sich auf die Ellenbogen und sah ihn mit gerunzelter Stirn an, wobei ihr das dunkle Haar ins Gesicht fiel, in dem sich nur wenige Pickel abzeichneten. »Mom sagt, dass du mich als Krücke benutzt. Sie sagt, ich soll dir das nicht ständig durchgehen lassen.«

Er deutete auf seinen alten Range Rover. »Du kannst gern zu Fuß nach Hause gehen, Susie.«

Nachdem sie kurz darüber nachgedacht hatte, stand sie auf und klopfte sich den Staub von dem karierten Rock und der weißen Bluse, die zu ihrer Schuluniform gehörten.

Sie war ein hübsches Mädchen, schien das jedoch nicht zu bemerken. Nachdem sie mit dem Mitleid und den erschrockenen Blicken der Menschen, mit denen sie in Kontakt kam, aufgewachsen war, war sie dankbar für jede Form der Anonymität – die einem einen Meter fünfundsiebziggroßen weißen Mädchen, das in Laos auf dem Land lebte, jedoch nicht vergönnt war.

Susie verbeugte sich höflich, als sie die Hütte betrat, und ihr ruhiges Lächeln schien die Frau sofort zu besänftigen.

»Sag ihr, dass es ihrem Sohn bald wieder besser gehen wird.«

Susie übersetzte seine Worte in – wie ihm immer wieder versichert wurde -perfektes Laotisch und er reichte der Frau ein kleines Tablettendöschen. »Sie muss jeden Tag eine dieser Tabletten in seinem Essen zerdrücken. Und er muss sie alle nehmen, selbst wenn es ihm besser geht, bevor sie alle sind.«

Als Susie alles erklärt hatte, nahm die Frau Richards Hand, schüttelte sie wild und redete weiter auf Laotisch auf ihn ein.

»Sie sagt, sie hätte eine schöne Seide, die sie gewebt hat. Oder ein Huhn. Du kannst es dir aussuchen.«

»Was denkst du?«

»Ich hätte Appetit auf Hühnchen. Mom könnte ihre leckere würzige Pfeffersoße machen.«

»Ja … Die Pfeffersoße schmeckt wirklich gut, was?«

Seine Gebühr gackerte laut, als er sie in ihrem Korb durch die Heckklappe des Range Rovers schob. Eine Bierdose rollte über den Boden, und er öffnete sie und trank einen Schluck der warmen Flüssigkeit.

»Darf ich fahren, Dad?«

Er schüttelte den Kopf. »Weißt du noch, was beim letzten Mal passiert ist?«

»Das war ein blöder Unfall. Den kannst du mir nicht ewig vorwerfen.« Sie deutete auf die Dose in seiner Hand. »Alkohol am Steuer ist auch ungesund.«

Er dachte einen Moment darüber nach und kletterte dann widerstrebend auf den Beifahrersitz. Wenige Sekunden später fuhren sie los und zogen eine Staubwolke hinter sich her.

»Nur weil wir in der Dritten Welt leben, heißt das noch lange nicht, dass wir auch so fahren müssen, als wären wir von hier, Susie.«

»Was soll das denn heißen? Ich *bin* von hier.«

Er sagte nichts weiter und trank sein Bier. Im Grunde genommen hatte sie recht. Während er kaum mehr als ein hier gestrandeter Tourist war, hatte sie ihr halbes Leben in Laos verbracht.

Da es keinen Grund zu der Annahme gegeben hatte, dass Karl und August Mason je aufhören würden, nach ihnen zu suchen, mussten sie auf Dauer untertauchen. Und wo ging das besser als in den Bergen Südostasiens?

Natürlich hatten Carly und er überlegt, sich an die Behörden zu wenden, aber sie hatten sich rasch dagegen entschieden. Selbst wenn sie eine Regierungsstelle gefunden hätten, die Masons Leute nicht beeinflussen konnten – was wäre aus Susie geworden? Im besten Fall wäre alles herausgekommen und sie wäre zu einer Prominenten geworden, die etwas hatte, um das sie jeder beneidete. Im schlimmsten Fall hätte sie jedoch zu einem Versuchskaninchen werden können, einer widerstrebenden religiösen Figur oder einem Blitzableiter für Eifersucht und Hass, wenn nicht gar alles zusammen.

Nach allem, was sie durchgemacht hatte, verdiente sie ein normales Leben. Oder eines, das so normal war, wie er es ihr bieten konnte.

»Wann gehen wir wieder zurück, Dad?«

»Wie meinst du das? Wohin zurück?«

»Nach Amerika.«

»Ich weiß es nicht.«

»Was ist mit Europa?«

Er drehte sich auf dem Sitz zu ihr um. »Woher kommt dein plötzliches Interesse?«

»Keine Ahnung. Ich habe noch nichts davon gesehen. Du erzählst Geschichten und ich sehe mir Filme an, aber das ist was anderes.«

»Wir werden mal eine Reise planen.«

Sie erkannte eine Lüge, wenn sie eine hörte, und verzog das Gesicht. Sie wurde so schnell erwachsen. Sie würden »das Gespräch«, wie Carly und er es nannten, nicht mehr lange aufschieben können, auch wenn er noch immer nicht wusste, was er ihr sagen sollte.

Er wusste ja selbst nicht, was aus ihr werden würde. Es war gut möglich, dass Masons Serum nur ihre Progerie geheilt hatte. In diesem Fall würde sie wie jeder andere alt werden und sterben.

Andererseits konnte es auch passieren, dass sie normal alterte, bis sie etwa dreißig Jahre alt war, und dann für immer so blieb.

Ihm fehlte die Ausrüstung, um ihr verändertes Genom genauer zu untersuchen, aber anhand der wenigen Tests, die er durchgeführt hatte, war zu erkennen gewesen, dass sie kein normales Mädchen mehr war. In ihrem Körper hatte es derart viele bedeutsame genetische Veränderungen gegeben, dass sie jeder Wissenschaftler vermutlich als Unterart eingestuft hätte. Zu diesem Zeitpunkt wusste er selbst nicht einmal, ob sie jemals lebensfähige Kinder mit einem nicht veränderten Mann haben konnte.

Und aus diesem Grund schoben sie »das Gespräch« immer wieder auf. Er vermutete, dass Diskussionen, die mit den Worten »Deine Mutter und ich sind uns nicht sicher, ob du technisch gesehen noch ein Mensch bist, und es gibt einige außerordentlich mächtige Männer, die dich bis ans Ende aller Tage jagen werden« begannen, selten gut endeten.

Richard lehnte sich zurück und trank sein Bier aus, während Susie zunehmend rücksichtsloser fuhr. Sie hatte auch allen Grund dazu, wütend zu sein.

Dreißig Minuten später hielt sie vor einem alten französischen Haus aus der Kolonialzeit, das er bei ihrer Ankunft in diesem Land gekauft hatte. Das Dach hing durch, die Farbe blätterte ab und es gab keinen Strom. Aber dafür wehte der Wind das ganze Jahr über durch die offenen Fenster und die blühenden Kaffeepflanzen standen noch immer auf den Hügeln in der Umgebung.

So hatte er sich sein Leben zwar eigentlich nicht ausgemalt, aber in vielerlei Hinsicht war es sogar besser. Er lebte an einem der schönsten Orte der Welt, seine Tochter war gesund, seine Familie intakt, und er konnte jeden Tag anderen Menschen helfen. Natürlich musste er immer einen nach dem anderen behandeln, aber das bereitete ihm eine Freude, die sich im Labor nicht replizieren ließ.

Susie sprang aus dem Wagen und er lief hinter ihr her, als sie durch die offen stehende Eingangstür rannte. Carly und Burt Seeger saßen auf einer Bank in der verblichenen Pracht des Eingangsbereiches. Richard hatte den alten Soldaten überredet, zusammen mit ihnen zu fliehen, und er war rasch zu einem weiteren Familienmitglied geworden. Susie nannte ihn Grandpa, seitdem sie neun Jahre alt war, und irgendwann hatte Carly angefangen, ihn Dad zu nennen. Es kam ihnen einfach natürlich vor.

Als sich Richards Augen an die Lichtverhältnisse angepasst hatten, sah er auf einmal, dass die Gesichter der beiden ängstlich wirkten. Er packte Susie an der Schulter und wollte das überraschte Mädchen wieder zur Tür ziehen.

»Zu spät«, meinte eine Stimme, die er nicht kannte.

Drei weiße Männer kamen durch den Bogen, der in die Küche führte. Zwei hielten Sturmgewehre in der Hand und postierten sich in den Ecken des Zimmers, während der dritte mit unsicheren Schritten in die Mitte ging. Er musste etwa Mitte dreißig sein, war jedoch sehr blass und völlig kahl. Sein dünner Körper war merklich krumm und er stützte sich auf einen Krückstock.

»Es ist lange her«, sagte er. »Ich glaube, als wir uns das letzte Mal gesehen haben, hatten Sie meinen Männern gerade eine gewaltige Dosis LSD verpasst.«

Richard hielt die Luft an und er zog Susie weiter mit sich.

»Es tut mir leid«, entschuldigte sich Seeger, während Carly seine Hand tätschelte. »Ich bin so verdammt alt geworden.«

»Schon okay«, erwiderte Richard. »Es ist nicht deine Schuld.«

»Was ist hier los, Daddy? Wer sind diese Leute?«

»Mach dir wegen ihnen keine Sorgen, Schätzchen. Das hat nichts mit dir zu tun.«

Xander sah ihr blinzelnd in das faltenfreie Gesicht. »Sie weiß es nicht? Sie haben ihr all das nicht erzählt?«

»Sie weiß gar nichts«, fauchte Carly. »Daher haben Sie auch keinen Grund, ihr wehzutun.«

Daraufhin machte Xander eine abweisende Handbewegung und ließ sich auf einem Sessel nieder. »Sie waren wirklich schwer aufzuspüren. Kompliment.«

Richard sah die beiden bewaffneten Männer an und blickte dann über die Schulter zu Susie. Sie hatte Angst, wirkte aber auch neugierig. Sie erinnerte sich an ihr früheres Leben, an ihre Krankheit, an ihren alten Nachnamen. Sie hatte immer gewusst, dass es da etwas gab, das sie ihr nicht erzählten.

»Es sind nicht mehr viele von uns übrig«, berichtete Xander. »Ist das nicht paradox? Karl war der Erste, der Krebs bekommen hat. Nierenkrebs. Sie haben die Nieren entfernt, aber dann bekam er Knochenkrebs, und das war sein Ende. Dann bekamen es die anderen auch. Einige haben den ersten und sogar den zweiten Ausbruch überlebt, aber es ging nie lange gut. Als sie ihn bei Mason entdeckten, war es die Bauchspeicheldrüse. Er hat keine drei Monate mehr durchgehalten.«

»Und Sie?«, wollte Richard wissen.

»Die Lungen. Witzig, was? Ich habe in meinem Leben nicht eine Zigarette geraucht. Angeblich werde ich es überleben. Dieses Mal.«

Xander machte eine Geste in Richtung seiner Sicherheitsleute, und sie gingen aus der Tür und ließen sie allein. »Mason glaubte, er hätte das Krebsproblem in den Griff bekommen. Anscheinend hat er sich geirrt.«

Seegers Blick wanderte zu einem Gewehr, das an der Wand hing, was Xander jedoch sofort bemerkte.

»Keine Bewegung, alter Mann. Ich garantiere Ihnen, dass Sie keinen Meter weit kommen.«

»Wir sollten uns alle entspannen«, meinte Richard. »Was wollen Sie, Andreas?«

»Was ich will? Sie wissen ganz genau, was ich will.« Er deutete auf Susie. »Sie ist die Nächste, wissen Sie. Vielleicht nicht dieses Jahr, aber nächstes oder übernächstes bestimmt. Sie werden mit ansehen, wie sie unter Schmerzen stirbt. Genau, wie ich es bei den anderen erlebt habe.«

»Daddy?«

»Es ist alles okay, Schatz«, beruhigte er sie.

»Dein Vater belügt dich, Susie. Er hat dich die ganze Zeit belogen. Nichts ist okay.«

»Halten Sie den Mund!«, rief Richard.

»Ersparen Sie mir die Melodramatik«, entgegnete Xander. »Ich bin hier, um Ihnen die Chance zu geben, sie zu retten. Sie sind ein brillanter Wissenschaftler und haben bereits in der Krebsforschung gearbeitet. Sie wissen, dass die Therapie existiert, und ich kann Ihnen sämtliche Daten von Mason zur Verfügung stellen. Sie können das Problem beseitigen, ohne dass etwas davon herauskommt.«

»Warum soll nichts herauskommen?«, erwiderte Richard. »Anscheinend würden Sie tun, was immer Sie tun müssen, um am Leben zu bleiben. Das ist eine Ihrer Eigenschaften, die ich nie vergessen werde.«

Der vertraute Zorn loderte in Xanders jungen Augen auf, doch er bekam ihn unter Kontrolle. »Ich schätze, es macht zu diesem Zeitpunkt Sinn, mit offenen Karten zu spielen, Richard. Um unsere Anonymität und Macht zu bewahren, waren wir gezwungen, Dinge zu tun, die … Sagen wir einfach, die nicht gut ankommen würden. Ich habe vor, noch sehr lange zu leben, und möchte diese Jahre nicht im Gefängnis verbringen.«

»Und ich soll Sie retten?«

Xander schüttelte den Kopf und deutete auf Susie. »Sie sollen sie retten.«

Epilog

In der Nähe von München, Deutschland
25 Jahre später

»Ihr Termin mit den Architekten bezüglich der Erweiterung des Genetiklabors wurde auf 15 Uhr verschoben und ich habe Ihr Interview mit dem *Time*-Magazin auf danach verschoben.«

Richard Draman tippte sich mit dem Zeigefinger an die Schläfe. »Kein Problem, Greta. Ich habe alles im Kopf.«

Seine Sekretärin runzelte auf eine Art die Stirn, wie es nur die Deutschen konnten, was einer Abhandlung über seine Ineffizienz und Vergesslichkeit gleichkam. Und sie hatte vermutlich recht. Das hatte sie eigentlich immer.

»Da wäre noch etwas«, fügte sie hinzu. »Ihre Frau hat angerufen und lässt ausrichten, dass sie etwas später zum Mittagessen kommen wird. Anscheinend steht sie im Stau.«

Richard quittierte das, indem er den Daumen in die Luft hielt, woraufhin sie erneut die Stirn runzelte, auf dem Absatz kehrtmachte und aus seinem weitläufigen Büro stolzierte. Er griff nach der Tastatur, weil er eigentlich endlich die überfälligen Budgetberichte fertigstellen wollte, rief dann allerdings ein verschlüsseltes Foto von Susie, Carly und Burt Seeger auf. Es war an dem Tag vor beinahe fünfundzwanzig Jahren geschossen worden, an dem sie Laos in Xanders Privatjet verlassen hatten.

Susie sah ihm mit einer Mischung aus Aufregung und Besorgnis entgegen, da ihr Leben gerade völlig auf den Kopf gestellt worden war. Endlich konnte sie die Welt bereisen und die Erfahrungen von zehn Menschenleben innerhalb weniger Jahre machen.

Der Kampf gegen Melanome hatte sie mit achtzehn Jahren kaum ausbremsen können. Sie hatte sogar Zeit gefunden, sich in den Sohn eines südafrikanischen Diplomaten zu verlieben, einen wunderbaren jungen Mann, der bei ihr geblieben war, bis sie im Alter von zweiundzwanzig der Leukämie erlegen war. Seeger war ein Jahr später ebenfalls gestorben, und obwohl er eigentlich nicht an so etwas glaubte, war Richard überzeugt davon, dass der Grund dafür sein gebrochenes Herz gewesen war.

Sein Blick wanderte zu Carly, doch es fiel ihm schwer, die Frau auf dem Foto mit seiner Ehefrau in Verbindung zu bringen. Xanders Chirurgen hatten ihr Erscheinungsbild verändert, bevor sie ihnen eine neue Identität verschafft hatten. Außerdem waren sie inzwischen natürlich auch älter geworden.

Er drehte sich auf seinem Stuhl herum und sah durch die Glaswand hinter seinem Schreibtisch auf den Forschungscampus herab.

Xander hatte sich nicht als so ausdauernd erwiesen, wie er gehofft hatte, und war wenige Monate, nachdem er die Krebsstiftung gegründet und Richard als Leiter eingesetzt hatte, gestorben. Seltsamerweise war das jedoch weniger ein Ende, sondern vielmehr ein Anfang gewesen. Er hatte der Stiftung nicht nur sein Geld, sondern auch das Vermögen, das er von seiner Gruppe aus Möchtegernunsterblichen geerbt hatte, hinterlassen. Richard hatte nun die Kontrolle über Milliarden Dollar, die er für die Forschung einsetzen konnte, und war die treibende Kraft bei der noch immer erfolglosen weltweiten Suche nach einer Heilung für Krebs.

Er hörte, wie die Tür in seinem Rücken geöffnet wurde, und einen Augenblick später stand Carly hinter seinem Stuhl und legte die Arme um ihn.

»Du bist heute Morgen gegangen, bevor ich aufgewacht bin«, murmelte sie.

»Ich konnte nicht mehr schlafen.«

»Ist das nicht immer so? Du wirst an deinem Geburtstag immer so melancholisch. Aber du weißt doch, man sagt, siebzig sei das neue fünfzig.«

»Sagt man das wirklich?«

»Deines Wissens nach schon.«

Er lächelte und strich ihr langsam mit der Hand über den Arm. »Fragst du dich nie, wie es wäre, Carly?«

»Wie was wäre?«

»Wie es wäre, wieder jung zu sein?«

Er beobachtete ihr Spiegelbild, als sie über die Frage nachdachte.

»Nein, nie.«